REVANCHE À LA PROVENCE

AF203586

Andreas Heineke war Radiomoderator, Musikmanager u. a. für MTV und Dotcom-Firmengründer. Seit über zwanzig Jahren lebt er in Dithmarschen, arbeitet als Filmemacher und Drehbuchautor für u. a. das ZDF und den NDR, schreibt Sachbücher und Kriminalromane, die in der Provence spielen. Andreas Heineke ist fast dauerhaft auf Lesetour und hat 2020 den Bücher-Podcast »2MannBuch« ins Leben gerufen. www.2mannbuch.de

ANDREAS HEINEKE

REVANCHE À LA PROVENCE

Kriminalroman

emons:

Bibliografische Information der Deutschen Nationalbibliothek
Die Deutsche Nationalbibliothek verzeichnet diese Publikation
in der Deutschen Nationalbibliografie; detaillierte bibliografische
Daten sind im Internet über http://dnb.d-nb.de abrufbar.

© Emons Verlag GmbH
Cäcilienstraße 48, 50667 Köln
info@emons-verlag.de
Alle Rechte vorbehalten
Umschlaggestaltung: Nina Schäfer, unter Verwendung der Motive
von mauritius images/BTWImages/Alamy/Alamy Stock Photos,
Shutterstock/Honza Krej
Gestaltung Innenteil: DÜDE Satz und Grafik, Odenthal
Lektorat: Dr. Marion Heister
Druck und Bindung: GGP Media GmbH, Pößneck
Printed in Germany 2025
ISBN 978-3-7408-2173-9
Originalausgabe

Unser Newsletter informiert Sie
regelmäßig über Neues von emons:
Kostenlos bestellen unter
www.emons-verlag.de

Dieser Roman wurde vermittelt durch die
Verlagsagentur Lianne Kolf, München.

Für meine Familie und für Inge Bösken Kanold

Mir hat es immer gefallen,
durch meine Arbeit zu existieren,
und es hat mich noch nie amüsiert,
mich zu amüsieren.

Pierre Cardin

Der Lebenskünstler und
der Feinschmecker wissen,
dass man ein Schwein sein muss,
um Trüffel zu finden.

Marquis de Sade

Jezebel wasn't born with a silver spoon in her mouth
She probably had less than every one of us
But when she knew how to walk she knew
How to bring the house down

Jezebel, Jezebel
Won't try to deny where she came from

Sade, 1985

Prolog

Es war immer die Stille nach dem Applaus, die Jezebels Gefühlswelt aus dem Gleichgewicht gebracht hatte. Eben noch die Ovationen, der Glanz in den Augen, die Gier der Masse. Wie sie ihre Hülle beklatschten, die Hände fordernd nach vorn stießen, den Stoff berühren wollten. Applaus, Applaus, bravo, mehr davon, gib uns mehr. In den ersten Reihen die Fotografen, die wie ausgehungerte Tiere nach ihr schnappten, ihre Objektive ausfuhren, auf alles, was sie ihnen bot. Und dann ihre Füße, in den zu knappen Schuhen, mit Blasen überzogen, immerhin gelangte sie über den Laufsteg zurück hinter den Vorhang.

Es vergingen nur Sekunden, schon riss jemand an ihr, der Reißverschluss an ihrem Rücken machte ein surrendes Geräusch, als er sich öffnete, sie spürte den Windhauch auf dem nackten Rücken. Im selben Moment wurde ihr der Pullover übergestreift. Jemand zupfte an den Bündchen, eine enge Hose wurde gereicht. »Magnificent.« Sie hatte nur Sekunden, zwang sich hinein, ein Dritter zog sie ein Stück nach unten, der Saum jetzt dicht über den Schuhen, dann hörte sie schon das Klatschen. »Go, Jezebel, go.«

Diese Schuhe trugen sie besser über den unebenen Boden als die zuvor, aber das Licht von vorn machte sie fast blind. Geblendet verfiel sie in ihren Gang, die Hüften konnte sie bewegen wie keine andere. Immer geradeaus, die Drehung am Ende, die Sekunde des Verharrens, der Blick unnahbar und zugleich fordernd auf die leeren Ränge hinter den akkreditierten Fotografen gerichtet. Ihre dunkle Haut, im Scheinwerferlicht glänzend, reflektierend, und schon hörte sie wieder das Klicken der Kameras zu dumpfen Housemusic-Beats. Das Spiel begann von Neuem.

»Mehr davon«, rief ein Mann mit Hornbrille und Lippenstift in der ersten Reihe, seine großen Pupillen auf sie gerichtet wie ein Uhu. Dann die Wende am Ende des Laufstegs, heiß wurde ihr, der Rollkragenpullover in der Abendhitze des Provence-Sommers. Keine Schweißperlen, das war unprofessionell. Schwitzen sollte sie woanders, schwitzen sollten die anderen. Jedes menschliche Gefühl galt es zu unterdrücken, niemand wollte das sehen. Mannequins schwitzten nicht. Sie waren keine Menschen, so hatte man es ihr eingetrichtert, damals in Paris, vor sechs Jahren. Du bist außerirdisch, hatte Jean Paul Gaultier ihr gesagt. Unerreichbar und einsam. Wie recht er hatte.

Seitdem war sie dabei, New York, Mailand, Los Angeles und jetzt Lacoste. Lacoste? Echt jetzt? Sie wusste nicht einmal, wie sie hierhergekommen war. Welche Rolle spielte das schon? Sie drehte sich, trat den Rückweg an, die Augen auf ihrem Rücken, auf ihrem Hintern, dafür sollte sie geboren sein? Alles geben, in diesen Sekunden. Der letzte Gang, die Schweinwerfer tasteten lautlos an ihren Traversen über den Laufsteg, die Ränge waren leer, bis auf wenige Stühle in der ersten Reihe, dort saßen die geladenen Preview-Gäste ebenso wie einige Fotografen. Wie bewegt und berührt sie waren von ihrer eigenen Bedeutung, schon Tage vor der großen Prêt-à-porter-Show durften sie in das alte Gemäuer, sie gehörten zum erlauchten Zirkel, fast kamen ihnen die Tränen vor lauter Glück.

Der letzte Probelauf. Ein Designer, dem großen Pierre Cardin nicht unähnlich, betrat von hinten den Laufsteg. In vier Tagen würden mehrere junge, hungrige Modeschöpfer an seiner Stelle sein, die Kreativen, mit dem erdrückenden Erbe des Meisters auf ihren Schultern. Der Designer nahm Jezebel an die Hand, reckte ihren Arm ungelenk in die Höhe, Applaus aus den Lautsprechern brandete auf wie eine Welle, alles war perfekt inszeniert. Das Licht in kaltem Blau, ihre dunkle Haut, ihre Schuhe, ihr Pullover, alles änderte die Farbe. Wieder das Klicken, ein Ruf aus der ersten Reihe: »Merci, das war's für heute. Übermorgen ist die Generalprobe. Geht schlafen, vermeidet alles, was Körper und Geist ruiniert.« Ein kurzes Lachen, dann erloschen die Schweinwerfer. Im Arbeitslicht, kalt und jeden Makel offenlegend, stoben die Models auseinander, drängten sich an den Bühnenarbeitern vorbei in den Backstagebereich. Das Auskleiden dauerte lange. Wie Porzellan wurden die Kleider auf Bügel und Stangen gehängt, dann war sie vorbei, die vorletzte Probe.

Jezebel zog ihre Jogginghose über, einen schwarzen Hoodie, ein Geschenk von Louanne, dann ein letzter Gruß in die Runde, und schon öffnete sie die Holztür. Ächzend fiel sie hinter ihr ins Schloss. Sie hörte das schwere Knarren, wie schon Generationen vor ihr. Ein Schauder überlief sie, als sie den Blick zurückwandte. Das Schloss, wie es sich marode gegen den Himmel reckte, die Sterne darüber, die Dunkelheit. Matt beleuchtete gelbes Licht aus antiken Laternen den steilen Weg vor ihr über das Kopfsteinpflaster nach unten. Die mittelalterlichen Steine blank, rutschig wie eine Eisschicht. Jetzt sich bloß nicht verletzen, nicht stürzen. Ihre Hand suchte die Hauswand, die Steinmauer hinterließ rote Spuren auf den Innenflächen, die Haut gereizt. Im fahlen Licht tastete sie sich weiter, den Hang hinunter, vorbei an den leer stehenden Häusern, nur die Laterne an der nächsten Biegung wies ihr den Weg zu ihrem Appartement unten im Ort.

Jezebel schätzte die Entfernung auf zweihundert Meter. Autos konnten hier nicht fahren, die Limousinen holten die anderen Models oben am Schloss ab, von wo sie in die Hotels außerhalb des Dorfes gebracht wurden. Sie, Jezebel, war der Star des Abends, sie durfte im Ort bleiben. Was sollte sie mit einem Fahrer? Schon während der Probe hatte sie ihn in den Feierabend geschickt. Mein Gott. Zweihundert Meter.

Ihr frisch renoviertes Luxusappartement. Sie wusste, was ihr blühte, wenn die Tür ins Schloss fiel und die Stille sich über ihr Gemüt senkte. Dann war sie wieder da, die Einsamkeit, die Stille nach dem Applaus, die sie auseinanderbrechen ließ wie eine Muschel. In den letzten Monaten aber war es besser geworden. Das Ziel hatte sie verändert. Je klarer es wurde, je greifbarer der Sinn von alledem wurde. Im Bett wird sie alles noch einmal durchgehen. Danach wird es vorbei sein, und die Wahrheit kommt ans Licht. Die Modewelt wird nach diesem Abend eine andere sein. Sie wird ihre Mutter vor sich sehen, ihre Schwestern, ihren Vater, die Näherinnen, die Shops. Für sie tat sie es. Das war sie ihrer Familie schuldig. Sie wird ihnen eine Stimme geben. Endlich.

Noch hundert Meter den Abhang hinunter. Das gelbe Licht kam näher, beschien schwach die Steine und die verlassenen dunklen Häuser. Kein Laut tönte durch das Dorf, nur ihre Schritte, wie sie sich behutsam über das Kopfsteinpflaster schoben. Doch etwas mischte sich darunter, ein kaum wahrnehmbarer Hall von links hinter ihr – oder neben ihr?

Ein leichtfüßiges Trippeln? Sie drehte sich um, doch da war nichts. Nichts zu sehen, nichts zu hören, kein Laut mehr. Jezebel spürte, wie sich eine Gänsehaut über ihre Arme legte, über ihren Rücken kroch. Ihr Herz schlug schneller, stolperte. Plötzlich fühlte sie sich so wahnsinnig allein, so einsam. Und so fühlte es sich fast erlösend an, als sich das weiche Tuch über ihr Gesicht legte, Druck ausübte und sie das Bewusstsein verlor. Sanft, so sanft, als fiele sie in den Schlaf, und das tat sie dann. Wie schnell es ging. Schon wenige Minuten später würde sie über den Markt ihrer Heimat laufen, den Flohmarkt, den entsetzlichen Flohmarkt, an der Hand ihrer Mutter, rau, aufgerissen, kaputt.

Warum dieses Bild im Schlaf? Diese Frage hätte sie sich gestellt, wäre genug Zeit dafür gewesen. Doch die gab es nicht. Sie tickte erst weiter voran, als Jezebel sich in einem Raum wiederfand, einem großen Raum, die Decken hoch, alles weiß, ein Atelier vielleicht. Der Geruch des Tuchs hatte ihr das Bewusstsein geraubt, den Blick getrübt. Sie sah Buntes vor sich, Stoffe, Kleiderhaken, Schmuck. Nichts Genaues, nur Diffuses. Von hinten wurde ihr das Hemd über den Kopf gezogen, jemand griff nach ihrer Jogginghose, seine Finger an ihrer nackten Taille.

»Nein!«, schrie sie. »Nein, dazu wird es nicht kommen.«

Der Gegner war hinter ihr, sie konnte nichts sehen, es war

zu dunkel, noch dunkler als gerade in den Gassen. Etwas wurde ihr auf den Kopf gesetzt, es roch nach Meer, und es fühlte sich weich an, wie ein Vogel. »Mach das Foto!«, schrie jemand von irgendwo. Wie betäubt stand sie dort, mitten im Raum, bewegungslos für einen Moment, dann riss sie sich das Etwas vom Kopf ...

Vor ihr ein Tisch, darauf eine Rolle aus Holz. Sie griff danach und schleuderte sie herum, traf dabei hinter sich den Mann. Er stürzte, schlug zu Boden, dann schrie er auf. Sie holte aus, wollte die Holzstange ein zweites Mal auf den Mann fallen lassen, ihn zertrümmern, wie von Sinnen, doch sie wurde gehalten. Ihre schmalen Finger waren auf die Berührung nicht vorbereitet, und so ließ sie das Holz los. Es fiel nicht zu Boden, jemand riss es ihr aus der Hand, ein Schlag auf die Brust, auf die inzwischen nackte Brust. Sie hörte Stimmen, mehrere Stimmen, Schreie, undeutlich und doch laut.

Und dann wechselte der Geruch, als sei sie in einer Wäscherei. Wie damals in Ghana am Strand, mit all den Farben und dem bunten Meer. Diesem unnatürlichen Meer. Warum hatte es nach Meer gerochen? Gerade begannen sich ihre Augen an das Licht zu gewöhnen, doch waren da nur noch Dampf und Hitze, Nebel. Wie ein zu großer Vogel stand sie im Raum, dann wurde sie gepackt, ein schwarzes Kleid wurde ihr über den Kopf gezogen, nur diesmal verdeckte der Stoff ihre Augen bis in alle Unendlichkeit.

1

»Meine Ware riecht nicht. Hat sie nie. Wird sie nie. Verstanden?« Die Augen groß wie die seiner Fische hatte Louis auf den Kunden vor Pascal in der Schlange gerichtet. »Wenn ich es doch sage, Monsieur. Der Racasse für die Bouillabaisse roch in der letzten Woche nach Fisch. Meine Frau dachte, ich habe ihn im Supermarkt gekauft. Ich wäre fast rausgeflogen, quelle catastrophe.« Die Worte betonten nur Amerikaner so ungelenk, so unfranzösisch. Dazu die Baseballmütze, niemand brauchte die Nationalität des Kunden zu hinterfragen.

»Monsieur.« Und jetzt sprach auch Louis lauter, sodass die umliegenden Stände und die Kunden weiter hinten in der Reihe ihn hören konnten, er wusste, noch ein paar Beschwerden in der Lautstärke, und er bräuchte auf dem Wochenmarkt von Lourmarin nicht wiederzukommen. Er musste sich wehren, hier und jetzt ging es um alles. »Ich bin jeden Morgen am Hafen von Marseille und kaufe meine Fische frisch von den Booten. Ich prüfe sie, ich drücke in die Haut, ich gucke ihnen in die Augen. C'est impossible.«

Louis war der Fischhändler seines Vertrauens. Noch nie hatte Pascal in den vier Jahren, in denen er in der Provence lebte, schlechte Ware von ihm bekommen. Doch auch er wusste, nur eine einzige Beschwerde reichte aus, um die Markthändler in Verlegenheit zu bringen. Die provenzalischen Märkte waren seit fast fünfhundert Jahren eine Meile des Vertrauens. Wer hier einkaufte, wollte die besten Lebensmittel der Region bekommen. Auch für Pascal gehörte das Schlendern – und hier schlenderte jeder, noch nie hatte er jemanden mit hektischen Schritten über den Markt gehen sehen – zur lieb gewonnenen Gewohnheit. Der Einkauf war ein Ritual und kam einem Glaubensbekenntnis gleich. Der Anspruch war entsprechend hoch.

»Wo kommen Sie eigentlich her?«, fragte Louis, der inzwischen die Farbe einer Rotbarbe angenommen hatte. Außer sich war er. »Ich habe Sie hier noch nie gesehen, und jetzt kommen Sie und beschweren sich?«

Pascal erkannte den Fehler sofort. Louis wurde plötzlich persönlich, er verlor seine Contenance und geriet dadurch in die Defensive. Der Kunde vor der Auslage verlor jetzt ebenfalls die Nerven.

»Was geht Sie das an? Verkaufen Sie gute Ware ausschließlich an Stammkunden?« Seine Augen funkelten, mit stechendem Blick musterte er die Fische vor sich, die auf Eis gebettet auf die Pfanne warteten. Dann überprüfte er mit einem Seitenblick auf die ständig anwachsende Schlange hinter ihm, ob ihm auch alle zuhörten. »Ich bin Amerikaner, von der Westküste. Ich weiß, wie ein guter Fisch zu schmecken hat. You know?«

Ist ja gut, dachte Pascal. Ja, wir wissen es, wir verstehen es. Warum müssen die Amerikaner immer nachfragen, ob wir das wissen?

Als Louis jetzt sein mit Schuppen überzogenes Messer zückte, befürchtete er einen Moment, eingreifen zu müssen, doch der Fischhändler griff mit der anderen Hand nach einer Dorade, entschuppte sie mit rasender Geschwindigkeit und zischte dabei undeutliche Worte auf Provençale, während er eine Seite filetierte. Der Kunde hatte seine Hände in die Hüften gestemmt und beobachtete teils fasziniert, teils verunsichert das Schauspiel. Dann hielt Louis das Fischfilet über den Tresen direkt vor sein Gesicht, in Höhe der Nase. »Und, Monsieur beziehungsweise Sir, riecht er?«

Der Kunde schob seine Nase vorsichtig noch ein Stück nach vorn, sodass sie kurz vor dem Fisch verweilte. Louis gab dem Fisch einen kleinen Stoß, sodass das halb geöffnete Maul die Lippen des Amerikaners berührte.

»Un baiser«, rief eine begeisterte Stammkundin in der Reihe hinter Pascal, sie war kurz davor, zu applaudieren.

»Pardon«, sagte Louis mit seiner größtmöglichen Unschuldsmiene.

Schwer zu sagen, ob der Amerikaner dem Fischhändler traute. Doch schließlich sagte er so gefasst wie möglich: »Non, Monsieur, er riecht nicht, so einen hätte ich gestern gern bekommen.«

Ein kollektives Ausatmen in der Reihe der wartenden Kunden. Dann ein zufriedenes Nicken und Beobachten, wie Louis jetzt ein Stück Zeitung über die Auslage in Richtung des Amerikaners hielt.

»Und die Zeitung? Riecht sie?«

Der Amerikaner rümpfte die Nase. »Oui, sie stinkt, smells like hell.«

Louis erhob die Stimme, war sich bewusst, dass jetzt alle in seinem Umkreis zuhörten. »Da haben wir also das Problem. Es ist die Zeitung, die stinkt. Kein Wunder, denn sie liegt bei den Fischresten, dort, wo ich sie seit Tagen liegen habe.«

Pascal kam die kleine Inszenierung wie eine Theateraufführung vor, er vermisste den Applaus.

Louis nahm eine neue Seite aus der Zeitung, schlug darin das Doradenfilet ein und reichte es dem Kunden. »Für Sie«, sagte er gönnerhaft. Er genoss diesen Moment, kostete aus, wie der Kunde den Fisch nahm, in die Runde nickte, ein »Merci« murmelte und seines Weges ging.

Louis und Pascal schauten sich in die Augen.

»Sie werden immer mehr«, schimpfte Louis. »Sie kaufen mit ihren Scheißdollars das ganze Dorf. Meine Tochter bekommt in Bonnieux keine Wohnung mehr. Sie kann nur noch über Airbnb buchen.« Louis' Augen funkelten. »Und jetzt ist Lourmarin dran. Sie renovieren dort ein Hotel, wusstest du das, Pascal?«

Pascal hatte davon gehört, außerdem war es zu sehen. Ein großes Plakat, wie es sonst an amerikanischen Highways steht, um auf XXXL-Burger oder Popcorn-Eimer aufmerksam zu machen, verschandelte seit Wochen das Straßenbild.

»Ja, Louis, das habe ich.« Schließlich kam man nicht nur wegen der Lebensmittel auf den Wochenmarkt, ebenso wichtig war der Austausch über Neuigkeiten im Ort.

»Sie nehmen uns unsere Kultur. Bald fordern sie auf dem Markt ihr XXXL-Toastbrot und ihren Heinz-Ketchup. Das ist unser Ende.«

Pascal bemerkte, wie die Kunden hinter ihm in der Reihe ungeduldig wurden.

»Genau«, sagte eine weitere Frau, die ihren Korb voll mit Früchten hatte, »und jetzt sollen wir alle Englisch lernen. Einen Teufel werde ich tun. Wenn ich dieses ›How are you?‹ schon höre. Und wieso ist alles so ›cute‹?«

»Und ›amazing‹ und ›fucking great‹«, mischte sich ein dritter Mann in der Reihe ein, der lauter sprach als die anderen, weil er weiter hinten stand. »Sie nehmen uns auch die Sprache. Ich möchte nicht nur in Superlativen sprechen, damit die mich verstehen. Und warum soll ich jetzt kein Rendezvous mehr haben, sondern ein Date? Kann mir das mal jemand erklären? Ich will ein Rendezvous!«

»Als hättest du jemals eines gehabt«, ärgerte die Frau ihn. Hier kannte jeder jeden, wie Pascal das genoss! Einige Kunden lachten, dann nahm ein weiterer Mann das Gespräch wieder auf.

»Sollen sie doch versuchen, Französisch zu lernen«, befeuerte er das Wortgefecht weiter. »Mal schauen, wie sie klarkommen mit ihren Kaugummis im Mund.«

Die Frau mit dem Korb voller Obst erhob die Stimme. »Die halten Gershwin für einen Klassiker.«

Der Mann nickte. »Geht es mal weiter da vorne?«, fragte er Louis und Pascal, der auf dem Eis nach einem Saint-Pierre suchte und erleichtert ausatmete, als er den seltenen Fisch entdeckte. Er brauchte nichts zu sagen.

Stattdessen griff Louis nach dem St. Petersfisch. »Voilà, ein Poule de Mer, für dich heute nur dreißig Euro das Stück.« Pascal war bewusst, dass fangfrischer St. Petersfisch, der als willkommener Beifang der Mittelmeerfischer galt, seinen Preis hatte, aber am Wochenende bekam er Besuch. Und was für ein Besuch das war. Seine Tochter Lillie und ihr Mann Claude würden zu ihm kommen und einen neuen Erdenbürger mitbringen. Die einen Monat alte Olivienne, seine Enkeltochter. Das Essen für den Abend wollte er gemeinsam mit Claude zubereiten, der richtig heiß aufs Kochen war, denn was bleibt einem Sternekoch wie ihm schon als Hobby, wenn er den ganzen Tag ein Baby wickelt, obwohl es eigentlich nur zu Mama will?

Pascal reichte Louis seine Kreditkarte. »Gut, dass ich das Gemüse aus dem Garten holen kann«, bemerkte er.

Louis zog die Karte durch den Kartenleser. »Bei dir würde sich ein Teich oder ein Aquarium lohnen.«

Beide mussten lachten.

Bevor Louis den Fisch in Zeitungspapier einrollte, zeigte er Pascal einen schwarzen Punkt auf der Flanke des Fisches. »Weißt du, woher der Petersfisch diesen Punkt hat?« Louis sprach jetzt ein wenig lauter, weitere Kunden in der Schlange rückten näher an den Verkaufsstand heran, Louis rühmte sich seines manchmal absurden, aber immer unterhaltsamen Wissens über Fische. »Das ist der Fingerabdruck des heiligen Petrus«, verkündete er geheimnisvoll. »Der Apostel hat dem Petersfisch ein Goldstück aus dem Maul gezogen, das zuvor in den See Genezareth gefallen war.«

»Daher der Preis«, bemerkte Pascal, als er den heiligen Fisch über den Ladentisch gereicht bekam.

»Wie bereitest du ihn zu?«, wollte Louis noch wissen.

»Einfach. Ich werde damit wenig machen, wir werden ihn grillen, wie eine Dorade. Wenn Claude es zulässt«, fügte Pascal an.

»Claude kommt?«, fragte Louis.

Jeder hier auf dem Markt in Lourmarin kannte ihn. Schon an vielen Freitagen hatte er Pascal begleitet. Gelassen, freundlich, aber anspruchsvoll in der Auswahl, war er ein gern gesehener Gast. Für Pascal waren viele der Kochabende mit seinem Schwiegersohn prägende Erlebnisse gewesen. Pascal, der Hobbykoch, konnte eine Menge von einem Sternekoch aus Lyon lernen. Vor seiner Kunst am Herd hatte Pascal größten Respekt. Und so freute er sich schon auf das gemeinsame Wochenende.

Der Gedanke, das erste Mal in seinem Leben seine Enkelin zu sehen, würde ihn hier auf dem Markt emotional überfordern, daher blendete er ihn aus.

Der Weg zurück in den Ort dauerte lange. Jetzt in den Sommermonaten waren alle provenzalischen Märkte überfüllt. Die ganze Welt, so schien es, war auf diesem Quadratkilometer zusammengekommen, um über die Qualität von Lebensmitteln zu diskutieren. Deutsche, Belgier, Holländer, Engländer, Amerikaner, Japaner, Skandinavier, manchmal machte Pascal sich einen Spaß daraus, Sprachen zuzuordnen und darüber nachzudenken, aus welchem Winkel der Welt die Marktbesucher kamen. Doch heute, bei über dreißig Grad im Schatten, war ihm nicht danach, er brauchte eine Pause, bevor er den Weg in sein Heimatdorf Lucasson antrat.

Auf dem Weg zum Auto machte er einen kurzen Stopp im »Café Gaby«. Ein Salat Gaby, eine der vielen Spezialitäten von Marc, dazu ein Wasser, ein Rosé und zum Abschluss ein Kaffee, das würde seine Lebensgeister wieder wecken. Wie alle anderen Gäste musste er sich in der prallen Sonne auf der Straße anstellen, um auf einen Tisch zu warten. Nach fünfzehn Minuten bekam er sogar einen Schattenplatz. Den Fisch, sicher zwischen Kühlpads verstaut, stellte er zu seinen Füßen. Endlich hatte er Zeit, in die »La Provence« zu gucken. Das morgendliche Ritual hatte er heute zugunsten des Marktes hintangestellt. Er wusste, er musste früh dort sein, um den Hauch einer Chance zu haben, ein so seltenes Exemplar zu erwerben. Das war gelungen, und so lehnte er sich entspannt zurück, als Marc ihm das Wasser und den Rosé brachte.

Jede Menge Innenpolitik füllte die ersten Seiten der Zeitung, innere Sicherheit und drohende Streiks im öffentlichen Nahverkehr waren die Themen. Paris könnte in den nächsten Tagen lahmgelegt werden. Mit Grauen erinnerte er sich zurück an die Zeit, als er noch bei der Police nationale in der Hauptstadt arbeiten musste. Die Auseinandersetzungen mit den Junkies, mit den jungen Gangstern mit ihren Klappmessern in den Taschen und den in die Innenseiten der Handflächen gedrehten Joints, als würde ein erfahrener Polizist das tatsächlich nicht sehen, wie satt er das alles gehabt hatte. Dann der Auszug seiner Tochter Lillie zu ihrem Freund Claude in Lyon und Catherine, seine damalige Frau, die ihm eröffnete, der Architekt mit seinem durchtrainierten Körper sei inzwischen interessanter als er. Sie hatte zunächst den Reichtum des Mannes verschwiegen. Die Wohnung war aufgelöst, die Beziehung zu seiner Ex hatte sich zwischen schlecht und mittelmäßig eingependelt, und die Gewissheit, dieses eine Mal im Leben alles richtig gemacht zu haben, in den Süden gegangen zu sein, beflügelte ihn. Catherine hatte ihren Waschbrettbauch-Architekten rausgeschmissen. Und so lebten sie beide allein, jeder aber an seinem Sehnsuchtsort, und das war gut so, fand Pascal.

Der Salat Gaby wurde gebracht. Chicorée mit Balsamicospritzern, Karotten, Äpfeln, einer Menge in Honig gerösteter Walnüsse und als Krönung auf dem Salat ein Toast zur Foie gras.

Pascal blätterte weiter in der »La Provence« und sah eine ganze Seite voll mit Prominenten, die sich derzeit im Luberon befanden. Gérard Depardieu, Mireille Mathieu, der deutsche Tenor Jonas Kaufmann, Andrea Bocelli, die Bilder mit den Unterzeilen nahmen kein Ende. Pascals Interesse am Starruhm hielt sich in Grenzen, die Kunst vieler Musiker, Maler und Schriftsteller bewunderte er, das Privatleben dagegen war ihm egal, und so überblätterte er die Seiten, nicht ahnend, welche Rolle sie noch spielen würden.

Den Sportergebnissen und den Nachrichten aus aller Welt schenkte er mehr Aufmerksamkeit. Nachdem er sich einen umfassenden Überblick verschafft hatte, ging er zur Bar und beglich seine Rechnung. Niemals kam im »Café Gaby« jemand an den Tisch, um abzukassieren, gezahlt wurde ausschließlich an der Bar, ach was, an dem kleinen Tisch neben der Tür. Noch während er zahlte, spürte er, wie sein Handy in der Tasche vibrierte.

Als er schließlich zurück in den brennenden Sonnenschein

trat, schaute er, welchen Anruf er verpasst hatte. Jean-Paul Betrix. Sein Chef, der Bürgermeister, der gleich eine SMS hinterhergeschickt hatte, er erwarte ihn zeitnah im Büro. »Zeitnah«, das war auch so eine Betrix-Vokabel, die er in irgendeiner Großstadt aufgeschnappt hatte. Neulich hatte er »asap« unter eine Mail geschrieben, Pascal musste googeln, was das überhaupt bedeuten sollte. Warum schrieb er nicht »so schnell wie möglich«? Betrix würde sich bestens mit den Amis verstehen, die bald den Ort überlaufen würden.

Betrix war ein cholerischer, konservativer Machtmensch. Pascal war es ein Rätsel, wie die Dorfbewohner von Lucasson ihn alle vier Jahre wiederwählen konnten. Die Sympathie für rechtskonservative Bürgermeister war in den kleinen Orten des Luberon zu seinem Leidwesen ausgeprägt. Jean-Paul Betrix war einer der übelsten seiner Art. Mit ihm war er nie warm geworden. Ein Mann wie Jean-Paul Betrix würde niemals verstehen, wie ein Kommissar der Police nationale aus Paris einen so großen Schritt zurück in die Bedeutungslosigkeit gehen konnte, um sich als Dorfgendarm um kleine Delikte, entlaufene Hunde, Hühnerdiebe und Nachbarschaftsstreitigkeiten zu kümmern. Betrix kannte nur den Weg nach oben, und da passte Pascal schlicht und einfach nicht in sein Bild.

Zu Anfang seiner Laufbahn als Dorfgendarm hatte Pascal noch versucht, ihm seine Beweggründe zu erklären, es ging ihm nicht um eine Karriere, es ging ihm nicht um die großen Fälle, es war das Glück, die Chance auf ein neues Leben, die ihn hierhergetrieben hatte. Schon damals bereute er seine Erklärungsversuche, denn auf Jean-Paul Betrix hatte es gewirkt, als hätte er keinen Ehrgeiz. Als sei er gar nicht interessiert, im richtigen Moment am richtigen Ort zu sein, doch das stimmte nicht. Gerechtigkeit war Pascals Motor, und doch war er immer wieder daran verzweifelt, dass es sie nicht gab.

Kaum wahrnehmbar aufgestiegen in der Gunst des Bürgermeisters war Pascal erst, als der Chef der Police nationale, Frédéric Dubprée, ihn immer wieder bat, ihn bei der Aufklärung von Mordfällen zu unterstützen. Ein Novum in der französischen Polizeigeschichte, denn in der Regel waren diese Polizeiorganisationen auf eine geradezu groteske Art und Weise miteinander verfeindet.

»Bonjour, Monsieur Chef de Police Lucasson«, begrüßte der Bürgermeister Pascal mit polterder Stimme, als dieser das Rathaus betrat. »Ich hoffe, Sie hatten ein paar entspannte Stunden auf dem Markt?« Die Stimme lauernd.

Egal, was Pascal vorbringen würde, Jean-Paul Betrix war vorbereitet, er holte zum Schlag aus, doch Pascal reagierte kaum. Nicht nur das war es, was den schwergewichtigen Mann auf die Palme trieb. Mit langsamen Schritten schleppte er seine hundertdreißig Kilo über den Flur, atmete schwer, keuchte.

»In Lacoste ist die Hölle los«, prustete er.

»Was verstehen Sie unter ›In Lacoste ist die Hölle los‹?«

»Ja, da staunen Sie, was?« Er wartete nicht ab, er war zu aufgeregt. »Da ist doch nie was los, denken Sie sicher, Chevrier, geben Sie es zu!«

»Na ja, um ehrlich zu sein, ist da nie was los, da haben Sie recht. Viel kann es also nicht sein.«

»Woher nehmen Sie eigentlich diese Pariser Überheblichkeit? Hä?«

»Monsieur –« Weiter kam er nicht.

»Wir hier auf dem Land greifen ein, bevor es zu spät ist, bevor die Situation vor Ort eskaliert, und das ist verdammt noch mal Ihre Aufgabe.«

»Monsieur le Maire, das ist mir bewusst. Lacoste gehörte nur bisher nicht zu unserem Bereich.«

Das Lachen von Jean-Paul Betrix wirkte wie eine Befreiung, eine Genugtuung, es kam aus dem tiefsten Winkel seines gewaltigen Bauchs.

»Sie kommen aber nicht klar ohne …« Er machte eine Pause, weil er wusste, dass er selbst gar nicht gefordert war, sich das aber schwer eingestehen konnte, und so presste er ein »uns« heraus. »Sie kommen ohne uns nicht klar – in Lacoste.«

Pascal schaute ihn überrascht an. »Wie meinen Sie das? Was ist da los?«

»Die Hölle, Chevrier, die Hölle.« Er genoss offensichtlich den Moment von Pascals Unsicherheit.

Doch Pascal sagte nichts, er geduldete sich einfach.

»Eine Demonstration am Schloss von diesem Pierre Cardin.«

»Dem Modeschöpfer? Aber der ist doch tot«, fügte Pascal hinzu.

Er hatte gelesen, dass Cardin schon vor vielen Jahren das ehemalige Schloss des Marquis de Sade gekauft und es vor dem Verfall gerettet hatte. Viel mehr wusste er über den Modezaren nicht.

»Da ist das Pierre-Cardin-Festival, das führen sie weiter, die Erben oder wer auch immer, und seit ein paar Stunden steht das ganze Dorf vor der Eingangstür und demonstriert. Der Mob tobt.«

»Worum geht es?«

»Das ist mal wieder typisch, diese Frage, von einem, der immer auf der Seite der Gewerkschaft steht. Ich kann es nicht mehr hören.«

»Worum geht es?«, versuchte Pascal es erneut.

»Das spielt doch überhaupt keine Rolle. Da ist Randale, und Sie müssen sich dazwischenstellen, so haben Sie es doch gewollt. Zurück in den Straßenkampf. Mit einem Schild oder was Sie als Polizist sonst noch so zur Verfügung haben, Gummiknüppel, Tränengas, Wasserwerfer, Elektroschocker, aber warten Sie, so was haben wir ja gar nicht.«

»Mal langsam, Monsieur. Handelt es sich um eine gewalttätige Auseinandersetzung?«

»Was weiß ich. Lucas, der Bürgermeister aus Lacoste, hat mich angerufen und um Hilfe gebeten. Die kommen mit diesem Pöbel nicht klar. Merken Sie sich einfach eines: Sie sollen schlichten, wenn es darauf ankommt, keine Fragen zur Politik stellen, das lassen Sie mal meine Sorge sein.«

Ohne Frage hatte Betrix die Politik verstanden, vor allem seitdem sie weltweit auf Parolen zusammengeschrumpft wurde, sodass jede Entscheidung auf ein Handydisplay passte.

»Bon«, sagte Pascal nur knapp, griff nach seiner Uniformjacke und rückte das Képi zurecht. »Voilà, dann werde ich mal schauen, was da los ist.«

Einfache Worte, einfache Sprache, das war es, was Jean-Paul Betrix verstand, keine weiteren Nachfragen, kein Warum. Pascal hatte gelernt, mit seinem Chef umzugehen. Die Dialoge nicht zu kompliziert, eher ein »Ich gucke mal, was da los ist«. Besonders von den einfachen Leuten vom Land, von den Bauern und den Männern und Frauen, die in den Weinbergen schufteten, wurde er gewählt, diese Leute liebten ihn, weil sie ihn verstanden.

Pascal ging über den Parkplatz zu seinem Auto, schaltete die Sirene ein, extra für Jean-Paul Betrix, er wusste, ihm würde das gefallen, und bog dann auf die D 36 Richtung Bonnieux und Lacoste. Als Pascale das Ortsschild hinter sich gelassen hatte, schaltete er die Sirene wieder aus, öffnete das Fenster und lauschte dem Sound der Provence. Den Zikaden.

2

Eine Autofahrt bedeutete für Pascal, seine Wahlheimat mit den Augen eines staunenden Kindes zu betrachten, sich der Schönheit hinzugeben, einzutauchen in die Landschaft. Die Kalkfelsen, wie sie die Landschaft leuchten ließen, wie sie den sich ausrollenden Lavendelfeldern eine Kulisse gaben, dazwischen die Dörfer, festgekrallt an den Felsen, in Ocker und Beige, die Fensterläden hellblau. Alles hier war hell. Fünfzehn Minuten dauerte die Fahrt über den Bergpass mit dem blauen Renault der Gendarmerie. Pascal hatte sich inzwischen dasselbe Auto angeschafft, für einen Dorfbewohner mit eigenem Gemüseanbau und Hund eine gute Entscheidung. Ein Kastenwagen war das einzig Wahre auf dem Lande.

Das Gebirge betrachteten viele Autofahrer, die hier täglich fuhren, als störendes Hindernis, das nur Zeit kostete, es zu umrunden und sich über die Serpentinenpässe zu quälen. Pascal lächelte in sich hinein, wenn er diese Geschichten hörte. Diesen einzigen Weg durch die Berge hatte sich in Millionen von Jahren ein kleiner Fluss, der Aigue Brun, erkämpft, der im Süden in die Durance mündete. Nicht ansehnlich mit seinem braunen Wasser und dem durch den Klimawandel in den Sommermonaten fast ausgetrockneten Flussbett. Das Gebirge hatte selbst in all den Epochen den Fluss nicht stoppen können, die Menschen hatten das in nicht einmal einhundert Jahren geschafft.

Pascal steuerte den Kastenwagen im Schneckentempo durch die enge Straße von Bonnieux. Die Touristen vor ihm schienen den Ort im Auto erkunden zu wollen. Immer wieder öffneten sie die Fenster und machten Fotos von den alten Gebäuden, dazu hielten sie an, der Anblick, wie sie verziert dalagen, mit den rankenden Blumen an den Häusern, schien sie zu verzaubern. Ein Meer von Oleander. Pascal hatte Verständnis, ihm war es bei seinem ersten Besuch in Bonnieux ähnlich gegangen. Nachdem die Autokolonne sich durch die enge Gasse geschoben hatte, deren Verkehr nur durch eine neu angebrachte Ampelanlage zu regeln war, ahnte Pascal, was auf ihn zukam. Auf der linken Seite öffnete sich der Blick ins Tal des Luberon. Eine Aussicht, die niemanden kaltließ, die jeden Menschen durchrüttelte, und jetzt packte dieser Anblick auch die Touristen vor ihm. Zur großen Freude der nachfolgenden Autofahrer brachten sie ihren Wagen endgültig zum Stehen, die Köpfe nach links geneigt.

Das Wesen der Südfranzosen war in der Regel von einer gewissen Gelassenheit geprägt, Savoir-vivre, doch änderte sich ihr gesamtes Dasein, sobald sie hinter dem Steuer eines Autos Platz nahmen. Im geschützten Raum eines Fahrzeugs wurde jeder Fahrer vor ihnen zum Cretin, absolut unfähig, einen Wagen zu lenken. Ausnahmslos, denn niemand außer einem Südfranzosen konnte fahren. Selbst als Geisterfahrer auf einer Autobahn würden sie den Gegenverkehr beschimpfen, hatte Pascals Freund, der Gerichtsmediziner Leblanc, einst scherzhaft zu Pascal gesagt, als dieser mit verkrampftem Gesicht auf seinem Beifahrersitz kauerte, sein Testament im Kopf durchgehend.

In der Autoschlange vor ihm, hinter ihm und neben ihm begann ein Hupkonzert in allen verfügbaren Tonlagen. Schließlich schienen die Urlauber im Auto vor Pascal ihn anhand seines Polizeiwagens als Gendarmen zu identifizieren. Ihre Reaktion war so verständlich wie dumm. Plötzlich gaben sie Gas, bemerkten aber zu spät den Hügel auf der Straße, der den Verkehr beruhigen sollte und dies auch erfolgreich schaffte. Der BMW vor Pascal vollführte eine für einen Pkw sehr untypische Bewegung. Er sprang wie ein Kaninchen, das sich in der Höhe eines Hügels verschätzt hatte, unsanft, nein brutal auf. Pascal konnte den harten, ungebremsten Aufschlag der Stoßdämpfer durch das geöffnete Fenster hören. Gestoppt wurde die Fahrt des Wagens erst durch eine beherzte Lenkbewegung in Richtung Parkplatz. Die Touristen mussten verschnaufen, zu viele Eindrücke in zu wenigen Sekunden.

Pascal nutzte die freie Strecke vor sich, um die verlorene Zeit wieder reinzuholen. Eine scharfe Linkskurve, dann schnell durch Bonnieux Richtung Lacoste, das Dorf, das unter Tausenden von Dörfern sofort zu identifizieren war. Das Schloss auf dem dreihundert Meter hohen Gipfel war schon aus einer Entfernung von mindestens zehn Kilometern deutlich erkennbar. Nicht zu fassen, dass in diesem Ort, den Pascal nur verlassen und ausgestorben kannte, etwas passiert sein sollte und offensichtlich gerade passierte.

Über Lacoste lag von jeher ein Geheimnis und ein gewisser Grusel. Der Marquis de Sade sollte in seinen Jahren im Schloss sein Skandalbuch »Die 120 Tage von Sodom« geschrieben haben. Was der Lüstling dort mit den vor allem jungen Frauen getrieben haben musste, war in seinen Büchern nachzulesen. Siebenmal verbrachte der Marquis de Sade lange Zeit hinter Gittern, er wurde zum Tode verurteilt, durch einen vermeintlich glücklichen Zustand verschont, schrieb weiter, landete wieder im Gefängnis, kam schließlich frei und verbrachte im Alter von vierundsiebzig Jahren den letzten Tag seines Lebens mit einer Orgie. Er war der literarische Schöpfer des Sadismus und lebte ihn privat aus, viel mehr musste man nicht wissen.

Diese Geschichten aber lagen lange zurück. Die letzten Jahre gehörte das Schloss bis zu seinem Tode 2020 dem Modeschöpfer Pierre Cardin, der das alte Gemäuer offensichtlich wieder zum Leben erweckt hatte.

Pascal nahm die Strecke um den Ort herum, um ohne Umweg direkt nach oben zum Schloss zu gelangen. Doch weit kam er nicht. Derart viele Menschen auf einmal hatte Pascal in Lacoste noch nie gesehen. Es schien, als hätte sich das ganze Dorf vor dem einzigen Zugang versammelt.

Pascal hörte eine hysterische Stimme durch ein Megafon: »Hände weg von unserem Dorf!«, »Wir leben hier« und »Wir sind keine petites gens«.

Offensichtlich hatten die Bürger aus dem Dorf eilig Plakate zusammengebastelt: »Wir wollen nicht das Saint-Tropez de la culture werden. Wir sind Lacoste.«

Einige der Protestanten hatten Pfeifen mitgebracht. Pascal fuhr auf den vollkommen überdimensionierten Parkplatz vor dem Schloss. Die Skulptur der sich ausbreitenden Arme war in vielen Reiseführern verewigt. Pascal parkte sein Einsatzfahrzeug hinter dem der Gendarmerie aus Bonnieux, die bereits vor Ort war. Oben am Schloss nickte Roussillons Bürgermeister Arthur ihm freundlich zu. Pascal ging zu ihm, um ihn zu begrüßen.

»Vier Gendarmerien für die paar Demonstranten?« Pascal musterte die Menge, die zwar aufgebracht war, aber nicht den Eindruck machte, die Situation würde außer Kontrolle geraten. Dies war nicht das Oval Office, es war ein halb renoviertes, halb verfallenes Schloss im Luberon.

»Der Eindruck könnte täuschen.« Arthur sprach, ohne seinen Blick von den Demonstrierenden zu wenden.

»Sie meinen, unter den Demonstranten gibt es Gewaltbereitschaft?«

»Non, aber das kann trotzdem passieren, denn diese Demonstration ist weder angemeldet noch genehmigt. Es ist eine spontane Aktion. Wenn alles friedlich bleibt, greifen wir nicht ein.« Er schaute auf die Menschenmenge und fügte hinzu: »Aber sie sind verdammt wütend.«

Pascal beobachtete eine Frau, die ein Gemälde hochhielt: »Wir sind die Künstler.«

»Worum geht es ihnen?«

»Pierre Cardin hat hier alles weggekauft, den ganzen Berg. Es gibt hier keinen freien Wohnraum mehr für die Leute aus dem Dorf, und es sind nur vierhundert Menschen, die hier leben. Viele mussten Lacoste verlassen, sie wohnen jetzt auf dem Plateau, dem flachen Hügelgipfel jenseits des Schlosses. Sie sind vom Ortskern abgeschnitten. Vor ein paar Jahren haben sie unten am Hang dreizehn Sozialwohnungen bauen lassen, die sind inzwischen alle belegt. Außerdem steigen hier die Preise, für alles, und das da unten«, er nickte in Richtung Tal, das sich zwischen Bonnieux und Lacoste erstreckte, »gehörte ihm auch. Da sollte ein Golfplatz hin, stell dir das vor, dort, wo die Winzer ihre Weinberge haben. Die sollten alle weg. Jetzt reicht es den Bürgern von Lacoste. Und um ehrlich zu sein, Monsieur Chevrier, ich kann sie verstehen.«

»Aber Pierre Cardin ist doch gestorben.«

»Das ist es ja. Darin sehen die Bewohner aus Lacoste ihre Chance. Sie wollen Aufmerksamkeit, gerade jetzt, wo ihr Dorf für ein paar Tage zum Mode-Mekka wird. Sie wollen ihr Leben zurück, ihr Dorf, ihre Wohnungen zurückkaufen, doch die Lage ist kompliziert. Es gibt keinen Erben, nur irgendeinen Großneffen und jede Menge Verwalter und Leute, die sein Werk fortführen. Das bedeutet Chaos. Der Horrorbegriff für jeden Bürgermeister, fragen Sie Jean-Paul Betrix.«

Pascal hörte plötzlich Motorengeräusche hinter sich. Mehrere Autos kamen den Berg hinauf, sie fuhren in Kolonne und hupten.

»Mon Dieu, jetzt kommen auch noch die Bewohner aus Bonnieux.«

Wenige Sekunden später sprangen sie aus den Autos, auch sie hatten Plakate dabei, holten sie aus ihren Autos und hielten sie hoch. Ein Jubelschrei erklang aus den Kehlen der Demonstranten, als sie sich ihnen anschlossen. Inzwischen waren es gut einhundert. Der Zug setzte sich in Bewegung, in Richtung Schloss.

»Wir wollen jetzt reden«, riefen sie. »Kommt raus.«

Pascal lief über die linke Seite an den Demonstranten vorbei zu der schmalen Holzbrücke, die der einzige Zugang war. Über dem Portal die Silhouette des Marquis de Sade, in Silber, modern.

Das Eindringen der immer lauter werdenden Menschen musste er verhindern.

»Stopp, arrêtez!«, rief er. »Das Gebäude ist Privatbesitz. Hier geht es nicht weiter.«

Aus dem Augenwinkel sah er, wie die Kollegen der Gendarmerie aus Lacoste, die er bislang nicht kannte, weitere Hilfe anforderten. Sie würden die Lage mit drei Gendarmen vor Ort vielleicht nicht allein meistern können.

»Wir gehen da jetzt rein!«, rief eine Frau und versuchte an Pascal vorbeizukommen.

Er hielt sie fest, sofort kamen zwei Kollegen der Gendarmerie aus Lacoste und stellten sich hinter ihn.

»Sie werden da nicht reingehen«, ermahnte Pascal sie.

Gustave aus Goult kam ebenfalls zu Hilfe.

Ein weiterer Demonstrant stürmte Richtung Schlossportal. An einem Selfiestick hielt er sein Handy über die Leute. »Attention!«, rief er. »Jetzt soll Frankreich sehen, was sie von ihrem ungebremsten Kapitalismus haben. Wir sind live bei Insta.«

Die Demonstranten johlten. Von hinten begannen die Neuankömmlinge zu drängeln, sie drückten nach vorn.

Pascal wusste, dass sie zu viert die Position nicht lange würden halten können. Er rief noch einmal laut: »Arrêtez. Was wollt ihr? Worum geht es?«

Er musste Zeit gewinnen, zwei Fahrzeuge der Police municipale waren unterwegs. Zwölf Kollegen zusätzlich, hoffentlich ausgerüstet mit Schutzschilden und Knüppeln, die sie zur Not einsetzen konnten, dürften ausreichen. »Worum geht es euch?«

»Pierre Cardin hat hier alles gekauft, da unten, die ganze Straße, alle Häuser, und jetzt stehen sie leer«, rief ein Mann in der ersten Reihe, der ein Schild mit der Aufschrift »Wir wollen unser Dorf zurück« in Händen hielt.

»Genau, der hat sich hier nie blicken lassen. Der hat die ganze Straße unten gekauft, da lebt jetzt keiner mehr. Die Appartements stehen leer, da sollen nur seine reichen Freunde aus Paris wohnen.«

»Alles wegen des Festivals«, rief ein weiterer Mann aus der zweiten Reihe. »Vier Wochen sind sie hier, diese ganzen Künstler, Gérard Depardieu, Andrea Bocelli, Jonas Kaufmann, die eben alle, und dann verschwinden sie wieder. Und die Zeitungen schreiben nur, wie toll es ist, dass sie alle hier sind. Ist es aber nicht. Denen ist es egal, was hier aus uns wird, aber wir leben hier.«

»Wir haben hier nicht einmal eine Einkaufsmöglichkeit, wir haben keinen Arzt, nur diese leeren Häuser, alle entrümpelt, alle aus grauem Beton, kaum ein Haus ist fertig.«

»Schluss damit!«, schrie die Frau vor ihm und stürmte an Pascal vorbei über die Brücke.

Die Menge johlte. Zwei Einsatzfahrzeuge der Police municipale kamen den Berg hinaufgefahren, sie hatten die Sirenen eingeschaltet. Auseinandersetzungen dieser Art waren die Demonstranten nicht gewohnt. Für viele musste es die erste Demo ihres Lebens sein, Bilder wie diese kannten sie nur aus Marseille und Paris. Einige blickten sich unsicher um, als die Einsatzkräfte der Police municipale mit ihren Schilden und Gummiknüppeln aus den Autos auf sie zugerannt kamen, ihre Pistolen in den Halftern.

»Film das«, schrie eine Frau dem Mann mit dem Selfiestick zu. »Das sollen die ruhig alle sehen, wie wir hier behandelt werden.«

»Wir tun ihnen nichts«, rief Pascal. »Sie dürfen nur nicht über die Brücke in das Schloss, das ist in Privatbesitz.«

Arthur blickte sich unsicher um. Hinter ihm hatte einer der Kollegen aus Bonnieux die Frau eingefangen, gerade noch rechtzeitig, bevor sie die zweite Tür in den Innenbereich erreicht hatte. Der Kollege der Gendarmerie hatte ihr sogar Handschellen angelegt. Der Stress schien ihr zuzusetzen.

»Polizeigewalt!«, schrie sie. »Blinde Wut gegen uns Bürger.«

Ihr Blick war verzerrt, doch dann johlten die Demonstranten erneut und feierten ihren Durchbruch. Eine von ihnen hatte es geschafft, das wurde als Erfolg verbucht. Sie lächelte schwach und verunsichert, als sie zum Polizeiwagen gebracht wurde.

Inzwischen hatten die zwölf Kollegen der Police municipale die Demonstranten umstellt. Sie hatten die Situation im Griff. Pascal entspannte sich ein bisschen, bis er plötzlich in der Menge Frédéric Dubprée und Audrey von der Police nationale erblickte. Sie standen gut zwanzig Meter abseits der Demonstranten und winkten ihm zu. Audrey gab ihm ein Zeichen, er solle doch bitte zu ihnen kommen. Er nickte Arthur zu, der noch immer neben ihm stand.

»Ich gehe dann mal«, sagte er zu Arthur, »denke nicht, dass ich noch gebraucht werde.«

Die Demonstranten waren nach der Festnahme ruhiger geworden, ganz offensichtlich waren sie eingeschüchtert. Die Frau saß inzwischen im Polizeiwagen, keine weitere Person schien einen Durchbruch zu versuchen. Die Provenzalen kannten es nicht, von der Polizei abgeführt zu werden. Die Aktion veränderte die Lage.

Langsam ging Pascal auf Frédéric Dubprée und Audrey zu. Der Chef der Police nationale in seiner maßgeschneiderten Uniform und mit seinem sorgfältig zurückgekämmten Haar sah aus, als käme er gerade von einem Modelshooting. Seine Augen wie immer ernst, die Lage abscannend. Audrey daneben, ihre dunklen Pupillen auf ihn gerichtet. Ihr Haar trug sie länger als bei ihrer letzten Begegnung. Es stand ihr, nein, sie sah umwerfend aus. Es wurde ihm von innen warm, als sich ihre Blicke begegneten.

Er hatte gehofft, sie erst einmal nicht wiederzusehen, sich endlich von ihr befreit zu haben, doch diese Sekunden reichten aus, und die undefinierbare Anziehungskraft war zurück. Er hatte gehört, sie hatte eine Partnerin gefunden, sie überlegten sogar, zusammenzuziehen, für sie die einzig mögliche Lebensgemeinschaft, hatte sie ihm einst eröffnet. Nur eine Frau an ihrer Seite würde es aushalten, würde sie dauerhaft verstehen. Jetzt stand sie hier, und Pascal hätte sie am liebsten sofort an sich gedrückt.

Ihre Liebesbeziehung war von der ersten Sekunde an schwierig gewesen. Sie hatte aus ihrer Bisexualität nie einen Hehl gemacht, und doch hatte Pascal gemeint, ihre Affäre, die für ihn so viel mehr war, in ein gemeinsames Leben führen zu können. Mein Gott, war er verliebt in sie gewesen. Wie ein Teenager hatte er sich verhalten, und dann war die nächste Frau in Audreys Leben getreten, die nächste Liebe.

Frédéric Dubprée, seine Sensoren immer ausgefahren, registrierte die Situation sofort. Er hatte schon von Beginn an die Flammen zwischen seiner Polizistin und dem Dorfgendarmen spüren können. Überlegen, wie es seiner Natur entsprach, ergriff er schließlich das Wort.

»Wir wussten, dass wir Sie hier treffen.«

»Natürlich«, entgegnete Pascal, »das ist mein Job. Ich bin Dorfgendarm.« Er schaute die beiden Beamten der Police nationale vor sich an. »Nur, was macht ihr hier? Wegen der Demo werdet ihr nicht hier sein?«

Audrey lächelte. »Wollen wir einen Kaffee trinken gehen? Unten im Dorf?«

Pascal nickte.

»Wir denken, da kommt etwas auf uns zu.« Frédéric Dubprée setzte sich in Bewegung. »Kommen Sie. Audrey hat recht, gehen wir runter, ins ›Café de Sade‹.«

»Die haben sogar ein Café nach ihm benannt?«

»Nicht nur das«, entgegnete Audrey.

3

Der Abstieg über die sich durch das Dorf schlängelnde Rue Saint-Trophime mit dem rutschigen Kopfsteinpflaster erforderte Konzentration. Schon um den kleinen Seitenweg neben dem Schloss, hinunter über zerfallene Steinstufen und jede Menge Geröll, schien sich niemand gekümmert zu haben. Schon zweimal hatte Pascal fast den Halt verloren, war dann wieder bemüht, den Anschluss an seine beiden Kollegen nicht zu verlieren. Schwer vorstellbar, wie es gerade älteren Menschen mit Einkaufstaschen gelingen sollte, sich durch diesen Ort zu bewegen.

Pascal musterte die Häuser zur rechten und linken Seite der Gasse. Sie schienen tatsächlich unbewohnt, nichts deutete auf Leben hin, ganz genau so, wie die Demonstranten am Schloss es beschrieben hatten. Steile Kurven, Privateingänge, vorgehängte Schlösser, verrammelte Türen. Ein Geisterort, aber zugleich auch faszinierend und betörend. Eine Mittelalter-Kulisse wie aus einem Historienfilm. Pascal ließ sich ein Stück zurückfallen. Audrey und Frédéric Dubprée, selbst mit dem steilen Abstieg beschäftigt, schenkten ihm keine Aufmerksamkeit, und so konnte er durch die Fensterscheiben in das Innere eines Hauses schauen. Auf dem Boden grauer Estrich, ein Betonmischer und mehrere Eimer. Niemand arbeitete. Pascal ging ein paar Schritte den steilen Weg abwärts hinunter zum nächsten Haus, stützte sich an einer Mauer ab, um nicht abzurutschen, schaute durch ein milchiges Fenster. Auch hier ein ähnliches Bild. Die Wände leer, kahl, grau, die Decke ungestrichen, der Boden ebenfalls grauer Estrich. So auch das nächste und übernächste Haus. Baustellen. Niemand schien hier zu leben, alles schien Renovierungsarbeiten zu unterliegen.

In der Mitte des Abstiegs befand sich ein schmaler Pfad, der hinter zwei Häusern verschwand. »Résidence du SCAD«, stand in geschwungenen Lettern auf einem Schild, das einer Ritterrüstung glich. Beim weiteren Abstieg hinunter ins »Café de Sade« entdeckte Pascal weitere Schilder mit den Buchstaben SCAD auf Hauswänden. Museen, Kunsträume, Schaufenster mit Installationen. Ein in Stein eingeschlagenes Straßenschild »Rue Bernard Pfriem«. In der Provence ein bekannter Name, wusste Pascal. Er hatte in Lacoste eine Kunstschule gegründet.

Nur die Häuser der SCAD schienen bewohnt zu sein, alle anderen waren verwaist. Pascal hatte viele Fragen, als er Frédéric Dubprée und Audrey in das »Café de Sade« folgte. Als Logo wie schon oben am Schloss das Profil des Dichters und der Hinweis, das Café sei ein Restaurant und eine Pizzeria mit einer Tageskarte und einem breiten Angebot von Speisen.

Pascal, Frédéric Dubprée und Audrey nahmen auf einer kleinen Terrasse Platz, über ihnen ein beiger Sonnenschutz, der sich wie ein großes Segel schützend über die Gäste spannte.

Die drei wurden zu einem der hinteren Tische auf der Terrasse geführt. Ohne Nachfrage bestellte Frédéric Dubprée drei Kaffee und eine Karaffe Wasser. Die Hitze forderte ihren Tribut, der Abstieg in der Sonne hatte sie schwitzen lassen, zufrieden ließen sie sich in die Gartenstühle sinken.

Noch bevor die Kellnerin im Inneren des Restaurants verschwunden war, räusperte Frédéric Dubprée sich und bewegte seinen Oberkörper kaum sichtbar ein Stück nach vorn über den Tisch in Pascals Richtung. Sein Blick wanderte von Audrey zu Pascal und zurück, für einen Moment schwieg er.

»Da sind wir also wieder«, sagte er leise.

Pascal hatte den Chef der Police nationale aus Apt fast nie lachen sehen, sodass der kaum wahrnehmbare Anflug eines Lächelns schon als Gelöstheit zu verstehen war. Noch konnte Pascal sich keinen Reim auf dieses Treffen machen, jetzt war er begierig, zu erfahren, warum zwei hohe Beamte und sogar der Chef der Police nationale zu einer kleinen Demonstration in Lacoste gekommen waren. Im Vorfeld nicht angekündigte

Demonstrationen aufzulösen war die Aufgabe der Police municipale oder der Gendarmerie, sie waren für Ordnungswidrigkeiten und die Ruhe im Dorf verantwortlich. Als einfacher Gendarm aus Lucasson verstand selbst Pascal seinen heutigen Einsatz lediglich als Nachbarschaftshilfe.

»Wir haben heute Vormittag eine Vermisstenmeldung bekommen. Ein Mannequin ist heute Mittag nicht im Schloss erschienen, obwohl dort für eine große Modenschau geprobt wird, die in zwei Tagen stattfinden soll. Gestern war sie noch da«, setzte Frédéric Dubprée nach einer kurzen Pause hinzu.

Er sagte Mannequin, nicht Model, das passte zu ihm, das Wort trug eine Wertschätzung in sich und erinnerte zugleich an das Ursprungsland dieses Berufs. Er war ein stolzer Franzose, der sich seiner Tradition bewusst war. So saß er da und trank seinen Kaffee aus, dann blickte er in die Runde.

»Es wäre kein Grund zur Beunruhigung, aber sie hält sich offenbar auch nicht in ihrer Unterkunft hier unten im Ort auf. Es hieß, sie hätte auch die Nacht nicht dort verbracht.«

Audrey ergriff das Wort. »Natürlich, sie ist jung, sie ist hübsch, sehr hübsch sogar, hier gibt es sicher Partys und Veranstaltungen rund um das Event.« Audreys Augen leuchteten, wie immer, wenn es um ein aufregendes Nachtleben und schöne Menschen, insbesondere um hübsche Frauen, ging.

»Vielleicht ist sie versackt«, merkte Pascal an.

»Das ist das Problem, Pascal«, antwortete Frédéric Dubprée. »Sie scheint, nach dem wenigen, was wir wissen, nicht der Typ dafür zu sein. Sie hat auch einen Fahrer, den sie die ganze Nacht über nicht benötigt hat. Er steht ihr vierundzwanzig Stunden zur Verfügung, doch sie hat ihn in den Feierabend geschickt. Niemand hat sie also gesehen, und wenn du dich umschaust, Pascal, hier kommst du ohne Auto nicht weit. Ist doch komisch.«

»Um wen handelt es sich?«, wollte Pascal wissen.

»Sie heißt Jezebel Umajulu, wobei niemand ihren Nachnamen nutzt. Designer und Veranstalter kennen sie nur unter dem Namen Jezebel.«

»Von ihr habe ich gerade heute Morgen gelesen.« Vor Pascals innerem Auge tauchte der Artikel von heute Vormittag aus der »La Provence« auf. Dort war sie abgebildet gewesen. »Ja, Pascal, sie ist ein Superstar, ein Supermodel. Noch weiß die Öffentlichkeit nichts von ihrem Verschwinden, aber wenn diese Geschichte publik wird«, Audrey schaute Frédéric Dubprée und Pascal bedeutungsvoll an, »dann haben wir hier im stillen Luberon einen echten Skandal.«

»Wer hat sie zuletzt gesehen?«, fragte Pascal.

»Eine gewisse Tracy, eine amerikanische Garderobiere. Sie hat sich gestern um zweiundzwanzig Uhr oben am Schloss von Jezebel verabschiedet. Sie soll ebenso die Rue Saint-Trophime genommen haben, ist aber auch möglich, dass sie später in die Rue de Basse eingebogen ist, auch da stehen Häuser, sie geht nach einem steilen Abstieg wieder ein Stück den Berg hinauf. Es gibt nur diese beiden Straßen und ein paar Sackgassen, wie die Impasse de Bouffe Tourtoune, die aber ein schnelles Ende findet, da sich einige Abzweigungen in Privatbesitz befinden, meist gehören die Häuser entweder SCAD oder Pierre Cardin, das wissen wir bereits.« Ein einvernehmliches Nicken, Audrey strich sich über ihre nackten Fußknöchel.

»Über Jezebel gibt es eine Menge im Netz. Aber vieles davon ist widersprüchlich. Wenn wir ehrlich sind, wissen wir am Ende nicht viel. Sie kommt wohl aus Afrika, aus Ghana. Auch über ihre Familie wissen wir nichts, weder über ihre Eltern noch über ihr Liebesleben. Nur dass die Designer der Welt sich um sie reißen. Sie gehört zu den bestbezahlten Models der Welt.«

Audrey griff in ihre Tasche und zog ein Modemagazin hervor. Es war die Vogue. Pascal hatte sie das letzte Mal bei seiner Ex-Frau Catherine in Paris gesehen, und da sich sein Interesse für Mode in Grenzen hielt, hatte er Zeitschriften wie diese nie wieder gelesen beziehungsweise angeschaut. Zu lesen gab es schließlich auch nicht viel.

»Alles, was wir derzeit wissen«, übernahm Frédéric Dubprée wieder das Wort, »sie gilt als extrem professionell und ehrgeizig. Der Veranstalter Danielle Deontré ist äußerst besorgt. Auch wenn es nur eine Nacht ist, aber sie hat wohl noch nie eine Probe verpasst. Schwer zu sagen, ob er sich Sorgen um sie oder um die Modenschau macht. Er war aufgebracht, als er sich heute Morgen bei der Police nationale gemeldet hat, richtig besorgt. Es sei untypisch für sie, sagte er, das betonte er immer wieder, untypisch.«

Audrey lächelte. »Danielle Deontré ist eine Dramaqueen, so wie wir es aus der Modewelt erwarten. Ein wandelndes Klischee.«

»Wir müssen der Sache nachgehen«, sagte Frédéric Dubprée, »dazu die Demo, die aufgebrachten Menschen hier im Ort, wir sollten ein Verbrechen ausschließen können.«

Pascal blickte Frédéric Dubprée für einen Moment direkt in die Augen, er wusste, was jetzt kommen würde.

»Ja, Monsieur Chevrier«, sagte er schließlich, »wir hätten Sie gern an unserer Seite. Die Formalitäten kläre ich mit Jean-Paul Betrix.« Frédéric Dubprée lehnte sich in seinem Stuhl zurück. Die Nachmittagssonne beschien sein Gesicht.

Pascal kannte das Prozedere. Die Gendarmerie unterstand direkt dem Bürgermeister und hatte eigentlich andere Aufgaben, als in möglichen Verbrechen zu ermitteln. Pascal musste offiziell von seinen Aufgaben als Dorfgendarm freigestellt werden, und damit tat Jean-Paul Betrix sich in der Regel schwer. Immer wieder wies er darauf hin, dass die Police nationale und die Gendarmerie im ganzen Land verfeindet seien und dass es dafür tausend Gründe gäbe, gute Gründe, und dass er gar nicht verstehe, dass man sich hier in seinem Dorf über diese Art von Feindschaften hinwegsetzte. Nur hatte sich in der Vergangenheit das Prinzip, einen ruhigen, scharfsinnigen Mann wie Pascal Chevrier abzuberufen, ausgezahlt, und dagegen gab es keine Argumente.

»Natürlich, Monsieur Dubprée«, sagte Pascal förmlich.

»Sprechen Sie mit den Veranstaltern, mit Danielle Deontré. Vielleicht kennt er Jezebels Gewohnheiten, hat doch eine Idee, wohin sie gegangen sein könnte. Vielleicht weiß er etwas über die Familie, über ihr Leben, ob sie liiert ist. Bislang scheint niemand außer ihm sie zu vermissen.«

»Sie ist erst seit einer Nacht weg«, merkte Pascal an, »normalerweise würde da nicht einmal die Gendarmerie eingreifen. Auch Touristen verschwinden mal für eine Nacht.«

»Nur ist sie keine Touristin, sondern ein Supermodel, ein Super-Mannequin«, sagte Frédéric Dubprée.

Pascal nickte langsam und sah zu Audrey.

»Ja, Monsieur«, setzte der Chef der Police nationale noch hinzu. »Audrey wird an Ihrer Seite sein.«

»Bon«, antwortete Pascal knapp. Eine weitere Zusammenarbeit mit Audrey würde ihn fordern, seine Gefühlswelt strapazieren, es würde anstrengend werden. Nur eine Nacht, sagte er sich, vielleicht löst sich schon am Nachmittag alles auf. Zumindest hatte er diese leise Hoffnung, war aber alarmiert.

4

»Das Problem sind die Beine«, sagte Pascal und lachte dabei, während er versuchte, sie sanft in eine angewinkelte Position zu bekommen. »Olivienne ist eben gut drauf, wenn Opa versucht, die Windeln zu wechseln.«

Pascal warf seiner Tochter Lillie einen bitterbösen Blick zu. Bei dem Wort »Opa« zuckte er noch immer zusammen. Der Weg in die neue Lebensphase war noch weit, wusste er.

»Es ist eben schon ein bisschen her«, grummelte Pascal, als Oliviennes Beine wie kleine Schlagzeugstöcke in die Luft flogen und sie dabei einen komplizierten Drumbreak vollführte, dazu ein Quietschen, pure Freude.

»Warte es ab, ich bekomme dich«, sagte Pascal, griff sich einen der nach oben gestreckten Füße und küsste ihn. »Das habe ich mit dir auch immer so gemacht«, sagte Pascal zu seiner Tochter.

»Schön, dass du dir wenigstens das abgewöhnt hast.« Lillie beobachtete ihren Vater mit einer Mischung aus Strenge und Vergnügen, immer bereit, wie eine Löwin dazwischenzuspringen, wenn er sich zu blöd anstellte, die Schrankkante im Blick.

»Jetzt die Windel«, rief Pascal wie ein Chirurg im OP. »Schnell«, fügte er noch hinzu.

Er hatte jetzt beide Beine seiner Enkeltochter so weit nach oben gestreckt, dass sie nur noch mit den Schulterblättern und dem Kopf auf der zur Wickelkommode umgebauten Anrichte lag. Er war zufrieden mit sich, Olivienne nicht. Die Stellung, auf Kopf und Schultern zu ruhen, gefiel ihr nicht. Aus dem fröhlichen Jauchzen wurden nun laute Töne des Unwohlseins, die ihm aus dem zahnlosen aufgerissenen Mund entgegengeschmettert wurden. Er sah das Zungenzäpfchen, wie es vibrierte, Kraft sammelte und sich dann im Rhythmus des Schreis bewegte.

»Es gibt nur Freude oder Leid, nichts dazwischen«, bemerkte Lillie und übernahm wieder die Beine, die Pascal ihr
dankbar überließ. »Mach dir nichts daraus ... Opa.« Lillie
stupste ihren Vater leicht in die Seite, um sich entweder zu
entschuldigen oder dem Wort »Opa« eine Dringlichkeit zu
verleihen. Mit einer routinierten Bewegung wickelte sie die
Windel um die Taille ihrer Tochter, dann beugte sie sich nach
vorn, dicht über das Kind, und flüsterte: »Geschafft«, und
dabei übersäte sie Olivienne mit Küssen. Wie Lillie dort stand,
ihre Tochter küssend, sollte sich in Pascals Gedächtnis einbrennen.

Bei jedem lebensverändernden Ereignis kommt der Moment, in dem alle Beteiligten begreifen, es gibt ein Gestern und
ein Heute, und das Gestern hat mit dem Heute nichts mehr
zu tun. Das Leben verändert sich jetzt von Grund auf. War
bisher Lillies Nachricht aus dem Krankenhaus – alles sei gut
gegangen, Claude sei die ganze Zeit bei ihr gewesen, es habe
zwölf Stunden gedauert, sein Enkelkind heiße Olivienne, nein,
sie heiße wirklich so, immerhin sei ihr Mann ja Koch, und
jetzt sei sie erschöpft, aber so glücklich wie nie im Leben – nur
eine Nachricht gewesen, wenn auch die schönste überhaupt,
konnte er es jetzt das erste Mal mit eigenen Augen erleben,
dieses Wunder.

Eine so tiefe Liebe, eine so große Dankbarkeit durchdrang
ihn, dass er für einen Moment geradezu bewegungsunfähig
dastand. Erschlagen von der Fürsorge, einem Gefühl, das ihn
zurück nach Paris katapultierte. War es nicht in Wahrheit
erst gestern gewesen, als Lillie noch als hilfloses Wesen in seinem Arm gelegen hatte? Als sie strahlte, wenn er Grimassen
schnitt?

Damals schien sein Leben so perfekt. Catherine, Lillie und
er, wie sie unzertrennlich und euphorisch jeden neuen Tag
ihrer Tochter feierten, wie sie mit dem großen Kinderwagen
durch Paris spazierten, entlang der Seine, voller Glück und
aufkommenden Urängsten, die jede Mutter und jeder Vater
kennt. Im geschulten Auge eines Polizisten, täglich mit dem

Verbrechen konfrontiert, wurden diese noch größer. Jeden Blick eines Passanten in den Kinderwagen beäugte er skeptisch, zum Sprung bereit.

Da liefen plötzlich missgelaunte Hunde über die Bürgersteige, Schiebetüren öffneten und schlossen sich in unnatürlicher Geschwindigkeit, alle Pariser Autos fuhren grundsätzlich zu schnell, welcher grünen Ampel war schon zu trauen? Und sprechen wir gar nicht erst über die Fahrradkuriere, die allesamt sofort hinter Schloss und Riegel gehörten, und dann diese Metroschächte. War der Mensch in seinem Wesen nicht vielleicht doch böse?

Die Urängste breiteten sich aus, als lebte er in der Tierwelt, er musste seine Familie schützen, den Höhleneingang bewachen. Dieses Grundgefühl, dieser Beschützerinstinkt übertrug sich auf seinen Beruf. Er war wachsamer geworden und vorsichtiger, begann sogar am Ende an seinem Beruf zu zweifeln. Wie viel wog schon die Ordnung im Vergleich zu seiner Rolle als Vater? Was bedeutete es schon, einen Drogendealer vom Gare du Nord zu vertreiben, wenn morgen ohnehin jemand Neues an seine Stelle rückte? Was hatte Pascal denn in Wahrheit mit diesen Menschen zu tun?

Er dachte an seinen Eid, an die Gerechtigkeit, um die es ihm ging, an ein friedliches Zusammenleben, an all die Werte, die ihm wichtig gewesen waren, als er sich für diesen Beruf entschieden hatte. Lillie hatte sein Leben umgekrempelt, vom ersten Tag an bis heute. Sein Beruf bei der Police nationale war zu einem noch größeren Problem geworden, als Lillie älter wurde und verstand, welchen Gefahren ihr Vater sich täglich aussetzte.

Als Pascal eines Nachts zu einem Fall von häuslicher Gewalt gerufen wurde und die Wohnung stürmte, schoss der gewalttätige Ehemann auf ihn und verfehlte ihn nur knapp. Das Geräusch der Kugel, wie sie in der Wand hinter ihm in den Gips eingedrungen war, verfolgte ihn monatelang. Als der Gewalttäter ein zweites Mal auf ihn zielte, kam Pascals Partner Alexandre ihm zuvor. Er traf den Arm des Täters und schoss ihm danach noch einmal ins Bein. »Zur Sicherheit«, hatte Alexandre ihm damals gesagt, »damit er nicht mehr aufstehen kann.«

Pascal war es recht gewesen. Alexandre war von ihnen beiden der Draufgänger, der Actionheld, der Polizist aus Leidenschaft. Pascal immer der Denker, der Stille, und das hatte sie damals zusammen so stark gemacht. Während Alexandre als überzeugter Single nachts durch die Pariser Bars tobte, verbrachte Pascal jede freie Minute mit seiner Familie. In seiner Vaterrolle fand er seine Bestimmung. Lillie, Catherine, die beiden wurden zu seinem Lebensinhalt. Für sie war er bereit, durch die Hölle zu gehen, aber nicht mehr für jeden geistesgestörten Straftäter hinter dem Hauptbahnhof. Und doch hielt er noch lange aus. Vielleicht zu lange, hatte er schon oft gedacht.

»Ab in die Küche, Papa«, riss Lillie ihn mit gespielter Strenge aus seinen Erinnerungen. »Claude braucht Unterstützung.« Olivienne hatte sie inzwischen wieder angezogen, und Mutter und Tochter schauten ihn zufrieden an. Was für ein Glück er doch hatte, dachte er und gab beiden einen Kuss.

»Du kümmerst dich um den Poule de Mer.«

Die Art, wie Claude dies seinem Schwiegervater auftrug, klang nach Respekt vor dem Tier, das sie verspeisen würden, eine Haltung, die Pascal an Claude schätzte. Doch es klang auch nach Verantwortung, die ihm von einem Sternekoch auferlegt wurde. »Du wirst ihn grillen?« Was wie eine Frage formuliert wurde, war in Wahrheit eine Ansage, die Pascal gern annahm. Er hatte den Grill bereits vorbereitet, als er nach Hause gekommen war, die Kohle glühte inzwischen weiß. Ein bisschen Fleur de Sel, ein bisschen Pfeffer, mehr war nicht nötig, so landete der Fisch auf dem heißen Rost. Es zischte, und sofort stieg der Duft nach Mittelmeer auf, nach Genuss, nach Sommer, nach Freude, an diesem Ort zu sein.

»Mach ein bisschen Platz auf dem Grill«, sagte Claude, während er eine Schüssel mit längs halbierten Artischocken in Zitronenwasser brachte und sie auf den Grill legte. »Du musst sie ein paarmal wenden und aufpassen, dass sie nicht verbrennen«, bemerkte er, »ich kümmere mich um das Zitro-nenrisotto.« Schon verschwand er wieder in der Küche.

Die Sonne stand tief, als Lillie, hin und wieder die Wiege schaukelnd, Claude und Pascal sich an den runden Tisch setz-ten, Bordeaux sich zu Füßen seines Herrchens legte und sie gemeinsam das Essen genossen. In diesem Moment schien es, als könne nichts die Idylle der Provence trüben. Es war ein letzter perfekter Tag.

5

Im Schloss de Sade herrschte geschäftiges Treiben, eine Hektik und Angespanntheit, als handle es sich um die Uraufführung einer Oper. Pascal sah Scharen von meist sehr dünnen Menschen, Kleiderständer wurden über den Schlossboden gerollt, ständig wurden Küsschen verteilt, sich in den Arm genommen, dürre Frauen saßen vor Spiegeln. Einige von ihnen betrachteten besorgt oder enttäuscht die Veränderung, die ihr Gesicht oder die Haare dank der Kunst von Maskenbildnern und Friseuren durchlebten. Andere guckten nur auf ihre Handys und scrollten durch eine niemals enden wollende Fotokollektion von Kleidern, Designer-Kreationen oder Katzenvideos. Sie interessierten sich nicht mehr für das, was der Designer vor Ort mit ihnen vorhatte, sie funktionierten.

Pascal stand neben einem der mobilen Schminktische, der noch leer im Raum stand, und betrachtete zwei Models. Beide hatten Lockenwickler im Haar, eine trug blondes, die andere dunkles Haar, soweit Pascal das von seiner Position aus beurteilen konnte, denn ihr Haar war in kleine Aluminiumtütchen verpackt. Immer büschelweise.

»Ich habe einen Zuckerschock«, sagte die Blonde, dabei zog sie einen Brigitte-Bardot-Schmollmund.

»Wie kann man hier auch Croissants hinstellen«, sagte das Mädchen mit dem Aluminium im Haar, dabei starrte sie finster auf den Tisch, auf dem neben einigen Joghurts und Salaten ohne Dressing auch ein paar Croissants in einem Korb bereitstanden.

»Es war nur ein halbes«, sagte das blonde Mädchen, als würde sie vor Gericht einen Mord gestehen.

»Du musst vor allem auf die Fette beim Mittagessen achten und deinen Gluten-Haushalt regulieren.« Die Dunkelhaarige sprach im Tonfall einer Ärztin.

»Es wird Zeit für eine Entgiftung«, sagte die Blonde wieder, noch immer schien sie den Schock des halben Croissants nicht verarbeitet haben.

»Die Curvy-Modelszene wächst stetig an«, sagte die andere wie zur Aufmunterung, dabei beugte sie sich vor und klopfte ihr wie ein alter Kumpel auf den dürren Oberarm, ihre Gesichtszüge spöttisch.

»Bist du verrückt?«, entgegnete die Blonde fassungslos. »Was, wenn ich einen blauen Fleck von diesem Schlag davontrage?«

Die andere lachte und schien froh, als sie ein junger Mann in einer hautengen Plastikhose bat, mit ihm zu kommen.

»Und was darf ich mit Ihnen anstellen?«, fragte er und musterte Pascal mit einem Blick, den sonst nur Obdachlose in den Pariser Metroschächten ernteten.

»Ich würde gern Danielle Deontré sprechen«, sagte Pascal und ignorierte das Entsetzen in den Augen des Mannes, als dessen Blick auf Pascals derben Polizeischuhen landete. »Zu Befehl, Herr General«, sagte er. »Da kommt er ja schon.« Und dann, als gehörten all diese Sätze zusammen und als würde er noch mit Pascal sprechen, hängte er ein »Husch, husch, husch« an, doch damit meinte er das Model mit der Aluminiumfolie im Haar.

Danielle Deontré war ein hoch aufgeschossener Mann. Zuerst fielen Pascal die Beine auf, sie sahen aus, als stünde er auf Stelzen, hervorgehoben durch eine enge Gymnastikhose, so jedenfalls der erste Eindruck. Seine Augen geschminkt, stark geschminkt sogar, schwarz.

»Pardon, Monsieur, mein Aufzug, ich sehe heute schrecklich aus.« Er wandte sich ab, voll Scham.

Pascal zuckte mit den Schultern. »Ich bitte Sie, das ist doch kein Problem. Mein Name ist Pascal Chevrier. Ich bin im Auftrag der Police nationale aus Apt hier.«

Danielle Deontré schlug sich mit seiner Hand auf den geöffneten Mund, so als hätte er Pascal in seiner Uniform nicht längst zugeordnet, ein hohler Klang erfüllte für einen Moment den Raum.

»Mon Dieu, die Polizei.« Dann nahm er die Hand herunter, als sei nichts gewesen. »Sie sind wegen Jezebel hier!«

»Oui, Monsieur, meine Kollegin und ich.« Er sah sich um, Audrey stand unter einem mobilen Pavillon und unterhielt sich mit einer jungen Frau, wahrscheinlich Tracy, die Jezebel zuletzt gesehen hatte. »Haben Sie kurz Zeit für mich?«

Danielle Deontré war etwa einen Kopf größer als Pascal. Wie ein zu groß geratener Vogel betrachtete er ihn aus seinen tiefen schwarzen Augen, sein Blinzeln hatte etwas Theatralisches, etwas Dramatisches. Pascal hatte das Gefühl, er würde gleich beginnen zu weinen. Und das tat er auch, erst schlug er sich wieder die Hand auf den Mund, wieder das kurze Ploppen, dann schluchzte er und nahm Pascal in den Arm, drückte ihn an sich. Ein angenehmer Geruch ging von dem Mann aus, irgendein Parfüm, das es sicher noch nicht zu kaufen gab, und es war, als spürte Danielle Deontré Pascals Gedanken.

»Toll, nicht wahr?« Er roch an sich. »Toll, mein Geruch. Sie haben es bemerkt.«

Pascal nickte, wollte etwas sagen, aber schon legte Danielle den Finger auf den Mund.

Audrey beobachtete die skurrile Szene, es musste ausgesehen haben, als verabschiedete sich ein Vater am Eingangstor einer Schule von seinem Kind. Leisefuchs.

»Jezebel, Jezebel«, schluchzte er, dann legte er seine Hand auf Pascals Arm. Ein eher körperlicher Typ, dachte Pascal. »Ihr ist etwas passiert, Sie sind deswegen hier? Um mir die Nachricht zu unterbreiten? Nun machen Sie schon, nun sagen Sie schon etwas, Sie herzloser Polizist.« Unvermittelt ließ er ihn los, stieß ihn von sich.

»Wir wissen nicht, ob Jezebel etwas passiert ist. Aktuell ist sie verschwunden, das ist alles, was wir haben, und das wissen wir nur von Ihnen. Sonst haben wir keine Neuigkeiten.«

»Denn in zwei Tagen ist die Haute-Couture-Veranstaltung, morgen die Generalprobe, heute die letzte reguläre, um Fehler zu finden, und ich werde welche finden.« Er guckte streng zu Pascal. »Die letzte Kollektion des großen Meisters Pierre Cardin«, setzte er hinzu, wieder liefen Danielle Deontré die Tränen aus den Augen. Es war nicht auszumachen, ob vor Kummer oder vor Sorge, seine Modeveranstaltung müsste ohne den Star des Abends stattfinden, oder vor lauter Gerührtheit wegen des großen Cardin. Wahrscheinlich kam am Ende alles zusammen.

»Können wir einen Moment miteinander sprechen?«, fragte Pascal.

»Was tun wir denn gerade?«, fragte Danielle Deontré erstaunt, ohne jeden Zynismus.

»Ich meine in Ruhe. Gibt es einen Ort, an dem wir uns hinsetzen können?«

»Sie haben schlechte Nachrichten für mich. Grausame Nachrichten. Sie wurde zerstückelt?« Das Ploppen, das die Hand diesmal auf dem geöffneten Mund hinterließ, war lauter. »Sie denken, ich könne die Wahrheit nicht ertragen?« Seine Stimme wurde lauter, kratzte im Sound an Hysterie. Dann packte er Pascal an der Schulter. »Los jetzt!«

»Ich würde Ihnen sagen, wenn ich mehr wüsste. Alles, was wir wissen, haben wir von Ihnen.«

»Sie haben sie gefunden?«

»Nein, Monsieur Deontré, das haben wir nicht. Wie gesagt: Wir haben bislang nur Ihre Vermisstenmeldung. In der Regel ermitteln wir nicht schon nach vierundzwanzig Stunden, aber trotzdem nehmen wir Ihre Sorge ernst, daher bin ich auch hier. Nur, was wir wissen, wissen wir von Ihnen.«

Danielle Deontré schien noch ein paar Zentimeter zu wachsen. »Sie sind sicher?«

Pascal nickte. »Wann haben Sie Jezebel das letzte Mal gesehen?«

»Gestern bei der Probe. Sie trug Cardins Meisterwerk, einen schwarzen Rollkragenpullover aus Kaschmir. Unspektakulär, niederschmetternd in seiner Einfachheit.« Er atmete hörbar aus, als katapultiere ihn die Erinnerung in eine andere Welt.

»Einen schwarzen Rollkragenpullover also.« Das brauchte

Pascal sich nicht zu notieren, das würde er sich merken können. »Und ist sie damit nach Hause gegangen?«

Danielle Deontré schaute Pascal an, als stünde ein Geisteskranker vor ihm, ein Verrückter, der zumindest an Fieberschüben litt. »Natürlich nicht. Die letzte Kollektion des Großmeisters verlässt das Schloss nicht. Sie durfte den Pullover nicht einmal selbst an- oder ausziehen. Nicht auszudenken, wenn sie mit ihren Fingernägeln …« Er stöhnte auf und betrachtete seine; sie waren schwarz glänzend lackiert, bildeten einen Kontrast zu einem schweren goldfarbenen Ring, den er um seinen kleinen Finger trug.

»Hat Jezebel das Schloss allein verlassen?«

Danielle Deontré stöhnte auf, dramatisch. »Ja, sie wollte es so, frische Luft, obwohl sie das hier die ganze Zeit hatte. Sie hat ihren Fahrer nach Hause geschickt, sie war gern für sich. Unnahbar. Cool.«

»In welcher Kleidung ist sie nach Hause gegangen?«, wollte Pascal wissen.

»Kleidung …« Danielle Deontré atmete in der Geschwindigkeit eines prustenden Lachens, verzog aber den Mund nicht dabei. »Etwas Unkompliziertes, ein Hoodie, eine Jogginghose von Dolce und Gabbana, ein Geschenk, soweit ich weiß.«

»Welche Farbe?«

»Grau.«

»Und der Pulli?«

»Der Hoodie.«

»Der Hoodie. Welche Farbe hatte er?«

»Schwarz. Schwarz wie der Tod.« Danielle Deontrés Augen glänzten.

»Schuhe?«

»Weiße Sneakers.«

Zwei flüsternde Frauen mit allerlei Lockenwicklern im Haar, vollkommen blass, mit unreiner Haut, gingen an Pascal und Danielle Deontré vorbei.

»Husch, husch«, sagte Danielle Deontré zu ihnen. Sie reagierten nicht darauf. »Magnificent«, rief er einem weiteren

Model zu, das aus der anderen Richtung kam. Sie hatte gar kein Haar, ihre kahle Kopfhaut glänzte. »Na, was sagen Sie jetzt? Es erschlägt Sie, richtig?«

Pascal betrachtete die ihm vollkommen fremde Szenerie. »Na ja, es ist ...«

»... laut. Sagen Sie es. Laut.«

»Eigentlich wollte ich ...«

»Nein, nein, nein, sagen Sie es.«

»Was soll ich sagen, Monsieur Deontré?«

»Laut. Los doch.« Der Modedesigner und Veranstalter schaute ihn auffordernd an, doch als Pascal nichts sagte, begann er von Neuem. »Kommen Sie, wir sagen es zusammen: ›Laut‹.«

Pascal wollte dieser Tortur ein Ende bereiten. »Na gut, laut.«

»Das ist emotionslos, Monsieur le Gendarme. Erschreckend verschreckt.« Wieder schlug er seine flache Hand auf den Mund. »Sie sind ja ganz verklemmt.« Scherzhaft tätschelte er Pascals Schulter. »Ganz doll verklemmt.«

»Ich bin ja auch kein Mannequin«, entgegnete Pascal schließlich.

»Ich liebe Sie, fremder Gendarm. Dass Sie noch Mannequin sagen. Sie sind aus der alten Schule. Schade nur, dass Sie diese entsetzliche Uniform tragen müssen. Daher sind Sie auch nicht laut, sondern leise.«

Pascal wollte etwas entgegnen, zurück zum Thema kommen, doch Danielle Deontré legte ihm seinen Finger auf den Mund. »Ganz leise sind Sie.«

»Aber hören Sie mit der Uniform auf«, forderte Pascal ihn auf.

»Ich meine ja nur, ich könnte es besser machen.« Er berührte Pascal an den Hüften und übte leichten Druck aus, forderte ihn auf, sich vor ihm zu drehen. »Kommen Sie schon, zeigen Sie sich, wenn ich zum Tanz bitte.« Er lachte schallend, nahm seine Hand von Pascals Hüfte und schlug sie sich geräuschvoll auf den offenen Mund, plopp machte es.

»Wussten Sie denn nicht, Monsieur le Gendarme, dass Pierre Cardin genauso reagiert hätte, wenn er eine Begegnung mit Ihnen noch hätte erleben dürfen?«

»Das wage ich zu bezweifeln«, entgegnete Pascal.

»Doch, doch, doch, er hat auch Uniformen entworfen, und jetzt raten Sie mal, für wen?«

»Woher soll ich das wissen, Monsieur? Ich möchte nicht raten.«

»Nun kommen Sie schon, lassen Sie sich darauf ein, trauen Sie sich.« Er stupste Pascal mit dem Zeigefinger auf die Nase. »Sie sind mir vielleicht einer. Nicht mal auf ein Quiz haben Sie Lust.« Er machte eine kurze Pause und musterte ihn wieder, ganz offen, ohne Scham. »Ich gebe Ihnen einen Tipp.«

Pascal stöhnte auf und war bereit, sich zu ergeben.

»Der große Pierre Cardin hat für das gesuchte Land nicht nur die Uniform für die Armee und die Polizei designt, sondern auch für die Post.«

Pascal stöhnte lauter und für alle anderen hörbar auf, dabei suchte er mit seinem Blick Audrey. Sie stand, umgeben von einer Gruppe Models in schneeweißen Bademänteln, nur wenige Meter von ihm entfernt und unterhielt sich angeregt mit ihnen.

»Gehen Sie auch manchmal ein Risiko ein?« Danielle Deontré machte einen Schmollmund.

»Es reicht jetzt, Monsieur.« Pascal erhob die Stimme, worauf Danielle Deontré ein erschrockenes »Huch« entfuhr.

Doch Deontré schien Spaß an dem kleinen Spiel zu haben und ließ sich nicht einschüchtern.

»China«, rief Pascal, einfach nur um Ruhe zu haben, ein bisschen zu laut, sodass auch Audrey sich zu ihm umdrehte und ihn geradezu erschrocken ansah, doch sofort lächelte sie, als Deontré zu applaudieren begann. »Bravo, Monsieur. Das war in den neunziger Jahren, und Sie haben es gewusst!«

Das laute Applaudieren irritierte Pascal, er wünschte sich, dass er jetzt endlich aufhörte, dass das hier alles aufhörte.

»Jetzt waren Sie aber laut«, sagte Deontré zufrieden.

»Zurück zu Jezebel«, durchbrach Pascal die ausgelassene Stimmung des Designers und Veranstalters. »Ich muss so viel wie möglich über sie in Erfahrung bringen, sonst können wir sie nicht finden, und Sie hören nicht auf mit Ihrem Gehabe.« Pascal fuchtelte mit seiner Hand zwischen ihnen hin und her, als gehöre er ebenfalls zur Modeszene.

»Wenn Sie es jetzt amüsant finden, so zu tun, als seien Sie einer von uns, dann machen Sie einen Fehler, Monsieur le Gendarme. Machen Sie sich nicht über uns lustig ...«, er machte eine Pause und fügte schließlich hinzu, »... in dieser Uniform.«

»Das tue ich nicht, Monsieur, ich versuche nur, eine Kommunikation mit Ihnen aufzubauen, die beide Seiten verstehen, und meine Uniform hat nichts damit zu tun.«

»Natürlich hat sie das. Was Sie tragen, das sind Sie. Und ein stärkeres Zeichen als eine Uniform gibt es nicht. Sie sind, was Sie tragen, so was weiß man doch.« Er schüttelte den Kopf, es sah dramatisch aus, als sei er die Hauptfigur in einem Shakespeare-Drama. »Also lassen Sie mich eine Uniform erschaffen. Eine Unisex-Uniform, in der Geschlechter sich annähern, bis sie sich auflösen. Die Gendarmerie, keine Vorurteile mehr. Wir sind alle gleich. Vor dem Gesetz. Im Leben, im Geschlecht.«

Danielle Deontré war in seinem Element, und er war gut darin. So hatte es Pascal noch nie betrachtet, diese Bedeutung hatte er Kleidung nie zugestanden.

»Also, helfen Sie mir auch?«, bat der Designer. »Stellen Sie einen Antrag, sorgen Sie für Besserung. Für Sie und alle Ihre Kollegen. Sie haben es sich doch verdient. Ich meine, Sie sind ein Gendarm, ein hübscher Gendarm.«

»Wollen wir beide mal einen Ausflug in die Gendarmerie unternehmen? Damit wir zwei Hübschen uns mal in Ruhe unterhalten können?« Pascal war mit seinem Satz zufrieden, fand ihn sogar lustig.

»Ach, finden Sie sich jetzt lustig? Hahaha.« Wieder schlug Deontré die Hand auf seinen Mund, dann fuhr er fort. »Ihnen mag das hier komisch vorkommen, wenn Sie hier einbrechen aus einer Welt wie der Ihren. Diese traurige farblose Welt, in der es Regeln gibt, nach denen Sie leben und die Ihnen Ihren Rahmen geben, Ihr Leben vorgeben. Mein Gott, wie armselig kann ein Dasein sein? Wie Sie sehen, sieht es hier hinter den Kulissen der Cardin-Welt anders aus. Wir kriechen nicht, wir schreiten. Erhobenen Hauptes.« Er zeigte auf sich. »All eyes on me.«

»Das ist mir aufgefallen.«

Danielle Deontré ignorierte Pascals Einwurf. »Nun, Monsieur, es muss schwer für Sie sein, sich hier zurechtzufinden. Es mag eine Parallelwelt für Sie sein.«

»Glauben Sie mir, Monsieur Deontré, ich kenne mich in Parallelwelten aus. Es ist nur so, ich habe das Gefühl, ich befinde mich in einer Art Show, einer Revue, in der niemand ist, wie er ist.«

Danielle Deontré lachte. »Niemand hier kann es sich leisten, nicht so zu sein.«

»Ich versuche es zu verstehen, Monsieur Deontré. Ich danke Ihnen für den Hinweis, denn mir wird nichts anderes übrig bleiben, als mich hier zurechtzufinden, wenn ich das Verschwinden von Jezebel verstehen möchte.«

»Ich befürchte, uns allen fehlt die Zeit.« Danielle Deontré schaute auf die Uhr. »Wenn sie heute nicht kommt, bleibt nur noch morgen die Generalprobe. Und wenn sie auch morgen nicht kommt«, seine Augen weiteten sich vor Entsetzen, »müssen wir sie aus dem Programm streichen. Und das käme einer Katastrophe gleich, es gab Pläne …« Seine Stimme zittrig, seine Augen feucht.

Audrey rettete Pascal, als sie endlich zu ihnen trat. Die Models, mit denen sie eben noch gesprochen hatte, verschwanden schnellen Schrittes in verschiedene Räume, in denen sich wahrscheinlich Garderoben befanden. Eine Stange auf Rollen, überfüllt mit bunten Kleidern, wurde eilig von einer Frau hinterhergeschoben. Audrey gönnte Danielle Deontré keine Pause.

»Ist Ihnen gestern an Jezebel etwas aufgefallen?«, fragte sie.
Danielle Deontré schaute sie überrascht an. »Sie war im
Grunde wie immer, angespannt und konzentriert vor einer
Show, das ist ihr Wesen.«
»Wie würden Sie ihr Wesen noch beschreiben?«, fragte Audrey.
»Still, immer still. Sie ist introvertiert. Sehr introvertiert
sogar. Das ist bei anmutigen Wesen immer so. Sie entziehen
sich, und das macht sie groß, unverwechselbar.«
»Und gestern war sie auch ruhig?«
»Es war nur diese Sache mit der Demonstration, die uns
bewegte, die niemand von uns verstanden hat. Ich meine, wie
kann man den Heilsbringer des Ortes so angreifen?« Zur
Unterstützung schüttelte Danielle Deontré unwillig den Kopf.
»Wie kann man nur?«
»Was hat er denn hier Gutes getan?«, fragte Pascal mit aufrichtigem Interesse.
»Er hat alles in Schuss gebracht. Dieses Schloss, das war ein
Trümmerhaufen, ähnlich wie Ihre Uniform. Ein Berg Steine.
Alte Steine.« Er lächelte sanft, freute sich offenbar über seine
Definition des sechshundert Jahre alten Schlosses.
»Er hat es renoviert?«
»Er hat über die Jahre etwa fünfzig Millionen Euro investiert, und diese Einwohner haben nichts anderes zu tun, als
sich zu beschweren. Undankbarer Pöbel.«
Unverständnis im Gesicht des Designers.
»Ich muss mich jetzt kümmern. Wir brauchen einen Plan B.
Wenn Jezebel nicht kommt. Was macht Naomi eigentlich am
Samstag?«, rief er in den Raum, ohne eine Antwort zu bekommen.
Für einen Moment schwiegen sie, als gäbe er den beiden
Beamten die Chance, das Gesagte in all seinem Umfang zu
verstehen, das Drama. Dann ging er, nein er stöckelte und
verschwand hinter einer rustikalen Steinmauer, und Audrey
hielt Pascal zwei Einladungen hin.
»Schon mal eine Haute-Couture-Show live erlebt?«

Pascal sah sie erstaunt an. »Du hast Einladungen?«

»Bien sûr. Das sind polizeiliche Ermittlungen, und zieh dir was Anständiges an.« Sie machte eine Pause, dann eine dramatische Geste. »Etwas Lautes.«

6

In diesen frühen Morgenstunden liegt Lucasson noch zwischen Traum und Wirklichkeit. Das Licht der aufgehenden Sonne wird die Laternen löschen, dann werden die Katzen von ihren Jagdzügen an ihre Schattenplätze zurückkehren, Fenster werden geöffnet, die Boulangerie wird ihren Duft von frischem Baguette durch die Gassen strömen lassen, Espressomaschinen erwachen fauchend zum Leben, Markisen zum Schutz gegen die Hitze werden über die Bistrotische gekurbelt.

Jetzt, noch vor sechs Uhr morgens, gehörten die Gassen Pascal und seinem Hund Bordeaux, der die Hauseingänge beschnüffelte und die Nachrichten des Morgens studierte. Celia, die Hündin seiner Träume, hatte vielleicht eine Liebesbotschaft hinterlassen, die nur er, der dreijährige Rüde, verstand. Kurz hinter Bordeaux' Lieblingseingang öffnete sich die stolze Place de la Fontaine mit dem prachtvollen Brunnen in der Mitte, der dem Marktplatz nicht nur seinen Namen gab, sondern ihm auch seinen unverwechselbaren Klang schenkte. Ein beruhigendes, niemals verstummendes Plätschern.

Hier war Pascal zu Hause, hier war er angekommen, das war sein Ort. Das waren seine Geräusche, seine Gerüche, seine Wege. Er hatte sich früh aus dem Haus gemacht, war leise gewesen, um seine Tochter Lillie, sein Enkelkind Olivienne und seinen Schwiegersohn Claude nicht zu wecken. Auf dem Küchentisch hatte er einen Zettel hinterlassen, ein Abendessen angekündigt und für morgen, ihren letzten Tag in der Provence, eine frühmorgendliche Trüffelsuche geplant. Er musste mit Bordeaux trainieren, irgendwann würde er ein Leckerli aus Pascals Tasche dem schwarzen Gold vorziehen. Schon einige hundert Euro waren statt in Pascals in Bordeaux' Magen gelandet. Er konnte es nicht lassen.

Als Pascal die schwere Rathaustür öffnete, um in seine Gendarmerie zu kommen, roch er bereits Kaffee. Kein gutes Zeichen. Jean-Paul Betrix saß schon in seinem Büro. Die dunkle Erde auf der Treppe und im Flur, verteilt über den glatten Steinboden, war noch frisch.

»Bonjour«, polterte es aus dem Büro. Der Bürgermeister trug seine grüne Jagdjacke, die Ärmel braun, Blut und Federn am Revers.

»Sie haben etwas geschossen?« Pascal, in dessen DNA auch nach vier Jahren in der Provence etwas Städtisches überlebt hatte, konnte der Jagd nichts abgewinnen.

»Naturellement«, sagte Betrix stolz und öffnete die Tür zu seinem Büro. Zwei Fasane lagen auf seinem Schreibtisch, die Köpfe über die Kante hängend, abgeknickt. »Voilà, einer ist für Sie«, verkündete er stolz, als hätte er den ungleichen Kampf gegen das Federvieh mit seinem Jagdgewehr nur knapp gewonnen.

»Monsieur«, sagte Pascal misstrauisch, »Sie haben mir noch nie etwas geschenkt.«

»Na ja«, entgegnete Jean-Paul Betrix, »ich will ja nicht so sein.«

Angestrengt dachte Pascal über den Haken an der Sache nach. Eine so gönnerhafte Geste brachte er mit seinem Chef nicht in Einklang.

»Wo ist der Haken?«, entfuhr es ihm.

Jean-Paul Betrix schaute ihn überrascht an. »Warum so misstrauisch?«, sagte er versöhnlich.

»Na dann«, sagte Pascal schließlich, »dann werde ich das Geschenk gerne annehmen.« Im Geiste ging er bereits die Zubereitungsmöglichkeiten durch. Damit würde er Claude überraschen. Nicht einmal ein Sternerestaurant wie seines in Lyon wird so frische Ware bekommen, dachte er.

»Es bleibt unter uns«, raunte Jean-Paul Betrix, während er den Kopf des einen Tieres nahm und Pascal den Fasan herüberreichte. Dabei grinste er zufrieden.

»Was soll unter uns bleiben, Monsieur le Maire?«, wollte Pascal wissen. »Dass Sie mir etwas schenken?« Erinnerungen an seine Ausbildung und die Schulung über Bestechung und Korruption und wie man sich dagegen schützen sollte, durchfuhren ihn plötzlich, jetzt fühlte er sich schlecht, war zumindest alarmiert. »Ich werde ihn bezahlen«, sagte Pascal plötzlich in dem Gefühl, einen Fehler zu begehen.

Jean-Paul Betrix schnaufte verächtlich. »Vergessen Sie es, ich bin Ihr Chef. Es liegt in meiner Hand, Ihnen etwas zu schenken, außerdem ist der Wert dieses Vogels minimal.«

Da hatte er recht, es musste also einen anderen Grund geben.

»Ich habe jetzt zu tun«, verkündete Jean-Paul Betrix und schob seinen Dorfgendarmen sachte aus der Tür.

Der Fasan in seiner Hand baumelnd, ging Pascal über den Flur in sein Büro und legte den noch warmen Vogel behutsam neben die Garderobe auf den Boden. Das Entfedern würde ihn mindestens eine Stunde kosten, den geübten Sternekoch Claude vielleicht zwanzig Minuten, und dabei würde er sich noch unterhalten, Geschichten erzählen, plaudern. Das machte die Profis aus, dachte Pascal, dass sie großartige Gerichte zauberten und es wie nebenbei taten.

Pascal setzte sich an seinen Schreibtisch und fuhr seinen Computer hoch. Bislang hatte er nicht erfahren, ob Jezebel wiederaufgetaucht war.

Das alte Windowsbetriebssystem gab seine typischen Piepgeräusche von sich, und nach einer gefühlten Minute öffnete sich der Desktop. Ein paar Nachrichten der Nacht ploppten auf. Er überflog sie und stutzte. Ein Anwohner hatte sich in den frühen Morgenstunden über Gewehrschüsse gewundert, schließlich sei ja keine Jagdzeit.

Das war es also, schoss es ihm durch den Kopf. Er sprang auf und traf Jean-Paul Betrix auf dem Weg zur Ausgangstür. Noch war die Place de la Fontaine leer, er wollte wahrscheinlich mit seinem toten Fasan nicht auffallen, anders als Pascal, der erst gegen Nachmittag sein Büro verlassen würde.

»Daher weht der Wind also. Es ist keine Jagdsaison. Das nenne ich Wilderei, Monsieur Betrix.«

»Dann würde ich mich darum kümmern, wenn Sie reinen

Gewissens sind«, lächelte der Bürgermeister und schnaubte dabei, bevor die Tür hinter ihm ins Schloss fiel.

»Merde«, sagte Pascal.

Wäre er hier aufgewachsen, mit den Gesetzen des Dorfes und des Landlebens, wäre ihm das niemals passiert, aber manchmal stand die Vergangenheit in Paris ihm im Weg. Nichts würde er jetzt tun können, nur dieses Federvieh schnell aus dem Büro in sein Haus bekommen, bevor er unter den Augen der Einheimischen und Touristen damit quer über den Marktplatz gehen musste.

Zu Hause gab es Anerkennung von Claude, der mit seiner Familie bereits an Pascals Frühstückstisch saß. »Zu dieser Jahreszeit ein frischer Fasan.« Ungläubigkeit im Blick seines Schwiegersohns.

Pascal suchte nach den richtigen Worten, dann vibrierte sein Mobiltelefon in der Tasche. Eine Nachricht von Audrey: »Auch heute Morgen keine Spur von Jezebel. Jetzt haben wir einen Fall.«

7

Audrey und Pascal hatten in den drei Jahren ihrer Zusammenarbeit ganz eigene Rituale entwickelt. Einigkeit herrschte in der Wahl des »Café Gaby«, wo ihnen der Tisch auf dem Bürgersteig der Place Ormeau als Open-Air-Konferenztisch diente. Marc, der Kellner, nickte ihnen zu, bevor er zum Tisch kam und die Bestellung aufnahm. »Rosé?«, fragte er.

»Zu früh«, entgegnete Pascal.

»Zu früh«, äffte Audrey ihn nach und gab ihm einen freundschaftlichen Stoß unter dem Tisch. »Deux cafés s'il vous plaît.«

Der Kellner nickte und verschwand, und Pascal fragte sich mal wieder, ob man es ihm ansah, wie er ein ums andere Mal in Flammen stand, wenn Audrey vor ihm saß und so herumscherzte und ihn anstupste und diesen ganzen Kram machte. Warum war das nur alles so kompliziert, dachte er. Seit er in der Provence lebte, beherrschte diese attraktive dunkelhaarige Polizistin aus Apt seine Gefühlswelt. Ihre kurze, aber intensive Affäre lag bereits ein Jahr zurück. Die Liebe ihres Lebens war vor ihrem Zusammentreffen schon eine Frau gewesen, und doch hatten sie sich aufeinander eingelassen. Liebe sei eben universell, hatten sie festgestellt, doch das ließ sich viel leichter sagen als leben, und so siechte ihre Liebesgeschichte dahin, bis sie schließlich abebbte, zumindest von Audreys Seite. Pascal hatte zu dem Zeitpunkt längst sein Herz verloren und ging monatelang in Schutzhaltung.

Doch jetzt musste er auftauchen, sie waren zur Zusammenarbeit verdammt, und wie er hier vor ihr saß, in seinem Lieblingscafé, Audrey im Sonnenlicht, die beiden dicht beieinander, wie sie schon ihre Kaffeetasse hochnahm und ihm über den Rand diesen Blick zuwarf, es machte ihn verrückt, und so flüchtete er ins Berufliche.

»Was hast du Neues?«, fragte er, seine Unbeholfenheit im Tonfall verachtend.

Es war, als würde Audrey ihn gar nicht hören. Statt auf die Frage zu antworten, fragte sie: »Wie ist es dir ergangen die letzten Monate? Wir haben lange nichts voneinander gehört.«

»Danke, Audrey, mir geht es gut. Ich lebe das Leben eines Opas.« Das klang derart desaströs, dass er auch gleich hätte aufstehen und sich mit seinem Rollator in den Ritzen des Kopfsteinpflasters festfahren können.

Audrey lachte. »Du hast sie endlich kennengelernt? Wie heißt sie?«

»Olivienne«, er machte eine kurze Pause, »und ich habe sie gestern gewickelt.«

»Ganz der Familienmensch«, entgegnete Audrey und schenkte ihm ihr wunderbarstes Lächeln.

»Ja, ich denke, das bin ich.«

»Das habe ich mir auch immer gewünscht, doch das Leben kam dazwischen.« Sie blickte einen Moment auf den Boden. »Aber es ist nie zu spät, denke ich.«

»Und du?«, fragte Pascal nach einer kurzen Pause.

»Du meinst Pomme?«

»Pomme? Echt jetzt, Audrey, sie heißt Pomme?«

Audrey lachte. »Na ja, ich nenne sie so, weil sie wie die Sängerin so eine Vorkämpferin für diverses Leben ist. Sie mag den Namen. Wir mögen Pomme, das ist schon alles.«

Pascal kannte sie aus dem Radio. Er mochte ihre Musik, ihre Stimme und die Kompositionen. »Das passt zu dir«, sagte er.

»Was meinst du?«

»Die offene Auseinandersetzung. Sein, wer du bist. Wer du sein willst.«

»Ach, jetzt wird es philosophisch«, sagte Audrey. Dann atmete sie schwer aus. »Es ist nicht einfach für mich mit alledem.«

»Ich wünsche dir Glück dabei.« Und dieser Satz klang viel mehr nach Abschied, nach einem Lebewohl als beabsichtigt.

»Danke, Pascal.« Sie lächelte ihn an, offen und unbeschwert. »Wir hatten eine gute Zeit, findest du nicht?«

War das jetzt Absicht? Ihn mit nostalgischen Gedanken

einzufangen? Sie wusste, wie anfällig er dafür war. Wenn Dinge endeten, dann war das nichts für Pascal. Jahre hatte er gebraucht, als seine Ehe zu Catherine zerbrach, und wenn er auf die dann folgenden Jahre in Paris zurücksah, sah er Dunkelheit: die viel zu große Wohnung mit dem unveränderten Zimmer seiner Tochter, den gemeinsam angeschafften Möbeln, dem Bett, all das hatte ihn in ein tiefes Loch fallen lassen. Doch bevor der Deckel darüber geschlossen worden war, hatte er sich aufgerafft und sich für ein neues Leben in der Provence entschieden. Der Dienstgrad niedriger, mehr noch, von einem Polizisten der Police nationale hatte er sich zu einem Dorfgendarmen degradieren lassen. Mit weniger Geld, dafür aber mehr Sonne und Glück. Und wenn man ihn heute fragte, ob er glücklich sei, dann würde er das mit einem »Ja« beantworten. Das war doch was.

Natürlich gab es noch Träume. Eine Frau wie Audrey gehörte dazu, vielleicht als Hobbykoch irgendwann einmal ein eigenes kleines Restaurant hier im Luberon. Und so sagte er offen und aufrichtig: »Ja, Audrey, wir hatten eine gute Zeit, und jetzt lass es uns dabei belassen.«

Audrey dachte nach, als würde sie rekapitulieren, was Pascal gerade gedacht hatte. »Wie endete das eigentlich mit dir und Catherine? Du, der perfekte Familienvater, hattet ihr nicht alles in eurer Familie, was einen glücklich macht?«

»Perfekt? Nein, perfekt war es nicht. Wo ist es schon perfekt?«

»Also«, setzte Audrey nach, »wie kam der Bruch bei euch?«

Pascal war eigentlich gerade nicht bereit, darüber zu sprechen, aber es war ihr gutes Recht. Hatte sie ihm doch auch eines Abends ihre Geschichte erzählt, aufgewachsen bei Hippie-Eltern, die ihren Lebensunterhalt mit Landschaftsmalerei verdienten, die sie auf Märkten an Touristen verkauften, und dann ihre Kindheit, die Eltern mit ständig wechselnden Partnern, nackte Frauen, die in den Morgenstunden an den Kühlschrank gingen, während Audrey am Frühstückstisch saß, der Schulranzen neben ihr. Oder nackte Männer, die Sätze wie

»Das war ein Abend« brummten, bevor sie die Milchflasche ansetzten und wieder zurück in das Bett der Mutter gingen, in das Zimmer, in dem eigentlich ihre Eltern hätten zusammen sein sollen, wie in anderen Familien.

Ihre große Sehnsucht nach Kontinuität, nach irgendetwas Verlässlichem, das hatte sie sich als Kind zu Weihnachten gewünscht, und der Vater hatte ihr beruhigend übers Haar gestrichen.

»Ich kenne den genauen Moment nicht, Audrey, aber ich erinnere mich an einige Situationen. Ist es nicht komisch, dass man genau weiß, wann eine Liebe anfängt, aber im Nachhinein nicht mehr genau sagen kann, wie sie endete? Es waren Details. Es begann, glaube ich, mit dem langsamen Abebben des Interesses. Ich erzählte etwas, vielleicht von meinem Beruf, und ihr Blick schweifte während meiner Erzählung durch den Raum, manchmal ein ›D'accord‹, und als ich Luft holte, fragte sie Lillie, ob sie noch ein Brot wolle, als hätte ich gar nicht gesprochen. Als suche sie einer Aufgabe zu entfliehen, raus aus dieser langweiligen Geschichte meines Alltags. Und was eignete sich besser, als das gemeinsame Kind etwas zu fragen? Vielleicht sogar zu zeigen: Ich kümmere mich um unsere Tochter, während du diesem miesen Job nachgehst. Ihr Desinteresse an meinem Leben stieg an.«

»Und du, hast du dich denn für ihr Leben interessiert?«

»Sehr sogar, aber es gab in den Jahren immer mehr Dinge, die sie für sich machte, auch nicht teilte, von denen ich gar nichts erfuhr, und es fielen Namen von Menschen, die ich nicht kannte. Ich wollte sie gerne kennenlernen und sie einladen, ich bot an, für sie zu kochen, doch dazu kam es nur selten. Manchmal besuchten uns einige ihrer neuen Freunde oder saßen abends bei Wein am Tisch, wenn ich vom Dienst kam. Das waren alles gute Gespräche, über Bücher, über Mode, über Paris, Beziehungen, aber es fragte niemals jemand, was ich dazu zu sagen habe. Ich bin nicht der Typ, der die Stimme erhebt und sich aufdrängt, nur wenn es kurz still wurde, habe ich etwas gesagt, erntete aber desinteressierte Blicke. Niemand war scharf darauf, die Meinung eines Polizisten zu hören, denn diesen Beruf legt man nie ab, man ist erst Polizist und dann Mensch. Das kennst du sicher?«

Audrey nickte. »Ja, das kenne ich.«

»Kurzum, ich gehörte nicht dazu, ich war kein Teil dieser geladenen Gäste. Vielleicht kannte ich Catherine viel schlechter, als ich dachte. Sie tat Dinge, die uns zerstörten, und so ging es Tag für Tag und dann die Nächte. Sie kaufte einzelne Bettdecken. Die erste Zeit schob sie meine Hand beiseite, zärtlich, aber bestimmt, doch dann wurde sie energischer, bis sie schließlich bei nächtlichen Berührungen zusammenzuckte. Wahrscheinlich schlief sie in der Zeit schon längst mit dem Architekten. Und eines Abends, als es kein Zurück mehr gab, sagte ich: ›Halt noch aus, dieses eine Jahr, bis Lillie ihre Kindheit in unserem Haus beendet.‹ Und dann, in den nächsten Monaten, sahen wir uns nur noch an, wenn es um Lillie ging, in dem gemeinsamen Wissen, in dem Stolz: ›Schau doch, was wir geschaffen haben.‹ Das waren unsere zärtlichsten Momente, oft dauerten sie nur eine Sekunde, manchmal kürzer. Und dann abends im Bett hing das ›Gute Nacht‹ über uns in der Luft, Sekunden, dann Minuten, dann sprach es niemand mehr aus. Und wenn einer von uns aufstand, wartete der andere im Bett, am liebsten so lange, bis der andere gegangen war. Die Wege kreuzten sich nicht mehr, und daran arbeiteten wir aktiv. Als würden wir zwar nebeneinander hergehen, aber jeder auf einer anderen Straßenseite.«

Pascal hatte diesen Blick bei Audrey noch nie bemerkt, wie konzentriert sie war, wie sie alles in sich aufsog, wie sie ihm bis ins Herz sah, als gäbe es da noch mehr, etwas, was er verschwiegen oder verdrängt hatte. Für einen Augenblick sahen sie sich an, dann fuhr Pascal fort.

»Dann rückte der Tag näher, an dem sie ging. Erst zog Lillie zu Claude nach Lyon, dann Catherine einen Tag später zu ihrem Architekten auf die andere Seite der Seine, dort, wo die Bourgeoise wohnt. Wie vorbereitet sie war. Ihr Doppelleben hatte ein Ende, und über mich brach für Monate die Einsamkeit herein. Ich hatte das Gefühl, es gäbe nichts mehr. Und diese versprochene Ewigkeit, an die wir glaubten, zerfiel, als hätte es ein Erdbeben gegeben. Ist es nicht seltsam, wie Menschen sich verändern können? Von Fremden zu Freunden. Von Freunden zu Liebenden. Und wieder zu Fremden? Im Bett freute ich mich auf die Träume, weil ich sie darin manchmal sehen konnte, so wie sie mal war, und immer wenn ich aufwachte, weil sie ein Trugbild war, dann dachte ich, sie riefe gleich an, sie würde etwas wie ›Vergib mir‹ sagen. Aber sie rief nicht an, sie rief nie mehr an. Sie wollte mich nicht mehr anlügen, hat sie viel später einmal zu mir gesagt, als wir die Plattensammlung aufteilten. Immerhin keine Lügen mehr.«

»Und dann hast du sie zu hassen begonnen?«

»Nein, ich habe noch nie gehasst. Hassen ist zu einfach. Ich dachte, wenn es regnete, warum ertrinke ich jetzt nicht?«

Audrey und Pascal schwiegen kurz. Audrey sah ihn noch immer konzentriert an, wartete auf weitere Sätze, die sie berührten, doch die Stille hielt an, und so sahen beide auf die Touristen, auf die Familien, die Paare, wie sie über die Rue Henri de Savornin schlenderten, Hand in Hand, Arm in Arm, einige mit kleinen Tüten in der Hand, Aufschriften darauf von Andenkenläden, stehen blieben und in den Restaurants auf einen Schattenplatz warteten. Eine Familie mit einem kleinen Kind zwischen sich an den Händen, glücklich lachend hin- und herschwingend wie an einer Schaukel, passierte das Café und wurde zum Bewegtbild des Gesprächs.

Ein junger Mann trug ein in braunes Packpapier eingeschlagenes Bild unter dem Arm. Die vielen Kunstgalerien in Lourmarin machten gute Geschäfte in den Sommermonaten. Zwischen Kunst und Kitsch war die Bandbreite groß, für einige Kunden in bester Sommerlaune war der Unterschied manchmal schwer erkennbar, je nachdem, wie viel Rosé sie zum Mittag hatten.

»Jetzt haben wir einen Fall, hast du geschrieben«, holte Pascal Audrey zurück in den Alltag, in ihre gemeinsame Arbeit. Das war der Grund, warum sie hier saßen. Doch sie verweigerte sich, wollte mehr erfahren.

»So also bist du«, sagte sie.

»Ich denke, ja, so bin ich.« Pascal fühlte sich mental erschöpft, als hätte er einen Marathonlauf hinter sich. Die Arme schlaff neben der Lehne. Dann stand Audrey auf und gab ihm einen Kuss, streichelte ihm über die Wange.

»Ist schon gut«, sagte sie, was auch immer sie damit meinte. Als sie wieder vor ihm saß, gab es diesen Audrey-Moment. Sie räusperte sich, riss sich heraus aus diesen Bildern, aus der Geschichte, und strich ihr dunkles Haar aus dem Gesicht.

»Es geht um unsere Demonstrantin, die wir festgenommen haben. Sie hatte versucht in das Château einzudringen.«

Pascal erinnerte sich an sie, auch wie er »Arrêtez« gerufen und sie ihn ignoriert hatte, und nickte.

»Frédéric Dubprée hat sie vernommen, ich war dabei. Ungewöhnlich, dass er es selbst macht, aber ihn scheint die Geschichte aufrichtig zu interessieren. Und er hat diese Art, diesen Blick, niemand ist in der Lage, dem lange standzuhalten. Er bekommt heraus, was er wissen will, und das ist ihm bewusst.«

Pascal konnte ihr nur beipflichten. Der Chef der Police nationale war trotz seiner geringen Körpergröße eine Erscheinung, eine Respektsperson.

»Und er hat eine Menge herausgefunden, unsere Demonstrantin ist richtig ins Reden gekommen, als sie Angst bekam, eine ganze Nacht in unserer Wache in Apt verbringen zu müssen.«

»Welche Rolle hat sie denn bei der Demonstration gespielt?«, wollte Pascal wissen.

Marc, der Kellner, kam zurück an den Tisch und brachte ihnen zwei Gläser des Haus-Rosés. Ohne Bestellung. Er kannte seine Stammgäste.

»Merci, chéri«, sagte Audrey und schlug ihr Glas sanft gegen das noch auf dem Tisch stehende von Pascal. Wenige Sekunden später prosteten sie sich zu.

»Sie war nur eine Mitläuferin, aber sie weiß viel über den Ort. Wissen, das uns möglicherweise bei der Suche nach Jezebel weiterhelfen könnte.«

Audrey ließ die Sonne in das beschlagene Glas scheinen. »Immer wieder schön«, sagte sie, ihr dunkles Haar fiel ihr seitlich ins Gesicht.

»Die Schönheit dieses Ortes«, begann sie schließlich, »ist auch sein Verhängnis. Lacoste blüht dasselbe Schicksal wie anderen Vorzeigedörfern hier im Luberon. Reiche Geschäftsleute kaufen die Wohnungen und Häuser. Engländer, Amerikaner, Deutsche, sie alle schaffen sich ein Feriendomizil, das sie in den Sommermonaten nutzen, um dann wieder in ihre Stadtwohnungen zurückzugehen. Und den Rest des Jahres stehen die Häuser leer. Abgesehen von der Zeit, wenn sie von Angestellten für die Urlaubszeit vorbereitet werden, damit alles schön ist, wenn die zum Urlaubmachen kommen. Warum also sollen die Millionäre, die Bourgeoisie ausgerechnet um Lacoste einen Bogen machen? Und dabei kommt ein gewisser André Brouer ins Spiel.«

»Der Name sagt mir etwas«, sagte Pascal. Als treuer Leser der »La Provence« interessierten ihn immer die geschichtlichen Hintergründe seiner Heimat, daher las er am liebsten die Wochenendausgabe.

»André Brouer war Englischlehrer in Apt und kaufte das verfallene Schloss zu einem Spottpreis. Das veränderte nicht nur das Leben der Bewohner von Lacoste, sondern auch Brouers Schüler, denn sie mussten ihm auf dem Bau helfen. Das Schloss des Marquis de Sade war in den Jahrzehnten so verfallen, dass es eben nicht mehr reichte, mit kleinen Baggern und Schaufeln das Bauwerk zu erhalten. Ohne Hilfe war das nicht möglich. Lass es mich so ausdrücken: Brouers Schüler lernten auf Englisch vor allem Begriffe wie Schlosszinnen, Turmfenster oder die Namen bestimmter Gesteinssorten. Brouers drakonische Maßnahmen sprachen sich herum. Wer den Unterricht störte, bekam eine Strafarbeit aufgebrummt, und die wurde auf dem Bau abgesessen. Mit Schaufel und Hacke haben die Schüler und natürlich auch Monsieur Brouer tagsüber den Schutt abgetragen und sich dann abends ins Koma gesoffen.« Audrey prostete Pascal zu und lachte.

»Soweit ich weiß, ist er schon vor langer Zeit gestorben«, bemerkte Pascal.

»Ja, 1994, da versuchte seine Witwe das Schloss zu verkaufen. Zuerst probierte sie es bei der Gemeinde, dann bei Kulturverbänden. Nur wollte diesen verfallenen Kasten niemand haben. Dadrinnen passierte ja auch nichts mehr. Die paar Touristen im Sommer, selbst wenn sie Eintritt zahlten, würden die benötigten Gelder nicht zusammenbringen. Also musste eine andere Lösung her, und die hieß Pierre Cardin. Die Witwe wusste von seinem Interesse und seinem kulturellen Engagement. Vielleicht hatte sie auch ein paar schicke Kleider von ihm im Schrank, in jedem Fall nahm sie Kontakt zu ihm auf. Eigentlich nur, weil sie nicht wollte, dass die ganze Arbeit ihres Mannes umsonst war. Und dann waren alle überrascht.«

Audrey nahm einen Schluck des Rosés. Das Glas war in der Zwischenzeit schon angewärmt.

»Warum?«

»Pierre Cardin kam tatsächlich angereist. Zusammen mit Jeanne Moreau, der Schauspielerin, du kennst sie sicher.«

»Bien sûr. Was für eine Frau.«

Audrey ignorierte Pascals Bemerkung. »Das machte Eindruck auf die Dorfbewohner, das waren unerreichbare Menschen für sie, welche, die sie nur aus der Zeitung und aus dem Fernsehen kannten. Sie haben die Vertragsverhandlungen gemeinsam geführt – auf der Terrasse der Witwe. Kurze Zeit später kaufte Pierre Cardin ein Haus im Tal, und um gleich seine Liebe zur Kunst klarzumachen, errichtete er einen Skulpturenpark im Garten. Der steht übrigens immer noch, am selben Platz.«

Pascal kannte das Haus, er war schon oft daran vorbeigefahren, hatte die Kunstwerke betrachtet und sich immer gefragt, wer hier ein derartiges Kulturvermächtnis hinterlassen hatte.

»Pierre Cardin soll der Witwe ein Versprechen gegeben haben, er würde das Schloss renovieren und der Öffentlichkeit wieder zugänglich machen. Zu diesem Zeitpunkt waren noch alle zufrieden und glücklich. Für den Ort gab es eine Perspektive und einen neuen Touristenmagneten. Schließlich geht es in den Sommermonaten genau darum«, merkte Audrey an.

Sie kannte sich aus, sie kannte die Diskussionen ihrer Eltern seit frühester Kindheit. Auch heute zogen sie noch über Märkte, verkauften Öle, Weine, Seifen und ihre Bilder. Es hatte sich nichts geändert. Im Herbst wurde das Geld zu Hause gezählt, und die Frage stand im Raum: Reicht es für die kalte Jahreszeit?

»Pierre Cardin hat sein Versprechen gehalten und 2009 angefangen, das Schloss renovieren zu lassen. Er soll Millionenbeträge hineingesteckt haben. Große Teile des Schlosses wirkten wie neu, andere Bereiche blieben in einem bemitleidenswert brüchigen Zustand zurück. Und nach wenigen Monaten begannen die Probleme. Das Schloss allein war dem Mäzen nicht mehr genug, er schien das ganze Dorf zu wollen. Er schwärmte ständig von dem Licht und dem pittoresken Ort. Also fing er an, die Häuser im Ort zu kaufen. Genau genommen ließ er kaufen, von einem Makler aus dem Ort, einem gewissen Hector Richaud, der hat hier eine Menge Geld verdient, und der bot den Besitzern das Dreifache des Werts, manchmal noch mehr. Die waren dann zwar reich, hatten aber kein Zuhause mehr und zogen weg, teilweise in gesichtslose Neubauviertel. Pierre Cardin hat in Lacoste Monopoly gespielt.«

»Aber warum? Er war doch auch ein Geschäftsmann, nach dem, was man über ihn lesen konnte«, fragte Pascal.

»Das schon, aber er hat auf Kultur-Mäzen gemacht, wollte diesen ganzen Ort der Kunst unterordnen. Er soll mal gesagt haben, er werde hier das Saint-Tropez der Kultur errichten.« Pascal erinnerte sich an eines der Plakate der Demonstranten, auf dem genau das gestanden hatte.

»Allerdings hat er auch die Häuser und Wohnungen nicht zu Ende renoviert«, begann er, »ich konnte es gestern sehen, als wir hinuntergegangen sind, überall Leerstand.«

»Stimmt, und das ärgert die Bewohner. Ihre ehemaligen Häuser sollten seine prominenten Gäste beherbergen während der Festivaltage. So konnten sie in der Nähe seines Schlosses sein, hatten es nie weit, und dann diese Kulisse, diese Unwirklichkeit.«

»Nur, sie sind nicht bewohnt«, bemerkte Pascal.

»Das ist der Punkt.« Audrey schenkte Pascal ihr Audrey-Lächeln. »Sie sind nie zu Ende renoviert worden. Sie stehen leer, du hast es selbst gesehen, ein trauriger Anblick. Nach Pierre Cardins Tod gab es kein Interesse mehr daran.«

»Und dadurch ist der Ort wie ausgestorben?«, fragte Pascal.

»Oui«, sagte Audrey, »die Leute sind sauer, wie du gerade erlebt hast. Sie wollen zurück in ihren Ort, aber er gehört ihnen nicht mehr.«

»Und dann haben sie sich organisiert und sind auf die Straße gegangen?«

»Bien sûr, sie sind Franzosen, und nicht nur in Paris wissen sie, wie man Demonstrationen organisiert, zumindest in den größeren Städten wie Avignon weiß man, dass Demonstrationen angemeldet werden müssen, hier im Luberon nicht, oder man hat es vergessen. Sie üben noch.« Audrey lächelte kurz, bevor sie einen Schluck Wein trank.

»Und daher wissen wir auch nicht, wer die Demonstration angezettelt hat?«

»Nun, unsere Frau, die wir festgenommen haben, war gesprächig, doch auch sie wusste es nicht genau. Hat nur davon gehört, hier gehen die Bürger von Lacoste auf die Straße, für ihren Ort, gegen Pierre Cardin ...«

»... der verstorben ist.«

»Das ist es ja. Für sie hat sich nichts geändert. Das Schloss gehört seinem Großneffen. Cardin war schwul, er hatte keine Kinder, keine Geschwister, es blieb nur der Großneffe. Und der scheint weiterhin Veranstaltungen wie das Kulturfestival im Sommer oder Modenschauen zu organisieren. Für die Bewohner aber viel einschneidender: Die Häuser stehen weiter leer, das Dorf ist tot, und daran geben sie Pierre Cardin die Schuld.«

»Nur«, sagte Pascal nach einer Weile, »wir suchen ein Model, und das ist seit der Demonstration verschwunden. Aus der Sicht der Demonstranten hätte es nicht besser laufen können. Ohne den Superstar der Show keine Modenschau, das zumindest hoffen sie.«

»Und dazu noch ein Skandal.« Die Sonne über Lourmarin hatte sich über die Rue de Henri bewegt, der Bistrotisch stand jetzt im Schatten. Sie hatten den Wein ausgetrunken, Pascal sah auf die Speisekarte.

»Ich weiß«, sagte Audrey schließlich, »es ist nicht viel, aber wir haben Dorfbewohner gefunden, die sich seit Jahren engagieren und zu dem Thema schon Interviews gegeben haben. Eine von ihnen, eine, die immer wieder auftaucht, ist eine deutsche Malerin. Florence Flasner heißt sie, und sie wohnt direkt am Schloss. Sozusagen jahrelang Tür an Tür mit Pierre Cardin.«

»Mit Malern kenne ich mich seit dem letzten Jahr aus«, entgegnete Pascal. Für einen Moment fühlte er sich in den Picasso-Fall, den er nach langen Ermittlungen abgeschlossen hatte, zurückversetzt. »Ich fahre zu ihr und versuche mehr über diese Bewegung herauszufinden.«

»Tu das, Pascal.« Dabei winkte Audrey dem Kellner zu. »Vielleicht hat sie Jezebel im Keller eingesperrt.«

Der Kellner stand am Tisch.

»Une salade niçoise«, sagte sie zu dem Kellner und nickte ihm zu. »Was nimmst du?«

8

Pascal war vollkommen bewusst, dass er auffallen würde, was auch immer er tat. Aufgrund seiner Kleidung, seines Ganges, seiner Stillosigkeit in den Augen der Modewelt. Er wählte eine schwarze Stoffhose, dazu ein weißes Leinenhemd, die Ärmel aufgekrempelt, seine Lieblingsuhr, ein Erbstück seines Urgroßvaters, sowie weiße Sneakers.

»Lässig«, hatte Lillie ihm zugerufen, die an diesem Abend seine Modeberaterin gewesen war. »Was habe ich doch für einen coolen Papa«, hatte sie ihn bestärkt, um dann zu Olivienne zu sagen: »Was du doch für einen coolen Opa hast«, und plötzlich war nichts mehr cool, doch Lillie fuhr fort. »Die südfranzösische Sonne und das Gemüse aus deinem Garten tun dir gut.«

Sie hatte ihm einen Kuss gegeben, bevor Pascal in seinen privaten Kangoo gestiegen war und die zwanzig Minuten über die Berge nach Lacoste zurückgelegt hatte, den Kopf voller Gedanken, Erwartungen und Vermutungen. Von Jezebel gab es bis heute kein Lebenszeichen. Danielle Deontré zeigte sich am Boden zerstört, die Presse hatte sich rund um die Welt auf das Verschwinden des Supermodels eingeschossen. Ein Skandal. Ihre Fans waren schockiert. Den Morgen und Vormittag über hatte Pascal die Artikel aus der ganzen Welt gelesen, teilweise auch nur überflogen, da die Faktenlage zu dünn war, Journalisten sich auf Höhepunkte ihrer Karriere konzentrierten, als schrieben sie den Nachruf auf das Model.

Audrey wartete bereits auf dem großen Parkplatz auf ihn. Natürlich lag sie modisch nicht daneben. Ihr sehr kurzes weißes Kleid, das ihre braun gebrannten Beine betonte, die schlichten hochhackigen Schuhe, ihr dunkles Haar gestylt, sie sah selbst aus wie ein Model. Sie stand neben einer Skulptur vor dem Schloss, abseits der Journalisten, Models und Designer, die langsam zu klassischer Musik, eingetaucht in rotes Licht, über die Holzbrücke in das Schloss strömten.

»Das ist der Marquis de Sade«, sagte sie, als Pascal neben sie trat. Pascal musste den Blick nach oben zu einer Skulptur richten. Zwei verschränkte Arme in Schwarz, darüber eine Büste mit dem Gesicht des Marquis de Sade, umrahmt von einem Gitter, einem Gefängnisgitter. Er thronte auf einem steinernen Fundament. »Die Skulptur war ein Geschenk des Künstlers Alexander Bourganov an Pierre Cardin. Der Modezar soll sie designt haben, Bourganov hat sie gefertigt. Bei der Eröffnung wurde sie als eines der bedeutendsten modernen Kunstwerke Frankreichs bezeichnet. Marquis de Sade, der dreißig Jahre lang im Gefängnis verbrachte, seine Werke in Einsamkeit erschaffen musste. Man nannte ihn das Genie mit dem Wahnsinn eines Schriftstellers. Diese Skulptur ist ein Zeichen der Tapferkeit eines Aristokraten und die Ohnmacht einer verleumdeten Person ... Verleumdet?« Audrey sah plötzlich mit Spott auf die Figur. »Mein Gott, er hat Frauen gequält, nur um seine sexuelle Lust zu befriedigen.« Audrey sah ihn an, verständnislos. »Wusstest du, dass es hier noch immer eine Marquis-de-Sade-Gesellschaft gibt?«

»Nein, Audrey, das wusste ich nicht.«

Pascal wollte ihr gerade sagen, wie schön sie sei, wie glücklich es ihn mache, mit ihr den Abend zu verbringen, und das in diesem Aufzug, doch er traute sich nicht, und so fuhr Audrey fort.

»Alexander Bourganov hat auch die ausgestreckten Arme erschaffen, dort drüben.« Sie deutete zu der anderen Seite des Parkplatzes. Eine Familie lichtete sich gerade mit ausgebreiteten Armen davor ab. »Es gibt einen Bezug zu Jesus in dieser Skulptur.« Audrey lachte. »Darunter hat es Pierre Cardin eben nicht gemacht. Die zur Umarmung geöffneten Arme werden für einen Moment zu den niedergestreckten Armen des gekreuzigten Christi, als würde er sagen: ›Er wollte uns alle umarmen, aber wir haben ihn gekreuzigt, damit diese Umarmung für immer wäre‹, so habe ich es gelesen.«

Pascal betrachtete die beiden gigantischen ausgebreiteten Arme, wusste jetzt aber nichts dazu zu sagen.

»Ich habe nichts gegen sexuelle Experimente«, Audrey stieß ihn in die Seite, »aber warum jemand dabei leiden muss, das habe ich nie verstanden. Komm, lass uns reingehen. Lässig siehst du aus.«

»Das habe ich heute schon einmal gehört.«

»Von wem?«

»Von meiner Tochter.«

»Das ist nicht dasselbe.« Und damit hatte sie recht. »Sie will dich aufbauen, ich will dich anmachen.« Sie kicherte.

Pascal kannte sie. Wenn sie in dieser Stimmung war, drohte ihm Gefahr, Gefahr, sein Herz zu verlieren, er wusste nicht mehr, das wievielte Mal. Pascal stand wie ein wehrloses Wesen vor der Löwin. Und so ließ er es sich gefallen, als sie sich an ihn schmiegte, er sie roch, diesen Duft nach Sommer, ihr geheimnisvolles Lächeln, das Parfüm. Er war diesen Spielen nicht gewachsen und lehnte sie sogar ab. Er wollte etwas Reales, wenn es um Liebe ging. Audrey war eine Zockerin, sie lebte dafür, und das würde sie auf ewig entzweien. Es ging um Hoffnung, die er nicht zulassen durfte, die er sich nicht machen durfte, denn dann würde er wieder enttäuscht, zurückgeworfen werden. Den Moment erleben, ausschließlich im Jetzt sein, das lag ihm nicht.

Eine Schar von Fotografen hatte sich postiert, um die Prominenten aus dem ehemaligen Cardin-Umfeld, die an der Show teilnahmen, zu fotografieren. Morgen würden die Zeitschriften und die Internetseiten voll mit ihnen sein. Unwahrscheinlich, dass die eleganteste Frau der Welt, so schätzte Pascal die Situation ein, und er, der Gendarm im weißen Leinenhemd, es auch in die Klatschspalten schafften. Ihre Geschichte hatte das Zeug dazu, nur war ihre Arbeit nicht öffentlich genug. Nachdem sie gemeinsam das Tor passiert hatten, reichte man ihnen Champagner. Androgyne Frauen mit kurz geschnittenen Haaren, alle sahen gleich aus, wie gecastete Zwillinge, übergaben mit ernsten Mienen Tabletts. Ihre Gesichter ohne Mimik.

Audrey und Pascal bekamen einen Platz in der letzten Reihe zugewiesen. Neben ihnen zwei Fotografen, deren Wichtigkeit ganz offenbar nicht für die erste Reihe ausgereicht hatte. Pascal vermutete Journalisten auf den Stühlen vor ihnen, allerdings im Look von Models, als würden sie gleich selbst über den Laufsteg schweben. Das Licht ging aus. Dunkelheit. Audreys Hand auf Pascals Bein. Ihre Finger übten Druck aus. Hitze. Ein Zittern sogar. Die klassische Musik, wahrscheinlich Debussy, wurde von einem lauten Rauschen, das sich zu einem Donner aufbauschte, abgelöst, dann mit einem dunklen Bass unterlegt. Zuckendes Licht, ein DJ am Ende des Catwalks. Sein Kopf bewegte sich kaum sichtbar zu den Beats. Im weißen Licht rund um den Laufsteg erkannte Pascal Notizblöcke in den Händen der Journalisten in den ersten Reihen, andere hatten iPads dabei. Bereit zu notieren, was hier passierte. Auch neben Pascal, in der letzten Reihe, zückten Zuschauer Blöcke, ihre Fotoapparate, einige ihre Handys, zum Festhalten des Spektakels.

Eine junge Frau schritt den Laufsteg entlang, in einem blauen Kleid, weit abstehend, eine riesige Schleife um die Taille, darüber eine Kapuze aus einer Art Tüll, die sie, vorne am Laufsteg angekommen, in einer fließenden Bewegung abstreifte. Frenetischer Jubel, sie wurde erkannt, jetzt lächelte sie. Pascal hatte sie noch nie in seinem Leben gesehen, die Journalisten und Fotografen schon. Auf einer riesigen Leinwand, die an einer der Schlossmauern herabgelassen worden war, liefen in hoher Geschwindigkeit Instagram-Posts, die sie in unterschiedlichen Outfits zeigten.

Pascal stieß den Mann neben ihm an. »Wer ist das?«

Der Mann schwitzte, hatte sogar sichtbare Schweißperlen auf der Stirn, mit einem Stofftaschentuch versuchte er sich wieder in Form zu bringen, wischte damit permanent über sein Gesicht und seinen Nacken. Sein Blick zeugte von absolutem Unverständnis, als hätte Pascal den Papst nicht erkannt. »Das ist Sheila, erkennen Sie sie nicht?«

»Non, pardon.«

»Mon Dieu, sie hat siebzehn Millionen Follower. Sie macht

Designer über Nacht zu Stars.« Bei den letzten Worten wandte er sich ab, pfiff vor Vergnügen, sah wieder auf den Laufsteg und begann zu juchzen, als wollte er bei einem Konzert eine Zugabe. Und das, obwohl sie noch gar nichts gemacht hatte, ihre Erscheinung reichte aus.

»Das ist Sheila«, ließ Pascal Audrey wissen.

»Das weiß ich doch.«

Sheila ergriff das Wort. Sie sprach Englisch. »Das, Mesdames et Messieurs, ist eines der letzten Kleider unseres Pierre Cardin.«

Applaus brandete auf, Blitzlichter sorgten für eine neue Lichtstimmung.

»Heute Abend«, fuhr sie mit einer quiekenden Stimme fort, »präsentieren sich fünf neue Designerinnen und Designer, die Pierre Cardin in den letzten Jahren seines Lebens persönlich ausgesucht hat.« Sie senkte die Stimme, soweit es ihr möglich war. »Es wäre in seinem Sinne gewesen, sein Lebenswerk fortzusetzen. Das wollen wir heute Abend tun.«

Applaus.

»Let the show begin«, kreischte sie, ihre Stimme endete irgendwo über dem hohen C. Absolute Dunkelheit, nur der DJ war noch in einem Lichtkegel zu sehen.

Die Musik wechselte, und das erste Model betrat den Laufsteg. Ein Kleid in Gelb und Schwarz, kurz. Ihr Schritt langsam, provozierend langsam.

»Mon Dieu«, stöhnte der schwitzende Mann neben Pascal. »Mir bleibt die Luft weg.«

Pascal versuchte zu verstehen. Da ging eine Frau in einem schwarz-gelben Kleid, sie sah aus wie eine Wespe. Ein Anblick, der durch das Nichts ihrer Taille noch unterstützt wurde. Die Wespe flog den Laufsteg auf und ab. Wäre da nicht die immer lauter werdende Musik, die immer düsterer wurde, die jetzt alles einnahm, es wäre kein Spektakel. Drei Models betraten den Laufsteg, dazu ein Remix, Pascal erkannte Depeche Mode. Er mochte die Traurigkeit in der Stimme und musste zugeben, das hier schaffte eine einnehmende Atmosphäre. Die Models trugen Kleidung in Schwarz. Dunkle Hosen, Hosenträger, hängend, weiße Shirts, am Rücken wie zerrissen, eine hatte einen purpurnen Federschmuck auf dem Kopf, der Pascal in Erinnerung bleiben sollte.

»Marquis de Sade ist hier«, rief Audrey in Pascals Ohr. Ihre Lippen berührten ihn.

Er lachte. Er hätte die Zeit anhalten können.

Dann schob Audrey ihre Hand in seine, hielt ihn fest, die ganze Zeit über. Auf der Leinwand Namen von Modedesignern.

»Das ist Avantgarde«, sagte der Mann neben Pascal und schrieb etwas in sein Notizbuch.

»Danke für die Aufklärung«, rief Pascal gegen den Gesang von Martin Gore an.

Er schaute kurz auf, dann beugte er sich wieder über sein Notizbuch. Der Stift hinterließ tiefe Spuren im Papier. Inzwischen war alles im Raum wahrnehmbar, die halb eingefallenen Wände, die zerfurchten Mauern, die Treppen, die nach unten in die Verliese führten. Es war übertrieben hell, brutal. Audrey hatte ihre Hände an ihren Oberschenkel gelegt, an der Kante ihres Kleides, dort, wo es endete, Pascal spürte ihre warme Haut. Es knallte, ein neuer Beat setzte ein, treibend, tranceartig, und ein neues Model betrat den Laufsteg. Sie war schwarz, ihr Kleid ebenfalls dunkel, kein Schwarz, irgendetwas für Pascal Undefinierbares, aber dunkel.

»Ist sie das? Ist das Jezebel?« Pascal konnte sie auf die Entfernung nicht erkennen. In real hatte er sie noch nie gesehen, er kannte sie nur aus der Zeitung. Eine leise Hoffnung keimte in ihm auf. War sie überraschend wiederaufgetaucht?

»Non.« Audrey lachte, dann schaute sie Pascal an, ungläubig angesichts seiner Ignoranz dem Zeitgeist gegenüber. »Das ist Natalie Campler. Niemand sonst hat diesen Blick. Siehst du, wie scheißegal wir ihr sind?«

Es gab nichts, was Pascal daran beeindruckte. Dies war für ihn eine fremde Welt, zu künstlich, aber nicht ohne Faszination. Nur würde diese Veranstaltung keine Spuren bei ihm hinterlassen, die Berührung von Audreys Bein neben ihm schon.

Wieder wechselte die Musik. Hip-Hop, Jay-Z und Alicia Keys, »Empire State of Mind«, dazu betraten männliche Models den Laufsteg. Die meisten trugen Kleider, enge Kleider, die Figuren betont, stark geschminkt. Schwarzer Kajal, schwarze Streifen im Gesicht, viele waren tätowiert.

»So was kann man doch nicht anziehen«, sagte Pascal zu Audrey.

»Das soll man auch nicht.« Sie lachte und drückte seine Hand. »Das ist Haute Couture, das ist Kunst.«

»So muss man es sehen«, sagte er, und das meinte er ernst. Mode würde er fortan in einem anderen Licht sehen, das hatte sich nun doch verändert. Er schaute wieder nach vorn, ihm gefiel, was er sah, weil die Kleidung mit der gängigen Mode brach, wie es guter Kunst gelingen kann.

Auf dem Laufsteg versammelten sich eine Menge Models, möglicherweise alle, die bislang teilgenommen hatten. Pascal strengte sich an, versuchte auf die Distanz Jezebel zu erkennen, doch es war hoffnungslos. Zu viele Menschen, zu viele Frauen, die sie hätten sein können. Er hatte in den letzten fünfundvierzig Minuten so viele Models gesehen, japanische, schwarze, weiße, sie alle hatten sich entsprechend den Looks so sehr verändert, dass es in Pascals Augen um die hundert Menschen gewesen sein mussten, doch am Ende waren es nur circa zwanzig. Die Verwandlungsfähigkeit dieser Menschen beeindruckte Pascal. Mit den Erinnerungen an die Fotos von Jezebel im Internet kam er hier nicht weit.

»Hast du sie gesehen?«, fragte er Audrey.

Sie schüttelte den Kopf. »Nein, sie ist nicht hier. Leider keine Überraschung.«

Dann passierte etwas auf dem Laufsteg. Danielle Deontré trat an den Rand, wo eben noch die Models posiert hatten, das Licht auf ihm, Applaus, Jubelschreie. Der Mann schien als Designer bekannter zu sein, als Pascal bisher angenommen hatte.

»Atemberaubend«, sagte der Mann neben Pascal. »Er ist umwerfend. Seine Mode bildet die Gesellschaft ab. Sie ist genderneutral. Endlich sind wir frei.«

Danielle Deontré verneigte sich, die Hände nach unten, als übe er Frühsport aus, die Fingerspitzen in Schienbeinhöhe, dort, wo der Schaft seiner geschnürten schneeweißen Stiefel endete. Selbst ein so durchtrainierter Körper wie der des Designers würde seinen Dienst verweigern, wenn er versuchen würde, den Boden zu berühren. Die Plateausohlen würden es verhindern.

»Er sollte die Polizeiuniformen schneidern«, sagte Pascal, beide lachten.

Wie ein Buddhist faltete Danielle Deontré die Hände vor seinem Kimono, als er wieder aufrecht an der Kante des Laufstegs stand. Er sah aus, als käme er aus einem Kloster. Sein Gang betont langsam, jeder Schritt passend zur Musik und den Applaus genießend.

»Die Schuhe«, bemerkte Audrey, »er sieht verdammt cool aus.«

Ohne Frage ging von ihm eine Aura aus. Seine große Gestalt, seine fragile Figur, seine großen schwarzen Augen, die jetzt die Menschenmassen absuchten, nach etwas Greifbarem, nach bekannten Gesichtern. Sie saßen in den ersten Reihen, das war unschwer zu erkennen. Einige der Leute erhoben sich, jubelten ihm zu. Deontré lächelte verlegen, ein aufgesetztes Lächeln, alles wirkte einstudiert. Er war auf diesen Applaus vorbereitet, wäre enttäuscht gewesen, wenn es anders gelaufen wäre.

»Wir haben einige der letzten Kollektionen des Großmeisters gesehen, viele von ihnen neu interpretiert. Cardin remixed, refreshed. Und hier sind die Interpreten.« Er nannte Namen, die Pascal alle unbekannt waren.

Drei Frauen und zwei Männer, einer von ihnen schon älter, kamen den langen Laufsteg entlang, ins Publikum winkend. Die Männer in Anzügen, die Frauen in aufwendigen Kleidern. Mit den Anzügen wurde aus Pascals Sicht das erste Mal tragbare Mode gezeigt, geradezu langweilige Kleidung gegen die Extravaganz davor.

Danielle Deontré huldigte erneut den Designerinnen und Designern, die morgen an Cardins Stelle treten würden. Seine Stimme tief, bebend, als verkünde er die Geburt eines neuen Messias. »Und es wird eine neue Ära eingeläutet, zum Wohle aller.«

Dann erlosch das Licht wieder, die Musik verstummte, keine Blende, die Stille kam plötzlich. Über ihnen nur noch der schmale Mond, unbedeutend in seiner Strahlkraft, und die Sterne.

»Dann wollen wir mal zur After-Show-Party«, raunte Audrey Pascal ins Ohr.

Überallhin. Mit dir, dachte Pascal, sagte es aber nicht, sondern zog sie an der Hand durch die Sitzreihen.

9

Durch das halb offene Rollo in Audreys Schlafzimmer schienen die ersten rötlichen Sonnenstrahlen auf ihren Körper. Pascal hatte seine Hand unter ihren Kopf geschoben, so waren sie eingeschlafen. Für einen Moment betrachtete er sie, traute sich nicht, sich zu bewegen, um das Bild festzuhalten. Ihre Haut war makellos, braun, muskulöse Schultern und feste Beine. Es war ihm ein Rätsel, wie gnädig der Alterungsprozess sie verschont hatte. Sie war Anfang vierzig, er Ende vierzig, sie wirkte aber durch den vielen Radsport, den sie seit Jahren betrieb, trainiert wie eine Leistungssportlerin. Von ihrem schwarzen Haar hatte sich eine Strähne über ihr Gesicht gelegt, als käme sie von einem Tanz, noch bewegt von der Melodie. Sie atmete ruhig und gleichmäßig.

Als sie gestern Nacht von der After-Show-Party zurückgekommen waren, hatte es nicht lange gedauert, bis sie zusammen im Bett landeten. Sie waren sich einig gewesen, die ganze Zeit über hatte es sich angedeutet. Die ständigen Berührungen, das Liegenlassen der Hand auf den Beinen, das Tanzen, der Geruch, das Lachen, der Champagner, der in dieser Nacht in Strömen geflossen war.

Die Scheinwelt der Models, der Glanz, die Schönheit der Menschen, die Kleider, all das übte eine Faszination auf Audrey aus. Sie schien gefesselt, dann sagte sie, es mache sie an, und eine Stunde später, die Gläser schon wieder geleert, war diese Glitzerwelt in den Hintergrund getreten. Eine neue hatte sich aufgetan, in der Audrey und Pascal die Hauptrollen spielten. Eine Welt in Flammen.

Zuvor hatten sie mit Danielle Deontré gesprochen, noch immer voller Adrenalin, voller Energie, in seinem Glanz sich selbst übertreffend. Erst als Audrey die wichtigste aller Fragen stellte, ob er etwas von Jezebel gehört hatte, verdunkelte sich seine Miene für eine kurze Zeit. Er verneinte, und als ein junger Mann mit offenem Hemd zu ihm kam, ihn küsste, ein »Je t'aime« hauchte und die langen roten Bänder, die er in seiner schwarzen Hose hinter sich herzog, hochhob und sie über sein Gesicht laufen ließ, schien die Melancholie aus seinem Körper zu weichen. Die Euphorie des rauschenden Abends und der Erfolg, dass alles glattgelaufen war, ließen den Schmerz verblassen. Sein Entsetzen über das Verschwinden seines Topmodels schien er unterdrücken zu wollen. Er presste die Lippen zusammen, sein Blick flackerte.

»Wie nah standen Sie sich?«, versuchte Pascal noch schnell eine Frage loszuwerden, bevor weitere Gratulanten den Designer bestürmten, bereit waren, ihn auf Schultern zu tragen.

»Wir haben zusammengearbeitet«, hatte Danielle Deontré gerufen, fast schon genervt, als wolle er dem Thema jetzt keine Aufmerksamkeit schenken, nicht in dem Moment des Triumphes. Jetzt ging es um ihn, all eyes on me, Pascal hatte verstanden, was das bedeutete.

Eine junge Asiatin war zu Deontré gekommen und flüsterte ihm etwas ins Ohr. Er errötete sogar, dann schien er unkonzentriert zu sein.

»Sie kannten sie also gar nicht näher?« Pascal wartete auf eine Reaktion.

»Mon Dieu, ich habe es Ihnen doch gesagt, wir haben Kleider, Röcke, Schuhe und Schmuck mit ihrem Körper zum Leben erweckt, das bedeutete uns die Welt. Vertrauen, Zuneigung, eine so tiefe Gemeinsamkeit, wie sie in der normalen Welt da draußen nicht einmal zwischen Eheleuten existiert. Wir wollten weiter zusammenarbeiten, auch ohne Pierre. Jezebel ist auch meine Muse. Sie ist mein dunkler Stern.«

»Ihr dunkler Stern?«

»In dunklen Nächten.«

Danielle Deontré gefiel sich in seiner Rolle. »Können wir ein anderes Mal weitersprechen? Wie Sie sehen, habe ich zu tun.«

Mit großen Schritten ging er zur Bar, wegen seiner enormen Körpergröße konnte man ihn ohnehin nicht aus den Augen verlieren.

Audrey war noch mit anderen Models ins Gespräch gekommen, doch es hatte keine Neuigkeiten gegeben. Niemand hatte Jezebel seit ihrem Verschwinden nach der Probe gesehen.

Pascal bekam zu fortgeschrittener Stunde immer mehr Abfuhren. »Sind Sie auch von der Presse? Schreiben Sie, was Sie wollen, aber lassen Sie mich da raus.«

Mit wem Audrey und Pascal auch geredet hatten, niemand hatte etwas gehört, geschweige denn sie gesehen.

Und dann hatten sie getanzt und getrunken, sich zugeprostet, sich mit anderen eng auf der Tanzfläche bewegt. Pascal erinnerte sich an einen ebenfalls groß gewachsenen Mann, auch er trug ein Kleid und lilafarbene Federn auf dem Kopf. Er ließ sie im Rhythmus eines ZAZ-Remixes wippen, prachtvolle Gesten. Audrey tanzte mit ihm, eng, euphorisch. Pascal erinnerte sich an das Stroboskoplicht, an die Mienen, an das Lachen und auch an den entrückten Gesichtsausdruck des Mannes, dem Audrey später den Namen »Pfau« verlieh. Er war eins mit der Musik und reckte seine langen Arme mal zur Decke, mal Audrey entgegen, er nahm sie sogar in den Arm. Was für ein Bild, der Riese mit den Federn, der das Vogelbaby über die Tanzfläche schob.

Audrey hatte sich inzwischen bewegt, ein Lächeln, sanft und kaum sichtbar, lag auf ihren Lippen, als sie langsam an Pascal heranrückte und ihn umfasste, ihre Finger über Pascals Brust laufen ließ und sich in seinem Hals vergrub. Für eine Weile lagen sie still da, die ersten Zikaden hatten ihre Arbeit aufgenommen. Pascal umarmte sie und zog sie auf sich. Anstelle des wilden Verlangens war eine Vertrautheit zurückgekehrt, ein stilles Miteinander.

Wie sie dort lagen, in der Morgensonne, die jetzt schon einen heißen Tag ankündigte, ihre Körper eng aneinander, Audrey auf ihm, Pascals Finger an Audreys Taille, so hätte es der Beginn einer intensiven Liebesbeziehung werden können. Doch sie wussten es besser. Als Audrey auf Pascal schließlich zusammensackte, sich mit ihren Armen neben Pascals Kopf abstützte, Schweiß auf der immer noch gut riechenden Haut, ihren Mund an seinem Ohr, damit er ihr wohliges Atmen hören und niemals vergessen würde, wusste er, dies würde nicht bleiben, aber es gab ja noch die Erinnerung.

10

Täglich übertrafen sich die Zeitungen aufs Neue, sie kannten nur noch ein Thema: Jezebels Verschwinden. »Das tote Dorf und das verschwundene Model«, »Vom Laufsteg ins Nirgendwo. Wo ist Jezebel?«, »Vom Glamour zum Geheimnis«, »Vom Catwalk in die Unsichtbarkeit«, die Originalität der Journalisten war enorm. Pascals Lieblingsschlagzeile: »Der Marquis de Sade und das verschwundene Model«.

Diese Schlagzeile leistete sich die Regionalzeitung aus dem Luberon, eine, die Pascal täglich las. Sie lag zusammen mit sämtlichen südfranzösischen Zeitungen auf seinem Schreibtisch in der Gendarmerie. Vom Bürgermeister Jean-Paul Betrix höchstpersönlich fächerförmig an Pascals Arbeitsplatz aufgebaut. Mit verschränkten Armen saß er vor ihm und beobachtete seinen Gendarmen, wie er las. Stille in der Gendarmerie.

»Ein Ort mit vierhundertvierundzwanzig Einwohnern«, durchbrach Betrix' Stimme schließlich das Schweigen. Etwas Lauerndes, etwas Bedrohliches lag darin. »Da fahren keine Autos, und Autos braucht man zum Kidnappen.« Seine Stimme wurde lauter. »Merde, Pascal. Wo kann sie schon sein?«

»Das würde uns auch interessieren, und diese Frage versuchen wir mit Hochdruck zu beantworten«, entgegnete Pascal, ohne seine Augen von der Zeitung abzuwenden, wie nebenbei, und dabei wusste er, dass er den Bürgermeister damit reizte.

»Die Gendarmerie?« Betrix' Lachen klang verbittert. »Ich glaube, du hast vergessen, dass du selbst ein Gendarm bist. Freiwillig wohlgemerkt, weil du hier im Lavendel-Rosé-Paradies leben wolltest. Warum also bist du nicht vor Ort?«

Er atmete tief ein, holte Luft für seine nächste Attacke. »Ich verstehe, du arbeitest jetzt für die Police nationale, weil du so clever bist, weil du so scharfsinnig kombinierst.« Er lachte nun laut und gehässig.

Pascal versuchte das Crescendo seines Chefs zu ignorieren und griff zu einem gelben Marker. Der Name von Florence Flasner tauchte mehrmals in den Artikeln auf. Auch hier wurde sie, wie schon von Audrey vermutet, als Anführerin einer Bürgerbewegung genannt, die sich für den Erhalt des Dorfes einsetzte und gegen das rücksichtslose Vorgehen von Pierre Cardin. Er fand ältere Zitate von ihr in den Zeitungen, aber auch, dass sie sich gerade auf einer Auslandsreise befand, einer Vernissage in Deutschland. Das hatte Pascal bereits auf ihrer Facebook-Seite herausbekommen.

Am Tag der Demonstration und des Verschwindens von Jezebel war sie nicht einmal im Land gewesen. Facebook als Alibi. Es wurde immer besser.

»Monsieur Betrix.« Der ständige Wechsel vom Du ins Sie und zurück hatte Pascal zu Beginn seiner Amtszeit geradezu gestresst, inzwischen hatte er sich daran gewöhnt. »Wir haben eine klare Linie und Aufteilung, nach der ein erfahrener Leiter wie Frédéric Dubprée immer arbeitet. Wir ermitteln systematisch, jeder hat seine Aufgaben und seinen Platz. Meine Aufgabe ist zunächst, mich mit der Bürgerbewegung in Lacoste auseinanderzusetzen.«

Pascal gab Betrix einen kurzen Abriss seiner Planungen und versuchte ihm so verständlich wie möglich zu machen, dass es eine Verbindung zwischen den erzürnten Dorfbewohnern und dem Verschwinden Jezebels geben könnte. Ein Skandal, wie er gestern bei der Modenschau passiert war, war genau das, was die Dorfbewohner erreichen wollten. Sie hatten also gewonnen. Nicht die Modenschau war das Thema, sondern Jezebel. Vielleicht würden die Veranstalter aus dem Pierre-Cardin-Nachlass das Schloss aufgeben und am Ende möglicherweise sogar die Häuser wieder verkaufen, das wäre der Hauptgewinn. »Durchaus möglich also, dass Jezebel in einem der Häuser rund um das Bergdorf gefangen gehalten wird, nur haben wir dazu noch nichts Konkretes. So einfach kommen wir nicht überall hinein. Wie haben keine Befugnisse, die Türen aufzubrechen, und für die bewohnten Häuser brauchen wir einen Durchsuchungsbeschluss. Und dazu wiederum brauchen wir einen begründeten Verdacht. Uns fehlt also jede rechtliche Grundlage.«

»Jede rechtliche Grundlage«, äffte Jean-Paul Betrix ihn nach. »Dass ich nicht lache.«

»Ich kenne Ihre Einstellung zu Gesetzen, Monsieur Betrix.« Pascal machte eine Kunstpause. »Bei uns gibt es heute übrigens getrüffelten Fasan.«

Er schaute seinen Bürgermeister an. Dieser fühlte sich sichtlich unwohl und erhob sich schließlich mit einem lauten Stöhngeräusch, das korpulente Männer jenseits der sechzig ausstoßen, wenn sie sich einer geradezu sportlichen Herausforderung, wie dem Aufstehen von einem Stuhl, stellen.

»Und die Sommertrüffel haben Sie schon?«, fragte Jean-Paul Betrix im Rausgehen, ohne ihn anzuschauen.

»Wir werden uns gleich auf die Suche begeben«, verkündete Pascal stolz, »meine Familie holt mich ab.«

»Wer soll die Trüffel denn finden? Ihr verweichlichter Hund?« Er lachte wieder sein verächtliches Lachen. »Wie heißt er noch? Syrah?«

»Er heißt Bordeaux und ist nicht verweichlicht, sondern hat eine hervorragende Ausbildung genossen. Bei Leblanc«, setzte Pascal hinzu. Er wusste, wie groß der Respekt, aber gleichzeitig auch das Misstrauen war, das Betrix dem Gerichtsmediziner entgegenbrachte.

Jean-Paul Betrix hatte gerade das Büro verlassen, als Pascal aus seinem Bürofenster seine Tochter Lillie mit einem der in Mode geratenen Tücher, in denen Babys wie in der Welt der Kängurus vor der Mutterbrust getragen werden konnten, über die Place de la Fontaine schlendern sah. Neben ihr Claude, der den vor sich hin schnüffelnden Bordeaux an der Leine führte. Ein Bild, das Pascal gern festhalten würde, für immer. Schnell wechselte er seine Uniform gegen Freizeitkleidung, eine Jeans, dazu ein T-Shirt und Wanderschuhe, wie man sie traditionell bei der Trüffelsuche im Wald trug.

Nach einer kurzen Begrüßung im Büro, immerhin sah seine

Familie das erste Mal seinen Arbeitsplatz, machten sie sich gemeinsam auf den Weg zu Pascals Renault Kangoo.

Kurz bevor sie am Parkplatz angekommen waren, nahm Lillie ihren Vater zur Seite.

»Und?«, fragte sie. »Du hattest eine gute Nacht? Wir haben dich beim Frühstück vermisst.«

Wie ein erwischter Junge nickte Pascal. »Ja«, brachte er nur hervor.

»Immer noch diese Audrey?«, setzte sie nach.

Mehr als ein Nicken bekam Pascal nicht hin, ein Schweigen, über das er sich später ärgerte. Warum sollte er Geheimnisse vor seiner Tochter haben? Die Trennung ihrer Eltern lag inzwischen lang genug zurück, und wahrscheinlich hätte sie sich über eine neue Liebe ihres Vaters gefreut, doch diese Beziehung wäre zu kompliziert zu erklären gewesen, er verstand sie schließlich selbst nicht. Und so war er froh, sich ans Steuer setzen zu können, um zu dem Waldstück der Familie Perieux am Dorfrand von Lucasson zu fahren. David Perieux war inzwischen ein guter Freund von Pascal.

Als Pascal vor vier Jahren in die Provence gekommen war, hatte er auf dem Weingut der Familie Perieux gewohnt und war in die Geheimnisse des Trüffelanbaus eingeweiht worden. Früher hatte Perieux noch geglaubt, es sei unmöglich, Trüffel anzubauen, doch der Ehrgeiz und die Geduld der Südfranzosen hatten sich ausgezahlt. Seit Jahren gab es in der ganzen Provence Trüffelplantagen, die mal leichter, mal schwieriger zu erkennen waren. Der Eichenwald der Perieux ergoss sich wie ein Weinberg hinter dem Anwesen bis ins Tal hinunter. Es gab keine Kennzeichnungen, nur Hinweise auf ein Privatgrundstück. Die Eingeweihten in der Region wussten um die reiche Ernte, die David Perieux Jahr für Jahr einfuhr, und damit die Diskretion erhalten blieb, durften die Mitwissenden sich in seinem Wald, natürlich gegen Bezahlung, selbst auf die Suche begeben. Einzigartig im Luberon. Das verschaffte ihnen Abenteuerlust und weckte den Jagdinstinkt der Provenzalen, und dieser gehört zur DNA der Südfranzosen.

David Perieux und Leblanc warteten bereits an einem Seitenzugang des Waldes auf Pascal und seine Familie. Nach einer herzlichen Umarmung, drei Baisers und den neugierigen Blicken auf Olivienne, die schlafend an Lillies Brust ruhte, wurden die wesentlichen Eckpunkte für die Suche erläutert.

»Ich bin froh, dass ihr bei mir suchen wollt«, eröffnete David Perieux das Gespräch. »Bevor ich meine Sommertrüffel wieder zu den Händlern aus dem Périgord bringen lasse, die dann dort als heimisch angeboten werden, bleibt das schwarze Gold dank euch in der Region. Das freut mich, Kenner wissen längst, dass unsere Trüffel besser sind als die von drüben.« Er machte eine Pause und wartete auf eine Widerrede, dabei konzentrierte er sich vor allem auf Claudes Reaktion. Wusste er doch, dass Sterneköche sich gern damit brüsteten, ausschließlich Trüffel aus dem Périgord anzubieten, weil sie die bekanntesten der Welt waren. Doch Claude, der noch nie selbst Trüffel gesucht hatte, stand still und andächtig neben seiner Frau und nickte nur. Die Aufgeregtheit war ihm anzusehen.

»Wie macht Bordeaux sich?«, wollte David Perieux wissen.

Jetzt übernahm der Gerichtsmediziner Leblanc, der Pascals Hund monatelang ausgebildet hatte. »Er macht sich gut, ihr werdet staunen.« Dabei tätschelte er dem Hund den Kopf.

»Ich hoffe, die Arbeit war nicht umsonst«, sagte Pascal und reichte seinem Freund die Leine.

Bordeaux interessierte sich wenig für denjenigen, der ihn an der Leine führte, er wollte einfach los, endlich anfangen mit der Arbeit. Schließlich wusste er, dass sein Herrchen nichts so sehr jubeln ließ wie der Fund dieser schwarzen Kugeln. Das hatte er bislang nur einmal erlebt, als er sein Bein als Welpe nicht am Tisch, sondern das erste Mal draußen im Garten erhoben hatte.

Zum Abschluss steckte Pascal David Perieux einen Schein zu, und das Abenteuer konnte beginnen.

»Trüffel machen Frauen zärtlicher und Männer liebenswerter«, sagte Leblanc, als er den Graben am Waldesrand in einem Satz nahm. Als er auf der anderen Seite angekommen war, ergänzte er: »Ist nicht von mir, sondern vom Kulinarik-Autor Jean Anthelme Brillat-Savarin. Seine Bücher sind ein Traum.«

Claude half Lillie mit Olivienne. Endlich konnten sie dem Kind die Kapuze abnehmen, die den Kopf vor der Sonne geschützt hatte. Hier im Wald war es schattig.

»Wie hast du den Hund ausgebildet?«, wollte Claude von Leblanc wissen.

Dieser setzte eine geheimnisvolle Miene auf wie jeder Provenzale, wenn er auf seine Betriebsgeheimnisse angesprochen wurde.

»Mit Socken«, brummte er. »Und mit Trüffeln. Los, Bordeaux, cherche des truffes«, sagte er jetzt laut, und Bordeaux lief los und schnüffelte an der Erde über den Baumwurzeln. Die Rute in der Luft, alle Sensoren ausgefahren.

»Mit Trüffeln und Socken?«, hakte Claude nach.

»Ja genau«, sagte Leblanc. »Ich habe ihn die Socken suchen lassen, und das täglich bestimmt hundertmal, und dann musste er sie zu mir bringen.«

Bordeaux hatte eine Stelle im Wald gefunden, wo es zu duften schien, und schabte mit einer Pfote über den Waldboden.

»Da sind Trüffel«, rief Claude aufgeregt und lief zu dem Hund. Und schon begann Bordeaux die Erde umzupflügen, steckte seine Nase in das frisch ausgehobene Loch ... und wenige Sekunden später kaute er.

»Mein Gott«, entfuhr es Leblanc. »Er ist zu blöd!«

Lillie lachte, sie stand ein Stück abseits. »Na ja, wie man es nimmt«, sagte sie.

Leblanc hatte sich sofort zu Bordeaux hinuntergebeugt und zog ihn angesichts der Niederlage am Ohr, was den Hund nicht störte.

»Böser Hund«, sagte er, »du dummer, böser Hund.« Doch der Hund ignorierte ihn, während er sich das Maul leckte und Pascal sich persönlich beleidigt fühlte. Sein Hund war nicht dumm.

Geschickt nahm Leblanc ihn an die Leine. »Pause für Bordeaux«, verkündete er, »dann müssen wir es eben selbst übernehmen.« Er war rot angelaufen vor Wut und Scham. Hatte dieser Hund ihm doch in Sekundenschnelle die Show gestohlen und ihn bloßgestellt. Zwei Dinge, die der Gerichtsmediziner nur schwer ertragen konnte. Pascal wusste das.

Jetzt ging Leblanc in die Knie und studierte den Boden vor sich. »Uns bleibt nichts anderes übrig, als die Trüffel selbst zu suchen. Unser Hund hier scheint ein Feinschmecker zu sein. Wir werden welche finden.«

»Das stimmt mich zuversichtlich«, sagte Claude, der von dem Ereignis sichtlich mitgenommen im Wald stand.

»Wusstest du, Claude, dass Trüffel der Ursprung allen Lebens sind?«, sagte Leblanc, der Sätze gern derart pathetisch begann, um sicherzustellen, dass alle zuhörten. »Es gibt neue Erkenntnisse, dass Trüffel sich mit ihren Organismen unterirdisch miteinander austauschen und dass das der Ursprung des Lebens auf der Erde gewesen sein könnte. Das war vor fünfhundert Millionen Jahren schon so. Und heute haben sie sich gegenseitig inspiriert, um uns die besten sichtbar zu machen.«

»Das glaube ich gern. In der Gourmetszene rennst du mit diesen Sätzen offene Türen ein.« Claude ging ebenfalls in die Knie und saß jetzt neben Leblanc. »Also«, begann er, »wie funktioniert es? Warum kniest du hier?«

Pascals Schwiegersohn hatte den Gerichtsmediziner auf dem richtigen Fuß erwischt, und so holte dieser begeistert aus.

»Die Geschichte reicht zurück bis zu den Höhlenmenschen«, begann er und versicherte sich in der Runde, dass jetzt alle an seinen Lippen klebten. »Sie sollen damals schon Trüffel verspeist haben und sagten dem schwarzen Gold dunkle Kräfte nach. Sie sollen der Donner der Erde sein. Später vermutete man aphrodisierende Eigenschaften, wieder andere Generationen, drüben im Périgord, sprachen davon, dass Trüffel sie vor dem Hungertod retteten.«

»Warum habe ich nur nicht in dieser Zeit gelebt?«, bemerkte Claude.

»Zur Delikatesse wurden sie erst später bei Ludwig XIV., Ludwig XV. und Kaiser Franz I. Sie sollen Feste gegeben haben, bei denen sie Truthähne mit zwei Kilo Trüffeln zubereitet haben.«

»Und die haben die Bauern alle ohne Hilfsmittel gefunden?«, fragte Lillie, die jetzt ebenso interessiert war wie ihr Mann. Wie dieser Hang zur Kulinarik doch abfärbte, dachte Pascal.

»Nein, sie waren damals schon klug, wenn es um gutes Essen ging. Sie beobachteten Wildschweine, die nach Trüffeln gruben, und richteten dann Hausschweine ab. Aber das war eine schlechte Idee. Erstens mögen sie die Trüffel so gern wie dein Hund«, Leblanc warf Pascal einen strafenden Blick zu, »und zweitens sind sie zu schwer. Ein Schwein ist schlecht zu transportieren, und da sind die Hunde besser. Alle Hunde. Außer Bordeaux.«

»Es reicht«, protestierte Pascal und streichelte seinen Hund, den er jetzt wieder bei sich hatte und der in den Augen des Gerichtsmediziners fortan als nutzloses Lebewesen galt.

»So, vergessen wir die Suche nicht«, unterbrach Claude die Unterrichtsstunde. »Wie also findet man Trüffel ohne Hilfsmittel?«

Leblanc griff wie in Zeitlupe in seine Tasche und holte einen Korkenzieher heraus. Niemand wunderte sich darüber, am allerwenigsten Pascal, der sich eher gewundert hätte, wenn sein Freund das Haus ohne Korkenzieher verlassen hätte.

»Den brauchst du«, begann Leblanc. »Mehr nicht.« Er richtete ihn in die Höhe wie ein Zauberer, der ihn gleich verschwinden lassen würde. Er ging wieder in die Knie. »Wir suchen jetzt gemeinsam nach einem sogenannten Brandloch. Ein Kreis an einem Baum, fast rund, ohne Gras oder andere Vegetationen, daher Brandloch. Trüffel produzieren ein Herbizid, das das Absterben der Vegetation hervorruft.«

Lillie war langsam tiefer in den Wald gegangen, sie hatte sich gut fünfzig Meter von der Gruppe entfernt. »Ist das hier ein Brandloch?«

Claude stand als Erster neben ihr. »Sieht so aus«, beurteilte er fachmännisch, als wäre er jetzt eins mit dem Wald.

Leblanc nickte still und brach einen Ast von einer Pinie, die hier in ordentlicher Anordnung zwischen den Eichen standen. Dann zupfte er die Zweige vorsichtig ab, am Ende sah der Ast aus wie eine kleine Abwaschbürste, mit der er sanft über das Brandloch strich. Kleine Fliegen flüchteten.

»Ein gutes Zeichen«, ordnete Leblanc die Gesamtsituation ein. »Das sind *Suillia gigantea*. Sie legen ihre Eier immer dort ab, wo es Trüffel gibt.«

Die Stimmung war inzwischen zum Zerreißen angespannt. Nur Leblanc kniete vor der Stelle, die Nase dicht über dem Boden, als sei er ein Hund. Bordeaux beobachtete ihn. Er wusste, was sein Ausbilder dort tat, es schien ihn zu faszinieren, und so legte er sich hin, als begänne jetzt ein Fernsehabend. Schließlich kam der Korkenzieher zum Einsatz. Bevor Leblanc ihn in die Erde schob, wischte er ihn mit einem schneeweißen Tuch ab, wie er es sonst mit seinen Instrumenten in der Gerichtsmedizin tat. Pascal kannte seine Utensilien aus den vielen Ermittlungen und Präsentationen von ihm in seinem Büro. Wie Leblanc es liebte, wenn er ganz in seinem Element war und mit kleinen Plastiktüten und Fundstücken zu ihm kam und alles auf seinem Schreibtisch ausbreitete.

Vorsichtig stach Leblanc mit dem Korkenzieher in den Boden und roch an ihm, als er ihn wieder herauszog, als würde er einen teuren Wein entkorken. Schweigend hielt er ihn seinem größten Fan Claude unter die Nase.

»Er riecht nach Trüffeln«, bemerkte der.

»Très bien«, lobte Leblanc seinen Lehrling. »Jetzt dürfen wir nicht hektisch werden.«

Doch niemand war hektisch, Leblanc wollte sich offenbar nur selbst beruhigen. Er grub mit seinen Händen im Boden und hob Stück für Stück die Erde nach oben.

»Der Geruch wird stärker«, flüsterte er. Dann legte er behutsam einen Trüffel in beeindruckender Größe frei. »Jetzt genau hinschauen und ihn nicht zerstören. Wir müssen aufpassen, dass er nicht unter einem Stein eingeklemmt ist oder unter der Wurzel der Eiche. Das wäre ein Desaster.«

Jeder in der Runde glaubte ihm. Niemand konnte sich ein schlimmeres Unglück auf der Erde vorstellen. Feierlich hob Leblanc ihn hoch, dann hielt er ihn unter seine Nase.

»Schaut ihn euch an.« Leblanc knetete den Trüffel ein wenig in der Hand. »Die Knolle ist elastisch, aber nicht zu sehr. Sie ist perfekt, muss aber heute Abend verbraucht werden. David Perieux hatte den richtigen Riecher. Die letzten müssen jetzt gefunden werden.«

»Pas de problème, tout va bien«, sagte Claude. »Den Fasan haben wir schon.« Wäre er noch ein Kind, wäre er auf und nieder gesprungen und hätte dabei in die Hände geklatscht. So sah die Vorfreude eines Sternekochs aus.

»Und schau hier«, ließ Leblanc sich nicht abbringen, »diese Erhöhungen nennt man die Granulierung, wie bei einem Diamanten, und das hier«, er zeigte auf eine Vertiefung, »ist der Popo, nur geht von diesem Popo ein betörender, geradezu überirdischer Duft aus.« Leblanc wog ihn abschätzend in der Hand. »Der hat mindestens dreihundert Gramm.«

»Das reicht«, sagte Claude begeistert. »Ab in die Küche. Es wird ein Fest.«

»Wisst ihr, was Jean Anthelme Brillat-Savarin noch geschrieben hat? ›Ein echter Feinschmecker, der ein Rebhuhn verspeist hat, kann sagen, auf welchem Bein es zu schlafen pflegte.‹«

»Das ist ganz mein Mann«, sagte Lillie begeistert, und dann machten sie sich auf den Weg zum Festmahl. Selbst gefundene Trüffel und dazu ein gewilderter Fasan, es würde ein ungewöhnliches Abendessen werden.

11

Das Gebäude auf dem Berg in Lacoste, nahe dem Château, reihte sich perfekt in die für die Provence typischen Ziegeldachgebäude ein. Noch vor hundert Jahren als Stall oder Scheune genutzt, waren auch die Häuser entlang des Berghanges über viele Jahre liebevoll saniert und zu Wohnhäusern umgebaut worden, ohne die Schönheit ihrer Bauepoche zu verlieren. Diese hatte Pierre Cardin nicht erworben oder nicht erwerben können. Viele von ihnen dienten als Ferienhäuser und wurden nur in den Sommermonaten bewohnt, andere waren zu Landhäusern mit unwiderstehlichem Charme geworden.

Pascal betrat den großen Innenhof, ein paar Feigenbäume, Lorbeer, Oleander und eine Ansammlung von Brennholz, wie es, typisch für den Luberon, in den wenigen kalten Monaten zum Heizen genutzt und auf fast jedem Grundstück gelagert wurde. Wenige Sekunden später, Pascals Ankunft war längst bemerkt worden, stand eine hochgewachsene Dame, die sich rein äußerlich in einem Alter um die sechzig befand, vor ihm. In Wahrheit war sie über achtzig Jahre alt, sollte Pascal später herausfinden. Ihre Augen strahlten wach, aufmerksam, neugierig und gespannt.

»Pascal Chevrier, Police nationale aus Apt«, stellte er sich vor. Noch immer war es ungewohnt, sich als Gendarm als Polizist der Police nationale vorzustellen.

»Ich habe Sie schon erwartet«, sagte Florence Flasner. »Kommen Sie rein«, sagte sie wie nebenbei, mit ihren Gedanken ganz woanders.

Pascal folgte ihr und nahm einen Geruch wahr, wie er ihn noch nie in der Nase hatte. Muffig, ein bisschen nach Meer, nach Spargel.

»Entschuldigen Sie«, und schon ging sie den Flur entlang, Bilder an den Wänden, künstlerisch ansprechend, die meisten in Lila, schließlich blieb sie in ihrer Küche vor einem alten

Gasherd stehen. Auf einer Gasflamme stand ein großer Topf mit einem Deckel darauf. Als sie ihn abnahm, wurde der Geruch stärker, so intensiv, dass Pascal am liebsten einen Schritt zurückgegangen wäre, doch seine Neugier war zu groß. Selbst ihm als Gourmet war dieser Geruch neu. Florence Flasner holte ein kleines grünliches Wollknäuel aus dem Topf und legte es in eine Schale klaren Wassers mit Deckel. Es roch nun sehr stark.

Für einen Moment schloss sie die Augen, sie flüsterte etwas, plötzlich wirkte alles wie in einem Hexenhaus, die alten Regale, Tassen, Teller und Töpfe schienen in der Benebelung der Ausdünstung zu schrumpfen. Nach einer Weile hob sie den Deckel und sagte: »Das ist es.« Dann wandte sie sich an Pascal. »Das ist die Farbe der Vergangenheit. Sechs Tage lag die Wolle in fünfzig Grad warmem Sud. Jetzt ist sie fertig.«

Und was vor Pascals Augen passierte, erinnerte ihn an die Harry-Potter-Filme, die er vor vielen Jahren zusammen mit seiner Tochter Lillie geguckt hatte. Das Wollbüschel, beim Herausnehmen noch grünlich, verfärbte sich blau und schließlich purpurfarben.

»Fertig«, sagte sie schließlich und hielt die Wolle vor das Fenster, sodass mehr Licht darauffiel. Sie schien zufrieden.

Pascal schaute sie fragend an. »Was ist fertig?«

»Purpur. Jahrtausende alt. Allein die Herstellung ist eine Kunst, die ich in vierzig Jahren immer weiter verfeinert habe. Kommen Sie, ich zeige Ihnen etwas, Monsieur Chevrier.«

Sie trat zurück in den Flur, ein paar Türen auf der rechten und linken Seite.

»Das hier ist mein Atelier.« Pascal fand sich in einem lang gezogenen Raum wieder. Überall Regale, vollgestopft mit Leinwänden, Farbtöpfen auf allen Stellflächen, meist lila, zumindest für einen Laien, wie Pascal es war.

An den Wänden auch hier Bilder, die meisten in der Farbe der Wolle, Purpur, überall Purpur.

»Jedes dieser Bilder ist aus Schnecken entstanden«, sagte sie schließlich und beobachtete Pascal dabei, wie er versank, wie er eintauchte. Die Bilder sprachen ihn an, ohne dass er wusste, was dahintersteckte.

»Das ist der Purpur der Meeresschnecke, genannt *Hexaplex trunculus*. Sie kennen sie vielleicht als Escargot de Mer auf Speisekarten.« Noch immer fixierte sie ihren Gast. »Wollen Sie wissen, wie sie entstehen, diese Werke? Setzen Sie sich.«

Pascals Interesse war geweckt. Es war eine der schönsten Aufgaben seines Jobs, einzutauchen in Welten, die einem normalerweise verschlossen blieben, und so nahm er Platz in dem großen hölzernen Schaukelstuhl in der Mitte des Ateliers mit Blick auf die Bilder, in Purpur.

»Sehen Sie nur, wie sie leuchten, von innen heraus«, sagte Florence, als Pascal sich gesetzt hatte. »Farben haben mich von Kind an begeistert. Vor allem die vergessenen Farben, und so habe ich sie zum Malen benutzt.«

Mit der Hand strich sie über eine der Leinwände. »Es begleitet mich schon mein ganzes Leben. Ich bin davon besessen. Ob in Indonesien, auf Bali oder im Libanon, wo ich viele Jahre gelebt habe, immer auf der Suche nach Purpur. Aber niemand schien mehr etwas darüber zu wissen. Ich wollte alles darüber erfahren, vor allem, wie man ihn herstellt. Ich habe mit Fachleuten und Wissenschaftlern, aber auch mit Biologen gesprochen, mit Archäologen, Historikern, Färbern, Altertumsforschern, Chemikern. Ich habe Künstler gefragt, keiner wusste etwas, es interessierte sie auch nicht. Das hat mich erstaunt. Wenn es doch möglich ist, eine solche Farbe zu gewinnen und daraus Kunst zu machen, warum tut es niemand? Es kann doch nicht sein, dass ich die Einzige auf der Welt bin? Doch das scheint so zu sein. Es gab schließlich mal Interesse, nur liegt das circa dreitausend Jahre zurück. Ja, das sind die Zeiträume, mit denen ich mich beschäftige.«

Sie lachte in sich hinein. »Ich habe irgendwann herausgefunden, dass eines der letzten Purpurgemälde im Jahr 1650 vor Christus entstand, nur ist es bei einem Vulkanausbruch verschüttet worden und erst in den neunziger Jahren wiedergefunden worden. Auch Plinius der Ältere, erstes Jahrhundert unserer Zeit, erwähnt Purpurmalerei in seinen Büchern, aber nichts ist davon erhalten. Purpur war die Farbe des Reichtums. Durch Purpur hob man sich von der Masse ab, von der grauen Masse, der Masse von Bettlern und Tagelöhnern. Könige, Kaiser haben Purpur getragen. Purpur ist die edelste Farbe der Welt, der wertvollste Rohstoff. Mit diesem Wissen stand ich offensichtlich allein da. Zu Zeiten von Alexander, also 331 vor Christi, wäre ich im Trend gewesen.«

Sie schaute nachdenklich auf ihre Bilder. »Als der Kaiser damals die persische Hauptstadt Susa eroberte, fand er eine Schatzkammer, in der lagen Purpurballen im Wert eines Zehntels des gesamten persischen Staatshaushalts. Auch heute kostet ein Kilo Purpurfarbstoff mehr als zwei Millionen Euro. Purpur war angesagt wie keine andere Farbe. Doch das ist lange her, sehr lange. Aber wie sagt man so schön in der Mode, alles kommt wieder. Man weiß nur nicht, wann.« Sie lachte, und es war das Lachen einer jungen Frau, das sie sich erhalten hatte.

»Nein, niemals hätte ich gedacht, dass sich jemand in unserer Zeit, ausgerechnet aus der Modebranche, noch für den unverfälschten, den wahren Purpur interessiert. Es gibt Hunderte von Ersatzfarbstoffen, die ein Laie nicht vom Original unterscheiden kann, aber hier in Lacoste, in dem Dorf der Kunst, wollen plötzlich junge Designer zu den Ursprüngen zurück und vor allem wissen, wie der Purpur hergestellt wird. Sie hätten nur in meinen Veröffentlichungen nachlesen müssen, doch das taten sie nicht, sie kamen zu mir und waren erstaunt, wie aufwendig die Herstellung dieser Farbe ist. Allein eine Küpe, also ein Färbebad, braucht eine Woche, bis sie farbtüchtig ist. Einige von ihnen hatten mehrere Probeläufe hinter sich, doch wie sich herausstellte, wussten sie nicht einmal, wie die Schnecken überhaupt aussahen. Ich habe den Prozess dann Kunststudenten vorgeführt, aber sie waren entsetzt, als es so stank.«

Pascal nickte, er wusste, was sie meinte.

»Natürlich stelle ich keinen Farbstoff her, das wäre unbezahlbar und vor allem sehr komplex, aber Pigment, ich will schließlich malen, aber auch das Pigment hat seinen Preis.«

»Was bedeutet ›auch das Pigment hat seinen Preis‹?«, wollte Pascal wissen.

»Ich würde sagen, ein Gramm Pigment kostet um die achtzig Euro.« Sie machte eine Pause. »Ich nenne es übrigens Purpurissum. Es ist die Malerfarbe der Antike, wie Plinius sagte.«

»Und wie interessant ist dieses Purpurissum für Designer? Funktioniert damit das Färben von Kleidung?«

»Theoretisch, aber das habe ich nie ausprobiert, ich wollte schließlich malen und keine Kleidung färben.«

»Das bedeutet«, wollte Pascal wissen, »Sie kennen ein paar der Modeschöpfer, die im Schloss ihre Mode präsentiert haben und jetzt experimentieren?«

Sie nickte. »Ein junger Mann, gekleidet wie eine Frau, mit einem schwarzen Rock, kam zu mir und wollte meine Farbe bekommen. Er wollte unbedingt traditionell färben, wie damals. Die Tradition, sagte er, sei auch ein Teil seines Anspruchs. Ich erklärte ihm, dass ich mein Leben dem Purpur gewidmet hätte und Rezepturen grundsätzlich nicht in Gänze herausgeben würde. Der junge Mann wurde so dramatisch, ich dachte, er fängt gleich an zu weinen, es muss eine Art Dolchstoß für ihn gewesen sein, ein Drama, er wollte wissen, wie es funktioniert. Er saß dort auf diesem Stuhl, dort, wo Sie jetzt sitzen.« Sie kam zu Pascal und streifte mit der Hand über die Stuhllehne des Schaukelstuhls, als sei er ein Lebewesen. »Er war groß, geradezu riesig, und dünn«, Pascal nickte, »ich sagte ihm, die Herstellung sei eine Kunst. Alles, was ich brauche, kommt aus der Natur, und als ich weitersprach, hellten sich seine Gesichtszüge auf. ›Wir werden Federn färben in Purpur! Unvergleichlich‹, sagte er, das weiß ich noch genau, wie er dasaß und ganz euphorisch wurde. ›Warum Federn?‹, fragte ich ihn. Er sei als der Federmann bekannt, das sei seine Kunst, darin versinke er, die Federn seien sein Leben. Diese Art der Besessenheit verbindet uns, dachte ich sofort. Ich hatte Sympathie für ihn.«

Florence ging zu einer der vielen Staffeleien in ihrem Atelier, auf der eines ihrer Bilder stand. Die Leinwand war in mehrere Quadrate aufgeteilt, in denen sich unterschiedliche kleine einzelne Bilder aus Purpur aneinanderreihten.

»Wissen Sie, Monsieur Chevrier, ich erkannte in dem Federmann jemanden, der genau wie ich auf einer geradezu einsamen Insel der Kunst lebt. Was uns verbindet, ist genau diese Einsamkeit und die Besessenheit, etwas Einzigartiges zu erschaffen. Er fragte nicht, ob er Farbe von mir bekommen könne, sondern verabschiedete sich von mir recht plötzlich. Er blieb freundlich, obwohl er sein Ziel nicht erreicht hatte, er kannte das Rezept nicht. Aber offensichtlich hat der Federmann für mich Werbung gemacht, und ein junger Designer war einen Tag später hier und wollte Hemden in Purpur herstellen und sie mit dem entsprechenden Label versehen. Darin wäre auch mein Name gefallen, aber das ist abstrakt. Man bräuchte Hunderte, vielleicht sogar Tausende Schnecken dafür und dazu eine Küpe, die viele Liter fasst, damit überhaupt ein einziges Hemd dort hineinpasst. Diese Mengen habe ich noch nie hergestellt, es gab wie gesagt keinen Grund dafür, und es wäre unbezahlbar.«

»Aber mal rein theoretisch, was würde so ein Kleidungsstück kosten, wenn Sie es herstellen würden?«

»Sehr teuer, wirklich unbezahlbar ...«

»Was bedeutet das, unbezahlbar?«

»Ein Hemd würde ein paar tausend Euro kosten. Wer also soll das kaufen? Nicht mal Pierre Cardin hätte sich das geleistet. Und denken Sie mal an den Geruch, selbst wenn man es waschen würde, würde man nach Algen riechen, das mag nicht jeder. Abgesehen von mir vielleicht.« Sie sah vielsagend auf ihre Bilder.

»Wann war das?«, wollte Pascal wissen.

»Schon vor Jahren. Diese Shows im Schloss gab es schon in den letzten Lebensjahren von Pierre Cardin. Vielleicht wollte er jungen Modeschöpfern eine Bühne bieten. Wer weiß das schon so genau, der Mann war unzugänglich. Aber bei jeder dieser Veranstaltungen wurden es mehr junge Designer und Künstler, die meine Herstellungsweise verstehen wollten. Aber ich bin Forscherin auf der Suche nach Purpur, und ich bin Malerin und wollte mit der Farbe malen, und niemand wird mich dazu bewegen können, Kleidungsstücke einzufärben. Nur kam dieser Mann, dieser Federmann, wieder und wieder. Im letzten Jahr habe ich ihm dann unaufgefordert eine kleine Menge von meinem Pigment geschenkt. Er tat mir leid, es war ihm so wichtig, und ich kenne dieses Gefühl. Wenn man sich in eine Idee verrannt hat und nicht weiterkommt, dann braucht man Menschen, die einem helfen. Wir Künstler sind so oft auf uns allein gestellt. Der Federmann konnte sein Glück kaum fassen. Nach ein paar Wochen kam er wieder und verkündete, er habe es geschafft, die Federn für die neue Haute Couture erstrahlen im leuchtenden Purpur.«

Pascal erinnerte sich an den lilafarbenen Federschmuck bei der Modenschau. Das also war die Geschichte dahinter. Während Florence sprach, nahm sie ebenfalls eine purpurne Feder in die Hand, die neben ihrem Sessel auf einem kleinen Tisch lag, und hielt sie ins Licht.

Sie fuhr fort und erzählte, der Künstler habe sie wissen lassen, dass er weiter mit Purpur arbeiten wolle. »Auch dieses Gefühl kannte ich, wenn der Erfolg einsetzt, diese Euphorie, die er auslöst, weiter und weiter gehen zu wollen. Nur war sein Plan nicht realistisch. Er wollte Kleider herstellen und sie mit Purpur färben. Der Auftraggeber war ein gewisser Louis Riuou, man würde ihn in der Modewelt geradezu vergöttern, sagte er. Er zeigte mir Fotos, und tatsächlich sah man Purpur, nur war es viel blasser. Sie hatten meine Farbe gestreckt«, merkte sie an, »oder sie chemisch hergestellt. Jedenfalls ist das nicht der wahre Purpur, das ist nicht meine Farbe, die Louis Riuou verwendet hat.«

Louis Riuou, Pascal erinnerte sich an den Schriftzug auf der Leinwand gestern im Schloss. Er hatte dagestanden und sich verneigt in seinem edlen Anzug und ernst in die Menge geschaut.

Florence lächelte zufrieden. »Obwohl ich da nie hinwollte, begannen die Modemacher sich für mich zu interessieren. Ich lernte Louis Riuou kennen, der kam fortan regelmäßig. Er wollte immer mehr meiner Farbe, aber Sie haben selbst gesehen, Monsieur Chevrier, die Herstellung ist aufwendig, und sie hat ihren Preis.« Sie beugte sich nach vorn. »Inzwischen wissen Sie ja, dass man in der Antike Purpur in Gold aufgewogen hat?«

»Und so haben Sie die Modebranche zur Kasse gebeten?«, fragte Pascal.

»Nein, leider nicht, ich dachte, es ging ihnen um die Sache, es seien keine Kleider, die in den Verkauf gehen, schließlich war es Haute Couture, und auch das ist eine Kunstform, die ich respektiere. Künstler unterstützen sich gegenseitig, das war immer meine Haltung.«

Pascal sah sie fragend an.

»Die benötigten Mengen sind nicht so einfach in Kochtöpfen und mit Schnecken vom Wochenmarkt herzustellen. Es würde ein Vermögen kosten, aber dann kamen sie mit Geldangeboten. Sie könnten es besorgen, Hauptsache, es sei der reine Purpur. Es ist ja nicht so, dass es keine Kleidung in Lila gäbe, sagte ich ihnen. Ein Laie würde es nicht vom wahren Purpur unterscheiden können, wozu also der Aufwand? Es geht um die Geschichte, diese unglaubliche Geschichte. Ein Logo, eine kleine Info dazu, Artikel in Modezeitschriften, es wird Menschen geben, die das genau so haben wollen und der Meinung sind, sie erkennen die Unterschiede. ›Wissen Sie‹, sagten mir einige Designer, ›unseren Kunden geht es um Abgrenzung, so wie den Königen damals.‹ Die Geschichte ist Marketing. Ich machte sie darauf aufmerksam, dass ich dafür nicht zur Verfügung stehen werde.«

Während sie sprach, drehte sie noch immer die purpurne Feder zwischen ihren Fingern hin und her und legte sie schließlich zurück auf den Tisch.

»Ich weiß noch, wie sie dasaßen«, fuhr sie fort, »und die Köpfe geschüttelt haben. Eine Dame, eine junge Designerin, war ebenfalls schon mehrmals zu mir gekommen. Sie bot mir ein Vermögen und eine Beteiligung an den Kleidern auf Lebenszeit. Sie wollte mir helfen, die Produktion zu automatisieren, sie wollte Leute einstellen, sie ließ nicht locker. Sie witterte das große Geld, sie wollte mit meinem Wissen der Purpurgewinnung Geld verdienen, egal, was ich haben wollte. Sie versicherte mir, sie hätte das Klientel, und wenn sie sagen würde, man trage nur den reinen Purpur, dann gäbe es genug Pariser, die ihr alles dafür zahlen würden. Sie wollte einen Deal mit mir um jeden Preis. Ich mache aber keine Deals. Ich bin ja nicht an der Wall Street, sondern eine Künstlerin mit Ambitionen. Die Frau wollte die Exklusivrechte, aber das schreckte mich ab. Wer weiß, vielleicht gab es versteckte Klauseln, die mir am Ende verbieten würden, mein eigenes Produkt zu nutzen. Ich habe davon auch dem Federmann berichtet, und er hat nur verbittert gelacht. ›Willkommen im Club‹, sagte er nach einer Weile, was auch immer er damit meinte.«

»Haben Sie einen Namen für mich?«

Federmann? So wird er nicht heißen. Vielleicht ist das eine Spur, dachte Pascal, vielleicht spielte Purpur in dem Fall eine Rolle? Er hatte schon eine Menge schräger Fälle erlebt, dieser würde allerdings alles in den Schatten stellen, wenn da etwas dran war. Und was hatte dann ein Model damit zu tun? Warum sollte jemand Jezebel einsperren? Es würde noch viele Wendungen geben, dachte er und wollte gerade auf das eigentliche Thema zu sprechen kommen, die Bürgerwehr, als Florence wieder ansetzte:

»Ich glaube, er heißt Vincent, den Nachnamen kenne ich nicht. Das Komische«, begann sie, »nach einer Weile kamen sie alle nicht wieder. Als hätte diese eine Designerin alle weggefegt. Auch den Federmann habe ich nie wieder gesehen.« Sie sah Pascal an. »Ich mag ihn. Wahrscheinlich war er mal eine Frau. Er ist schön und dabei ungeheuer feminin und hat so eine leise Stimme. Oft habe ich ihn gar nicht verstanden. Schließlich wollte er wissen, wie ich damit klarkäme, dass alle Schnecken sterben, wie ich das aushalten würde.« Sie wurde ernst. »Kommen Sie, lassen Sie uns zurück in die Küche gehen. Das müssen wir, wenn es um das Thema geht.«

Sie stand auf und ging wie eine junge Frau in einem geradezu athletischen Schritt zurück durch den schmalen Flur in die Küche, dorthin, von wo der Geruch kam. Pascal folgte ihr. Florence blieb schließlich am Herd stehen und hob wieder den Deckel. Eine grüne Suppe war zu sehen. Der Geruch wurde augenblicklich stärker.

»Es ist ihre letzte Waffe«, sagte sie nach einer Weile. »Vielleicht sagen Sie, die Schnecken wären ja ohnehin gestorben, denn was soll ein Fischhändler erwarten, wenn er sie am Hafen von Marseille den Gastronomen verkauft?« Sie lachte bitter auf und verstummte ganz plötzlich wieder.

»Die Wahrheit aber ist eine andere.« Sie trank einen Schluck aus einer Tasse neben dem Herd. Vielleicht alter, inzwischen kalter Kaffee. »Um den Schnecken ihren Tod zu erleichtern, friere ich sie vorher ein«, sagte sie schließlich. »Wenn es still im Haus ist, dann kommt es mir vor, als hörte ich eine Art Knirschen, als würde die Schale bersten. Nach dem Einfrieren breche ich die Gehäuse auf, und dann entferne ich die Drüsen, und am Ende sammle ich sie in Wasser, bevor ich sie dann tagelang bei der immer gleichen Temperatur erwärme.« Sie schaute auf den Topf. »Die Temperatur darf sich niemals ändern. Niemals zu kalt, aber auch zu heiß ist Gift für das Ergebnis. Jede Nachlässigkeit ist schlecht für Purpur. Purpur ist eine Diva, das verbindet ihn mit all den Leuten aus der Modebranche, die mich hier regelmäßig besucht haben. Und es ist ein Massaker an Tieren, damit bin ich viele Jahre nicht klargekommen.«

Pascal war beeindruckt von ihrer Empathie, von ihrer Ruhe und dem Bewusstsein dafür, was sie tat. Wenn sich Restaurantgäste den Tieren auch so respektvoll annähern würden, bevor sie die Schnecken mit einer kleinen Spezialgabel aus dem Knoblauchsud zogen, um sie in den Mund zu schieben, wäre ein großer Schritt zur bewussteren Ernährung getan, auch wenn am Ende immer der Tod stand. Ob in der Küche oder in der Malerei, was neu für Pascal war.

»Sind Sie Pierre Cardin einmal begegnet?« Mit der Frage überraschte er die Künstlerin. Sie ahnte, jetzt ging es um das Thema, weshalb der Gendarm in Wahrheit hier war.

»Sie sind wegen des verschwundenen Mannequins bei mir? Sie glauben, wir, die Bürgerwehr gegen Pierre Cardin, haben damit etwas zu tun?« Sie lachte auf.

»Es ist zumindest eine Spur«, entgegnete Pascal.

Florence schaute ihm direkt in die Augen. »Sie meinen, wir halten sie irgendwo fest? In einem Keller? Gefangen?« Sie lachte erneut.

»Es mag absurd klingen, aber wir können das nicht ausschließen. Ich beschuldige ja nicht Sie«, beeilte Pascal sich zu erklären. »Aber Sie kennen die Leute hier, Sie haben Kontakte, Sie wissen um die Abneigung gegen den Mäzen.«

»Mäzen?«, wiederholte sie ungläubig. »Pierre Cardin war kein Mäzen, er war ein Geschäftsmann, der sich als Kunstliebhaber getarnt hat. Wissen Sie, wie er uns genannt hat?« Sie wartete keine Antwort ab. »Petites gens, Kleingeister. Wir galten hier nichts. Niemand galt etwas, der nicht in seiner Liga gespielt hat, das waren Wesen, die er übersehen hat. Er hat uns übersehen. Cardin kam hierher mit seinen Schecks und kaufte alle Häuser weg und damit unsere Seele. Natürlich, einige haben in seinem Windschatten eine Menge Geld verdient, die Bauunternehmen zum Beispiel oder der Makler in Lacoste, Hector Richaud, der die Käufe alle abgewickelt hat. Ein eiskalter Hund. Der trägt dazu bei, dass unser Dorf wie ausgestorben aussieht.«

Schon wieder dieser Name des Maklers, Hector Richaud, Pascal würde ihn sich merken. »Welche Beziehung hatte er zu Pierre Cardin?«, fragte er.

»Das weiß niemand«, antwortete Florence, »vielleicht eine rein geschäftliche, vielleicht auch mehr. Aber der unstillbare Hunger nach Immobilien ist ein Geschenk für einen Geschäftsmann wie ihn.« Sie stöhnte auf, seufzte.

»Aber was sollten wir denn machen? In einem Interview hat Cardin seine Hamsterkäufe mit den Worten ›Andere sammeln

Briefmarken, ich Häuser‹ gerechtfertigt. Wir haben ihn willkommen geheißen, wir dachten in der Tat, er sei ein Mäzen, der das verfallene Schloss renovieren würde, das würde uns nach vorne bringen. Doch er hatte noch viel mehr und ganz andere Pläne. Er kaufte nicht nur Lacoste leer, sondern veranstaltete auch sein Kulturfestival, direkt hinter meinem Grundstück im alten Steinbruch. Seitdem laufen sie hier auf, die Schauspieler, die Opern- und Literaturstars, an meinem Haus. Ich habe nichts dagegen, ich bin kunstinteressiert, und jedem, der Kunst fördert, bin ich wohlgesinnt, doch irgendwann kamen mir Zweifel. Er plante vor dem Schloss einen Parkplatz für vierhundert Autos. Außerhalb des Festivals würde niemand diesen Parkplatz benötigen, es wäre eine versiegelte, brach liegende Fläche inmitten unserer Natur, inmitten unseres Nationalparks.«

»Und dann haben Sie den Verein für eine harmonische Entwicklung von Lacoste gegründet?«, hakte Pascal nach.

»Nicht allein, viele haben sich zusammengetan. Wir hatten aber unterschiedliche Auffassungen zur Entwicklung des Ortes. Ich und viele andere waren für Fortschritt, ohne den Charme zu zerstören. Eine harmonische Entwicklung bedeutet Fortschritt, kein Rückschritt, so wie es andere in unserem Verein wollten. Allen voran Hector Richaud, der will zurück ins Mittelalter, der will zurück in die Marquis-de-Sade-Welt. Widerlich.« Sie machte eine Bewegung, als würde sie sich schütteln.

»Pierre Cardin bekam hier eine Sonderbehandlung«, sagte sie. »Im März 2001 kaufte er das Schloss, von Mai bis Juni renovierte er, immerhin hat er sich an die Absprachen gehalten, und im Juli und August fand das erste Cardin-Festival in Lacoste statt. Alle Umbauten hat er sich erst nachträglich genehmigen lassen. Für jemanden wie ihn kein Problem.« Florence hob die Stimme an, wurde aber sofort wieder ruhiger, als hätte sie bereits damit abgeschlossen.

»Sind Sie ihm einmal persönlich begegnet?«

Sie sah ihn an. »Ich war eine der wenigen. Als ich 2009 die

erste Ausstellung für unsere Künstlergruppe ART LACOSTE im Dorf organisierte, kam er vorbei, und wissen Sie, was er gesagt hat?«

Pascal verneinte. Er hatte im Vorfeld versucht, so viel wie möglich über die Ungereimtheiten herauszufinden, doch es reichte nicht für eine ernsthafte Diskussion.

»Er sagte, er wusste gar nicht, dass es so viele Künstler in Lacoste gibt. Verstehen Sie, Monsieur Chevrier, er kannte das Dorf gar nicht, er interessierte sich nicht. Hier gibt es überall Kunst. Im öffentlichen Raum, in Galerien, allein SCAD könnte den ganzen Luberon mit Kunst überschütten, die Frage ist nur, wie wertvoll sie ist.«

Pascal hatte sich bereits informiert. Die amerikanische Kunsthochschule unterrichtete Studenten, die an einem der anderen Standorte wie Savannah und Atlanta fertig studiert hatten und jetzt für mehrere Monate nach Lacoste kamen, um ihre Kunst zu verbessern. Sie waren aber umstritten, da sie vor allem den amerikanischen Geschmack widerspiegelten und damit das kulturelle Erbe von Lacoste mit Füßen traten. Gemeinsamkeiten gab und gebe es nicht, hieß es in vielen Kommentaren und Bewertungen im Internet. Die Arbeiten von SCAD missfielen den Provenzalen genauso wie den Touristen, die nach Lacoste reisten, um das mittelalterliche Frankreich zu verstehen, vielleicht sogar das alte Rom, schließlich war das hier alles mal das Römische Reich gewesen. Wenn ihnen aus einer der Galerien eine verfremdete Mickey Mouse entgegensah, entsprach das nicht ihren Erwartungen.

»Haben Sie die Skulptur am Dorfeingang gesehen?«, begann Florence Flasner erneut.

Pascal nickte. »Ich habe schon gehört, dass sie auch auf der roten Liste der Einwohner steht.«

»Das ist untertrieben. Wir haben hier namenhafte Künstler im Ort, die um Ausstellungsflächen kämpfen müssen, und unten, für jeden Besucher unseres Dorfes gut sichtbar, brüskierend für jeden Menschen mit Verständnis von Kunst, haben die Amerikaner ihre Kunst à la Ikea ausgestellt.«

»Es ist also nicht nur Pierre Cardin, sondern auch die Kunsthochschule?«

»Was nicht Pierre Cardin gehörte, gehört jetzt SCAD. Es gibt kaum noch etwas Ursprüngliches in unserem Dorf, und wenn doch, ist es hinter verschlossenen Türen. Wir müssen, um die Kulisse zu erhalten, vorher absprechen, wie wir unsere Fensterbänke streichen, und die Amerikaner betrachten unser Dorf als Disneyland.«

»Und dagegen kämpfen Sie?«

Sie verschränkte ihre Arme, stand noch immer angelehnt an ihren Herd, hinter ihr die Töpfe. »Natürlich, ich bin Künstlerin, wofür sonst sollte ich kämpfen?« Sie sah Pascal an. »Das bedeutet aber nicht, dass wir hier Mannequins verschwinden lassen.«

»Natürlich nicht«, bestätigte Pascal, »auch wenn ein solcher Skandal dem Festival, der Marke Cardin und am Ende auch der Modenschau schaden würde.«

»Aber ich bitte Sie«, sagte Florence. »Wir wollen doch nur respektiert werden, wir wollen die Uhr nicht zurückdrehen.«

»Ich bin mir nicht sicher, dass das alle im Ort so sehen«, entgegnete Pascal.

»Ich muss zurück zu meiner Arbeit, es tut mir leid«, sagte Florence, ihre Stimme blieb ruhig und gelassen, sie hatte genug von diesen Mutmaßungen. »Darf ich Sie nach draußen begleiten?«

12

Den alten Röhrenfernseher in der Ecke der Gendarmerie hatte Pascal noch nie eingeschaltet. Die meiste Zeit verbrachte er auf Streife im Dorf, lediglich die Bürokratie, das Ausfüllen endloser Formulare zwang ihn ins Rathaus. Heute schaltete er den Fernseher ein. Noch immer stürzten die Medien sich auf die Geschichte des verschwundenen Supermodels. Ein lokaler TV-Sender, für seine Seriosität nicht gerade bekannt, machte sogar eine Sondersendung, live vom großen Parkplatz des Schlosses in Lacoste. Eine Reporterin ging den einzig möglichen Weg vom Schloss hinunter ins Dorf hinab, blieb mit erschütterter Miene vor jedem Hauseingang stehen und überlegte, ob Jezebel sich etwa in diesem verrammelten Gebäude befände. Da es Mittag war, waren die Fenster zum Schutz gegen die Hitze wie immer um diese Zeit geschlossen, so aber verliehen sie der Reportage einen gewissen Grusel, der voll ausgekostet wurde.

»Wir sind live«, sagte sie aufgeregt. »Wir wollen heute versuchen zu verstehen, was in der Nacht von Mittwoch auf Donnerstag passiert ist.« Während ihrer letzten Worte rutschte sie über das flache Kopfsteinpflaster, es sah unbeholfen aus. Wie sich herausstellte, war das gewollt und derart schlecht gespielt, als handele es sich um eine Nachmittags-Telenovela.

»Über diese rutschigen Steine, in Jahrhunderten abgetreten und glatt wie eine Eisfläche, ist unser Supermodel garantiert nicht gegangen. Zu gefährlich, und wie wir sie kennen, trug sie mit Sicherheit nicht das richtige Schuhwerk, oder haben Sie die große Jezebel jemals in Sneakern gesehen?« Sie lächelte auf eine Art und Weise, die ebenso unbeholfen war wie das mutwillige Wegrutschen auf den Steinen. Sie ging weiter hinunter und blieb vor einem der unzähligen Eingänge eines SCAD-Gebäudes stehen.

»Was eigentlich hatte die Kunsthochschule von dem Festival? Ich meine, wir alle wissen doch um die Geschäftstüchtigkeit einer amerikanischen Eliteschule. Einige Studentinnen nehmen Kredite auf, um hier zu sein. Für sie ist das hier Disneyworld.«

Danach wurden kurze Interview-Statements von entsetzten jungen Kunststudenten eingespielt: »Ich kann es gar nicht fassen. In dieser Idylle. I am shocked by the violence of the people here.«

»Noch wissen wir nichts«, unterbrach die Reporterin die Studentin.

Eine weitere aufstrebende Künstlerin, dicht neben ihr, sagte: »Ich bitte Sie, es ist doch offensichtlich. Jeder weiß doch, dass Jezebel für ihre absolute Verlässlichkeit bekannt ist. Wenn sie nicht kommt, dann kann das nur der Hinweis auf ein Verbrechen sein.«

»Sie kennen Jezebel persönlich, oder woher wissen Sie das so genau?«

»Nein, natürlich nicht, aber wir lesen die Vogue.« Die Studentinnen kicherten und gingen weiter.

Für einen Moment war Pascal bereit, mit der Reporterin zumindest für die Minute der Gegenfrage Frieden zu schließen, doch die Reporterin nutzte die Aussage zu einem ganz anderen Zweck. »Es besteht hier im Ort kein Zweifel mehr. Jezebel ist etwas zugestoßen. Etwas Entsetzliches. Und damit zurück ins Studio.«

Mit betroffener Miene saß ein junger Mann mit zurückgelegtem Haar, gekleidet in einen Anzug, vor einer Videowall. Darauf Bilder aus Modenschauen, in denen Jezebel Kleider, vor allem sehr enge Kleider, Bademoden und Dessous, präsentierte.

»Werden wir sie so jemals wieder sehen?«, fragte er die Zuschauer, die, schenkten sie dem Halbwissen der vermeintlichen Journalisten des Klatschkanals Glauben, gar keine andere Meinung mehr zulassen konnten.

Es begann eine Art Nachruf, unterlegt mit schwülstiger Stimme und getragener Klaviermusik. Pascal erfuhr in diesen

Minuten, dass Jezebel aus einem kleinen Dorf am Meer in Ghana stamme, oder sagte der Sprecher tatsächlich »stammte«? Über ihre Eltern wisse man wenig. Jezebel war offensichtlich sogar in Afrika entdeckt worden, während einer Luxusreise eines Designers, dessen Namen Pascal noch nie gehört hatte, wurde sie angesprochen. Kurze Zeit später lief sie bei der ersten Modenschau. Ihre schwarze, makellose Haut, ihre schlanke Figur, die langen Beine, das perfekte Haar und vor allem diese großen schwarzen Augen, so der Sprecher, ließen sie in kürzester Zeit in die oberste Liga der Models aufsteigen. Es folgten in schneller Schnittfolge Mode-Hauptstädte wie Mailand, Los Angeles, Paris, New York. Wieder wurde Jezebel in unterschiedlichen Outfits gezeigt. Und dann wurde es vage. Über den Menschen Jezebel gab es nicht viel. Ein paar Fotos mit US-Schauspielern, Arm in Arm mit den bedeutendsten Designern. Jezebel kannte sie alle, aber wer sie war, blieb ein Rätsel.

Als in dem Bericht Geigen einsetzten und sich das Bild schwarz-weiß färbte, vibrierte Pascals Handy. Audrey.

»Hast du das gerade im Fernsehen gesehen?«

»Es ist an Geschmacklosigkeit nicht zu überbieten.«

»Frédéric Dubprée erwartet uns vor Ort. Er muss offensichtlich ständig Gespräche über sein Vorankommen führen, ihm fehlt die Zeit, mit den Designern und Veranstaltern zu sprechen, die ebenfalls vor Ort sind. Alle geben dauernd Interviews, aber so kommen wir nicht weiter.«

»Ich bin in dreißig Minuten da«, sagte Pascal, und schon saß er im Auto, schaffte die Strecke über die Berge heute wieder in zwanzig Minuten.

Oben angekommen am Schloss von Lacoste, bot sich ein ähnliches Bild wie vor einigen Tagen bei der Demonstration der Dorfbewohner. Ungewohnt viele Autos auf dem Parkplatz, nur statt einer aufgebrachten Menge beherrschten Lastwagen mit Hebebühnen das Bild auf dem Parkplatz. Kartons und Lichttraversen wurden mit Sackkarren zu den Fahrzeugen transportiert. Männer schoben Kleiderstangen verhüllt mit schwarzen Kleidersäcken aus dem Schloss über den Parkplatz. Audrey unterhielt sich mit einem Mann am Übergang zur Brücke. Er gestikulierte.

Als Pascal dazukam, stellte dieser sich vor. »L'homme aux plumes.« Er reichte ihm die Hand.

»Der Mann mit den Federn?«, fragte Pascal ungläubig. »Das ist doch kein Name.«

»Doch, doch. Der Federmann. Unter dem Namen bin ich bekannt.«

»Das wird nicht in Ihrem Taufschein stehen«, entgegnete Pascal.

»Nein, da steht Vincent Palé, aber so will ich nicht genannt werden, ich bin der Federmann.«

»Ich habe schon von Ihnen gehört«, sagte Pascal und gab ihm die Hand.

Die des Federmanns war weich und glatt, sie passte zu der gesamten Erscheinung. Auch er war groß gewachsen, Kajal unter den Augen, er war in Schwarz gekleidet, nur einige wenige tiefrote Pailletten am Kragen, auch seine hochhackigen Stiefel waren schwarz und mit Nieten versetzt.

»Entschuldigen Sie meinen Aufzug«, begann er. Er sprach leise, so wie Florence Flasner es in Erinnerung hatte, und seine Augen huschten unaufhörlich hin und her, ein Zittern in der Stimme.

»Was ist mit Ihrem Aufzug?«, fragte Pascal, dem diese Bemerkung bekannt vorkam. Warum entschuldigten sich all die gestylten Leute fortwährend für ihre Kleidung?, fragte er sich.

»Kommen Sie«, sagte der Federmann unvermittelt, drehte sich um und stöckelte über die Holzbrücke in das Schloss hinein. Die Tribünen waren inzwischen abgebaut, die letzte Lichttraverse wurde aus dem Innenhof gerollt.

»Kommen Sie, setzen Sie sich«, forderte der Federmann Audrey und Pascal auf.

Sie setzten sich auf eine Steinmauer, der Federmann blieb vor ihnen stehen.

»Sie wollen wissen, wann ich Jezebel zuletzt gesehen habe?«

Das Zittern in seiner Stimme hatte zugenommen, die letzten Worte glichen nur noch einem Wispern, einem Wimmern.

»Kannten Sie Jezebel?«

Er guckte Pascal an, seine Augen aufgerissen, mit dem Handrücken wischte er sich über die Nase. »Wer kennt sie nicht, es ist Jezebel. Herrgott noch mal.«

»Ich meine persönlich?«

Er lachte plötzlich hoch und laut, sein Blick raste über Audrey und Pascal, über die Mauern, die Arbeiter, er bewegte seinen Kopf schnell und unkontrolliert.

»Alles okay mit Ihnen?«, wollte Audrey wissen.

»Oui, oui, très bon«, sagte er. »Warum fragen Sie mich so was?«

»Wir wollen nur wissen, ob Sie Jezebel persönlich kannten.«

»Wissen Sie eigentlich, was ich mache?«

»Es wird etwas mit Federn zu tun haben«, merkte Pascal an.

»Natürlich. Natürlich.« Wieder strich der Federmann sich mit dem Handrücken über die Nase und schaute kurz danach darauf. Als ob er etwas erwartete, Blut vielleicht, doch als er nichts fand, nickte er zufrieden.

»Ich bin ein Plumassier, einer der letzten der Welt und einer von dreien in ganz Frankreich.« Eine Reaktion abwartend, schaute er die beiden an. »Ich fertige Federn für die Haute Couture an.«

Noch hatte Pascal nicht die Gelegenheit gehabt, Audrey von seinem Gespräch mit Florence zu erzählen. So betrachtete er für ein paar Sekunden den fragenden Blick von Audrey. Sie zuckte schließlich mit den Schultern.

»Ich mache Kunst. Dolce und Gabbana, Chanel, Dior, Givenchy, Jean Paul Gaultier, die Liste ist unendlich, sie alle wollen meine Federn.« Für einen Moment wurde er ruhiger. »Nur hier offenbar nicht, bei Monsieur Cardin und seinen ahnungslosen Nachfolgern.«

»Sie machen also Kopfschmuck?«

»Kopfschmuck?« Er stöhnte dramatisch auf, seine Stimme

brach ab, entsetzt. »Federn, Falten, Blumen, glauben Sie, das machen die Designer selbst? Non. Das mache ich. Ich mache Mode erst zur Haute Couture. Entschuldigen Sie, wenn ich das so deutlich sage, aber Sie müssen verstehen ...« Er rang nach Worten, nach Luft, theatralisch, erläuterte das Verstehen aber nicht weiter. »Ich bringe durch meine Federn das Feminine zurück in die Frau. Das ist meine Mission. Ich habe den Fluganzug von Jean Paul Gaultier mit erschaffen, sechs Monate lang habe ich daran gearbeitet, es war mein Meisterwerk. Ich bin in gewisser Weise old-fashioned. Ein Wortspiel, das mir gefällt, oder einfacher: Durch meine Federn bekommen meine Models Flügel. Übrigens dürfen keine Tiere für meine Kunst sterben, es sind geschlachtete Vögel aus der Mauser, die mich auf meinem Weg begleiten. Es ist ein Abfallprodukt, ich erschaffe Kunst daraus. Ich bin nachhaltig in meinem Schaffen.«

Der Federmann begann zu schwitzen. Vielleicht kannte er Jezebel besser, als er zugab.

»Yves Saint Laurent war der erste Designer, der einen kompletten Federmantel herstellen ließ, den Löwenmantel, das war meine Inspiration«, fuhr er fort, bereit, sein ganzes Leben zu erzählen, so schien es. »Ich würde sagen, als ich Yves Saint Laurent kennenlernen durfte ...«

Er stockte, Tränen liefen ihm aus den Augen, seine Stimme noch zittriger als zuvor, und das war eigentlich kaum möglich, dachte Pascal.

Genauso leise: »Das war der größte Moment meines Lebens. Yves Saint Laurent gehörte auch zu den Ersten, die ein schwarzes Model auf den Laufsteg brachten. Katoucha Niane, sie war eine Göttin, sie kam aus Guinea, sie war eine Kämpferin, eine Aufklärerin. Sie ließ die Welt wissen, was in ihrer Heimat passierte.«

»Und was passierte konkret?«, wollte Audrey wissen.

»Katoucha setzte sich gegen weibliche Beschneidung in ihrer Heimat ein, der sie wohl auch zum Opfer gefallen war. Sie schreibt darüber in ihrer Biografie ›Dans ma chair‹. Kann man es deutlicher sagen, als wenn man seine Biografie ›In meinem Fleisch‹ nennt? Ihr Tod in der Seine im Jahr 2008 gehört zu den düstersten Stunden meines Lebens.«

»Gibt es eine Verbindung zwischen Katoucha und Jezebel?«

»Ich weiß es nicht, aber niemand weiß etwas über sie. Jezebel ist ein Geheimnis. Und über ihre Heimat Ghana hat sie eigentlich nie gesprochen.«

»Sie sind ihr nie nahegekommen?«, fragte Audrey.

»Nur ein einziges Mal, am Telefon. Sie ließ anrufen und sagte nur: ›Très bon.‹ Sie lobte nicht meine Federn, die ich an einem Kleid angebracht hatte, sondern meine Faltenkunst.«

»Ihre was?«, wollte Pascal wissen.

»Ich mache auch Falten in die Kleidung. Fünfundvierzig Falten, erst auf Pappmaché und dann in Kleidung. Fünfundvierzig Falten, stellen Sie sich das einmal vor.«

Weder Pascals noch Audreys Phantasie reichten aus. Der Federmann sprach von einer fremden, ihnen vollkommen unbekannten Welt.

»Ich habe viel investiert und dachte, nach Cardins Tod würde es hier irgendwie weitergehen, ich meine, er hat Lacoste nicht nur zum Kunst-, sondern auch zum Modeort gemacht. Und so bin ich geblieben. Es gibt das Kulturfestival, die Modenschauen, da wird schon etwas abfallen, dachte ich, doch so war es nicht. Niemand will derzeit Federn. Auch hier durfte ich sie nur einmal präsentieren. War sie nicht die Schönste des Abends?«

Pascal erinnerte sich wieder an das Model mit dem Federschmuck.

Der Federmann schluchzte. »Meine Federn sind out. Sie wären in den letzten Jahren zu inflationär eingesetzt worden, hieß es bei den Designern. Vor allem meine Spezialität, die lilafarbenen. So was muss nur einer sagen, und schon springen sie alle auf, niemand will out sein. Out sein, das ist der Tod.«

»Die purpurnen?«, hakte Pascal nach.

»Sie haben sie gesehen?« Er juchzte leise. »Wie schön! Haben die Federn Ihr Herz erreicht?« Lauernd guckte er Pascal an.

»Sehr schön«, sagte Pascal. »Ich habe noch nie Federn in Purpur gesehen.«

»Ja, ich muss mir immer etwas Neues einfallen lassen, etwas Einzigartiges, und ich bin auf einem richtigen Weg.« Er schüttelte den Kopf. »Federn im reinen und wahren Purpur, so was hat die Welt noch nicht gesehen, aber glauben Sie mir, es wird sie geben, ich brauche nur noch etwas.« Er sah in die Ferne und wandte sich nach ein paar Sekunden wieder an die beiden.

»Nein, ich bin kein Handlanger der Haute Couture, ich habe Fähigkeiten, über die andere nicht verfügen, eigentlich weiß das auch jeder. Es ist also ein Komplott. Man will mich hier in Lacoste aushungern lassen. In diesem Nest voller petites gens.«

Da war sie wieder, die Beschimpfung.

»Ich habe mehrere Verträge, einen mit Danielle Deontré, der wird hier seinen Weg gehen, ganz sicher, und dann steige ich wieder auf, wie ein Vogel in einem schönen Federkleid.«

Er war jetzt aufgebracht, trat wie ein aufgeregter Kanarienvogel von einem Fuß auf den anderen.

»Heute gehen sie alle«, fuhr er fort. »Ich gebe eine kleine Abschiedsfeier.« Für einen Moment flackerte sein Blick. »Falls Sie …« Weiter kam er nicht, er verstummte, suchte nach Halt, dann verwandelte er sich wieder zurück in den Künstler, tauchte wieder ein in seine Welt. »Es ist fröhlich und traurig zugleich«, sagte er, »denn es ist das Ende meiner Welt. Der Glamourwelt. Kinder freuen sich auf Weihnachten, ich mich auf diese eine Woche des Glamours. Es wird …«, er schlug sich die Hände auf den Mund, wahrscheinlich war es Mode bei Modeschöpfern, »… ausschweifend. Nein, es wird ein Zusammentreffen der blühenden Kreativität, der Verrücktheit, des Lebens. Es wird eine Inspiration. Die Kreativen des Festes und des Dorfes sind auch eingeladen.«

»Wir kommen gern«, beeilte sich Audrey zu sagen, und Pascal dachte an ihre letzte gemeinsame Party, die nicht lange her war und für sie beide zumindest ausschweifend geendet hatte. Er hatte nichts dagegen, erwischte sich aber direkt wieder bei Phantasien, die er sich zu untersagen versprochen hatte.

Als hätte der Federmann mit dieser Antwort nicht gerechnet, verschlug es ihm offensichtlich die Sprache, er nickte nur, schwitzte, zog ein Taschentuch aus der Tasche und tupfte damit über seine Stirn. Theatralisch.

Danielle Deontré trat zu ihnen. »Bonjour, Madame la Commissaire et Monsieur le Gendarme.« Er drängte sich zwischen die drei, dann musterte er Pascal Chevrier. »Schon wieder diese Uniform.«

»Wir haben noch ein paar Fragen an Sie, Monsieur«, sagte Audrey, ohne auf die erneute Beleidigung einzugehen.

»Avec plaisir«, sagte er.

»Ob unsere Fragen eine Freude sein werden, wird sich herausstellen«, sagte Pascal.

»Schießen Sie los«, forderte Danielle Deontré sie auf. Heute trug er ein rot-weiß kariertes Hemd, eine der auffälligsten möglichen Farbkombinationen, dachte Pascal. Dazu eine enge blaue Hose und spitz zulaufende Lederschuhe. Wie sie beide dort standen, der Federmann und Danielle Deontré, man hätte sie fotografieren müssen, jede Modezeitschrift hätte sich darum gerissen.

»Auch Sie haben nichts von Jezebel gehört, nehme ich an?«, begann Audrey.

»Non«, sagte er und blickte ängstlich zu Audrey und Pascal. »Haben Sie etwas Neues? Ich denke, im Suchen sind Sie geübter als ich, aber finden Sie sie, es ist wichtig. Hier bricht eine Welt zusammen.« Danielle Deontré schluckte geräuschvoll.

»Sie kannten Jezebel gut, Monsieur«, begann Pascal.

»Non und oui«, sagte er. »Wie man einen Menschen wie Jezebel eben kennen kann.« Er fasste sich an die Stirn. »Ich bin sehr aufgewühlt. Ich habe Angst um sie, Monsieur Chevrier.« Er schaute Pascal bittend an, als würde er gleich wieder beginnen zu weinen.

»Wie Sie sich denken können«, fuhr Pascal fort, »sind wir auf der Suche nach weiteren Menschen, die Jezebel nahestanden. Wenn ihr Beruf ihr Leben war, wird es hier weitere Leute geben, die uns vielleicht etwas Genaueres sagen können. Und wenn ich mir die Bemerkung erlauben darf, dann gehören Sie zu den letzten Menschen, die sie gesehen haben.«

»Uhhhh«, rief Deontré aus, dabei entgleiste seine Stimme. »Jetzt wird es interessant. Jetzt verdächtigen Sie mich? Ist das Ihr Ernst?«

»Das habe ich nicht gesagt, aber Sie waren nun einmal einer der Letzten, der sie gesehen hat, dafür sprechen unsere Ermittlungen.«

Danielle Deontré fixierte Pascal, wurde wieder der arrogante Designer, der mit Beleidigungen um sich warf.

»Moment«, begann er, »Sie meinen, ich hätte etwas mit dem Verschwinden zu tun, oder was wollen Sie mit dieser Bemerkung sagen? Haben Sie es vergessen? Ich bin Designer, und ich bin derjenige, der unter ihrem Verschwinden am meisten zu leiden hat. Mehr, als Sie glauben, und sicher mehr, als es das Gehirn eines Dorfgendarmen jemals erfassen würde. Entschuldigen Sie, aber ich spreche nur das Offensichtliche aus. Vielleicht liegt es auch an dieser Uniform.«

»Ich arbeite für die Police nationale«, entgegnete Pascal, »und wir werden sehen, was wir verstehen und was nicht. Aber wir sind viele, und wir haben Fragen, viele Fragen, und wir kennen uns mit Abgründen aus, mehr als Sie es sich in Ihrer Disney-Welt vorstellen können.«

Audrey blickte Pascal überrascht an, so kannte sie ihn nicht, aber offensichtlich gefiel ihr die Attacke, sie guckte zufrieden.

»Police nationale«, murmelte Danielle Deontré. »Soso, in der Uniform eines Gendarmen.«

»Wir definieren uns nicht über unsere Kleidung oder über unsere Uniform«, setzte Pascal hinzu. »Wir sind mehr, als wir tragen.«

»Sag mir, was du trägst, und ich sage dir, wer du bist«, entgegnete Deontré ungerührt. »Du bist, was du trägst.«

»Nun, ich stand heute Morgen nicht vor meinem Schrank und habe überlegt, was ich anziehen soll, da es schlicht und einfach nur eine einzige Möglichkeit gab. Entweder die frisch gewaschene Uniform anzuziehen oder die von gestern noch einmal. Um sie zu beruhigen, ich habe die frische genommen. Aber kommen wir jetzt zu Ihnen, in Ihrem albernen Hemd in den Farben einer Zeitung wie der SUN.«

Das hatte gesessen, Danielle sah ihn geschockt an, dann sein Hemd. Er hatte ihn erwischt, da, wo er es nicht erwartet hatte.

»Sie haben recht«, rief er. »Wie konnte ich das selbst nicht erkennen? Ich sehe aus wie eine Schlagzeile.«

»Nein, wie ein Logo«, verbesserte Pascal ihn. »Das ist etwas anderes. Ein Logo ist etwas ohne Inhalt. Mehr ein Image, und damit sollten Sie sich auskennen. Ich eher mit Inhalten. Aber um es klar zu sagen: Es interessiert mich nicht, was Sie tragen, ich möchte gern Kontakte, Hinweise. Wir wollen mit Menschen sprechen, die Jezebel kennen. Was sind ihre Gewohnheiten, wo geht sie nach anstrengenden Tagen hin? Wo und wie entspannt sie sich? Kennt sie Menschen hier im Dorf?«

Danielle Deontré dachte nach. »Nun«, sagte er nach einer Weile, dabei krempelte er die Ärmel seines Hemdes hoch. »Ich möchte Ihnen unbedingt helfen, es geht immerhin um Jezebel.«

Es war, als fiele ihm jetzt alles wieder ein. Noch nie zuvor hatte Pascal einen Menschen erlebt, der derartigen Stimmungsschwankungen unterlegen war. Sein Blick war plötzlich finster, die Gesichtszüge maskenhaft. Es war, als stünde eine neue Person vor ihm.

»Sprechen Sie mit Louanne. Sie kannte sie von den Models sicher am besten.«

»Wo finden wir Louanne, Monsieur, und wie heißt sie weiter?«, mischte sich Audrey wieder ein, die mit wachsender Begeisterung das Geplänkel zwischen Pascal und Danielle verfolgt hatte.

»Sie wissen ja nichts. Wer ist Louanne? Spreche ich hier mit einem Waldschrat?«

»Sie kennen also den Nachnamen nicht?«

»Natürlich. Louanne Bouvier Morel.«

»Sie treffen sie heute Abend auf meiner Party. Die Models sind um diese Uhrzeit nicht hier«, sprang der Federmann ein.

»Du hast die beiden eingeladen?« Danielle schlug sich wieder auf den Mund, wie bei der ersten Begegnung. »Mon Dieu, aber ziehen Sie sich um Gottes willen etwas Anständiges an. Wir hatten hier eine Haute-Couture-Show, wissen Sie eigentlich, was das ist?«

»Bien sûr«, sagte Audrey voller Überzeugung. »Nicht tragbare Mode.«

Danielle schaute sie entsetzt an. »Was denken Sie denn? Wer von uns will denn tragbare Mode schneidern? Sie ist das Gegenteil von Kunst, und damit möchte ich nichts zu tun haben.«

Er drehte sich in einer galanten Bewegung um die eigene Achse und reichte dem Federmann die Hand. Der Federmann aber ergriff sie nicht, er zog eine Visitenkarte aus seiner Tasche und gab sie Audrey.

»Zwanzig Uhr«, sagte er mit zitternder Stimme. »Und kommen Sie nicht zu früh, die Besten kommen immer zum Schluss.«

Dann hakte er sich bei Danielle Deontré ein. Ihr Abgang war filmreif, ein Heldengang.

»Das passt gut, denn ich kann erst nach dem Abendessen«, sagte Pascal zu Audrey, als die beiden außer Hörweite waren. »Es gibt getrüffelten Fasan«, setzte er hinzu.

»Das hat sich bereits herumgesprochen«, bemerkte Audrey trocken.

13

Das Haus des Federmanns war das einzig beleuchtete in der Rue de la Frescado. Zu den normalerweise dunklen und einsamen Nächten in Lacoste gab es an diesem Abend einen Unterschied, viele, vor allem junge Leute standen vor dem Gebäude, rauchten und sprachen miteinander.

»Es sind alles schöne Menschen«, bemerkte Audrey leise, als sie sich dem Haus näherten.

Pascal musste ihr recht geben. Er hatte sich wie auf seiner letzten und zugleich ersten Modeparty so schlicht wie möglich gekleidet. Wieder trug er ein für die Provence typisches weißes Leinenhemd, eine leichte Stoffhose und Sommerschuhe. Audrey hielt es ebenso mit dem klassischen Südfrankreich-Stil. Das weiße kurze Sommerkleid und die Sandalen ließen sie in einer Einfachheit erstrahlen, dazu eine grobe Holzkette als Accessoire. Die Frauen, die Pascal heute noch begegnen würden, kämen in seiner Auffassung von Schönheit nicht einmal in ihre Nähe.

Das Haus musste wie viele im Ort vor Kurzem renoviert worden sein. Der gesamte untere Bereich war weiß gestrichen, an den Wänden zwei überdimensioniert große, sehr bunte Bilder, die an Warhol erinnerten. Das einzige Licht kam von einer Vielzahl von Duftkerzen, die überall im Raum verteilt waren. Es roch nach Zedern, wie in einem Wald im frühen Herbst. Es war übertrieben, der Geruch übertünchte alles in diesem Haus. Aus dem ersten einladenden Raum ging es in einen zweiten, in dem kaum Menschen waren, nur zwei junge Frauen unterhielten sich an einem großen, ebenfalls weißen Holztisch, darauf Stoffballen und Kisten mit Federn. Dies musste das Arbeitszimmer des Federmanns sein, sein Atelier, sein Kreativzentrum. Es wunderte Pascal, dass der Raum so offen dalag, für alle Besucher einsehbar, doch schnell trat der Federmann höchstpersönlich zu ihnen.

»Mein Atelier, mein Exil auf Zeit«, raunte er und komplimentierte sie hinaus, leise schloss er die Tür.

»Es stehen hier überall die Kerzen«, sagte Audrey, »daher dachten wir, er sei öffentlich.«

»Nein, nein, schon gut«, der Federmann atmete schwer, »ich mag Zedern.«

Er wirkte unsicher, trippelte unruhig von einem Fuß auf den anderen. Erst als er die Tür wieder geschlossen hatte, wurde er ein bisschen ruhiger.

Eine junge Frau, wahrscheinlich ein Model, kam mit zwei Gläsern Champagner in der Hand zu ihnen, kein Tablett, sie übergab die Gläser direkt.

»Bienvenue und gute Reise«, raunte der Federmann, und schon drehte er sich weg und verschwand in der Menge. Die Musik wurde lauter, einige Models an den Wänden, die Champagnergläser noch in der Hand, wippten ein wenig zu den Elektrosounds. Die Kerzen an den Wänden sorgten für eine schummrige Stimmung.

»Gute Reise?«, fragte Pascal Audrey. »Was meint er damit?«

»Modejargon«, sagte sie und stieß mit ihrem an sein Glas, so wie sie es auch im »Café Gaby« getan hatte.

Zwei junge Frauen kamen zu ihnen, sie standen zu viert an einem kleinen Stehtisch. Eine von ihnen, die Haare tiefschwarz gefärbt, bewusst strähnig gehalten, schulterlang, prostete Pascal zu. Sie trug eine überdimensionierte Brille mit einem enormen Goldrand, Pascal sah ihre Tätowierung auf dem Arm. Eine Feder, schwarz. Sie trug ein schwarzes T-Shirt, tief ausgeschnitten.

»Santé«, sagte Pascal und bemerkte die zweite Frau, die sich gerade Audrey vorstellte. Ihre Frisur war spektakulär, ihr Haar hatte sie zu einer Art riesigem Vogelnest hochgesteckt, darin eine Feder, vielleicht eine Hommage an den Gastgeber. Sie trug ein weißes Hemd, wahrscheinlich aus Leinen, sicher waren beide Models, die diesen Ort morgen für mindestens ein Jahr verlassen würden, um wieder in ihr urbanes Leben abzutauchen.

»Ich habe Sie hier noch nie gesehen«, sagte die Frau mit der Tätowierung.

»Ich versuche Jezebel wiederzufinden«, sagte Pascal ohne Umschweife.

»Sie sind von der Polizei?«

»Oui«, sagte Pascal und beobachtete ihre Reaktion, ihre Augen hatten sich geweitet, musterten ihn erwartungsfroh.

»Wir brauchen Sie«, sagte sie. »Wir lieben Jezebel.« Sie ließ ihre Hand auf Pascals Arm nieder, ließ sie liegen.

»Sie kennen sie?«, fragte Pascal.

»Ja, ich kenne sie, und nichts von dem, was hier passiert, entspricht ihr.«

»Davon habe ich schon gehört. Sie soll sehr zuverlässig sein.«

»Ja, das stimmt, das können wir alle bezeugen. Niemand von uns tanzt, ist Ihnen das aufgefallen?«

Pascal schaute auf die Tanzfläche. Einige wenige bewegten sich zur Musik, die meisten von den Tänzern waren Männer.

»Noch nicht, aber jetzt, wo Sie es sagen. Aus Respekt?«

»Aus Respekt. Wir sind besorgt, alle hier kennen sie, und es gibt nur noch dieses Thema. Wir kommen nur für den Federmann her, für ihn ist es das Highlight des Jahres, sein Lichtblick.«

»Beschreiben Sie mir Jezebel, was ist sie für ein Mensch?«

»Sie ist ernst, sie ist melancholisch, sie trägt eine schwere Vergangenheit in sich. Sie sind Polizist, Sie werden mich jetzt fragen: Was für eine Vergangenheit?« Erst jetzt nahm sie ihre Hand von Pascals Arm. »Aber wir kennen sie nicht, es könnte ihr in der Vergangenheit etwas zugestoßen sein, vielleicht hat es auch mit ihrer Herkunft zu tun, sie spricht nicht darüber, und in ihrem Blick steht: Stelle keine Fragen.«

»Warum, meinen Sie, ist sie verschwunden?«

Sie überlegte, dann legte sie wieder ihre Hand auf Pascals Unterarm, auf dieselbe Stelle.

»Ich bin Jacqueline.«

»Pascal.«

»Wir fragen uns seit Tagen, warum sie nicht gekommen ist. Vielleicht ist es ihre Beziehung zu Danielle Deontré.«

»Heißt der eigentlich wirklich so?«

»Das ist hier die Modelbranche, die Showbranche. Glauben Sie, der Federmann heißt der Federmann?« Sie lachte.

»Natürlich nicht.«

»Sein Name ist Vincent Palé.«

»Ich weiß«, sagte Pascal, »er bat mich nur, ihn Federmann zu nennen.«

Jacqueline lächelte. »Zumindest weiß dann jeder, über wen Sie sprechen.« Sie streichelte ihm über den Arm, als wollte sie ihn ermutigen, dabei sah sie ihn an. »Ich hatte noch nie Kontakt zu einem Gendarmen.«

»Wir von der Gendarmerie oder von der Police nationale stellen viele Fragen.« Sein Blick begegnete Jacquelines.

»Bitte schön«, sagte sie, »schießen Sie los.«

»Wie war die Beziehung zwischen Danielle Deontré und Jezebel?«

»Schwierig.« Sie rückte von Pascal ab, nahm ihre Hand wieder von seinem Arm. »Er ist so extrovertiert, manchmal auch kalt, berechnend, ein würdiger Nachfolger für Pierre Cardin. Es ist übrigens nirgendwo vermerkt, dass Deontré das hier alles übernehmen soll. Er tut aber so und macht im Namen von Cardin Verträge, auch mit dem Federmann. Und der hat mir erzählt, er müsse jetzt hierbleiben. Immerhin hat er von Deontré den einzigen kleinen Auftrag in diesem Jahr bekommen, Federn für ein Kleid zu entwerfen. Ich durfte es tragen, und jetzt?« Sie zuckte mit den Schultern. »Daher die Party, er leidet unter Abschiedsschmerz. Nicht von einer bestimmten Person, mehr von dem, was er unter Leben versteht, und darunter versteht er uns.«

»Sie kannten auch Pierre Cardin?«

»Ja, das ist die Voraussetzung, um überhaupt hier auftreten zu dürfen. Zumindest hat Danielle Deontré uns das immer so vermittelt. Cardin soll die Models schon immer selbst ausgesucht haben, so makaber es auch ist, und jetzt sind wir hier und kommen alle in die Jahre, denn außer uns darf niemand auflaufen. In weiteren dreißig Jahren laufen wir am Rollator über den Laufsteg.«

Sie lachte und warf dabei ihren Kopf in den Nacken. Gespielt, aufgesetzt, und doch verfehlte es die Wirkung nicht. Pascal war für den Moment hingerissen und konnte es sich nicht erklären, ihm war schummrig zumute, warm von innen.

»Und Jezebel auch?«

»Ja, natürlich. Jezebel war seine Göttin, und der Federmann.«

»Der Federmann?«

»Warum war er eigentlich so entscheidend für Pierre Cardin?«

»Er ist ein Genie. Niemand kann mit Federn so gut umgehen wie er. Er hat sie alle ausgestattet, die Großen der Branche, Yves Saint Laurent, der Beste von uns allen, Gaultier, Lagerfeld, sie alle haben sich um ihn gerissen, und dann kam Pierre Cardin und hat Danielle Deontré machen lassen. Wohl auch Verträge aufsetzen lassen, die er selbst wahrscheinlich gar nicht kannte. Ich weiß nur, wenn jemand aus seinem Umfeld oder er selbst etwas haben wollte, dann haben sie es bekommen. Meistens mit Geld.« Sie lachte verbittert. »Aber wir wurden immer gut bezahlt, Cardin war nicht geizig. Er hat sich das Leben so gekauft, wie er es haben wollte. Er war das Leben.«

Pascal zeigte auf ihren Unterarm, auf die Tätowierung. »Eine Hommage?«

»Oui, n'est-elle pas merveilleuse?«

»Ja«, entgegnete Pascal. »Sie ist wunderschön.«

Für einen Moment schwiegen sie, betrachteten die Feder auf dem hellen Arm, der fast weißen Haut, wie fein sie gestochen war. Vor Pascals Augen schien sie sich zu bewegen, als würde sie atmen.

»Sie sagten, Pierre Cardin hat sich das Leben so gekauft, wie er es haben wollte. Er hat den Federmann gekauft?«

»Nicht direkt. Der Vertrag läuft über Danielle Deontré, der

angeblich so eng mit Cardin war. Es hieß immer: Mache einen Vertrag mit Deontré, dann bist du ganz dicht dran am großen Meister. Doch der Federmann zahlt den Preis dafür, er soll jetzt eben hierbleiben. Jetzt lebt er in diesem Kaff wie ein Tier in einem Zoo. Er kommt nicht weg, sein Vertrag bindet ihn an diese einzige Modenschau im Jahr, und er arbeitet auch für das Festival, für die Künstler, die dort auftreten. Er bekommt immer Aufgaben. Hier, denn das ist sein Arbeitsplatz. Man weiß nie, wann seine Kunst gebraucht wird, wann jemand Federn oder Falten braucht. Nur zerstört ihn das, diese Idylle macht ihn fertig. Man kann dabei zusehen. Er braucht immer länger, um sich so in Form zu bringen. Na ja«, sie lachte, »wer nicht?«

Jacqueline rückte ein Stück näher an Pascal heran, die Musik wurde lauter gedreht, eine Unterhaltung in Zimmerlautstärke war unmöglich geworden. Und so sprach sie jetzt laut, direkt in sein Ohr, nebenbei reckte sie der Kellnerin zwei Finger entgegen. »Ich habe uns zwei Gin Tonic bestellt. Sie mögen Gin Tonic?«

Pascal nickte, er hatte lange keinen getrunken, doch das hier wollte er nicht beenden. Diese Frau wusste viel, sie könnte ihn weiterbringen, außerdem empfand er sie als angenehm, niemand zuvor hatte ihm so deutlich signalisiert, dass es ihm am Herzen lag, Jezebel zu finden. Aufrichtig am Herzen, und das sagte er ihr auch.

»Natürlich. Ich bin so viele Shows mit ihr gelaufen. Sie war für uns alle eine Inspiration. Um sie hat sich alles gedreht, sie war das einzige Topmodel unter uns. Sie hatte diese ...«, Jacqueline überlegte, rang nach Worten, »... Würde. Ja, Würde.«

»Ist Ihnen eine Veränderung aufgefallen, in den letzten Monaten? Hat sie sich mit jemandem getroffen? Von jemandem erzählt?«

Jacqueline rückte noch näher an Pascal heran, ihre Beine berührten sich jetzt fortwährend.

»Das sicher nicht«, sagte sie schließlich, nein, sie rief es, die

Musik schwoll an, die Beats wurden härter, schneller, »aber sie war noch verschlossener und fragte mehrmals nach den Herstellern, das hat niemand von uns getan. Die Hersteller waren erst interessant, wenn es große Namen waren, aufstrebende Designer. Wir als Models können uns dann damit schmücken, wir optimieren unsere Setcard mit Namen. Jezebel wurde aber immer stiller, von Kollektion zu Kollektion. So gut kenne ich sie nicht, aber ich kenne andere, die in die Jahre gekommen sind, und auch sie werden mit den Jahren stiller, bevor sie sich ganz zurückziehen. Wenn es schwerer wird, die Figur zu halten, die Haut altert, der Teint, dann wird es weniger mit den Aufträgen. Bei Jezebel gab es all diese Anzeichen nicht, ich meine, sie ist gerade mal siebenundzwanzig, nur war ihr Verhalten so … so, als bereite sie ein Ende vor. Das ist aber nur so ein Gefühl. Hätte sie morgen ihren Rückzug verkündet, mich hätte es nicht gewundert.«

Ein Mann in einem eng geschnittenen Anzug drängte sich zwischen sie. Pascal sah sich um, Audrey und die andere Frau waren verschwunden, er suchte den Raum ab und sah sie zusammen mit ihr auf einem Sofa sitzen. Audrey konzentriert, sie stellte Fragen, und das Model, ebenfalls ihren Mund dicht an Audreys Ohr, sprach auf sie ein.

»Darf ich vorstellen«, sagte Jacqueline, nachdem sie den Mann geküsst hatte und er seinen Arm um ihre Taille gelegt hatte und Pascal ansah, »mein Freund Hector.«

»Hector Richaud«, entgegnete Pascal und gab ihm die Hand, er hatte einen festen Händedruck. »Pascal Chevrier«, sagte er. »Und Sie sind der Makler im Ort?«, setzte er hinzu.

»Freut mich«, erwiderte Richaud, der Blick kalt, Pascal nur streifend. Dann beugte er sich zu Jacqueline hinunter und sagte etwas, das Pascal nicht hören konnte, die Musik war zu laut. Er musterte Pascal und stellte eine weitere Frage, dann nickte er ihm zu und zog Jacqueline auf die Tanzfläche, sie zuckte entschuldigend mit den Schultern. Das war's mit dem Vorhaben, aus Respekt nicht zu tanzen.

Die Gin Tonics kamen. Pascal ließ Jacquelines Glas stehen,

nahm seins und setzte sich auf die Sofakante zu Audrey, die noch immer ins Gespräch vertieft war. Wie schön sie war.

»Wir gehen tanzen«, sagte sie und nahm das Model an die Hand.

Die Party kam in Schwung, immer mehr Menschen bewegten sich zu den Beats, die meisten allein, einige die Arme in die Luft gestreckt, Technobeats, hartes Licht. Pascal erkannte Danielle Deontré am Rande der Tanzfläche. Er ging zu ihm, der Boden uneben, seine Bewegungen ungelenk.

»Amüsieren Sie sich?«, fragte er.

Pascal nickte.

»Sie haben Hector Richaud kennengelernt«, sagte er.

»Sie meinen den Freund des Models Jacqueline?«

»Ihren Freund.« Auch Danielle Deontré lachte jetzt, warf seinen Kopf in den Nacken, alle machten das hier, Pascal erinnerten sie an Kinder, die auf und nieder sprangen, wenn sie sich über etwas freuten. »Jacqueline kann keinen Freund haben und Hector schon gar nicht.«

Pascal schaute ihn fragend an.

»Jacqueline ist«, er rang nach Worten, »sagen wir, zu flatterhaft.« Er bewegte die Oberarme auf und ab, als sei er ein Vogel. »Sie ist hier, weil sie Connections hat.« Sein Blick war leer. »Der Weg kann auch durch die Satinlaken der Cis-Männer führen.« Er schaute verächtlich, dann musterte er Pascal. »So gefallen Sie mir besser. Langweilig, aber irgendwie auch ehrlicher«, sagte er.

»Merci«, sagte Pascal.

»Und hat er Sie eingeladen?«

Pascal guckte ihn fragend an.

»Na, zur Marquis-de-Sade-Gesellschaft. Zum nächsten Treffen?«

»Nein, was ist das für ein Treffen?«

»Ich weiß es nicht, ich war nie da. Ich fahre morgen nach Paris und bin jedes Mal froh, wenn dieses Dorfleben hier vorbei ist. Wenn ich raus bin aus dieser Marquis-de-Sade-Dunkelheit, diesem Mittelalterschick. Wie kann man so was gut finden?

Aber das finden sie gut. Sie finden es sogar geil. Wussten Sie das nicht?«

»Nein, Monsieur, das wusste ich nicht. Ich habe von der Gesellschaft noch nie etwas gehört, ich weiß nur, dass Monsieur Richaud eine Affinität zu dieser Zeit hat. Aber was machen sie dort, das Sie als dunkel bezeichnen?«

»Diese Treffen, bei denen sie ihren berühmten Bewohner feiern. Abartig ist das.« Er schaute Pascal an, musterte ihn von oben bis unten. »Ich glaube nicht, dass Sie da reinkommen, aber Sie können meine Einladung haben, ich gehe da eh nicht hin, bin gar nicht mehr in der Provence, bei diesen petites gens, Gott sei Dank.« Er reichte ihm einen Flyer, den Pascal bei der Dunkelheit nicht lesen konnte und einsteckte.

»Nur der Federmann muss immer hierbleiben?«, fragte Pascal.

»Selbst gewähltes Schicksal, was unterschreibt er auch. Aber Hector wird ihn da schon rausholen.«

»Warum Hector?«

»Weil er hier alles in einem ist. Makler, Anwalt, Notar. Er regelt Dinge. Die beiden hängen viel zusammen.«

»Der Makler und der Federmann, was für eine Kombination«, bemerkte Pascal interessiert. »Und jetzt kann er nichts mehr verkaufen? Weil alles Pierre Cardin gehörte? Erzählt man sich.«

»Keine Ahnung«, sagte Danielle Deontré und fiel einem Mann in die Arme. »Entschuldigen Sie mich.«

Pascal konnte gerade noch sehen, wie sie zusammen zu den Toiletten verschwanden.

Audrey und das Model tanzten inzwischen, der Federmann in ihrer Mitte. Er drehte sich, breitete dabei die Arme aus, als würde er gleich abheben. Kurze Zeit später stand er am Rand der Tanzfläche neben Pascal.

»Genießen Sie die Nacht so wie ich?« Er kicherte, während er diese Worte in Pascals Ohr rief.

»Sehr«, sagte Pascal. »Ich will Sie nicht aufhalten. Ich weiß, wie wichtig dieser Abend für Sie ist.« Pascal wartete auf eine

Reaktion, doch diese blieb aus. »Morgen sind sie alle weg?«, hakte Pascal nach. »Nur Sie bleiben?«

Jetzt sah der Federmann ihn an, als verbinde sie etwas. Ein Wissen.

»Oui«, sagte er nach einer Weile. »Es sind Euphorie und Wehmut in mir.« Er wandte sich ab.

»Sie sind fürs Dorfleben nicht geschaffen?«

Der Federmann nickte, und Pascal begriff, dass diese schillernde Figur in eine Großstadt gehörte, er sich über die Gesellschaft definierte, über Bewunderung, über Glamour. Von alledem gab es hier nichts, und Pascal tat er plötzlich leid, wie er zurück auf die Tanzfläche hüpfte, mit tränenden Augen, die Arme nach oben riss und johlte. Dies waren die besten Stunden des Jahres für ihn, auch wenn die Drogen ihm sicher auf Dauer nicht guttaten.

»Einige Vögel fliegen zu hoch, zu dicht an die Sonne, und dann fangen ihre Federn Feuer.« Neben Pascal stand der Mann, den er als Hector Richaud erkannte. Pascal drehte sich zu ihm.

»Er muss hierbleiben?«, fragte er.

»Er hat sich kaufen lassen. So wie wir alle hier.«

»Sie auch?«

Hector ging einen Schritt zurück und schüttelte den Kopf. »Pascal Chevrier, sagten Sie?«

»Oui.«

»Ich habe Sie hier noch nie gesehen. Sind Sie neu hier oder ab morgen auch wieder in Paris?«

»Nein, ich lebe hier. Freiwillig«, hängte Pascal an.

»Interessieren Sie sich außer für Jacqueline auch für Kunst?«

Pascal dachte, er hätte sich verhört. »Ich interessiere mich nicht für sie, wir haben uns nur unterhalten.«

Hector Richaud lachte, das, was er sagte, war nicht zu hören, nur zu sehen, wie verächtlich er grinste. Er wirkte gespenstisch in dem bunten Licht.

»Interessieren Sie sich für Kunst?«, rief er erneut gegen die Musik an.

»Oui«, entgegnete Pascal.

»Dann kommen Sie doch mal vorbei.«

»Wohin?«

»Zur Marquis-de-Sade-Gesellschaft. Wir treffen uns einmal im Monat.« Er steckte ihm eine Einladung zu, genau dieselbe, die er bereits in der Tasche hatte.

»Gerne komme ich«, rief er Hector zu, und daraufhin grinste dieser und ging langsamen Schrittes zurück zur Bar, zu Jacqueline, die jetzt ernst guckte, Unwohlsein in ihren Augen.

Ganz anders als der Rest der Gesellschaft, alle tanzten jetzt wild. Viele waren betrunken, andere hatten ganz offensichtlich Drogen genommen. Mit großen Augen redeten sie aufeinander ein, andere saßen müde in der Ecke, kurz vor dem Einschlafen bei dem Lärm, oder knutschten. Alle durcheinander. Die Musik war jetzt so laut, dass niemand mehr jemand anderen verstand. Pascal wusste, es ergab jetzt keinen Sinn mehr, seine Arbeit fortzuführen, und so trank er seinen Gin Tonic aus und ging zur Tanzfläche. Es war wirklich lange her, dass er getanzt hatte, er war nicht gut darin, aber dann kam Audrey, und er gab sich Mühe. Sie tanzten, lange, bis sie ihn schließlich in den Raum mit den Stoffen zog.

Ein paar Schneiderpuppen versperrten den Weg, sie gingen um sie herum, da waren nur der Tisch, die Stoffe, Schmuck, ein großes technisches Gerät im Format eines gigantischen Kühlschranks, offenbar noch neu, die Ränder mit Gaffa Tape fest verklebt, wie versiegelt an den Wänden, ein kleines rotes Licht, sonst erleuchteten nur die Kerzen den Raum und verströmten ihren Duft, den Pascal plötzlich nicht mehr als angenehm empfand. Er war modrig, süßlicher, aber er konnte sich täuschen, der Champagner, der Gin Tonic, und die Welt war schummrig geworden. Immer schummriger sogar, das hielt schon seit Stunden an, und ihm war warm, heiß.

In Pascal drehte sich alles, er war wild vor Verlangen, konnte sich gar nicht daran erinnern, jemals so aus sich herausgekommen zu sein, allein schon das ausgelassene Tanzen passte nicht zu ihm.

Audrey hatte ihre Hände auf Pascals Brust gelegt, seine

hatte sie zuvor an ihren Po geführt, und sie ließ sich darauffallen, sodass er sie hochheben musste und auf den großen Tisch setzte, zwischen die Stoffe, die er beiseiteschob. Dann schob er ihr weißes Kleid nach oben, und sie griff nach seinem Gürtel und zog sich Sekunden später an ihn heran, ganz fest, und es dröhnte in Pascals Ohren.

Alles drehte sich, schneller und schneller. Die Musik, der Atem, der tiefe Atem von Audrey dicht bei ihm. Füße, die über den Boden kratzten, ein Luftzug, und schon blubberte etwas aus einer der Ecken, die Geräuschwelt in Pascals Kopf spielte verrückt. Die Musik, die donnernden Beats, das Jauchzen der tanzenden Menge von weit weg, es war ein Rausch, dann zischte es im Zimmer.

Pascal ignorierte es. Audrey auf dem Tisch, Pascal davor, keiner von ihnen konnte jetzt mehr klar denken. Sie hatten getrunken, aber es schien ihnen nur eine Ausrede zu sein, eine willkommene Ausrede, und so kamen sie zusammen und ließen es zu. Es war intensiv in der Hitze des Raums, etwas heizte ihnen zusätzlich ein, und Audrey schlang ihre Arme so fest um Pascal, dass ihm die Luft wegblieb, doch das steigerte sein Verlangen, und jetzt gab es nichts mehr außer ihnen in diesem einen Moment, in diesen Sekunden, die außerhalb der Zeit verrannen.

»Komm«, sagte Audrey, und dieses Wort war kaum noch wahrnehmbar im gemeinsamen Atmen.

Pascal spürte Audreys Schweiß, er vermischte sich mit seinem, nur noch sie beide auf diesem Tisch. Ein Geräusch, ein Knarren, irgendwas weit hinten. Als Pascal, Audrey in seinem Arm, auf seiner Haut, eng bei ihm, so wie er es fast jede Nacht träumte, die Augen öffnete, schien es, als seien die Schneiderpuppen in dem Raum zum Leben erwacht. Sie hatten ihre Position verändert. Ihre Gesichter auf sie beide gerichtet. Und waren sie nicht eben noch in Stoff gehüllt? Hatten sie nicht noch etwas an? Aber sie waren still, und das beruhigte Pascal auf eine geradezu beängstigende Weise. Es war nur noch ein Rauschen zu hören, das anscheinend nur für ihn wahrnehmbar war. Audrey löste sich von ihm und sah ihm in die Augen.

»Die Puppen«, flüsterte sie. »Etwas stimmt mit ihnen nicht.«

»Ja«, sagte Pascal, vielleicht um sie beide zu beruhigen, »sie sind nackt.«

»Nein«, sagte sie, »das ist es nicht.«

14

»Vergiss den Wein nicht«, rief Lillie durchs Haus. Claude und Pascal standen vor einem großen Korb voller Köstlichkeiten vom Markt in Gordes, auf dem Lillie, Olivienne und Claude den Vormittag verbracht hatten. Sie hatten sich hinreißen lassen, ein Kleid, einen Schal, ein kleines Bild von einem der vielen Künstler auf dem Markt gekauft, und zum Ende waren sie noch in die Kirche gegangen, die zurzeit eine Galerie war. Ein volles Programm an einem Vormittag im Luberon, an dem sie eigentlich nur ein paar Kleinigkeiten für ein Picknick einkaufen wollten.

Auch Pascal war es so gegangen, als er vor drei Jahren in die Provence gezogen war. Er fuhr los, um eine Kleinigkeit zu besorgen, ließ sich über die wohl schönsten Märkte der Welt treiben, bog auf dem Rückweg irgendwo ab, besuchte ein neues Dorf, entdeckte neue atemberaubende Sehenswürdigkeiten, Schlösser, Kirchen, versteckte Restaurants, und es endete dann bei einer Weinverkostung auf einem der zahlreichen Weingüter, die am Straßenrand auf sich aufmerksam machten. Dazu ein Gespräch, ein kleiner Plausch mit einem Winzer, einem Betreiber einer Olivenölmühle oder einem Künstler, und der Tag war um. Müßiggang à la Provence.

»Ich hatte ihn noch kalt gestellt«, sagte Claude und ging sofort los, um ihn zu holen. Lillie war mit Olivienne beschäftigt, machte sie reisefertig, wie sie es nannte. Das bedeutete lediglich eine neue Windel für ihre Tochter und die große Tasche mit all dem zu packen, was ein Baby in den ersten Monaten brauchte.

»Das wird sich nie ändern«, sagte Pascal, »glaube mir, erst brauchst du ganz viel, dann bist du ein Kind und brauchst eigentlich gar nichts, nicht einmal ein Schulbrot, dann bist du Teenagerin, und plötzlich brauchst du eine Handtasche, und als Mutter schleppst du alles Mögliche durch die Gegend für alle Fälle, und so geht es weiter, gewöhne dich daran.«

»Die Sicht eines alten Mannes auf das Leben«, sagte Lillie zu Pascal, der sich erwischt fühlte, aber auch im Recht.

Der Picknickkorb war zum Bersten gefüllt. Käse, Tapenaden, Oliven, eine Trüffelsalami, frisches Baguette, Macarons, Honigmelonen aus Cavaillon und eine Flasche Champagner, um den letzten Abend der kleinen Familie in der Provence einzuläuten.

Während der Fahrt über den Pass nach Bonnieux und der Strecke in den Zedernwald hatte Claude sogar seinen geliebten Patrick Bruel leise gedreht, weil er vieles zu sagen hatte. Seine kleine Rede glich einer Lobpreisung des vielfältigen Angebots der Märkte des Luberon. Ein Paradies sei das, vor allem die Tomaten und das Gemüse hatten es ihm angetan. Derartige Artischocken gäbe es nur hier im Luberon und ob Pascal eigentlich wisse, wie verdammt gut er es hätte. Lillie auf der Rückbank, das Baby neben ihr im Maxi-Cosi streichelnd, Bordeaux im Kofferraum des Kangoo liegend, damit er die Serpentinenkurven besser ertragen konnte. Anders als bei Pascal gehörte diese Strecke nicht zu den Lieblingsrouten seines Hundes durch den Luberon.

Pascal spürte Glück in sich, vor allem hatte er inzwischen verstanden, wie gern seine Tochter ihn in der Provence besuchte, und es war das wohl größte Glück seines Lebens. Die Angst, man würde sich durch die Distanz entfremden, hatte sich nicht bewahrheitet. Sie telefonierten nicht häufig, aber seine Tochter besuchte ihn regelmäßig, und gemeinsam entdeckten sie die Geheimnisse der Region.

Selbst jetzt im Sommer war der Parkplatz des berühmten Zedernwaldes, der Stolz einer ganzen Region, nicht überfüllt. Fast jeder Besucher hatte einen Picknickkorb dabei. Ein gutes Essen mit Lebensmitteln aus der Region, der Blick in das Tal des Luberon, die Orte Bonnieux und Lacoste zwischen den Weinbergen, die Natur um die Besucher herum, der Duft des Waldes, dies war ein Paradies. Wieder Zedern, dachte Pascal, sie sind überall, nur kam ihm der Geruch heute gemäßigter vor, subtiler, und das gefiel ihm.

Der Forêt de Cèdres gehörte zu den schönsten Zedernwäldern Europas, wusste Pascal. Er war schon oft hergekommen, um mit Bordeaux spazieren zu gehen. Er hatte die uralten Bäume bewundert, die seit hundertfünfzig Jahren ihren Platz behaupteten, denn schon 1861 hatten die Bürger von Lacoste angefangen, diese nordafrikanischen Atlaszedern zu pflanzen. Heute waren sie die Könige des Waldes.

Für einen Moment schwiegen sie, als sie durch die atemberaubende Natur gingen, um sich einen Platz im Wald zu suchen, wo sie in angenehmer Kühle auf rund siebenhundert Metern Höhe ihre Picknickdecke ausbreiten wollten. Sie fanden ihn nach einer kurzen Wanderung, ganz am Ende mit der Aussicht über das ganze Tal.

»Ein Blick in meine Welt«, sagte Pascal schließlich, Claude und Lillie mit Olivienne auf dem Arm, schauten auf den Luberon. »Der Blick ist gut heute. Seht ihr? Dahinten ist das Meer.«

Claude und Lillie nahmen ihre Hände, verschränkten sie ineinander wie ein frisch verliebtes Paar. Pascal sah sie, wie sie so dort standen, verzaubert vom Licht, von der Landschaft, der Weite. Dazu der Duft nach Zedern, ein bisschen Thymian. Dann fiel ihr Blick auf Lacoste. Pascal drehte sich um und breitete die Decke aus, er setzte sich mit dem Rücken zur Aussicht, er wollte nicht an Lacoste denken, diesen Ort, der ihm plötzlich so viele Rätsel aufbürdete, die vielen Fragen, die er aufwarf, und die Nacht mit Audrey. Das alles wollte er jetzt nicht in seinem Kopf. Und er war gut darin, zu verdrängen und sich hinwegzuträumen. Er wollte ein Familienpicknick, hier in diesem Wald mit seiner Tochter, seinem Schwiegersohn und Olivienne, die schlief, während Pascal und Claude die mitgebrachten Köstlichkeiten drapierten. Der Champagnerkorken knallte, der Aperitif war bereit. Ein perfekter Sonntag.

»Wir haben die letzten Tage viel über dich, uns, diesen Ort und alles, was für dich und uns daran hängt, gesprochen.«

Um ehrlich zu sein, gefiel Pascal diese Einleitung eines Gesprächs nicht, der Ausgang war ihm eine Spur zu ungewiss, und so nickte er nur.

»Papa«, fuhr Lillie fort, »ich, nein wir freuen uns so sehr für dich, dass du hier deinen Platz gefunden hast.«

Lillie hatte recht. Pascal stand nach der Trennung und dem Auszug seiner Frau Catherine an einem Scheideweg. Sollte er rechts oder links gehen? Rechts war der Weg durch das Paris seiner Kindheit und Jugend, wieder Anschluss finden an die alten Freunde, an die Clique, die Möglichkeiten der Hauptstadt Europas nutzen. Schnell hatte er herausgefunden, dass man das Rad des Lebens nicht zurückdrehen konnte. Sie alle, die Verwandten, die Freunde von einst, die Clique, sie hatten Familien, hatten sich neu ausgerichtet, mit den Nachbarn, den Eltern, deren Kinder auf die gleiche Schule gingen, mit den Freunden von einst, die ruhiger geworden waren, die ihr Haus am Stadtrand gefunden hatten oder sich in der Wohnung im gutbürgerlichen 1. Arrondissement eingelebt hatten. Allein um sie zu besuchen, konnte schnell ein halber Tag in der Metro vergehen, und dann war er der Besucher, den man nett empfing, dem man etwas zu essen servierte, mit dem man eine Flasche Wein trank, aber bitte nicht zu viel, man müsse ja früh raus, und dann spürte Pascal auch eine gewisse Erleichterung, wenn er ging, nicht zu spät bitte, man hatte ja sein Leben.

Pascal spürte das, er war willkommen, er war nett und fühlte mit, aber er war ein Besucher, den man auch bedauerte. Frau weg, Tochter in eine andere Stadt gezogen und dann dieser schlecht bezahlte Job bei der Police nationale. Er sei wichtig, Menschen wie er seien wichtig, hatte man ihm versichert, sie dienten der Gesellschaft, jemand musste aufpassen, den Kopf hinhalten, um Paris sicher zu machen. Bei den Jugendlichen ging es los, bei ihren Revieren, beim Drogenkonsum, da musste jemand eingreifen, gut, dass Pascal sich für diesen Weg entschieden hatte, so ein Guter war er. Pascal hatte diese Besuche irgendwann satt. Er blieb lieber zu Hause, beschäftigte sich mit Rezepten und kochte, meist für sich allein, denn seine Freunde wohnten weit weg. Paris war ein eigenes Land in den Augen vieler Einwohner.

Sein alter Partner, sein Freund Alexandre, war an ganz anderen Dingen interessiert. Vor allem an jungen alleinstehenden Frauen. Eine Bindung lag ihm fern, und die wenigen Male, wenn er ihn in eine der Bars begleitet hatte, war ihm die Sache unangenehm. Er gehörte eben nicht zu den Parisern, die Sex für eine Nacht suchten, und manchmal hatte er in einer der Lieblingsbars seines Freundes das Gefühl, er war der Einzige mit diesen konservativen Moralvorstellungen, er fühlte sich manchmal sogar wie aus der Zeit gefallen, doch konnte er nicht aus seiner Haut.

Catherine war nicht zu ersetzen, aber allein um das zu begreifen, hatte er Monate, nein Jahre gebraucht, und wenn er ehrlich zu sich war, dann dauerte es noch immer an. Audrey auf dieses Podest zu heben war ein Fehler. Es würde niemals so werden, so phantastisch die einzelnen Nächte mit ihr auch waren. Sie war bisexuell und dazu immer auf der Suche nach Abenteuern. Pascal war das Gegenteil. Er suchte die Harmonie und die Ruhe. Niemals würden sie ein Paar werden, niemals zusammenleben. Die wilde Audrey, auf der Suche nach Aufregung, nach dem Kick im Leben, und er, dem Harmonie alles auf der Welt bedeutete.

Plötzlich verurteilte Pascal sich selbst, Erwartungen zu haben, die für einen Menschen wie Audrey unerfüllbar waren. Warum hatte er das nie verstanden? Warum sollten seine Werte auch ihre werden? Er bürdete ihr zu viel auf. So konnte es nicht weitergehen. Pascal musste lernen, im Moment zu leben, wie Audrey es tat. Ob ihm das jemals gelingen würde? Er hatte seine Zweifel.

Vor vier Jahren hatte er sich für einen kompletten Neuanfang entschieden, hatte sich an der Weggabelung für den schwereren, den vielleicht noch einsameren Weg entschieden. Und hier war er jetzt. Die wenigen Freunde, die er hatte, vor allem Leblanc, reichten ihm, dazu seine Familie, die ihn regelmäßig besuchte, er wollte nicht mehr vom Leben. Er fühlte sich belohnt. Und als er sein abgebrochenes Baguette in Olivenöl tauchte und sich ein Stück der köstlichen Wildschweinsalami darauflegte, ging es erst richtig los.

»Papa«, begann Lillie, und schon der Tonfall gefiel ihm nicht, »wir haben uns Gedanken darüber gemacht, wie es weitergehen soll.«

Sie schaute ihn fragend an, ob er verstanden hatte, aber das tat er nicht, und das musste in seinen Gesichtszügen zu lesen gewesen sein, und so fuhr sie fort.

»Seit meiner frühesten Kindheit habe ich Angst um dich. Das ist doch nicht normal. Ich meine, eigentlich haben doch die Väter um ihre Kinder Angst, nicht andersrum.«

Pascal unterbrach sie. »Du machst dir um mich Sorgen? Du machst dir keine Vorstellung davon, was ein Elternteil durchlebt. Das zerbrechliche Baby, das kennst du schon, aber es geht weiter. Die Unfälle beim Laufenlernen, die Balance auf den Mauern, die erklommen werden, die aufgeschlagenen Knie, die Pubertät, die erste Liebe, die Jungs, die plötzlich an deinem Tisch sitzen. Die Frage: Ist das der Richtige? Oder der Falsche? Und was ist besser? Der Falsche geht wieder, der Richtige bleibt und nimmt dich irgendwann mit.«

»Das meine ich nicht. Hör mir weiter zu, was wir dir zu sagen haben.« Bislang war der Tag so schön, zu schön, um wahr zu sein, jetzt gefiel Pascal die Richtung, in die das hier alles ging, nicht mehr.

»Weißt du, wie ich nachts darauf gewartet habe, dass der Haustürschlüssel sich im Schloss drehte und ich mitbekam, dass du unseren Flur entlang in das Badezimmer oder die Küche gegangen bist? Erst dann konnte ich ruhig schlafen. Ich habe darüber nicht oft gesprochen, aber die Tochter eines Polizisten zu sein ist ein Horror. Zumindest war das für mich so. Morgens, wenn Mama und ich in der Küche saßen und die Zeitung lasen und die Bilder und Artikel gesehen haben, wo es überall Überfälle, Messerstechereien, Morde, versuchte Morde, Drogenkriege, Eifersuchtsdramen, Gewalt an Schulen, an Bahnhöfen, auf und unter Brücken oder im engsten

Familienkreis gab, habe ich mir vorgestellt, wie deine Nächte aussehen. Dann habe ich immer gedacht, er hat Glück gehabt. Aber wie lange wird das noch gut gehen?«

Endlich machte sie eine Pause und brach ein Stück Baguette ab, sah kurz zu Olivienne, wie sie im Maxi-Cosi schlief, dass alles friedlich und Claude bei ihr war, ganz dicht, ihr folgend, erst dann fuhr sie fort.

»Jetzt bist du hier in der Provence und hast dein Glück gefunden, aber jedes Mal wenn du nicht als Gendarm arbeitest, sondern mit der Police nationale, um Mordfälle oder was auch immer zu lösen, bin ich besorgt. Ist es denn das, was du wirklich möchtest? Bist du mit Leib und Seele Polizist?«

Pascal war auf diese Art Gespräch nicht vorbereitet. Er hatte Gespräche über Olivienne erwartet, wie man wickelte, was sie zu essen bekam, wann die Kita losging, ob sie schon einen guten Platz für sie gefunden hatten und wie gut Claudes Restaurant lief, vielleicht ein Gespräch über gutes Essen, Wein und die Landschaft, aber nicht, dass es um ihn ging, um sein Leben, um den Sinn seines Seins. Er musste umschalten, er wollte das, was seine Tochter bewegte, nicht abtun, aber er brauchte einen Moment, und so holte er erst mal den Wein aus dem Korb und stellte die Gläser zwischen sie auf den festen Untergrund der Decke, wo der Waldboden hart war, dann schenkte er ein.

»Nun, ich möchte Gerechtigkeit«, brachte er zunächst hervor.

»Aber die gibt es nicht, Papa«, sagte Lillie in einer Art und Weise, die ein Mensch nur aus tiefster Überzeugung so formulieren konnte. »Die gibt es nicht«, wiederholte sie. »Und das weißt du.«

»Aber wenn alle so denken würden, wenn wir alle sagen, es gibt diese Gerechtigkeit nicht, es ergibt alles keinen Sinn, dann bricht unsere Gesellschaft zusammen, dann werden wir wieder zu Urmenschen. Survival of the fittest.«

»Ja, Papa, das weiß ich. Es muss jemanden geben, der sich darum kümmert. Dafür gibt es Wahlen, dafür gibt es Polizisten aus Überzeugung. Dafür gibt es Menschen, die sich das zum Lebensmittelpunkt gemacht haben.«

»Ich habe einen Eid geschworen«, entgegnete Pascal. Er hatte kein gutes Gefühl, weil er jetzt ahnte, wie das Gespräch enden würde.

»Du bist aber nicht der, der Spaß daran hat, mit gezogener Waffe ein Gebäude zu stürmen. Das warst du noch nie.«

»Lillie«, jetzt lachte Pascal, »wir sind hier im Luberon, ich bin Gendarm, ein Dorfgendarm. Ich kümmere mich um nächtliche Ruhestörung, um Hausfriedensbruch, um Autofahrer, die nach achtzehn Uhr durch Lucasson fahren und die Vorschriften missachten, darum, ob die Restaurants ihre Tische an die richtige Stelle gestellt haben, sodass die Touristen noch ungestört durch die Orte flanieren können, oder um Wilderer.« Betrix schoss ihm durch den Kopf, den müsste man mal festnehmen.

»Was dir nicht immer gelingt«, mischte Claude sich ein, der die ganze Zeit über geschwiegen, den Champagner, die Tomaten und die Tapenaden genossen hatte.

»Jetzt fall du mir auch noch in den Rücken«, sagte Pascal und lächelte schief und angespannt, aber auch dankbar, eine kurze Pause von dem Dauerfeuer seiner Tochter zu bekommen.

»Es geht doch nicht um Falschparker, wenn dir das Spaß macht, bitte schön. Du warst hier genau wie in Paris schon mehrmals in Lebensgefahr«, übernahm Lillie wieder. »Sogar Claude ist durch dich in Lebensgefahr geraten, also Papa, wie lange willst du das noch machen?«

Pascal atmete tief durch und schenkte Wein nach, ganz in Ruhe, einem nach dem anderen. Konnte nicht Olivienne jetzt mal aufwachen, damit er diese Diskussion nicht führen musste? Nicht hier. Nicht jetzt. Und doch: Der Gedanke war auch Pascal nicht neu. Zusehends fand er sich in einer Welt wieder, in der die Ungerechtigkeit längst die Oberhand gewonnen hatte. Es gab Kriege, es gab Entscheidungen der Justiz, die viele Menschen ratlos zurückließen, auch solche, in die er persönlich involviert gewesen war, sinnlose Morde, nicht nachvollziehbare Gewalt, kurz, eine nicht mehr zu verstehende Verrohung der Gesellschaft. Sein Ruf nach Gerechtigkeit war zu einer Farce geworden, im tiefsten Inneren seines Herzens wusste er das.

Das Schlimmste aber war, auch seine Tochter wusste, dass er es wusste, und das erschwerte die Diskussion erheblich. Er hatte gehofft, als Gendarm den Frieden im Kleinen herstellen zu können, das hätte schon gereicht. War es nicht aller Anfang, im Kleinen einzugreifen, bevor die große Gewalttat verübt wurde? Begann nicht alles im Kleinen? War nicht alles erst mal unbedeutend? Zumindest auf den ersten Blick?

Doch sein Ruf war ihm vorausgeeilt. Frédéric Dubprée hatte sein Talent, komplizierte Fälle zu lösen, erkannt und engagierte ihn, ihn, den Dorfgendarmen, eine Unterkategorie, über die sich die Police nationale eigentlich lustig machte.

»Was hast du denn mit diesen Leuten zu tun?«, setzte Lillie nach, sie war unerbittlich, scharf in ihrer Argumentation, als wisse sie, dass Pascal sich diese Frage auch schon einmal gestellt hatte. »Was hast du denn damit zu tun, wenn ein Supermodel verschwindet? Eine, von der du noch nie etwas gehört hast? Was hast du damit zu tun, wenn sich reiche Pariser aufgrund irgendwelcher perverser Köstlichkeiten umbringen oder durchgeknallte Kunsthändler sich ermorden, weil sie glauben, da sei ein Picasso gefälscht worden? Wenn diese Art von Nachrichten im Radio kamen, hast du abgeschaltet.«

»Das mag sein, Lillie.« Pascal reichte es jetzt, sich rechtfertigen zu müssen für das, was er sein Leben lang getan hatte. »Es spielt keine Rolle, ob es ein Kunstfälscher, irgendein Sternekoch oder ein Designer ist, der eine Straftat verübt, es geht um die Grundfeste unserer Gesellschaft. Es geht um Eckpfeiler, an denen wir uns orientieren können. Jemand muss eingreifen, wenn Menschen unterdrückt werden, weil sie eine andere Hautfarbe haben, wenn sie aus lauter Verzweiflung ihr Land verlassen müssen, weil sie schwul sind oder nicht den Normen entsprechen und deshalb von Kleinhirnen verprügelt, gequält oder sogar ermordet werden. Wenn es keine Menschen wie mich mehr gibt, wenn es keine Anwälte gibt, die mögliche Straftäter verteidigen, weil wir vor dem Gesetz alle gleich sind, weil Vorverurteilungen nicht sein dürfen, weil wir niemanden zu Unrecht einsperren dürfen, weil es nun mal seit 1958 unsere Verfassung gibt, die unser Leben regelt, dann sind wir verloren.«

Pascal spürte eine gewisse Schwülstigkeit in sich, aber seine Tochter wollte zum Kern seiner Arbeit vordringen, und das war nun mal der Kern. Sie hatte es so gewollt. Und er legte nach:»Wenn wir alle so denken würden wie du, wenn wir uns sagen würden: Lass sie doch alle machen, dann leben wir irgendwann in einer Gesellschaft, in der es keine Werte mehr gibt. Die Religion wird das nicht leisten können, was unsere Verfassung leistet.«

Für einen Moment schwiegen sie. Zikaden und Vögel im Zedernwald lieferten sich einen Wettkampf um den schönsten Klang. Die Vögel, dachte Pascal, gewannen, weil sie mehr Oktaven draufhatten.

Als hätten sie es abgesprochen, übernahm Claude jetzt die Diskussion.

»Ich liebe es hier«, begann er.»Hier im Wald, in dieser Landschaft, zwischen den Lavendelfeldern, den Kalkfelsen, den Dörfern, den Menschen. Ich mag ihren Müßiggang, ihren Hang zu gutem Essen, zum Wein, zum Leben.«

Pascal war in Fahrt, schuld war seine Tochter.»Aber hier leben Menschen, die zu über sechzig Prozent eine rechtsradikale Partei gewählt haben. Marine Le Pen geht hier händeschüttelnd über die Wochenmärkte und schürt Gewalt gegen Einwanderer und Andersdenkende. Das ist das, was mich als Gendarm fordert, dafür zu sorgen, dass sie geschützt werden, dass rechtsradikales Gedankengut nicht unter meinem Schutz verbreitet werden darf, also romantisiere die Provence nicht.«

»Das tue ich nicht, Pascal, aber unser aller Leben ist endlich, und wir müssen versuchen, unser Glück zu finden. Da wirst du mir zustimmen.«

Diesem Argument war niemand gewachsen und Pascal schon gar nicht. Schließlich war er hier wegen der Lebensqualität, jede Gegenrede hätte ihn in eine Sackgasse geführt, also nickte er ergeben, wenn auch unmerklich.

»Seit Oliviennes Geburt denke ich über die Möglichkeiten des Lebens nach. Ich überdenke meine Lebensplanung. Wie möchten wir, dass sie aufwächst, wie wollen wir leben?«

»Wer soll auf sie aufpassen?«, fügte seine Tochter hinzu, und damit wusste Pascal, in welche Richtung es ging, er schenkte nach, trank schnell, in tiefen Zügen, schenkte wieder nach, überrascht, wie leicht es ihm fiel, nach dem gestrigen Abend. Es war ein abgekartetes Spiel, das wurde Pascal klar, man wollte ihn formen, wie man ihn brauchte. Er sollte der Opa sein, dessen Aufgabe das Babysitten sein sollte, der sie mal zum Essen einlud und den Gemüsegarten pflegte.

»Non«, sagte er fast panisch.

»Was meinst du mit ›Non‹?«, fragte Lillie. »Wir wollen hierherziehen. In die Provence.«

Von einer Sekunde auf die andere war Pascal wieder der Vater, der Familienmensch und der Opa. Selbst wenn ihm der letztere Teil als Begriff nicht gefiel, so musste er sich damit abfinden, schon jetzt hatte er Olivienne in sein Herz geschlossen. Wenn er ehrlich war, schon bevor er sie überhaupt gesehen hatte, aber auch das schien ihm normal zu sein. Jetzt nach dieser Aussage fielen ihm die Worte schwer, der Blick in die Zukunft war unklar, verschwommen. Da war zu viel Glück.

»Ich werde hier ein Restaurant eröffnen«, setzte Claude wieder an. »Vielleicht ist das was für dich.«

Dieser kurze Satz, »Vielleicht ist das etwas für dich«, gab Pascal den Rest. In einem Restaurant, als Hobbykoch, als Gourmet, davon hatte er immer geträumt, doch all das stand im Widerspruch zu dem, was ihm etwas bedeutete. Und so nickte er nur und sagte: »Interessant«, und noch nie in seinem Leben war er einem Baby für den Lärm, den es machte und damit alles einnahm, alles unterbrach, alle Prioritäten neu sortierte, dankbarer gewesen.

»Ist ja gut, mein Schatz«, sagte Lillie, und Pascal gab ihr recht. Es war gut. Und als seine Familie am Nachmittag schon längst auf dem Rückweg nach Lyon war, blieb dieser Satz wie der Ohrwurm eines Liedes in seinem Kopf. »Vielleicht ist das etwas für dich.«

15

Das Gebäude der Police nationale thronte wie ein Wachturm über der heimlichen Hauptstadt des Luberon. Unten die Cafés, die Restaurants, Autoverkäufer, Supermärkte und der älteste Wochenmarkt der Provence jeden Samstag. Weiter oben am Berg Wohnhäuser, teils alt und renovierungsbedürftig, teils neu, errichtet für die vielen Zugezogenen aus den umliegenden Dörfern. Vor allem junge Leute trieb es hierher auf der Suche nach Arbeit, nach einem Ausbildungsplatz. Zum Studieren ging man nach Aix. Das schmucklose Gebäude der Police nationale, eines von zweien in der Stadt, befand sich weit oben, den Berg hinauf, dort war Pascal verabredet. Das prunkvollere Commissariat de Police war schmuckvoll wie ein Museum und direkt in der Stadt angesiedelt, das hatte er noch nie betreten.

Audrey erwartete Pascal bereits am Eingang. Sie gaben sich die beiden obligatorischen Bisous. Nur verweilte Audreys Blick für einen Moment in Pascals Augen, und wieder schlugen diese Flammen zwischen ihnen auf. Wann hörte das bloß auf?

»Frédéric Dubprée wartet bereits, lass uns die Lage besprechen.«

»Die Lage?«

Audrey kicherte wie ein kleines Mädchen, und sie hatte sichtbar Spaß daran, sich zu geben wie eine Teenagerin. Pascal wurde kaum aus ihr schlau, vielleicht zog ihn das so an, vielleicht ließ ihn das auch so vorsichtig werden, langsam lernte er aber, sie zu verstehen und das »Zwischen den Zeilen« zu begreifen.

»Schön, dass Sie da sind, Monsieur Chevrier, bitte setzen Sie sich.«

Pascal nahm einen der beiden Stühle vor dem nüchternen, wie immer sehr aufgeräumten Schreibtisch. Der Chef der

Police nationale war ein Sauberkeitsfanatiker, stylish, spröde, schlicht und akkurat. Audrey nahm neben Pascal Platz. Aus der Schublade zog Frédéric Dubprée ein paar Zettel. »Das ist der Bericht von Audrey aus der letzten Nacht.« Er machte eine Pause. Mon Dieu, dachte Pascal und guckte irritiert, Audrey lächelte, als hätte der Lehrer sie beim Schummeln erwischt. Frédéric Dubprée guckte auf die Zettel und ließ sie schließlich, um sie zu ordnen, einmal auf die Tischfläche fallen, brachte sie in Form.

»Wie ich die Sache sehe, gibt es eine Menge Spuren, denen wir nachgehen müssen. Da ist die Purpur-Künstlerin, da ist der Federmann, da ist der Designer Danielle Deontré, der aus meiner Sicht zu vernachlässigen ist, da er der Leidtragende nach dem Verschwinden von Jezebel ist. Aber vielleicht würde er auf eine Art und Weise profitieren, die wir momentan noch nicht verstehen. Und sicher sollten wir uns auch die Marquis-de-Sade-Gesellschaft anschauen. Wer hätte durch das Verschwinden des Supermodels einen Vorteil bei seinen Plänen? Gibt es eigentlich eine Nummer zwei? Jemanden, der gern an ihre Stelle treten würde, sie ersetzen könnte? Ist das eigentlich möglich, Jezebel zu ersetzen?«

»Verzeihen Sie, Monsieur Dubprée, jeder Mensch ist ersetzbar.«

»Da kann und will ich Ihnen nicht widersprechen, Audrey, aber wie sehen die Veranstalter das? Ist sie für sie ersetzbar? In dieser exzentrischen Szene, in der Ereignisse schnell zu Dramen werden, in dieser geschlossenen Welt könnte man das anders sehen. Also sollten wir uns umhören, gibt es da jemanden? Vielleicht direkt aus Lacoste? Wer hat bei der Show ihre Stelle eingenommen?«

»Es war Natalie Campler«, antwortete Audrey.

»Oh«, entgegnete Frédéric Dubprée und machte eine Pause der Anerkennung. »Gut, gut, aber wer weiter? Models arbeiten für Agenturen. Für welche arbeitet Jezebel und für wen die Konkurrenz? Madame et Monsieur, wir müssen inzwischen der kleinsten Spur nachgehen. Das Verschwinden von Jezebel ist zum nationalen Thema geworden. Sie ist inzwischen offiziell als vermisst gemeldet, und ich hatte heute Morgen ein Telefonat mit Paris. In Kürze ist da die jährliche Konferenz, auf der wir alle berichten müssen. Ich würde gerne Erfolge vermelden, Sie wissen ja, wie es ist.« Er machte eine kurze Pause und legte die Zettel zurück in die Schublade. »Ich habe ihnen versichert, dass ich die beiden besten Leute darauf angesetzt habe. Damit will ich Sie nicht unter Druck setzen. Ich vertraue Ihnen beiden, Sie müssen in Ruhe Ihre Arbeit machen. Besonders Sie, Monsieur Chevrier, so weit kenne ich Sie.« Konnte Frédéric Dubprée lächeln? Jetzt würde er es als Aufmunterung tun. »Und Sie, Audrey, sollten sich der Frage der Agenturen und der Konkurrenz annehmen. Vielleicht gibt es da etwas. Machen wir uns nichts vor, wir stehen am Anfang. Wir haben nichts.«

Audrey nickte. »Das wissen wir, Monsieur.«

»Wir müssen vor allem begreifen, wer sie ist, dieses Supermodel. Warum hatte jemand Interesse daran, sie verschwinden zu lassen, oder, und das dürfen wir auch nicht außer Acht lassen, ist sie selbst untergetaucht und will gar nicht gefunden werden? Und was könnte das mit den Protesten im Ort zu tun haben? Es ist doch klar: Gäbe es das Festival nicht mehr, hätten die Dorfbewohner ihre Ruhe, die über elf Monate leer stehenden Gebäude verlören an Wert. In wessen Interesse könnte das sein? Wirtschaftlich ist das uninteressant.«

Plötzlich öffnete sich die Tür des Büros. »Monsieur Dubprée, da ist eine Frau am Telefon, die Sie sprechen möchte. Es geht um Jezebel, sagte sie.«

»Danke, Melanie, stellen Sie sie mir bitte durch.«

Audrey und Pascal waren auf der Sitzfläche ihrer Stühle nach vorne gerückt, das Kreuz durchgedrückt.

Die meiste Zeit hörte Frédéric Dubprée nur zu. Nickte manchmal. »Wo sind Sie genau?«, fragte er schließlich. »Das macht nichts. Monsieur Chevrier wird dort sein.« Dann wieder eine Pause. »Ich habe richtig verstanden. UNICEF?« Pause, er nickte, schaute Audrey und Pascal an, das Gesicht ernst. »Das

ist kein Problem, Madame, wir gehen allem nach. Merci bien.«
Dann legte er auf, lehnte sich zurück und schaute abwartend.
»Es war eine gewisse Diana Petruis, sie arbeitet für UNICEF
und kennt Jezebel.«

»UNICEF?«, versicherte sich Audrey.

»Ja, sie leitet hier eine Veranstaltung, in der es um Trink-
wasser geht. Sie hat von Jezebels Verschwinden in der Zeitung
gelesen und möchte helfen. Vielleicht ist es nichts, vielleicht
aber doch. Wir müssen sie anhören. Pascal, Sie müssen sich
mit ihr treffen. Heute Abend, achtzehn Uhr in der Brasserie
du Château, gegenüber dem Schloss in La Tour-d'Aigues. Sie
scheint viel beschäftigt zu sein. Wenn Sie genug Zeit haben,
fahren Sie früher hin. Sie organisiert im Salle Polyvalente de La
Tour-d'Aigues für UNICEF eine Veranstaltung und Vorträge
zum Thema Frischwasser. Vielleicht ist da was. Vielleicht auch
nicht. Stand jetzt ist das ziemlich weit weg von allen Spuren,
die wir verfolgen, das muss ich zugeben. Die Seriosität des
Anrufs kann ich am Telefon nicht überprüfen, es werden sich
jetzt viele melden, immerhin ist sie eine Prominente, die Frau
aber sagte nur, sie kenne Jezebel, und sie würde gern helfen,
und vor allem glaube sie, sie könne es.«

»Ich denke«, sagte Audrey, »in diesen Tagen sollte uns das
reichen. Viel Glück, Pascal. Ich kümmere mich um die Agenturen.«

»Bien«, sagte Frédéric Dubprée, »los geht's.«

Bereits am frühen Nachmittag war Pascal in La Tour-d'Aigues
angekommen. Er war knapp eine Stunde gefahren, über die
Berge, vorbei an Dörfern und Weinbergen, die Böden rissig,
die Blätter der Bäume schlaff. Traurig. Veranstaltungen über
den Umgang mit Wasser waren bitter nötig. Seit Wochen war
das Waschen von Autos untersagt, Pools durften nicht mehr
befüllt werden, Rasenflächen waren ausgetrocknet, die Landschaft erinnerte an eine Steppe. Wer die Gesetze zum spar-
samen Umgang mit Wasser ignorierte, musste empfindliche
Strafen zahlen. Drohnen wurden eingesetzt, um die Übeltäter

zu finden. Der Klimawandel nahm an Tempo zu, und die Winzer und Bauern spürten es zuerst. Am Rande eines Feldes zu stehen und dabei zuzusehen, wie die Reben vertrockneten, die Trauben die Form von Rosinen annahmen, die Arbeit von Jahren von der Sonne versengt wurde und die Regierung die lebensnotwendige Hilfe für die Pflanzen versagte, versagen musste, denn in der Nahrungskette waren als Nächstes die Tiere und Menschen dran, und diese stehen über den Pflanzen, musste dramatisch sein.

»3 Jours Pour L'eau« hieß die Veranstaltung in der Stadthalle. Der Parkplatz davor mäßig gefüllt. Eine Schulklasse betrat das Gebäude, Pascal folgte ihr. Verteilt auf die Größe einer Aula, standen mehrere Tische und Schautafeln da. UNICEF setzte auf Fotografien aus Afrika, wie Menschen Frischwasser aus Brunnen bekamen, wie sie vor großen leeren Wasserkanistern standen. Auf Bildern an den Wänden wurden Landschaften präsentiert, heute und gestern. Schockierende Bilder, die zeigten, wie der Klimawandel sich bereits auswirkte. In ihrer Einfachheit waren sie beeindruckend, in ihrer Aussage erschütternd. Das Meer, Seen, Flüsse, Anlagen, die Wasser beförderten. Orte aus dem Luberon wurden erwähnt, die versuchten, ihre Wasserprobleme zu lösen. Auch Lacoste war als Beispiel genannt, immer wieder Lacoste, dachte Pascal. Wie viele Orte hatten sie Wasserleitungen aus der Durance zu ihnen legen lassen. Auf Schautafeln wurde der Weg des Wassers vom rettenden Fluss bis zum heimischen Wasserhahn gezeigt. Ein Musterbeispiel für eine Region, die immer stolz auf die dreihundert Sonnentage im Jahr gewesen war und jetzt zu den problemreichsten Europas gehörte.

Dreihundertfünfzig Euro im Jahr mussten die Menschen in den Dörfern pro Jahr für die Leitungen zahlen, das jedoch war nur die Grundgebühr, dazu kam der Wasserverbrauch. Wasser wurde wertvoll, aber noch gab es Lösungen, anders als auf anderen Kontinenten, in anderen Gegenden. In Teilen Afrikas gab es Flüsse wie die Durance nicht, wie Pascal in zahlreichen ausgestellten Artikeln und Texten sehen konnte.

Die Schulklasse, die mit einem ständigen »Pssst« ermahnt wurde, obwohl es dafür gar keinen Grund gab, weil auf der kleinen Bühne im Saal zunächst nichts passierte, setzte sich so ruhig, wie es Kinder im Alter von zehn Jahren konnten, im Schneidersitz vor der Bühne auf den Boden.

Pascal schaute sich weiter um. UNICEF hatte als Initiator den größten Teil der Veranstaltungsfläche eingenommen. Mitarbeiter mit Plakaten und Broschüren und Plaketten an ihren T-Shirts und Hemden waren dankbar für jeden Besucher. Sie gaben Auskunft, waren engagiert in ihrer Aufklärung und zeigten immer wieder Filme und Grafiken, um zu verdeutlichen, wie schnell es in den nächsten Jahren viel weniger Wasser geben würde. Ein Zurück gab es nicht mehr, nur noch eine Suche nach dem Überleben. Einfach, verständlich, plakativ. »Wir werden damit leben müssen«, sagten sie.

Es wurde still, als eine blonde Frau in einem schlichten schwarzen Hemd und mit einem UNICEF-Pass um den Hals auf die kleine Bühne ging und die Kinder begrüßte. Demonstrativ hielt sie ein Glas Wasser in der Hand und trank es genüsslich. Dann schaute sie auf das Glas, das jetzt zu zwei Dritteln geleert war.

»Mehr Wasser habe ich für die nächste halbe Stunde nicht«, bemerkte sie und stellte es auf ihr Rednerpult.

In den folgenden dreißig Minuten reiste sie zusammen mit den Kindern in die Geschichte des Wassers. Sie nannte sich und die Kinder glücklich, weil sie immer Frischwasser hatten, versuchte Selbstverständlichkeiten zu Nicht-Selbstverständlichkeiten zu machen, der Weg dahin war nicht weit, die Hitze draußen unerträglich, das verstanden die Kinder, das fanden sie auch, und so bot Diana Petruis auf der Bühne den Kindern ebenfalls ein Glas Wasser an. Eine Kollegin ging mit einem Tablett durch die Reihen.

»Teilt es euch ein, mehr gibt es heute auch für euch nicht«, sagte Diana, »und das in eurem Glas ist das Vierfache von dem, was Kinder in Afrika über den ganzen Tag bekommen. Für euch ist es nur ein Getränk zwischendurch. Sicher hattet ihr heute schon Kakao und heute Mittag zum Essen eine Orangina, für die neben Zucker auch Wasser gebraucht wird. Das hier ist also Luxus.«

Ein Raunen ging durch die Kehlen der Kinder, Diana hatte sie erreicht. Sie war verdammt gut, dachte Pascal. Die ersten Kinder tranken, nein sie nippten und sahen zu, nichts zu verschütten. Dann präsentierte Diana einen kurzen Film von Kindern, die an Flüssen saßen, um Wasser zu schöpfen. Die Schulklasse war still, als sie die Kinder vor vertrockneten Wasserstellen sitzen sahen, die Augen groß, Fliegen auf dem Gesicht, die Lippen trocken und rissig. Die Bilder berührten alle im Saal, aber sie schienen weit weg zu sein.

Dann zeigte Diana Aufnahmen von aufgerissenen Böden und vertrocknetem Getreide und fragte: »Was glaubt ihr, wo das ist?«

Kinder meldeten sich, nannten Orte, deren Namen sie gerade aufgeschnappt hatten, doch in der letzten Reihe sagte ein Mädchen: »Das ist doch hier im Luberon, das ist das Feld meines Vaters.« Sie sprach leise, auch Pascal konnte sie kaum hören.

Diana nickte nach einer kurzen Pause. Sie schaute schweigend in die Menge, bevor sie sagte: »Das stimmt.«

Dann schwiegen auch die Kinder für einen Moment, und sie verstanden.

»Très bien«, sagte Diana. »Ich glaube, ihr wisst, was ich euch sagen möchte. Ihr werdet das Wasser während des Zähneputzens nicht mehr laufen lassen, ihr werdet beim Duschen daran denken, dass der Papa eurer Schulkameradin sein Feld nicht mehr bewässern darf, ihr werdet fortan helfen. Euch selbst helfen.« Sie bekam von den Kindern Applaus, mehr wollte sie nicht.

Nachdem die Kinder gegangen waren, wollte Pascal sich ihr vorstellen, doch sie hielt ihr Handy in der Hand. Pascal nickte ihr zu, zeigte seinen Ausweis, auch sie nickte und raunte: »Bis später«, und dann setzte sie ihr Telefonat fort.

Die Brasserie du Château war groß, sehr groß sogar. Einfach eingerichtet, eine Menge Tische draußen unter einer großen Markise, auf der »Bar à Vin« stand. Gegenüber das Schloss La Tour-d'Aigues aus dem 16. Jahrhundert, das 1780 durch einen Brand zu einer Ruine geworden war. Seit den 1980er Jahren wurde es wiederaufgebaut. Wenn es fertig sein würde, könnte es zu einem Touristenmagneten werden. Es hatte gigantische Ausmaße.

Nur ein einziger Tisch in dem Bistro war besetzt. Diana saß seitlich auf einer Bank. Vor ihr ein Computer, Kopfhörer im Ohr, offensichtlich in eine Videokonferenz vertieft. Sie winkte freundlich, blieb aber konzentriert auf das, was vor ihr auf dem Bildschirm passierte, und forderte ihn auf, sich hinzusetzen.

»Wann wird die Präsentation fertig sein?«, sagte sie zu einem der Gesichter auf dem Bildschirm. »Hast du die Flüge nach Dallas schon gebucht?«

Pascal hatte keine vorgefertigte Meinung dazu, wie eine Aktivistin, die einer der wichtigsten Hilfsorganisationen angehörte, aussehen würde, er hatte nie darüber nachgedacht, aber mit einer Erscheinung wie Diana hatte er nicht gerechnet. Sie hätte genauso gut in einer Werbeagentur arbeiten können. Sie war dezent geschminkt, ihr Haar kunstvoll zusammengesteckt, ein schlichtes schwarzes Oberteil, neben ihr ein Kaffee und ein Wasser.

»Danke, Suse, ich habe den nächsten Termin, melde mich danach.« Sie drückte auf eine Taste am Computer, nahm die Ohrstöpsel raus, klappte den Laptop zu und reichte Pascal ihre Hand. »Diana Petruis.« Sie hatte einen starken Akzent, sie war offenbar Amerikanerin, auch wenn der Nachname auf französische Wurzeln hindeutete.

»Pascal Chevrier, Police nationale département Vaucluse, danke, dass Sie sich Zeit nehmen.«

»Ja, es ist wichtig«, sagte sie. »Wollen Sie etwas trinken?«

»Ich habe mir schon ein Wasser bestellt, danke. Eigentlich würde ich Sie einladen.«

Sie lachte, und es war ein herzliches und offenes Lächeln.

»Warum haben Sie sich bei uns gemeldet?«, fragte Pascal, der spürte, dieses Gespräch würde nicht allzu lange dauern, ihr Telefon leuchtete im Sekundentakt auf. Er würde wahnsinnig werden von einer derartigen Dauerbefeuerung.

»Ich habe zufällig die Zeitung gelesen, ich glaube, es war die ›La Provence‹. Ich habe Jezebel erkannt, ihr Bild, und dann der Artikel, und dachte, das kann doch nicht sein. Nicht jetzt.« Eine Kellnerin kam und brachte Pascal eine Flasche Wasser und ebenfalls einen Kaffee.

»Wie meinen Sie das, Madame Petruis? Nicht jetzt?«

»Was wissen Sie über Jezebel?«

»Das ist das Problem«, gab Pascal zu, »um ehrlich zu sein, eigentlich nichts. Nur das, was wir in den Zeitungen gefunden haben. Natürlich gibt es keine Akte über sie. Wir haben mit ein paar Designern gesprochen, und wir haben Mannequins getroffen, die mit ihr zusammengearbeitet haben.«

»Mannequins«, lachte Diana, »das habe ich lange nicht gehört.«

»Nun, so nannte man sie hier in Frankreich immer, und die ersten kamen ja auch von hier und nicht aus Amerika.«

Wieder das freundliche Lachen von Diana. »So habe ich das noch nie gesehen, aber kommen wir zurück zum Punkt. Sie wissen nichts über ihre Kindheit, über die Zeit vor ihrer Karriere?«

»Non«, musste Pascal zugeben.

»Sie wissen, wo sie herkommt?«

»Soweit wir wissen, aus Ghana.«

»Kennen Sie Colette Leroy?«

Pascal verneinte.

»Sie ist eine französische Aktivistin, eine Kämpferin. Sie müssen sie kennenlernen, sie ist beeindruckend.«

»Bitte langsam«, bat Pascal. »Von vorn. Worum geht es hier? Was haben Sie von UNICEF und eine Aktivistin mit dem Verschwinden eines Topmodels zu tun?«

»Jezebel ist nicht so, wie alle glauben, und schon gar nicht so, wie die Öffentlichkeit sie haben will. Natürlich ist sie Model, und damit ist sie auch reich geworden, aber sie hat in den letzten Jahren ihre Prioritäten verändert. Sie gehört UNICEF an.« Diana trank einen Schluck ihres Kaffees.

»Nun«, sagte Pascal, »bei Prominenten gehört ein soziales Engagement zum guten Ton, und UNICEF ist ein seriöser Name.«

Jetzt schüttelte Diana energisch den Kopf. »So ist es nicht. Jezebel meinte es ernst. Es war nur noch nicht offiziell, sie wollte sozusagen die Seiten wechseln. Sie hinterfragte mehr und mehr das Modegeschäft. Vor einem Jahr etwa hat sie um ein Treffen gebeten. Auch Colette war dabei, sie hatte es organisiert. Sie hatte bereits eine Menge Ahnung von der Herstellung von Mode, und sie stellte Fragen. Viele Fragen, die ich teilweise beantworten konnte. Es geht um Fast Fashion. Sie hat der Branche den Kampf angesagt. Ist Ihnen nicht aufgefallen, dass sie nur noch Haute Couture lief?«

»Das haben wir schon herausgefunden, aber wir dachten, dass sie nichts anderes mehr braucht.«

»Das kann ich nicht beurteilen, aber soweit ich weiß, hatte sie moralische Gründe. Sie ist eine junge Designerin, die früher Mode aus Abfall herstellte und jetzt Kleidung wiederverwertet, aus ausrangierten Vorhängen, Tischdecken oder Bettbezügen. Sie hat einen eigenen Laden in Aix. Ich weiß, dass Jezebel sie unterstützen wollte bei ihrer Mode, denn Nachhaltigkeit war zum Thema geworden. Die genauen Gründe kenne ich nicht, aber ich kann Ihnen ein paar Dinge über die Herstellung sagen, die Sie schockieren werden. Wie Sie vorher ja gesehen haben, bin ich auf der ganzen Welt für UNICEF unterwegs und kläre zum Thema Wasserknappheit und Klimawandel auf. Wir suchen nach Möglichkeiten, den Wasserverbrauch zu reduzieren, auch wenn es eigentlich zu spät ist. Wir haben nur noch in der Hand, wie dramatisch es werden wird, nicht mehr zu verhindern, dass die Knappheit in vielen Ländern eintreten wird, von denen wir immer dachten, da funktioniert alles. Tut es nicht.« Diana redete jetzt wie auf einem ihrer Vorträge, der Ton nüchtern, sachlich. »Ich kann Ihnen nicht viel über Jezebels persönliche Geschichte erzählen, da müssen Sie mit Colette sprechen, ich mache Ihnen einen Kontakt.«

Sie klappte den Computer auf. »Ich schicke Ihnen schnell die Adresse. Haben Sie eine E-Mail?«

Pascal suchte nach einer Visitenkarte, fand sie schließlich und übergab sie Diana.

»Ah, Gendarm in wo?«

»Lucasson.«

»Lucasson, nie gehört. Interessant, dass Sie da ermitteln, könnte aus meiner Sicht eine wirklich große Nummer sein. Ich habe nicht das beste Gefühl bei der Sache, daher habe ich auch angerufen.« Das sagte sie nebenbei, während sie tippte. Nach einem kurzen Zischen, das Geräusch einer gesendeten Mail, klappte sie den Computer wieder zu. »Die Karte behalte ich.«

»Gern«, sagte Pascal. »Warum also hat Jezebel sich mit Ihnen getroffen und wie oft?«

»Nur einmal, vor ein paar Monaten, da war ich in Paris und Colette auch. Sie hat mich ausgefragt, sie wollte Zahlen und Daten zu Fast Fashion, die in den großen Modeketten verkauft wird. Jede Woche eine neue Welt, Sie wissen schon.«

Wusste Pascal nicht.

»Wussten Sie, dass ein Viertel der weltweiten Wasserverschmutzung mit der Herstellung von Mode zu tun hat? Wussten Sie, dass ein europäischer Kunde aus einer Industrienation sich pro Jahr circa sechzig Kleidungsstücke kauft, von denen vierzig Prozent nie getragen werden? Ich schicke Ihnen dazu die Zahlen.« Wieder klappte sie den Laptop auf und tippte in atemberaubender Geschwindigkeit etwas in den Computer, dann schaute sie auf ihr Handy, wie es blinkte. »Entschuldigen Sie, da muss ich rangehen.« Sie steckte sich die Kopfhörer in die Ohren. »Hallo, Fabrice«, sagte sie, dabei tippte sie weiter.

Multitasking in Vollendung, dachte Pascal und beobachtete sie bewundernd.

»Yes«, sagte sie. »Yes, we have an appointment.« Sie holte ein kleines Notizbuch heraus. Pascal wunderte sich, dass sie überhaupt noch etwas schrieb, aber dann blätterte sie darin. »Wir treffen uns morgen am Flughafen von Marseille. Sechzehn Uhr, dann können wir zusammen einchecken«, wieder tippte sie etwas, es zischte, sie nickte Pascal zu, »ich habe Ihnen gerade die Zahlen geschickt, da steht alles drin. – Nein, nein, nicht du, Fabrice, bin hier gerade im Meeting. Halt, nicht auflegen, hast du noch die Zahl zur Fast Fashion, wie viel pro Jahr produziert wird, parat? Nein, nein, nur in etwa. Yes, thanks.« Sie tippte mit ihrem Finger aufs Handy. »Stellen Sie sich vor, Monsieur Chevrier. Für die Herstellung eines T-Shirts werden zweitausendsiebenhundert Liter Wasser verbraucht. Warten Sie, dazu habe ich auch noch eine Zahl aus meiner Präsentation.« Sie tippte wieder etwas.

Pascal wurde bei ihrer Geschwindigkeit schwindlig. »Sagen Sie, arbeiten Sie immer in diesem Tempo?«

Sie lachte. »Ich bin langsamer als der Klimawandel, das kann ich Ihnen sagen.« Ihr Lachen bekam einen bitteren Unterton. »Ich habe hier die Zahl. Ein einziger Mensch könnte mit der Wassermenge, die für die Produktion eines T-Shirts benötigt wird, neunhundert Tage leben. Das sind fast drei Jahre.« Sie schlug wieder die Klappe ihres Computers zu, jetzt wütend. »Da kann ich mich tausendmal mit einem Glas Wasser vor eine Schulklasse stellen und darum bitten, das Wasser beim Zähneputzen abzustellen. Die Modebranche ist unser Hauptproblem, das will nur niemand wahrhaben. Mit Leuten wie Jezebel auf unserer Seite könnte sich etwas ändern. Darauf bauen wir. Sie und Colette haben irgendeinen Plan, aber den kenne ich nicht.«

Wieder klingelte ihr Handy. »Sue, da bist du.« Sie wartete einen Moment. »Das schaffe ich nicht, sprich dich mit Kilian ab. Ich bin noch im Gespräch. Bis später.« Sie tippte wieder auf das Handy und redete weiter, als hätte sie nur kurz Luft geholt, und selbst dazu hatte sie keine Zeit.

»Jezebel ist Mitglied bei uns geworden. Sie hat eine Menge Geld gespendet. Vor allem für Afrika. Das wird an ihrer Vergangenheit liegen. Nach allem, was ich gehört habe, kommt sie aus sehr armen Verhältnissen. Aber dazu weiß ich nichts Genaues, Colette weiß das alles. Rufen Sie sie an.«

»Natürlich, das werde ich sofort tun«, sagte Pascal.

Dianas Handy leuchtete wieder auf, sie drehte es um. »Kann ich noch irgendetwas für Sie tun?« Während sie das sagte, schob sie ihm ihre Visitenkarte über den Tisch.

»Für den Moment nicht, ich muss das erst mal alles verarbeiten«, sagte Pascal, dem der Kopf schwirrte.

»Ich muss leider telefonieren, ich hoffe das ist okay.«

»Natürlich. Madame, danke für Ihre Zeit«, sagte Pascal und stand auf.

Er hörte noch: »Hallo, Sweetheart, sind die Kinder schon im Bett? Wie abgesprochen?«

16

»Und Sie haben diese Einladung wirklich von Hector bekommen?« Der Mann mit dem tief nach unten gezogenen
schwarzen Hut und der Fackel in der Hand schaute Pascal
skeptisch an.

Audrey stand hinter ihm.

»Wenn er es Ihnen doch sagt«, ermahnte sie ihn.

»Es ist nur so, Sie stehen nicht auf der Liste, und Monsieur
Richaud ist streng bei der Auswahl. Dies ist ein erlesener Kreis.
Ein erlauchter Kreis, für die, die verstehen.«

»Wir sind für Danielle Deontré hier, wir arbeiten mit ihm
zusammen, und er ist leider verhindert und bat uns, für ihn
zu gehen. Sehen Sie, hier ist die Einladung.« Audrey hielt sie
dem Mann unter die Nase. »Und außerdem hat Hector uns
persönlich aufgefordert zu kommen.«

Bei dem Namen Danielle Deontré wurde der Türwächter
hellhörig und freundlicher. »Verstehe, dann dürfen Sie natürlich herein. Machen Sie sich mit dem Laster vertraut, dann
erkennen Sie irgendwann die Tugend«, sagte er leise, und dann
trat er einen Schritt zur Seite, gab den Blick frei auf einen
Raum, der erstaunlich nüchtern war. Die Wände weiß, nur
durch Kerzen erhellt, die ihm etwas Würde verliehen.

»Dann wollen wir uns mal mit dem Laster vertraut machen«, sagte Audrey und stieß Pascal in die Seite.

Überall im Raum standen auf kleinen Podesten Kerzen,
daneben Kissen auf den Böden, am Ende des Raums ein kleines Podest, zwei besonders große Kerzen an einem Stehpult.
Es roch wieder nach Zedern, für einen Moment fühlte Pascal
sich an den Familienausflug erinnert, doch die Bilder passten
nicht zum Geruch. Ein Paar lag ineinander verschlungen auf
einem der Kissen, schon kurz hinter dem Eingangsbereich.

Es dauerte eine Weile, bis sich die Augen an die Dunkelheit
im Raum gewöhnt hatten.

»Da vorne ist der Federmann«, flüsterte Audrey. Keiner der beiden war überrascht, ihn hier zu sehen. Zum Ausgehen gab es nicht viele Möglichkeiten. Dicht neben ihm Hector, der Pascal offenbar schon gesehen hatte. Er kam direkt auf sie zu.

»Madame et Monsieur, bonsoir, schön, dass Sie meiner Einladung gefolgt sind.« Er gab zunächst Audrey die Hand, dann Pascal, seine dunklen Augen auf ihn geheftet. »Seien Sie gespannt auf diesen Abend. Toleranz ist die Tugend der schwachen Menschen, sagte einst der Marquis de Sade. Seien Sie schwach, geben Sie sich hin. Ihr Glück des Abends liegt in Ihrer Phantasie. Folgen Sie heute Ihren Träumen und Wünschen, und Sie erfahren Glückseligkeit.«

Dann verschwand er und machte sich auf den Weg zum Pult. Unterwegs blieb er stehen und strich einer Frau über die Schulter, drehte sie ein Stück zu sich, übte Druck aus und küsste sie. Mit der anderen Hand griff er in den Saum ihres Kleides, es war bis obenhin geschlitzt, sie trug einen roten Slip, der jetzt für die umstehenden Besucher sichtbar war.

Die anderen Gäste, etwa zwanzig Frauen und Männer, alle herausgeputzt, nur Hector im klassischen Anzug, setzten sich auf die Kissen, die an den Wänden überall im Raum ausgebreitet waren, einige blieben in der Mitte stehen, als Hector die Bühne betrat.

Er trat an das Pult, entrollte einen Zettel, den er aber nicht vors Gesicht hielt, sondern zunächst locker in den Händen hielt.

»Bienvenue«, begrüßte er die Gäste, »lassen wir unserer Phantasie heute freien Lauf. Der Marquis de Sade sagte einst …«, er entfaltete das Pergament, »»Es gibt keine Ideen ohne Sinn, so wie der Blinde keine Vorstellung von Farbe hat, und so liegt das tiefste menschliche Glück in unserer Einbildungskraft.‹«

Leiser Applaus, Zustimmung von den Sitzenden und Halbliegenden auf den Kissen.

»Werte Marquis-de-Sade-Gesellschaft, lassen Sie uns vergegenwärtigen, wo wir uns befinden. Von jeher war Lacoste ein geheimnisvoller Ort. Dort oben im Schloss frönte Donatien Alphonse François de Sade, kurz Marquis de Sade, seinen Vorlieben. Verschanzt und sicher vor der neugierigen Menge, die nicht bereit war zu verstehen.«

»Das kann interessant werden«, merkte Audrey an.

Pascal antwortete nicht, versuchte stattdessen diesen Ort zu verstehen.

»Bevor ich einen Text lese«, fuhr Hector fort, »einen Text, der hier oben«, er deutete nach hinten Richtung Schloss, »gerade mal zweihundert Meter von hier entfernt entstand, im Schloss des Marquis de Sade, des ehrlichsten, des aufrichtigsten aller Dichter, lassen Sie uns ein gemeinsames Ziel artikulieren. Das Schloss unseres Mäzens ist jetzt herrenlos. In diesem geschichtlichen Zwischenraum, dieser Blaupause in unserer Geschichte, machen wir uns daran, die Kultur, die Pierre Cardin sein Leben lang förderte, zu erhalten, zu reanimieren. Lassen Sie uns gemeinsam dafür kämpfen, dass das Schloss wieder das Marquis-de-Sade-Schloss wird.«

Leiser Applaus.

»Pierre Cardin war ein Freigeist, das verband ihn mit dem Philosophen, zu dessen Ehren wir diese Gesellschaft gegründet haben. Und sie soll fortwähren, dafür stehe ich.« Er breitete die Arme aus. »Ich musste in den letzten Wochen viel einstecken, Lügen wurden über mich verbreitet, und es war der Marquis de Sade mit seinen Weisheiten, der mich bestärkt hat und mein Zerbrechen verhinderte. ›Die wichtigsten Erfahrungen des Menschen sind die, die ihn an seine Grenzen bringen‹, sagte er, und wie recht er damit hatte, erfahren wir erst, wenn wir in dieser Situation sind.«

»Wovon spricht der Mann?«, fragte Audrey Pascal.

Pascal schüttelte nur den Kopf, scannte aber fortwährend den Raum und versuchte die Besucher zu verstehen, die teils ruhig dasaßen oder sich an den Händen hielten, als spräche ein Guru zu ihnen. Wieder andere fühlten sich berufen, eine Art Vorspiel zu beginnen, das in einer Orgie enden könnte, daran hatte Pascal inzwischen keinen Zweifel mehr.

»Es dürfte ein Swingerclub der Antike werden«, sagte er, ohne Audrey anzuschauen. Diese kicherte wie ein kleines Mädchen.

Hector fuhr fort. »Ich habe mich heute für einen Text aus dem Buch ›Die 120 Tage von Sodom‹ entschieden. Es ist hier oben entstanden. Lassen Sie uns das nie vergessen, verehrte Marquis-de-Sade-Gesellschaft, diese Texte gehören zu unserer Kultur. Also keine Schamhaftigkeit, lasst uns verschmelzen. Miteinander und mit unserer Kultur.«

Dann begann er zu lesen:

»Es war im Jahre 1789, am 4. August, als in einem prächtigen Schloss, das im Herzen des Schwarzwaldes stand, vier wohlhabende Männer, deren Namen hier unwichtig bleiben, die Absicht hegten, sich während eines Aufenthalts von einigen Monaten den Freuden der Hölle hinzugeben und sich in den Kategorien des Verbrechens zu ergehen, ohne eine einzige ihrer Launen unerfüllt zu lassen. Die Tatsache, dass das Jahr, in dem die Revolution in Frankreich ausbrach, auch das Jahr war, in dem diese abscheulichen Vorgänge stattfanden, ist nicht ohne Bedeutung. Sie boten den Augen der Welt einen Schauspielplatz, der das Bild des Leidens und der Tugendlosigkeit auf eine Weise zeigte, die bis dahin unvorstellbar war. In diesem düsteren Schloss, das von hohen Mauern umgeben war und von einem dichten Wald umgeben war, begannen die vier Männer, die sich als die Grausamsten und Schamlosesten erweisen sollten, ihre schreckliche Arbeit, die sich über vier Monate erstrecken sollte.«

Die Besucher hingen gebannt an seinen Lippen. Der Text steigerte sich, es fielen Zitate wie »Sex ohne Schmerz ist wie Essen ohne Gewürz«, dann ging er ins Detail und verlor sich in Aneinanderreihungen von Perversionen.

Die Eingangstür hatte sich geöffnet. Eine junge Frau betrat den Raum, die Pascal von der Party beim Federmann wiedererkannte, es war Jacqueline. Sie trug eine überdimensionierte Brille mit orangen Gläsern, der Rand aus Gold. Ebenso war ihre Jacke, die in ihrer Form an einen Pfau erinnerte, farbenfroh. Gerade steckte sie die Einladung in die Innentasche. Sie schaute sich im Raum um und erkannte Pascal wieder.

»Bei der Begegnung waren wir noch klar«, flüsterte Audrey.

»Ja«, sagte Pascal, »das war vor dem Glas Champagner mit Schuss ...«

»... der uns immerhin in Fahrt gebracht hat«, setzte Audrey hinzu.

Pascal konnte sich kaum zurückerinnern, den Kontrollverlust würde er niemals vergessen, wie Audrey dazu stand, mochte er sich nicht vorstellen.

»Immer da, wo was los ist?«, fragte Jacqueline, dann gab sie Pascal zwei Küsschen und streckte Audrey ihre Hand entgegen.

»Nur im Schmerz kann man zum Vergnügen kommen«, schallten Hectors Worte gerade durch die Lautsprecher.

»Ihr Freund?«, fragte Pascal. »Nach allem, was ich erfahren habe?«

Sie schaute ihn spöttisch an. »Sie haben Vorstellungen.«

»Was für eine ungewöhnliche Veranstaltung«, setzte Pascal hinzu.

Jacqueline nickte. »Die Marquis-de-Sade-Gesellschaft, das ganze Drumherum, die Geschichten, wie sie sich an Perversionen aufgeilen, das ist für mich schwer erträglich. Es ist eine Art Paralleluniversum. Ausgrenzung, Erniedrigung von Frauen und stolz darauf sein. Alles, wofür die LGBTQ-Gesellschaft kämpft, wird hier zunichtegemacht. Als ob Hector nicht wüsste, welche Rolle diese Dinge im Leben von uns Modeln spielen. Es ist die reine Provokation. Ich habe mehr homosexuelle Freunde als Heteros. Alle von uns haben das, und dann kommt Hector. Und doch komme ich immer wieder her, sonst gibt es kaum etwas.« Sie überlegte, schaute über den goldenen Rand ihrer orangen Brille, wandte sich dann an Audrey. »Vielleicht aber sind wir auch nicht so political correct, wie man es sich wünscht. Der Mensch ist dafür am Ende vielleicht nicht geschaffen, er ist ein Tier. Nur hinterhältiger und bei Weitem nicht so ehrlich. Solche Gedanken gehen mir hier oft durch den Kopf, und allein dafür ist es schon gut, sich diesen Texten zu widmen.«

Pascal musste Jacqueline zustimmen. Die gesellschaftliche Entwicklung zu mehr Toleranz und das Bemühen, soziale Ausgrenzung zu beenden, kamen ihm mit seinem Sinn für Gerechtigkeit entgegen. Er fand, es war längst Zeit, in einer über alle Grenzen weltoffenen Gesellschaft zu leben. Das war in Paris sicher einfacher als hier auf dem Land. Und das war weltweit das Problem. Pascal war überrascht, dass ausgerechnet dieser liberale Gedanke derart heftige Reaktionen hervorrief. Statt den Ideen einer neuen Gesellschaft im noch so jungen Jahrtausend zu folgen, besann man sich auf alte, längst vergangene konservative Werte. Mehr noch, Diktatoren erlebten ein Revival, und die Inszenierung hier würde nicht zu einer Verbesserung beitragen. Das hier war erschreckend rückwärtsgewandt.

Audrey, die ebenfalls in der LGBTQ-Community aktiv war, sich als bisexuelle Frau nicht ausgegrenzt fühlen wollte, nickte ihr zu.

»Non«, sagte sie, »nichts ist besser geworden. Vielleicht in den Metropolen, nicht aber auf dem Land, hier in unseren Dörfern. In einigen Orten haben die Rechtspopulisten über sechzig Prozent Wähleranteil. Mehr müssen wir nicht wissen.«

Das Model senkte den Blick, dann sprach sie sehr leise. Im Hintergrund noch immer die Texte, gelesen von Hector Richaud.

»Hector gehört zu dieser Bewegung, und er spricht sich gegen jegliche Toleranz aus, ständig zitiert er den Marquis de Sade. Das ist seine Legitimation.«

Sie beobachtete ihn eine Weile, hörte zu. »So jemand ist nicht mein Freund.«

»Und doch fühlst du dich angezogen?«, fragte Pascal.

Sie nickte, schamhaft, langsam, sah zu Boden.

Der Federmann hatte sich hinter Jacqueline, Audrey und Pascal gestellt, niemand hatte ihn bemerkt, niemand wusste, wie lange er schon dort stand, ob er das Gespräch verfolgt hatte. Der ausgeprägte Wunsch, das Thema zu wechseln, war ihm aber anzumerken.

»Kennen Sie diesen Raum hier?« Er schaute sich um, zu den weißen Wänden, wollte ihre Aufmerksamkeit. »Das ist der Veranstaltungssaal von Lacoste, auf den ersten Blick unspektakulär, doch es könnte der Ort sein, an dem 1663 der Tempel der Waldenser auf Befehl Ludwigs XIV. zerstört wurde.«

Der Federmann sprach leise, kaum verständlich.

Die Waldenser. Pascal hatte schon oft von ihnen gehört. Sie gehörten zur Geschichte des Luberon.

»Hier«, fuhr der Federmann flüsternd fort, »hat sich gegen Ende des 15. Jahrhunderts die christliche Religionsgemeinschaft der Waldenser vor den Katholiken verschanzt. Hier war alles, was sie brauchten. Nämlich nichts. Und so ist auch der neue Raum aufgebaut, einfach und schlicht. Die Waldenser lebten asketisch und haben hier das gesamte Land urbar gemacht. Sie waren extrem fleißige Menschen. Die Waldenser kritisierten offen den Klerus, die Kirche erklärte ihnen den Krieg und rottete die Waldenser im gesamten Luberon aus. Besonders hart betroffen waren Lourmarin und Lacoste, die ihnen Unterschlupf gewährt hatten. In Lacoste gab es ein brutales Massaker an jungen Menschen, Frauen, Männern, Kindern, sie alle wurden getötet. Ein paar von ihnen haben sich hier versteckt und dadurch überlebt. So was mag Hector. Menschen, die zur Not im Verborgenen ihren Gedanken freien Lauf lassen. Nur ist der Marquis de Sade als bekennender Atheist das Gegenteil der Waldenser. Aber beide lebten im Verborgenen ihre Leidenschaften aus.«

Jacqueline unterbrach ihn, sprach deutlich lauter.

»Auf so was steht der Perverse, das sind die Rosinen, die er sich herauspickt. Stundenlang musste ich mir diese Geschichten schon anhören. Und ich habe nie danach gefragt.«

Sie stoppte und sah über den Rand ihrer großen Brille zum

Federmann hinüber, der gerade mit seiner Hand unter der Nase entlangwischte und schaute, ob er blutete, ob die Spuren seines hemmungslosen Koks-Konsums sichtbar waren. Waren sie nicht, und so nickte er zufrieden.

Schließlich schloss Hector mit seiner ganz eigenen Einschätzung der Geschichte und wies freimütig darauf hin, dass der Sadismus viel strengeren Regeln unterlag als der Sex, wie ihn alle kannten.

»Wenn es das schmutzige Element ist, das dem Akt der Lust Freude bereitet, dann ist es umso angenehmer, je schmutziger es ist.«

Pascal konzentrierte sich wieder auf die Menschen im Raum, die teilweise zuhörten, sich aber vor allem um sich und ihre Begleitungen kümmerten.

Auch Audrey schaute sich im Raum um, vermied es aber, auf die Bühne zu blicken. Während die anderen Gäste genau das taten.

Jacqueline beobachtete andere Besucher im Raum. Schließlich erblickte sie ein eng umschlungenes Paar, die schwarze Frau mit einem silbernen Metallgegenstand den Rücken des Mannes malträtierend.

»Immer das Gleiche«, sagte sie zu Pascal, »zu viel Champagner im Foyer.« Sie stupste ihn in die Seite. »Du hattest ja auch einen schönen Abend beim Federmann«, setzte sie hinzu.

Pascal schwieg. Jacqueline senkte den Kopf. »Nur die Puppen waren Zeugen.« Jetzt lachte sie und warf ihren Kopf in den Nacken, wie es in der Szene üblich war.

»Sei verbrecherisch in der Tugend und tugendhaft im Verbrechen.« Mit diesen Worten endete Hectors Vortrag. Er kam von der Bühne, die Zettel in der Hand, und begrüßte zunächst Jacqueline.

»Schön, schön«, sagte er, »das Interesse an unserer Gesellschaft steigt, kommen Sie doch auch öfter zu uns«, wandte er sich an Audrey und Pascal. »Der Charme verfliegt«, setzte er hinzu und zwinkerte Audrey auf eine Weise zu, die Pascal zutiefst missfiel. Audrey ging einen Schritt zurück.

»Ihre Freundin scheint immerhin eine treue Begleiterin zu sein«, stellte Pascal fest und beobachtete sein Gegenüber, als dieser erneut ansetzte.

»Freunde sind wir mit Frauen: Wenn man sie testet, stellt sich oft heraus, dass die Guten fehlerhaft sind.«

Für einen Moment schaute er Jacqueline noch an, dann drehte er sich um und ging zu dem Federmann, dieser stand jetzt abseits, ein wenig zusammengesackt, mit einer Hand sich am Pult am Bühnenrand abstützend. Das Gesicht aschfahl. Hector nahm ihn in den Arm.

»Komm, mein Federmann«, sagte er, »es wird Zeit für uns.« Und so führte er ihn wie einen Patienten vorbei an der Bühne, zog einen Vorhang auf und schob ihn hindurch. Die Szene war gespenstisch, für eine Weile sagte niemand etwas.

17

In den Sommermonaten empfand Pascal die frühen Morgenstunden als Wohltat. Wenn noch eine leichte Kühle über Lucasson hing, wenn sogar ein bisschen Feuchtigkeit in der Luft war wie an diesem Morgen, dann führte Pascals erster Weg nach dem Spaziergang mit Bordeaux durch den kleinen Wald an seinem Haus und das Dorf in seinen Gemüsegarten. Die Erntezeit begann, und heute nahm er sich die Artischocken vor. Im zweiten Jahr waren die ersten bereits Mitte Juli erntereif. Für seine Artichauts à la Barigoule brauchte er junge und kleine Artischocken ohne Heu.

Gestern nach der erneuten Begegnung mit Hector und Jacqueline hatte Pascal die Veranstaltung rund um den Marquis de Sade früh verlassen. Audrey war noch geblieben, wollte sich noch weiter umhören. Die Auseinandersetzung mit Themen wie dem Sadismus, dem Abwegigen, dem Verruchten interessierte sie weit über die polizeiliche Neugier hinaus. Es war in ihr verwurzelt. So weit kannte er sie. Erst am späten Nachmittag, nach Feierabend, war Pascal mit Colette in Aix-en-Provence verabredet, sie war am Telefon freundlich, aber kurz angebunden gewesen. Sie hatten die Mode- und Designschule École de Design Lumière in Zentrumsnähe als Treffpunkt vereinbart, sie wollte ihm etwas zeigen.

So war noch genug Zeit für ein Mittagessen mit Audrey. Pascal hatte sie für dieses besondere Essen zu sich eingeladen. Seine Artischockenernte gab nur eine Mahlzeit her. Artichauts à la Barigoule waren in Wahrheit eine Mogelpackung. Es gab nur noch Rezepte in uralten Kochbüchern, die Pascal einst gesammelt hatte und an die er sich jetzt erinnerte. Der Pilz Barigoule aus der Morchelfamilie war längst ausgestorben, genau genommen seit Jahrhunderten, doch aus einem vollkommen absurden Grund wurde dieses Gericht immer beliebter, und das auf der ganzen Welt. Doch statt der Pilze benutzten die Köche, verzweifelt sich der Nachfrage ergebend, Artischocken. Und da begann der Trick. Die üblichen Artischocken vom Markt, die schönen großen, die sich auf Gemüsetischen der Wochenmärkte ansehnlich drapiert stapelten, waren für das Gericht ungeeignet. Pascal brauchte kleine Artischocken, ohne Heu in der Mitte. Er liebte Artischocken und hatte auch nichts dagegen, die Blätter nach dem Garen in Zitronenwasser in selbst gemachte Dips zu tunken, doch Artichauts à la Barigoule verlangten ihm mehr ab.

Aus seinem Garten, unter dem interessierten Blick seines Hundes Bordeaux, hatte er sechs kleine Artischocken geerntet und auf die Küchenanrichte gelegt, bevor er das frische Baguette von der Boulangerie aus dem Dorf aufschnitt und sich ein Frühstück bereitete. Er nahm es an dem kleinen Bistrotisch vor seinem Haus ein, dort, wo die Sonne um diese Uhrzeit noch keine Rolle spielte. Die Morgenkühle weckte seine Lebensgeister, und so ließ er sich Zeit und genoss die Muße. Seit dem Fall um die verschwundene Jezebel hatte er nicht mehr allzu viel davon, und so fehlten ihm die Stunden der Ruhe, um sich die nötigen Gedanken zu machen, Möglichkeiten durchzuspielen, das Offensichtliche beiseitezuschieben, um die Nebenwege zu beschreiten, das Unverwertbare zu verwerfen.

Es gab eigentlich keine zwingend Verdächtigen, nur ein paar vage Spuren, und so bestand noch immer die Möglichkeit, dass Jezebel von sich aus untergetaucht war, was man nicht vollkommen außer Acht lassen durfte.

Im Geiste, bei einem Kaffee, ging Pascal noch einmal alles durch. Da war Florence, die Malerin, die Purpur-Künstlerin. Am Tag von Jezebels Verschwinden war sie nicht im Ort, das war inzwischen bewiesen, aber sie hätte Gründe gehabt, eine mögliche Entführung zu unterstützen oder sie gar einzuleiten, ihre Macht im Ort war für Pascal schwer einschätzbar. Immerhin hatte ihr Verein zur Harmonie in Lacoste ein großes Interesse daran, Pierre Cardin und seinen Erben zu schaden und alle Veranstaltungen, die er einst ins Leben gerufen hatte, einzustellen. In den Fokus sollte die eigene Kunst rücken. Sowohl Pierre Cardin als auch die amerikanische Kunsthochschule SCAD verhinderten das.

Pascal hatte herausgefunden, dass die Gebäude, die nicht zu Pierre Cardins Besitz zählten, der SCAD gehörten. Sie hatten sich inzwischen weitere Immobilien verschafft. Die ehemaligen Dorfbewohner hatten sich für den Gewinn aus dem Verkauf ihrer antiken Häuser riesige Neubauwohnungen in anderen Dörfern oder am Stadtrand errichtet. Ihnen ging es gut, dem Dorf nicht. Die SCAD verfolgte ihre eigenen Ziele. Sie wollte ihren Studenten so viel wie möglich bieten und Ausstellungsflächen erschaffen, auch im öffentlichen Raum, zum Ärger der Alteingesessenen.

Die amerikanische Kultur, die in den Augen der intellektuellen Franzosen nicht einmal so genannt werden durfte, war weit unter ihrem Niveau, weit unter dem Kulturanspruch der Franzosen.

Pascal verstand die Einwohner. Die Plastikstatuen, die Bilder im Stile von Andy Warhol, waren eben keine Andy Warhols. Die eigene Identität der Werke war auch aus seiner Sicht nicht zu erkennen, und so sah ein mittelalterliches Dorf inzwischen nur noch aus wie eine Kulisse moderner Designer, Modeschöpfer, Bildhauer und Maler, zumindest in der Betrachtung einiger Einwohner. Wenn Pascal sich den Gedanken an den möglichen Tod Jezebels gestattete, konnte er sich beim besten Willen nicht vorstellen, dass die Organisation zur Harmonisierung des Ortes so weit ging, sie zu ermorden. Aber, und das war nicht von der Hand zu weisen, Florence' Idee, den Ort zurückzugewinnen, würde ein Skandal in diesem Ausmaß entgegenkommen.

Pascal streckte seine Füße an dem Bistrotisch aus, was Bordeaux missverstand, er schüttelte sich, um zu signalisieren, er wäre bereit für die nächste Runde, doch Pascal dachte weiter nach, über den Federmann, diese skurrile Person, die ihre Kunst in den Dienst der Haute Couture stellte. War Jezebel eigentlich schon einmal mit seinem Schmuck, mit einem Federkleid oder einem Accessoire aufgetreten? Das musste er herausfinden, er schrieb es sich in sein kleines Buch. Sonst wirkte der Federmann nicht wie jemand, der bereit war, ein Model verschwinden zu lassen oder gar zu ermorden. Er war eine tragische Figur. Er hatte ein offensichtliches Drogenproblem und war von einem selbst ernannten Nachfahren aus dem Verkehr gezogen und damit seiner Identität beraubt worden. Eine schillernde Figur wie er, ohne Gesellschaft, ohne Party, ohne Glamour, ohne Zustimmung, er ging ein, und man konnte dabei zusehen. Das Verschwinden eines Supermodels würde ihm im ersten Moment nicht helfen, ein Abbrechen der Zelte der Erbengemeinschaft von Pierre Cardin schon, er wäre wieder frei. Aus dem Rennen der Verdächtigen war er nicht.

Doch jetzt wurde es skurril. Warum meldete sich jemand von UNICEF bei ihm? Plötzlich wurde die Modebranche ausgerechnet von einer Frau wie Jezebel hinterfragt, die ihr gesamtes Vermögen, ihren gesamten Ruhm diesem Geschäft zu verdanken hatte. War das vielleicht eine Falle? Oder steckte hinter Jezebel eine ganz andere Person als gedacht?

Es blieben noch die Leute von SCAD. Nur wer von ihnen? Würde das Schloss wieder zum Verkauf angeboten, stünde die SCAD ganz oben auf der Liste der Interessenten. Das ruinöse Schloss böte eine perfekte Kulisse für amerikanische Kunstinszenierungen, zumal es Gebäude wie diese in Amerika gar nicht gab. Das musste auch der Grund dafür gewesen sein, dass eine Kunsthochschule sich überhaupt für ein kleines Dorf wie Lacoste interessierte. Hinzu käme bei einem Abzug aller Beteiligten aus dem Schloss auch ein ganzer Haufen leerer Häuser, die sie erwerben könnten. Dann käme der Makler Hector Richaud wieder ins Geschäft. Bei einer Neuorganisation des Ortes könnte er wieder Immobilien an den Mann und die Frau bringen, sicherlich eine gute Aussicht, auch er engagierte sich in dem Verein zur Harmonisierung des Ortes. Aber eher mit rückwärtsgewandten Werten, die Pascal noch immer einen Schauer über den Rücken trieben. Aber ein Mord an einem Supermodel?

Pascal sah jetzt der Begegnung mit Colette gespannt entgegen.

Inzwischen hatte die Sonne den Schatten des Dachs überschritten, in kürzester Zeit wurde es heiß am Bistrotisch. Pascal nahm seine Tasse und seinen Teller und ging in die Küche. In zwei Stunden würde Audrey kommen. Pascal begann das Bett für die Artischocken zu bereiten. Er wusste, hier gingen die Meinungen auseinander, was gehört auf den Teller und was nicht. Pascal entschied sich für Zwiebeln, Möhren, Olivenöl und Weißwein, das war das Grundrezept, wie er es aus seinem alten Kochbuch kannte, das er aus Paris mitgebracht hatte. Dann begann er Pilze zu würfeln, hinzu kamen Speck, Knoblauch, Schinken, Semmelbrösel, die er sich von der Boulangerie mitgebracht hatte, Zitronen, Limonen, Petersilie und Schnittlauch. In alten Kochbüchern gab es unterschiedliche Meinungen. Pascal aber entschied sich für das Bett. Er legte alles parat, ging duschen, zog sich ein frisches Hemd an und begann mit der Zubereitung, als das Telefon klingelte.

Frédéric Dubprée war dran. »Pascal, ich habe schlechte Nachrichten. Wir haben heute Morgen einen anonymen Hinweis bekommen. Wir haben die Leiche von Jezebel gefunden.« Er ließ einen Moment verstreichen, ein Profi, der wusste, dass diese Information sich erst einmal setzen musste.

»Wo?«, fragte Pascal.

»Im alten Steinbruch. Es gibt ein verlassenes Haus, teilweise renoviert, teilweise verfallen. Unzugänglich für die Öffentlichkeit.«

»Dort, wo das Kulturfestival stattfindet?«, fragte Pascal.

»Zumindest auf dem Gelände.«

»Wie lange liegt sie schon in dem verlassenen Haus?«

Pascal hörte, wie Frédéric Dubprée einatmete, eine Pause entstand.

»Monsieur Chevrier, es gibt noch etwas, das Sie wissen müssen.«

Pascal kannte Frédéric Dubprée inzwischen gut, die Information, die er gleich bekommen würde, würde es in sich haben.

»Audrey ist auf dem Weg nach Lacoste«, sagte er, »sie muss etwas überprüfen.«

»Was?«, fragte Pascal und rückte nervös auf seinem Stuhl hin und her.

»Es ist das Aussehen von Jezebel, das uns Rätsel aufgibt und uns sicher noch lange beschäftigen wird.«

Pascal, der schon eine Menge Leichen in seinem Leben sehen musste, versuchte sich hineinzudenken. »Was ist mit dem Aussehen?«

»Sagen wir es so«, Frédéric Dubprée suchte nach Worten, »sie ist nicht gestern dort ermordet worden und auch nicht vor neun Tagen, als sie verschwunden ist, sondern schon vor vielen Wochen.«

»Man hat sie also dorthin gebracht?«, fragte Pascal. »Irgendwann zwischen der möglichen Todesnacht von Mittwoch auf Donnerstag und heute?«

Frédéric Dubprée atmete schwer ein. »Nein, Monsieur, sie muss schon viel länger tot sein, wirklich viel länger.« Auch diesmal schenkte er Pascal einige Sekunden, um zu begreifen.

»Aber das ist nicht möglich, sie war bei der Probe, man hat sie gesehen, man hat mit ihr gesprochen, es gibt Zeugen, das war vor neun Tagen.«

»Das wissen wir, Monsieur, aber der Zustand ihrer Leiche sagt etwas ganz anderes aus. Sie ist schon vor längerer Zeit gestorben. Gewaltsam, da gibt es keinen Zweifel.«

»Ich bin mit Colette verabredet, der Frau, die Jezebel offensichtlich sehr gut kannte«, sagte Pascal, hin- und hergerissen, an welchem Ort seine Anwesenheit nötig war.

»Ich bin informiert«, sagte der Chef der Police nationale nur.

»Ich werde sie treffen, ich muss sie treffen. Ich werde ihr auch die Nachricht überbringen.«

»Ganz wie Sie meinen, Monsieur Chevrier, auch Leblanc

ist bereits unterwegs, von ihm erhoffen wir uns Aufschluss. Rufen Sie jederzeit an, wenn Sie Unterstützung brauchen.«

»Merci, Monsieur.« Dann legten sie auf, und Pascal schaltete den Herd ab.

18

Pascal parkte sein Auto in einer der Tiefgaragen an der Fontaine de la Rotonde, direkt am Brunnen mit seinen gigantischen Ausmaßen. Immer wenn Pascal nach Aix kam, blieb er einen Moment an dem Brunnen stehen und betrachtete ihn, die drei Statuen, die die Justiz, der Stadt zugewandt, die Landwirtschaft, Marseille zugewandt, und die schönen Künste, Avignon zugewandt, darstellten.

Der Brunnen bildete so etwas wie das Eingangsportal zu einer der berühmtesten Prachtstraßen Frankreichs. Hatte er Zeit, schlenderte er den Cours Mirabeau entlang. Er hatte mal gelesen, dass sich in allem die Zahl Vier wiederfand. Vier Brunnen in der Mitte des Prachtboulevards, vierundvierzig Platanen auf der Gesamtstrecke auf einer genauen Länge von vierhundertvierzig Metern. Pascal war kein Mathematiker, schon in der Schule nicht, obwohl er das logische Denken den Freigeistern vorzog. Meist blieb er einen Moment vor der Hausnummer 55 stehen, dort lebte einst Cézanne, dessen Erbe bis heute ein Touristenmagnet war.

Heute aber ließ er den Cours Mirabeau hinter sich. Die Designschule École de Design Lumière lag auf der anderen Seite in einer unscheinbaren Nebenstraße in einem noch unscheinbareren Gebäude. Für eine Stadt, deren Bevölkerung zu einem Viertel aus Studenten bestand, nicht ungewöhnlich. Nicht einmal Aix hatte genug historische Uni-Gebäude, um all die Studierenden aus aller Welt in einer prunkvollen Umgebung lernen zu lassen.

Das Gelände war sowohl auf der Vorder- als auch auf der Rückseite mit einer Eisentür gesichert, die nur mit einem Code geöffnet werden konnte. Pascal entschied, sich einer Gruppe von Studentinnen anzuschließen, die offenbar gerade aus einer Kaffeepause aus einem der zahlreichen Cafés der Stadt zurückkam. Im Innenhof gab es eine zweite Schule, von der

Pascal gehört hatte, hier wurden unter den strengen Augen des Bildungsministeriums Fachkräfte von morgen in Zukunftsberufen im Entwicklungssektor ausgebildet. Nachhaltig, und man experimentierte mit künstlicher Intelligenz. Vor Pascal lag die Zukunft der Welt, kein Zweifel.

Die Gruppe Studentinnen bog links in einen Innenhof ab, an dessen Ende eine Art Café mit kleinen Tischen und jeder Menge Stühle aufgebaut war. In der Mitte ein Kicker.

Pascals Erscheinung passte nicht besonders gut zu dem Ambiente, er fiel auf, auch der Frau mit dem hochgesteckten Haar, den Kreolen und dem ziemlich bunten Pullover mit Blumenmuster. Es war Colette, sie winkte ihm zu, gab ihm ein Zeichen.

Sie saß mit mehreren jungen Frauen über einem iPad und unterbrach ihre Arbeit, um Pascal zu begrüßen.

»Bonjour, Monsieur Chevrier, setzen Sie sich. Wir müssen nur noch das Layout für unsere Kampagne abstimmen«, sagte sie, und Pascal nahm sich einen der freien Stühle und setzte sich dazu.

»Wir sind gleich fertig«, sagte eine junge Frau zu ihm, gekleidet in einem für diese Jahreszeit viel zu warmen Kleid aus einer Art Wolle, komplett in Weiß.

»Ich habe euch vorhin noch die Zahlen für die Social-Media-Kampagne geschickt«, sagte sie und lehnte sich zurück. »Da steht alles drin.« Sie senkte die Stimme. »Auch die Insta-Bilder von Jezebel.«

»Schon gut«, sagte Colette, »sie wird schon wiederauftauchen, und dann können wir damit rausgehen.«

»Vielleicht haben Sie ja Neuigkeiten für uns«, wandte die junge Frau sich an Pascal.

Pascal schwieg, schaute sie nur an. Er musste Zeit gewinnen, verstehen, in welche Aktivitäten Jezebel involviert war, welche Rolle Colette spielte und was sie geplant hatten. Jetzt die entsetzliche Nachricht zu überbringen kam ihm taktisch unklug vor, zu vertieft waren sie in ihre Planung. Ab sofort würde man nur noch über die Verstorbene sprechen.

»Was entsteht hier?«, wollte Pascal wissen. »Eine neue Kampagne?«

»Ja, Monsieur, wir werden im nächsten Monat sechs Shops in sechs Ländern eröffnen, die dem Thema Slow Fashion eine neue Bedeutung geben könnten. In unsere Stores sollen Leute jeden Alters mit ihrer Kleidung kommen, die sie nicht mehr benötigen. Es dürfen aber auch Vorhänge, Bettwäsche oder Tischdecken sein. Sechs von uns, die ihr Studium abgeschlossen haben und sich den Verlockungen, in das Modegeschäft einzusteigen, widersetzen, weil sie rauswollen aus dem Kreislauf, der uns ruinieren wird, werden beginnen. Die Slow-Fashion-Kette soll House of JEZEBEL heißen, und statt des Kaufs neuer Mode von den berühmten Ketten können sich die Leute bei uns neue individuelle Mode schneidern lassen. Das ist das, was wir Ihnen heute zeigen wollen, denn diese Seite Jezebels ist unbekannt. Es könnte aber unmittelbar mit ihrem Verschwinden zusammenhängen.«

Eine zweite junge Frau am Tisch, auf der Nase eine große Sonnenbrille, über deren Rand hinweg sie Pascal ansah, klappte den Schutz ihres iPads auf und öffnete einen Onlinekatalog. Darin extrem stylische Kleider.

»Das hier«, sagte sie, »war mal Bettwäsche. Wir haben sie aus einer Sortiermaschine für Altkleider gerettet, und jetzt bekommt sie eine neue Chance.« Sie lächelte stolz. »Ich habe sie designt. Mein Standort wird in London sein.«

»Ich zeige Ihnen später meinen Laden«, sagte Colette, »die Boutiquen sind alle nach demselben Muster aufgebaut, meiner ist hier in Aix.«

Eine spürbare Energie ging von der Gruppe der jungen Designerinnen aus, alle konnten es kaum erwarten, Feuer stand in ihren Augen.

»Und das hier«, sagte eine andere in der Gruppe, »besteht aus alten Sofakissen.« Sie schob ihr Tablet über den kleinen Tisch und forderte Pascal auf, durchzuklicken. In seinen Augen sahen die Bilder aus wie eine gewöhnliche Modekollektion.

»Wir brauchen keine weiteren Kleider mehr«, sagte Colette, während Pascal durch die Kollektionen wischte.

»Pro Jahr werden über hundert Milliarden Kleidungsstücke hergestellt, das ist mehr, als die gesamte Weltbevölkerung jemals tragen könnte. Die Produktion hat einen höheren CO_2-Ausstoß als alle internationalen Flüge und Schiffe zusammen. Eine Milliarde Tonnen CO_2 für die Marken, die die Innenstädte mit ihrer Fast Fashion fluten. Polyester wird aus Erdöl gewonnen. Während unseres Studiums ist uns allen klar geworden, für welche Branche wir uns da ausbilden lassen.«

»Also wollen wir keine neuen Kleidungsstücke produzieren, obwohl es uns juckt, denn dafür haben wir studiert. Wir haben Design geradezu eingesogen, wir wollten unsere eigenen Kollektionen. Auch unsere Kleidung sollte auf Laufstegen präsentiert werden. Erst haben wir gedacht, es geht nicht anders, doch dann haben wir dieses Store-Konzept entwickelt, und jetzt geht es doch. Nur, wir kaufen die Stoffe nicht, wir verwenden Stoffe, die es schon gibt.«

Die Gruppe wurde von Minute zu Minute euphorischer.

»Unser Store-Konzept nennt man Upcycling. Nicht neu die Idee, aber niemand setzt es so konsequent um wie wir.«

»Erst wollten wir Mode aus Meeresplastik herstellen. Damit haben wir uns lange beschäftigt, doch dann ist uns aufgefallen, dass es die Situation gar nicht wesentlich verbessert. Natürlich, das Plastik im Meer ist eine Katastrophe, andere sind bereits auf den Trend aufgesprungen, nur der Unterschied ist, sie müssen produzieren. Sie brauchen Maschinen, Mechanismen, vor allem Wasser, um das Plastik zu säubern und zu zersetzen, damit es überhaupt zur Verarbeitung taugt. Meistens benutzen sie gefundene PET-Flaschen, nur gibt es dafür längst ein funktionierendes Recycling-Konzept. Wir haben an unseren House-of-JEZEBEL-Stores jetzt zwei Jahre gearbeitet. Und es wird funktionieren, davon sind wir überzeugt.«

Alle nickten sich zu, die Augen leuchteten.

»Was bei uns Designern grundsätzlich anders sein wird als bei den großen Namen: Wir können die Stoffe nicht selbst aussuchen. Wir nehmen das, was wir haben, wir bestimmen nur den Schnitt.«

»Das ist das Spannende«, sagte Colette, »dadurch sind sie einzigartig. Jedes unserer Stücke wird es nur einmal geben. Wir sind mit unserer Idee nicht die Ersten. In anderen Metropolen wie Berlin gibt es schon ähnliche Konzepte, nur sind wir studierte Designer, und wir wollen Mode machen und Kunst, aber für unser Zeitalter. T-Shirts aus Bettwäsche, Umhängetaschen aus Lederjacken, Jacken aus Wolldecken.«

Pascal hätte am liebsten applaudiert. Diese jungen Studentinnen standen so unter Feuer, dass man sich ihrer kaum erwehren konnte, geradezu in ihren Bann gezogen wurde. Er war begeistert und vergaß fast, warum er eigentlich hier war.

»Das hier ist unsere Stilberaterin«, sagte Colette und deutete auf eine Frau am Tisch, die mit ihrer Handtasche spielte, sie knetete. »Das ist Maria Eduarda, sie ist Brasilianerin und hat ihr Handwerk auf den Straßen São Paulos gelernt, dorthin wird sie zurückgehen, einen unserer Stores betreiben, mit einem Extra. Brasilianische Kundinnen können sie zu sich nach Hause bestellen, sie gehen mit ihr zusammen den Kleiderschrank durch, und Maria Eduarda macht Vorschläge, wie man ausgetragene Kleidung neu designen könnte. Es gibt schon einen südamerikanischen TV-Sender, der daraus eine Doku-Soap machen möchte.«

»Wissen Sie, wie oft ich vor Kleiderschränken stehe, in denen Sachen sind, die nie getragen wurden? Manchmal hängen die Preisschilder noch dran.« Maria sah in die Runde, alle nickten. »Das ist das Problem von Fast Fashion. Tonnenweise Kleidung, die niemand trägt und von der einem suggeriert wird, sie sei gerade angesagt. Leider nur ein paar Monate, bis zur nächsten Kollektion. Die Welt wird von den großen Modemarken zugemüllt.«

Eine der Studentinnen am Tisch, die bislang noch gar nichts gesagt hatte, trug ein schlichtes weißes Shirt, eng geschnitten. »Ich mache den Onlinehandel«, sagte sie, ihre Stimme war leiser, sie wirkte ernster. »Ohne Onlinehandel funktioniert kein

Label mehr, auch House of JEZEBEL nicht. Wir nehmen Stoffe von unseren Kunden an und schneidern etwas Neues – wenn sie wollen, nach ihren Ideen, nach ihren Wünschen. Damit stehen wir noch am Anfang, aber wir müssen einen Weg finden, damit wir auch die Menschen in den Dörfern erreichen. Nicht jeder lebt in der Stadt, aber wir brauchen jeden, um die Welt zu verbessern.«

»Und Jezebel soll euer Gesicht sein?«, versuchte es Pascal.

»Sie wird so viel mehr sein«, sagte die Designerin in dem weißen Shirt. »Sie hat Kontakte zu den einflussreichsten Influencern, sie baut ein Netzwerk auf, eigentlich hat sie es aber schon.«

Pascal sah zu Boden, jetzt wäre der Moment gekommen, es ihnen zu sagen, schon weil das Konzept dieser jungen Frauen es ohne Jezebel schwerer haben würde. Er hatte keinen Zweifel daran, dass sie ihre Idee trotzdem umsetzen würden, aber ohne Jezebel ... Es würde sie zurückwerfen.

Also fasste Pascal sich ein Herz. Morgen würde es ohnehin in allen Zeitungen stehen. Todesnachrichten überbringen – Pascals Erfahrungen waren keine guten. Die richtigen Worte waren nicht zu finden, es kam auf die Fakten an. Er war Polizist, ein Gendarm, der diesen Aufgaben eigentlich enthoben war, nur nicht, wenn er wie jetzt für die Police nationale arbeitete. Jetzt ging es darum, die konkreten Fakten rüberzubringen. Reaktionen konnte er in der Regel einschätzen, bei der Todesnachricht war das anders, was jetzt passierte, lag außerhalb seiner Vorstellungskraft. Er wählte bewusst den Schutz in der Gruppe. Vielleicht war es für dieses eingeschworene Team einfacher, auch zusammen diese Nachricht zu bekommen, und besser, nicht Colette als die Überbringerin zu verpflichten.

»Ich habe keine guten Nachrichten für Sie«, sagte er schließlich und sah in die erwartenden Gesichter der Studentinnen. »Heute Mittag um elf Uhr zwanzig ist Jezebel tot aufgefunden worden.«

Es war der Moment, in dem alle Energie, die eben noch so greifbar war, die den Ort entzündet hatte, entwich, als hätte man die Luft aus einem Ballon gelassen. Zurück blieb eine schrumpelige, eingefallene Haut, ein Nicken, ein Reiben über die Augen, die Köpfe gesenkt. Jeder in der Runde hing seinen Gedanken nach. Den wirtschaftlichen sowie den privaten, sie starrten nur vor sich hin, unbeweglich. Pascal schwieg, versuchte das Entsetzen durchsickern zu lassen.

»Wir kennen die genauen Todesumstände noch nicht. Wir gehen von einem Gewaltverbrechen aus.« Pascal wusste um die Wichtigkeit. Ohne es geplant zu haben, legte er seine Hand auf Colettes Schulter, sie stand sichtbar unter Schock. Sie nickte nur, ein heftiges, nicht enden wollendes Nicken.

»Wir brauchen Sie jetzt«, setzte Pascal erneut an. »Ich muss versuchen, so viel wie möglich über Jezebel herauszufinden. Bis eben wusste ich nichts von ihrem Engagement, von ihrer gemeinsamen Planung.« Pascal nahm die Hand von Colettes Schulter. »Ich lasse Sie jetzt in Frieden«, sagte er nach einer Weile. »Sicher wollen Sie unter sich sein.«

Niemand sah ihn an.

»Ich bleibe hier in Aix«, setzte er schließlich fort. »Colette, wenn Sie bereit sind, mit mir zu sprechen, wenn die Kraft reicht, dann sagen Sie mir Bescheid. Ich komme sofort. Ich habe natürlich eine Menge Fragen.«

»Kommen Sie heute Abend in meine Boutique in Aix.« Sie hatte eine erstaunliche Festigkeit in ihrer Stimme. »Ich muss Ihnen etwas zeigen.«

Pascal nickte, wollte gerade gehen, doch jetzt hielt sie ihn am Arm fest.

»Das hier bleibt alles unter uns. Vorerst.«

Pascal verzichtete darauf, ihnen zu sagen, dass polizeiliche Ermittlungen niemals diskret bleiben können, und so wartete er still, bis sie ihren bestimmten Griff lockerte und schließlich ihre Hand ganz von Pascals Arm nahm. Erst dann stand er auf, nickte in die Runde, öffnete das Eisentor und trat zurück auf die Straßen von Aix-en-Provence.

19

Als Pascal einen Tisch unter der grünen Markise des »Belle Epoque« direkt am Cours Mirabeau in Aix bekommen hatte, ein Wasser und einen Salat bestellt hatte, rief er Audrey an und berichtete über sein Treffen mit der Gruppe der Studentinnen.

»Wie haben sie es aufgenommen?«, fragte Audrey und kam Pascal zuvor, den der Zustand der Leiche Jezebels brennend interessierte.

»Betroffen, ich hatte aber das Gefühl, dass außer Colette niemand in der Runde Jezebel wirklich kannte. Colette war still, sie war entsetzt, obwohl sie es geahnt hat.«

Pascal berichtete von der Boutiquen-Idee für nachhaltige Mode, von der Euphorie, wie sie ihn angesteckt hatten, wie sehr sie brannten und über das Glück, ein Topmodel als Markenbotschafterin gefunden zu haben.

»Jetzt stehen sie vor dem Nichts«, bemerkte Audrey, nachdem Pascal ihr alles erzählt hatte. Wie weit ihr Engagement bereits vorangeschritten war, wie konkret ihre Pläne waren. Und doch hatte bisher keine Zeitung darüber berichtet.

»Hätten sie ihre neue Idee, ihr House of JEZEBEL, nicht längst öffentlich machen müssen?«, fragte Audrey schließlich. »Wenn die Läden demnächst eröffnen sollten, dann braucht es doch Zeit. Ich bin nicht aus dem Marketing, aber es erscheint mir logisch.«

Pascal musste ihr recht geben. Warum war das so? »Oder«, sagte er schließlich, »sie wollten es mit einem Knall veröffentlichen. Vor dem größtmöglichen Publikum.«

»Auch das wäre eine Möglichkeit«, sagte Audrey.

»Wer also könnte ein Interesse gehabt haben, die Pläne zu durchkreuzen?«

»Darüber müssen wir nachdenken, aber wenn wir ehrlich sind: So ziemlich jeder der Menschen, mit denen wir uns in den letzten Tagen umgeben mussten, hätte ein Motiv, auch wenn es uns abwegig erscheint. Niemand hatte ein konkretes, und doch: Menschen haben schon für weniger gemordet. Die Kriminalgeschichte ist voll mit belanglosen Mordmotiven.« Das stimmte, fand Pascal. Es waren eine Menge Leute unter ihnen, deren Reaktionen, deren Interessen und Leidenschaften für ihn nicht nachvollziehbar gewesen waren. Da waren die Modenschau, die Party und zuletzt diese verstörende Veranstaltung der Marquis-de-Sade-Gesellschaft.

»Wo bist du eigentlich?«, riss sie ihn aus seinen Gedanken.

»Im ›Belle Epoque‹. Das ›Deux Garçons‹ liegt noch immer verlassen da, von einem Bauzaun verhüllt, herrenlos am Ende des Cours Mirabeau.«

»Du bist beim Cours Mirabeau? Da war doch was.« Sie kicherte.

Auch Pascal hatte schon an jenen Abend vor über einem Jahr gedacht, als sie sich in dem berühmtesten Irish Pub in Aix betrunken hatten. Audrey hatte die Whiskeykarte gefordert, und am Ende waren sie in einem Hotel im Bett gelandet.

Pascal wurde der Salat serviert. »Merci«, sagte er. »Bist du noch da, Audrey?«

»Ja.« Auch sie hatte ihren Gedanken nachgehangen, Pascal konnte geradezu zuhören.

»Wir hatten eine gute Zeit«, sagte sie schließlich.

»Ja, das hatten wir.«

Und Pascal hatte keine Ahnung, warum er so auf ihre Avancen einging. So oft hatte sie ihn enttäuscht, hatte sich zurückgezogen, sich in andere Beziehungen gestürzt. Zurück blieb jedes Mal Pascal, der mit den anderen Moralvorstellungen und vielleicht mit einem zu romantischen Blick auf die Welt sah. Er wollte zurück zum Beruflichen.

»Was wissen wir über Jezebel?«, fragte er, als schüttele er die Gedanken ab.

Audrey holte tief Luft. »Was wir gefunden haben, ist nichts für schwache Nerven, es ist furchtbar, Pascal.«

»Ich denke, wir alle haben viele Jahre versucht, uns schwache Nerven abzutrainieren. Was bleibt uns übrig?«, setzte er hinzu. »Was also habt ihr gefunden?«

»Vor uns liegt eine Menge Arbeit, denn es gibt etwas sehr Ungewöhnliches, auf das wir uns noch keinen Reim machen können.«

»Du quälst mich.«

»Ich weiß, Pascal, nur es ist nicht so einfach. Es ist ihr Aussehen, diese aufgelöste Haut, fast wie eine Wasserleiche, nur alles wirkt zusammengezogen, es ist entsetzlich«, fügte sie leise hinzu. »Als ob …« Audrey verstummte.

»Als ob?«, hakte Pascal nach.

»Dieses strahlende Model wurde in einen Zombie verwandelt. Alle Schönheit wurde ihr genommen. Möglich, dass das beabsichtigt war, vielleicht sogar das Ziel. Ein Irrer hat ihr die Schönheit genommen, und er wusste das und hat sie dort abgelegt, wo der Fund für Schlagzeilen sorgen würde. Neben dem Steinbruch, an der Freilichtbühne, beim Schloss, bei Pierre Cardin. Auch wenn es nur diese Baracke war, ich bin mir sicher, sie sollte auf dem Pierre-Cardin-Gelände gefunden werden, dahinter steckt ein Plan. Ein perfider Plan, und dazu dieses Aussehen wie aus einem Horrorfilm.«

»Was meinst du eigentlich mit sie sieht ›fast wie eine Wasserleiche‹ aus?«

»Die Leiche ist durchnässt oder sagen wir eher aufgeweicht, alles ist aufgedunsen. Sie war voll mit Wasser, ihre Haut, sie ist so …« Schweigen.

»Rund um Lacoste gibt es kein Gewässer, nur kleinere Flüsse, weiter entfernt die Durance.«

»Das wissen wir auch. Vielleicht hat man sie in einer Badewanne gelagert. Vielleicht hat sie zuvor ein Bad genommen, und dann ist sie umgekommen. Nur wie, wissen wir nicht. Auch ertrunken ist sie nicht. Die Kollegen, die ihr Appartement nach ihrem Verschwinden durchsucht hatten, berichteten von einer Badewanne, nur laut der Spurensicherung wurde sie sehr lange Zeit nicht genutzt. Überhaupt ist das gesamte Appartement zumindest in dieser Nacht nie betreten worden.«

»Also bleibt als einzige Möglichkeit«, so Pascal, »dass sie in einem der anderen Häuser war oder die ganze Zeit in dem verlassenen Haus neben dem Steinbruch. Was wissen wir darüber?«

»Wir wissen bislang nur, dass auch dieses Haus Pierre Cardin gehörte. Wir wissen nicht, was er damit vorhatte, wir wissen nur, auch dieses Haus sollte renoviert, sogar entkernt werden. Einige Fenster sind mit grauem Beton zugemauert worden, unverputzt. Es gibt nur Vorrichtungen für Fenster, es sind keine Scheiben drin. Im Haus sind einige Wände verputzt, andere nicht. Eine neu gebaute Steintreppe aus Estrich, soweit ich das beurteilen kann, führt nach oben. Das Komische aber ist, jemand scheint dort gewohnt zu haben. Wir haben bereits mit einigen Bewohnern im Ort gesprochen. Ein Holländer, ein Landstreicher, war längere Zeit in dem Haus, hat da lange gelebt, im Dreck, hat es aber angeblich vor Monaten bereits verlassen.«

»Was wissen wir über ihn?«, fragte Pascal.

»Eben nichts. Er ist verschwunden. Spurlos.«

»Haben wir einen Namen, wissen wir, wohin?«

»Nichts. Er ist eines Nachts gekommen, niemand weiß, vor wie langer Zeit. Vielleicht sogar vor Jahren, niemand hat sich gekümmert. Und dann ist er eines Nachts gegangen«, fügte Audrey hinzu.

»Und es hat niemand von ihm Notiz genommen? Niemand?«

»Non«, sagte Audrey. »Das Haus ist eine Baracke, es gehörte Pierre Cardin, der ist tot, niemand hat sich dafür interessiert. Es steht einfach in der Landschaft. Einen Lost Place nennt man das wohl.«

»Wir sollten versuchen ihn zu finden, den Holländer. Woher weiß man überhaupt, dass er Holländer war?«

»Die Dorfbewohner haben das gesagt, wir müssen Menschen finden, die Kontakt hatten. Er wird eingekauft haben, er musste ab und zu das Haus verlassen. Ein Klo gab es übrigens auch nicht und auch keine Badewanne.«

»Sie ist also nicht in dem Haus ermordet worden, sondern dorthin gebracht worden?«

»Zumindest gibt es keine Anzeichen dafür«, entgegnete sie. »Kein Wasser, keine Badewanne. Wo auch immer sie derart zugerichtet wurde, es war nicht in der Baracke.«

»Was sagt Leblanc?«

»Leblanc untersucht sie seit Stunden.«

»Mein Gott, entführt, gebadet und dann ermordet. Ich mag mir nicht vorstellen, was ihr noch alles passiert sein könnte.«

Für einen Moment lag Schweigen über ihnen. Nur die gedämpften Stimmen, die Geräusche von Menschen, die das Leben auf dem Cours Mirabeau genossen, sich dem Flair der Provence hingaben, waren zu hören. Welch Gegensatz zu dem, was Audrey und Pascal erlebten.

»Leblanc ist unser bester Mann, er wird es herausfinden«, sagte Audrey schließlich, als würde es die Tat abmildern.

»Ganz sicher wird er das«, bestätigte Pascal.

Leblanc, sein Freund, der Gerichtsmediziner, dürfte der scharfsinnigste Mensch sein, den Pascal jemals kennengelernt hatte, und Audrey wusste das, wollte ihn mit der Aussage beruhigen, da war Pascal sich sicher. Wie gut sie ihn kannte.

»Ich treffe heute Abend noch Colette. Sie möchte mir etwas zeigen«, sagte er schließlich.

»Wie abwegig wird das alles noch?«, fragte Audrey. »Vielleicht denken wir in die falsche Richtung, vielleicht sollten wir neu anfangen.«

»Uns fehlen noch immer Informationen zu Jezebel«, sagte Pascal schließlich, »aber diese Lücken werde ich hoffentlich später noch schließen.«

»Pass auf dich auf, Pascal«, sagte sie, und es klang aufrichtig besorgt, und so beendeten sie das Gespräch.

Für einen Moment sah Pascal nach dem Telefonat auf den Cours Mirabeau und beobachtete die Menschen. Unwillkürlich musste er daran denken, zu was sie in der Lage waren, von welch niederen Instinkten sie sich leiten ließen, und an die

Feststellung, von der er mal gehört hatte: Tiere seien ehrlicher, und da war was dran. Sein Handy vibrierte.

»Um 19 Uhr in der Rue Granet Nummer 19«, schrieb Colette.

20

»Fermé«, stand auf dem Schild an der Tür, das eiserne Tor heruntergelassen. Der Shop für Vintage-Kleidung noch ohne Namen befand sich in einer der vielen Nebenstraßen des Cours Mirabeau in Aix. Mehrere Shops, betrieben von jungen, meist weiblichen Designern, hatten sich hier niedergelassen. Hierher kamen vor allem junge Leute, meist Studentinnen auf der Suche nach Mode abseits der großen Ketten. Wie Pascal an den Schaufenstern der Geschäfte nebenan sehen konnte, waren einige Outfits mutig. Er wunderte sich über sich selbst, wie schnell er sich in der Modewelt zurechtgefunden hatte, wie er sie inzwischen betrachtete. Mode, das hatte er in den letzten Wochen gelernt, war Kunst.

Pascal nahm sein Handy aus der Tasche und schrieb Colette eine kurze Nachricht. »Ich stehe vor der Tür, aber lassen Sie sich Zeit.«

Es dauerte nicht lange, und das eiserne Tor wurde mit einem Hebel von innen hochgezogen. Colette sah blass aus, die Augen rot, abgeschminkt, ausgepowert. Sie gab sich keine Mühe, den Schmerz zu verbergen. Mit einer müden Bewegung bedeutete sie ihm, hereinzukommen. Hinter ihm schloss sie die Jalousie wieder.

Im Laden war es dunkel, gedimmte Lichter von den Wänden beleuchteten ein ziemliches Durcheinander. Kartons stapelten sich, dazwischen Kleiderstangen, viele leere Kleiderbügel. Nichts in diesem Laden deutete darauf hin, dass er bald öffnen würde. Colette, die noch immer kein Wort gesagt hatte, wies auf einen Barhocker vor einem aufgeräumten Verkaufstresen, auf dem Pascal Platz nehmen sollte. Auch er ließ die Stille im Raum stehen und setzte sich.

Der Tresen war mit einer Glasplatte abgedeckt, unter der Fotos und Flyer als Collage zu sehen waren. Pascal erkannte die Broschüren von Diana wieder, auf denen die beängstigende Zahl des Wasserverbrauchs für die Produktion von einem T-Shirt zu lesen war. Außerdem Fotos von Fabriken, wahrscheinlich aus Bangladesch, eine Fabrik in Trümmern, der verheerende Brand 2013, bei dem über tausend Näherinnen, Mütter von kleinen Kindern, die am Existenzminimum Kleidung für Fast-Fashion-Konzerne genäht hatten, gestorben waren. Auf anderen Fotos waren Müllberge zu sehen. Müllberge von Klamotten in allen Farben. Colette beobachtete Pascal, wie er die Fotos betrachtete.

»Das ist die Atacama-Wüste in Chile, die größte Müllhalde der Welt. Dieser Ort steht für alles, was wir verachten.« Sie räusperte sich, dankbar, sich in ihrem Thema zu bewegen, Jezebel für eine Weile ausblenden zu können. »Chile ist unsere Kleidermüllhalde. Laster bringen den ganzen Tag über tonnenweise Kleiderberge aus aller Welt dorthin und laden sie ab. Im Sommer ist es dort so heiß, dass die Kleiderberge immer wieder Feuer fangen, es riecht nach Chemie, nach Gift. Diese vermeintlichen Kollektionen vergiften das Grundwasser – manchmal glimmt das Feuer nur, aber das ist genauso gefährlich. Gleichzeitig ist es das Lager für Flohmarkthändler, die sich hier bedienen und die teilweise neue Kleidung auf den Märkten in Chile verkaufen. Vierzig Prozent aller Kleidungsstücke in der Atacama-Wüste sind nie getragen worden. Es hängen noch die Preisschilder daran. Ich war dort und habe es mit eigenen Augen gesehen. Das vergisst du nie. Es gibt Dokumentationen darüber, Artikel, Insta-Filme, YouTube-Channel, wir alle könnten es wissen, nur wir ignorieren es.«

Colette berichtete Pascal über die Probleme, als spräche sie das erste Mal darüber, es war ihre Passion. Wie oft sie das wohl schon erzählt hatte, wie oft sie es noch erzählen würde, wenn die Menschen Fragen stellten, am Tresen. Mit all den Fotos vor ihnen. Pascal wünschte dieser Frau viele Zuhörer, viele Menschen sollten diese Bilder sehen, bevor sie shoppen gingen.

»Ich bin Colette, lass uns Du sagen«, sagte sie wie aus dem Nichts. Offensichtlich war sie es nicht anders gewohnt, man duzte sich in der Welt der Mode, es suggerierte eine Form der Freundschaft.

»Natürlich«, antwortete Pascal. Sie schien zu spüren, wie ihn diese Geschichte bewegte, wie er all die Informationen mit Entsetzen aufnahm, jenseits jeder Ermittlung.

»Du hast vorhin Maria Eduarda kennengelernt, unsere Aktivistin aus Brasilien, aus São Paulo. Sie ist dort aufgewachsen, hat das Leben der Kleidersammler begleitet und dokumentiert. Ihre Arbeit hier ist ihre Überzeugung, wie von uns allen. Sie hat dort Kleidersammler kennengelernt, die den Fast-Fashion-Müll aufarbeiten«, Colette zeigte auf ein Foto, »da sammelt sie die Kleidung, die abends vor die Geschäfte gelegt wird. Es sind säckeweise Klamotten aus Europa, die erst nach Chile und schließlich nach São Paulo gebracht werden. Allein was der Transport uns an CO_2-Ausstoß kostet. Manchmal, Pascal, denke ich, niemand kümmert sich um unsere Generation. Ich bin fünfundzwanzig Jahre alt, wenn es gut läuft, habe ich noch sechzig Jahre vor mir. Niemand der Hersteller kümmert sich darum, wie meine Welt aussehen wird. Und es ist ihnen auch egal. Hauptsache, sie haben alle genug Klamotten. Klamotten, Pascal, nichts Überlebenswichtiges. Konsum. Luxusgüter. Purer Schein.«

Pascal verstand die Frau, sie war eine Kämpferin.

Bislang hatte sich sein ausgeprägter Gerechtigkeitssinn auf Verbrechen gerichtet; in diesem Fall ging es um die Zukunft aller Menschen. Auch Colette betrachtete für einen Moment die Fotos, dann erzählte sie weiter von Maria Eduarda.

»In São Paolo«, sagte sie, »ist das Geschäft mit den Kleidermüllbergen eine Überlebensstrategie vieler Menschen. Von den Kleiderfabriken, die es dort gibt, werden täglich dreiundsechzig Tonnen Stoffreste weggeworfen. Die Schneidereien schmeißen sie einfach auf die Straße, immer mehr Menschen leben von diesen Resten. Maria Eduarda kennt die Szene und hat schon angefangen, und in kürzester Zeit lagerte sich der Stoff bis unter die Decke. Ihre Idee ist, junge Designerinnen zu finden, die aus diesen Abfallprodukten Mode erschaffen.

Es wird funktionieren, wir denken sogar schon an Haute Couture. Mit dem Ziel, die großen Modemarken daran zu erinnern, was sie täglich tun. Bei denen geht es um nichts anderes als um Geld. Wenn wir ihnen beweisen, dass sie es verschwenden, täglich, millionenfach, dann werden sie begreifen. Selbst wenn wir eine Modelinie für urbane Rucksäcke fertigen. Es geht um das Brand, um den Schriftzug, um die Message, und glaube mir eins, wir wissen durch unser Studium, wie das funktioniert. Wir haben aufgepasst, und wir werden etwas bewegen. Wir können nicht scheitern.«

Sie griff unter den Ladentisch. »Hier, schau mal.« Sie hielt einen Rucksack in der Hand und reichte ihn Pascal. »Das Blau passt zu deiner Uniform.« Das erste Mal lächelte sie ihn an.

»Ich werde ihn tragen«, sagte Pascal. »Danke.«

Sie nickte.

»Nur welche Rolle spielt in alledem Jezebel?«

»Jezebel stammt aus Accra in Ghana«, begann sie. »Unweit der Hauptstadt Accra stand ihr Elternhaus, sie kommt aus armen Verhältnissen, ihr Vater war Fischer, ihre Mutter hat sich um die sechs Kinder gekümmert, eines davon war Jezebel. Als ich sie kennenlernte, versprach ich ihr, niemals darüber zu sprechen. Das war ihr wichtig. Jezebel war nicht einfach, sie trug dieses Paket mit sich, meine Annäherungsversuche erforderten Geduld, auch von ihrer Seite aus. Durch ihre Karriere auf den Laufstegen ernährte sie ihre ganze Familie. Ihr Vater, stolz, ein Fischer zu sein, fuhr täglich raus, ohne es noch nötig zu haben, den Unterhalt zu verdienen. Durch Jezebels monatliche Zuwendungen brauchte niemand in der Familie mehr zu arbeiten. Doch statt Fischen fing ihr Vater nur noch Müll. Klamotten von allen namhaften Ketten. Klamotten aus der ganzen Welt. Es gab Tage, an denen war das Meer rot oder gelb, so sehr färbten die Müllberge das Wasser. Es gibt Buchten, in denen kein Leben mehr ist. Flüsse überschwemmen, weil sie verstopfen. Der Abbau des Polyesters kann Jahrhunderte dauern. Und so war es Jezebels Anliegen, auch in Ghana einen Shop zum Leben zu erwecken, und sie investierte. Vor allem für eine gewisse Makeda in Ghana. Als ehemalige Absolventin unserer Design-Schule ist Makeda wie geschaffen für die Mode Afrikas. Sie sagte immer, das ganze Budget aus der Werbung, die ganze Mühe, die überteuerten Designer, das alles brauche sie nicht. Sie schaffe Mode für Afrikaner, und das ohne den geringsten Wareneinsatz. Sie musste nur an den Strand gehen und aufsammeln. So viel sie als einzelne Person auch sammeln würde, es ist nur ein Bruchteil des Mülls. Niemand wird mehr Herr dieser Berge, auch hier geht es nur noch um Reduktion, nur noch darum, die Auswüchse einzudämmen.«

»Aber warum Ghana?«, wollte Pascal wissen. »Warum landen dort so viele Klamotten der Konzerne?«

»Durch den Flohmarkt bei Accra. Es ist der größte Flohmarkt der Welt. Für die Konzerne ist es eine bequeme Art, ihren Müll loszuwerden, und die Händler dort bieten sie für einen Bruchteil ihres ursprünglichen Preises an. Es ist eine Verwertungskette, an dessen Ende die Flohmarktfrau in der prallen Sonne von Ghana steht. Der Kreis schließt sich. Am Anfang steht die arme Näherin in Bangladesch, die für einen Hungerlohn diesen Fast-Fashion-Schrott herstellt, dann wird der Preis in die Höhe getrieben, und die Kleidung landet in einer der Filialen des Grauens in den Großstädten oder in Kleidungshallen, die ihren Schrott im Internet verticken. Nur eine Woche lang. Dann wollen die Influencer neue Ware, eine neue Kollektion, nur wohin mit dem ganzen alten Müll, den aus uns unerfindlichen Gründen plötzlich niemand mehr haben will? Entweder nach Chile in die Wüste oder nach Ghana auf den Flohmarkt.«

Colette suchte etwas unter dem Ladentisch und holte ein paar Fotos heraus. Zu sehen waren Afrikanerinnen in sehr modernen, stylishen Kleidern, Hosen und Jacken. »Diese Kollektionen stammen von den angesagtesten Designern Afrikas. Thebe Magugu, Adele Dejak oder Mimi Plange, sie gilt zwar als Amerikanerin, wurde aber in Ghana geboren. Und diese Bilder zeigte Jezebel uns. Sie wollte mehr, sie wollte nicht nur den Müll vom Strand verkaufen, sondern daraus Haute

Couture fertigen, und dafür hatte sie unsere junge Designerin Makeda, die in Accra eine Boutique für afrikanische Mode eröffnen wollte. Auch sie ist übrigens fast fertig. Das ist eine Riesenvision, denn wir alle wissen, dass Mode mehr und mehr im Internet verkauft wird. Makedas und Jezebels Argumentation aber ging in eine andere Richtung. Sie waren der Meinung, die Mode- und Textilindustrie stütze sich auf eine Wertschöpfungskette, die in der Lage ist, das Wirtschaftswachstum und die Schaffung von Arbeitsplätzen zu fördern. Afrika ist ein junger Kontinent, die Idee, eigene Rohstoffe nicht mehr nur zu exportieren, sondern selbst etwas draus zu machen, beflügelte sie. Haute Couture und Luxus in Afrika mögen sich ausschließen, zumindest für all die Menschen, die Afrika nur als den gebeutelten Kontinent betrachten, doch da liegen sie falsch. Luxus hat es in allen Kulturen gegeben. Ein Kontinent mit einem derart reichen Schatz an Rohstoffen ist zu einem der aufstrebenden Orte in der Modeindustrie geworden. 2019 forderte Naomi Campbell bei einer Modenschau in Lagos eine afrikanische Ausgabe der Vogue. Und Naomi Campbell ist genau wie Jezebel eine Geschäftsfrau und weiß, wovon sie spricht.«

Sie schob wie zum Beweis das Foto über die Glasplatte dichter an Pascal heran.

»Sie standen sich nahe«, sagte Colette. »Jezebel sah all diese Möglichkeiten in Afrika, die so naheliegend waren, aber von den Konsumenten lange nicht erkannt worden waren. Was, wenn all die Spinnerinnen, Weberinnen, Färberinnen, Stickerinnen und Designerinnen und Designer sich für Nachhaltigkeit einsetzen würden? Mit Jezebel als Sprachrohr? In ihrer Heimat Ghana sitzt mit AAKS eine unabhängige Luxusmarke, die sich auf die Fahnen geschrieben hat, Luxus als soziales Wohlergehen zu definieren. Vor allem die Taschen setzen Maßstäbe. Und sie geben vertriebenen Frauen aus Burkina Faso Zuflucht und Arbeit. Mit ihnen war Jezebel im Gespräch. Die zurückhaltende Jezebel taute richtig auf, wenn sie für die Sache kämpfte. Da ist viel in Bewegung, und wir sind mittendrin.

Und wir werden beweisen, dass wir auch wirtschaftlich interessant sind. Nur ohne Jezebel ...«

Sie brach ab, schluckte, legte eine Pause ein, senkte den Kopf.

»Es Makeda mitzuteilen wird das schwerste Gespräch meines Lebens. Ihre Welt wird einbrechen. Sie ist emotional und genauso angetrieben wie wir alle. Als ich ihr Jezebel vorstellte, war das der große Moment. Sie hatte plötzlich Leute, mit denen sie ihre Visionen teilen konnte.«

Colette sah auf die Fotos, eines zeigte Jezebel mit mehreren Afrikanerinnen und Afrikanern an einem Strand.

»Das ist ihre Familie«, sagte Colette und deutete darauf. »Erst wollte Jezebel nur ihre Familie retten, dann aber begriff sie, dass sie so viel mehr bewegen konnte. Der Wert eines großen Namens ist nicht zu unterschätzen. Sie war sehr genau, sie schuf sich die ganzen Fakten drauf, sie recherchierte selbst. Nach der Ghana-Reise zu ihrer Familie, auf der dieses Foto entstanden ist, kam sie verändert zurück. Das Ausmaß der Vermüllung ihres Strandes, das Meer in Violett und Ocker, der Anblick warf sie aus der Bahn. Ihre Familie, ihre alten Freunde, sie lebten an einem Müllberg. Wir trafen uns und beschlossen zusammenzuarbeiten. Ihr Engagement behielten wir weiterhin für uns. Jezebel war in Europa längst zur Businessfrau geworden, sie verstand das Geschäft, und sie wusste auch, wenn sie sich kritisch äußerte, wenn sie möglicherweise Designer oder Firmen kritisierte, dann hätte es Folgen, fatale Folgen, denn kritische Stimmen sind in der Modewelt nicht gewollt. Es ging ihr nicht um sich, es ging ihr um die Familie. Um sie alle zu unterstützen, brauchte sie die Jobs auf dem Laufsteg. Schließlich hatten sich die Bedingungen in ihrer Heimat verändert. Den Fischern war längst die Lebensgrundlage entzogen worden.«

»Und auch darüber wusste niemand etwas? Hat sie nie in einem Interview oder öffentlich darüber gesprochen?«, fragte Pascal.

»Nein, das war ihre Entscheidung. Nichts Privates sollte

aus ihrem Leben an die Öffentlichkeit geraten, darauf hat sie immer penibel geachtet. Sie mit ihrem Namen für uns zu gewinnen war ein weiter Weg. Erst nach dem Tod von Pierre Cardin wurde es konkret. Sie war eine seiner Musen und hat dem Modeschöpfer ihre ganze Karriere zu verdanken. Nur stand Pierre Cardin nicht mehr ausschließlich für Haute Couture, sondern begann ebenfalls für die Masse zu produzieren. Mode für gute Preise. Damit hat er übrigens schon in den siebziger Jahren begonnen. Er gehörte also zu den Vorreitern der Fast-Fashion-Bewegung, sicher ohne es zu wollen. Ich glaube nicht, dass er mit diesen Ausmaßen gerechnet hatte, aber das weiß ich natürlich nicht. Ich habe ihn nie kennengelernt, und Jezebel, verschwiegen, wie sie war, erzählte nichts über ihn. Kein schlechtes Wort ging ihr über die Lippen.«

Colette lehnte sich zurück und beobachtete Pascal, der wieder die Fotos unter der Scheibe ansah. Colette wirkte, als wollte sie noch etwas hinzufügen. Pascal schaute sie fragend an.

»Gibt es da noch was?«, fragte er.

Colette schüttelte ihren Kopf wie ein kleines Mädchen, untypisch für sie. »Ich kann dir nicht alle Details unseres Businessplans erzählen«, sagte sie schließlich.

»Das musst du auch nicht«, beruhigte Pascal sie. »Das sind Jezebel und Pierre Cardin, oder?«, fragte er und zeigte auf ein Foto.

Pierre Cardin mit Brille, wie man ihn kannte, und daneben die große, stolze Jezebel in einem roten Kleid mit großen Kreisen, das ihr einen Science-Fiction-Look verlieh. Alles andere als modern, aus heutigem Blickwinkel.

»Ja«, sagte Colette. »Die beiden haben eine Modestrecke als Reise durch das Schaffen von Pierre Cardin gemacht. Pierre Cardin war verrückt nach ihr, erzählte mir Jezebel einmal, er konnte sich nicht an ihr sattsehen. Er war ihr Glück, als Muse verdiente sie Millionen, und er war besessen davon, wenn sie dieses Sci-Fi-Zeug trug. Wusstest du, dass er sogar mal Polizeiuniformen entworfen hat?«

Bitte nicht, dachte Pascal und nickte nur. Nicht dieses Thema.

»Was hat sich nach Cardins Tod geändert?«, wollte Pascal schnell das Thema wechseln.

»Sie wurde zur Kämpferin, wollte aber, dass wir alle nach ihren Spielregeln funktionieren. Wir sind aber ein Haufen junger Designstudentinnen, übrigens nur Frauen, und wir sind hungrig und wollen loslegen. Jezebel aber wollte erst nach der großen letzten Show ihre Idee der Öffentlichkeit präsentieren. Die letzte Pierre-Cardin-Kollektion sollte auch ihr letzter Auftritt sein. Am Ende wollte sie noch vom Laufsteg aus ihren Rücktritt erklären, Fotos und Videos zeigen, aus Ghana berichten und am Ende das erste Mal öffentlich über die Marke House of JEZEBEL sprechen ...« Sie brach ab.

»Wusstest du, was genau sie sagen würde?«

»Nein, darüber hat sie nie gesprochen. Sie war verschlossen, bis zum Schluss.«

»Glaubst du«, fragte Pascal, »dass jemand wusste, was sie vorhatte? Dass sie eine der wichtigsten Haute-Couture-Veranstaltungen für Aufklärung nutzen wollte? Das wird den Modeproduzenten und Fast-Fashion-Ketten nicht gefallen haben«, setzte er hinzu.

»Du meinst, es könnte ein Motiv sein?«

»Wir können nichts ausschließen. Aber einen Mord zu begehen? Als hätte jemand etwas zu verbergen gehabt.«

Eine Pause entstand, Pascal sah auf die Fotos und versuchte sich ein Bild von dieser Mega-Industrie zu machen. Warum dachten so wenige Menschen darüber nach?

Als hätte Colette seine Gedanken gelesen, sagte sie: »Es ist wie mit dem Klimawandel, alle wissen es, aber niemand tut etwas.« Colette hatte die Stimme erhoben, sie klang verzweifelt, dann wechselte sie ihre Tonalität. »Ich habe Jezebel viel zu verdanken«, sagte sie. »Sie war über eine lange Zeit mein Filter. Die Modebranche, wie ich sie als Studentin erlebt habe, führte dazu, dass ich mich bereits radikalisiert hatte. Aber das liegt hinter mir.«

Pascal schaute sie fragend an.

»Was bleibt uns jungen Menschen übrig?« Ihr Blick verfinsterte sich, und sie wirkte, als begäbe sie sich in einen Tunnel, ihre Augen verengt.

»Am Anfang unserer Idee und unserer Bewegung habe ich mich noch gefragt, warum eigentlich niemand reagiert. Warum wachsen immer neue Fast-Fashion-Shops aus dem Boden? Schnell habe ich die Antwort gefunden: weil es niemanden interessiert, wie die Sachen in die Läden kommen, wo sie herkommen. Lieferketten waren unwichtig. Und warum sie so günstig sind? Niemand hinterfragt mehr irgendetwas. Wie die Lemminge starren die Kids auf die Insta-Storys dieser Influencer und schauen sich an, welche Pullis, Hosen, Slips und Cremes diese gehirnamputierten Influencer aus ihren Plastiktüten fingern und in ihre iPhone-Kameras halten. Es sind Klamotten aus Chemie gefertigt, voll mit Giftstoffen, von denen ich mir zu wünschen begann, dass sie die Influencer schnell um die Ecke bringen würden, aber so war es nicht. Sie wurden immer mehr, und sie wurden immer jünger. Die erfolgreichsten von ihnen waren nicht mal in der Lage, einen geraden Satz zu formulieren, doch sie verdienten plötzlich so viel wie ihre Eltern zusammen. Weil diese Konzerne zwar ohne jedes Gewissen, aber nicht blöd sind. Ohne die geringste Empathie lebt es sich leichter, Pascal.«

Je länger sie sprach, je intensiver sie ausholte, desto mehr faszinierte Pascal diese Kämpferin. Wo stand er in diesem Moment? Er musste auf der Seite des Gesetzes stehen, doch was, wenn die Gesellschaft damit falschlag? Wenn es die Gesetzlosen brauchte, um etwas zu ändern? Er kam nicht dazu, weiterzudenken, denn Colette holte erneut aus.

»Erst veranstalteten wir Demos, wir riefen Petitionen ins Leben, doch bis auf den üblichen Teil der Bevölkerung, der immer dabei ist, wenn es darum geht, die Welt zu verbessern, kam niemand, unterschrieb niemand, schickte unsere Botschaften weiter an seine Freunde bei Facebook, Instagram und TikTok. Wir dachten, wir müssen auf den Plattformen angreifen, die sie auch nutzen, wir brauchen die Vielfalt, wie in einer guten Zeitung, doch so war es nicht. Wir erreichten nicht einmal einen Bruchteil der Menschenmassen, die den Mädels auf Insta folgen. Wenn ich sie schon sehe mit ihren gemachten Brüsten und mit mehreren Schichten Schminke auf dem Gesicht, wie sie strahlend in ihre Plastiktüten greifen und vor Glück aufstöhnen, wenn sie ihren Fast-Fashion-Schrott in die Kamera halten und am Ende sagen, sei du selbst. Dann, Pascal, könnte ich kotzen. Aber sie werden von der Modeindustrie bei Laune gehalten. Sie werden finanziert, nein, sie werden gestopft. Jeden Tag, als gäbe es nichts anderes als Geld, und diese Summen werden investiert, in teure Uhren, tiefergelegte Proleten-Kisten, die sie vor den Sternerestaurants parken und Champagner bestellen. Und was macht ein Mensch, der ganz sicher auf der richtigen Seite steht und zum Außenseiter wird? Entweder er gibt auf, oder er wird lauter. Und wir wurden lauter. Wir begannen, gezielte Aktionen zu starten. Farbbeutel auf Schaufenster, Stinkbomben in Flagship-Stores, allein dieser Begriff Flagship-Store bringt mich aus der Fassung. Unsere Ideale wurden zu Hass. Zu Hass auf diese ignorante Gesellschaft. Tja, Pascal, und dann kam Jezebel zu uns.«

Ihre Stimme senkte sich, hier in dieser Boutique, vor Pascal, arbeitete sie gerade Verdrängtes auf.

»Was hat Jezebel verändert?«, wollte Pascal wissen.

»Sie war besonnen. Sie kannte all diese Probleme, doch sie war der Überzeugung, man könne nur etwas erreichen, wenn man für etwas und nicht gegen etwas handelt. Das hat sie oft gesagt. Lasst uns nicht sagen, was wir nicht tun, lasst uns sagen, was wir tun. Und sie hatte Geld. Im Gegensatz zu uns. Zu uns Studentinnen, die alle in einem Business arbeiteten, das auf den ersten Blick diese Branche befeuert. Doch für uns war klar, das werden wir nicht tun. Wir werden unsere Ressourcen achten, und Jezebel holte uns genau dort ab, wie man so schön sagt. Sie investierte. Die Summen, die sie zur Verfügung stellte, waren enorm. Wir alle wussten, sie war reich, aber mit diesen Beträgen hatten wir nicht gerechnet.«

Sie nickte, als würde sie sich selbst bestärken müssen.

»Worin hat sie investiert?«, wollte Pascal wissen.

»Ihr größtes Investment waren Maschinen, die sie angeschafft hatte und nach São Paulo und nach Ghana transportieren ließ. Sie wollte individuelle Kreationen, sie war lange genug in der Modebranche, um zu wissen, dass unsere Kleidung etwas Besonderes brauchte. Eine Maschine, die Stoffe schredderte und daraus neues Material machte. Neben der klassischen Wiederverwertung hatten wir fortan die Möglichkeit, sogar Haute Couture zu fertigen. Und machen wir uns nichts vor, wir Designer sind Künstler, und eine Haute Couture ist für uns das Maß aller Dinge. Seit Jezebels Investment können wir das jetzt, nur zu Jezebels und unseren Bedingungen. Wir haben das Know-how, wir kennen die Wege der Vermarktung, wir wissen, wie das Image sein muss. Es wäre ein großer Spaß, aus den Müllbergen am Strand von Ghana Bekleidung zu nähen, die in Boutiquen auf den Champs-Élysées verkauft wird.«

Colette griff hinter sich in ein Regal und holte weitere Fotos heraus. Die darauf zu sehende Mode ähnelte der, die Pascal auf dem Schloss bei der Modenschau gesehen hatte.

»Beeindruckend«, sagte er. »Irgendjemand wird davon Wind bekommen haben.« Der Gedanke trieb ihn an, da gab es eine Spur. »Wer gehörte zu den Auserwählten, zu denen, die ihre Pläne kannten, außer euch?«, fragte Pascal.

»Ich kenne die Namen nicht. Sie wollte lediglich Pierre Cardins Nachfahren vorab informieren, sonst fühlte sie sich niemandem verpflichtet, sagte sie ...« Colette stoppte.

Danielle Deontré, schoss es Pascal durch den Kopf, er spielte sich zumindest als Nachfahre auf, nach allem, was Pascal bisher wusste. Nur war er der Leidtragende. Plötzlich hatte Pascal das Gefühl, nichts passte mehr zusammen, und er war Colette fast dankbar, als sie sagte: »Das muss für heute reichen«, und dabei in ihren dunklen Laden starrte. Für Colette entwickelte sich dieser Tag sicher zu einem der finstersten. Der Tod ihrer Freundin, das mögliche Scheitern all ihrer Pläne.

»Was machen wir denn jetzt?«, fragte sie plötzlich, ein Zittern in der Stimme, das Pascal zutiefst berührte. »Was machen wir denn jetzt?«

»Ich bin nur ein Polizist, aber ich verspreche Ihnen, alles zu tun, was in meiner Macht steht. Ich kann nur versuchen, so etwas wie Gerechtigkeit zu erreichen, Gerechtigkeit im Sinne des Landes. Mir ist bewusst, dass sie niemals das Leben aufwiegen kann, dass es Gerechtigkeit nicht geben kann.«

Pascal stand auf, wollte ein Zeichen setzen, sie in Ruhe lassen, wenn sie es wünschte, und Colette nahm die Geste dankbar an. Pascal hob den Rucksack auf.

»Ich würde ihn gern bezahlen. Was kostet er?«

»Es ist ein Geschenk, ein Prototyp, sag mir, wie er dir gefällt, das reicht uns.«

Pascal stellte den Rucksack noch einmal neben sich auf den Boden und griff zu seinem Portemonnaie. Colette schüttelte den Kopf, aber Pascal legte fünfzig Euro auf den Tisch. »Jetzt bin ich dein erster Kunde.«

Sie lächelte. »Immerhin«, sagte sie.

»Wenn dir noch etwas einfällt, ich bin da«, sagte Pascal.

Pascal wollte Colette nicht überfordern, aber es gab zu viele Fragen, und jetzt, mit dem umfangreicheren Wissen über Jezebels Leben, mussten sie alle neu denken. Sie blieb stumm, saß unbeweglich hinter ihrem Verkaufstresen.

»Kann ich dich allein lassen?«, fragte er noch. »Brauchst du etwas?«

Langsam wog sie ihren Kopf. »Es wird schon. Wir sind Kämpferinnen.«

21

Als Pascal an einem der Bistrotische auf dem Bürgersteig
vor dem »Café Tabac« in Lucasson Platz nahm und bei Jean-
Jacques ein Petit-déjeuner bestellte und dieser weder lächelte
noch mit einem Nicken die Bestellung entgegennahm, musste
Pascal plötzlich an seinen ersten Besuch hier denken. Da war
die halb abgerissene gelbe Markise, die trotz ihres bemitlei-
denswerten Zustandes noch immer dem Mistral trotzte und
im Sturm zur Waffe werden konnte, da waren die durchge-
sessenen Stühle und die wackeligen Tische.

Es war Pascal ein Rätsel, wie er sich hier zu Hause fühlen
konnte, hier immer wieder Platz nahm und frühstückte. Jedem
der Gäste bei Jean-Jacques musste es ähnlich gehen. Niemand
kam wegen des Essens hierher, niemand wegen des Kaffees,
und wenn man ehrlich war, wollte auch niemand zu dem
mürrischen Jean-Jacques mit seinen schmutzigen Hosen und
all den Flecken auf seinem Hemd. Hatte er eigentlich jemals
ein anderes getragen? Und hatte er jemals keine Zigarette im
Mundwinkel gehabt, wenn er das Frühstück brachte?

In sein »Café Tabac« kamen die Einwohner, weil es eben immer so gewesen war. Die gleichen Leute an den immer gleichen
Tischen, und wehe, jemand wagte es, sich an einen anderen
Tisch zu setzen. Inzwischen hatten sich die morgendlichen
Rituale sogar auf Bordeaux übertragen. Er legte sich immer
so unter den Tisch, dass er zwar jeden Passanten beobachten
konnte, aber auch niemals ein herabfallendes halbes Baguette
oder Croissant verpasste.

Als Pascal vor drei Jahren aus Paris angekommen war,
sein Auto bis unter das Dach vollgepackt, unsicher, ob er die
richtige Entscheidung getroffen hatte, unsicher, was seine Zukunft betraf, hatte er ebenfalls hier gesessen. Als er damals das
erste Mal durch Lucasson gegangen war, er die alten, liebevoll
dekorierten Häuser betrachtet hatte, die Blumenkästen, die

hellblauen Fensterläden, den Geruch eingeatmet hatte und die Ruhe wahrgenommen, hatte er ein gutes Gefühl bekommen.

Und er hatte am Ortseingang ein kleines Restaurant bemerkt. Es war geschlossen. Es war immer geschlossen, die Besitzerin war bereits vor Jahren verstorben. Es sollte einen Erbstreit gegeben haben, der noch immer anhielt. Pascal hatte sich nie darum gekümmert, aber jetzt, nach dem Gespräch im Zedernwald mit Lillie und Claude, erweckte es wieder seine Aufmerksamkeit. Ob es etwas für Claude und Lillie sein könnte? Wie ernst hatten sie es eigentlich gemeint?

Claude gehörte zu den aufstrebenden Köchen aus Lyon, einer Stadt mit einer der höchsten Sterne-Restaurant-Dichten Europas. Claude war seit dem letzten Jahr einer von ihnen. Er hatte eine Riesenkarriere vor sich, Claude konnte einer der ganz Großen seiner Branche werden. Aber sicher nicht mit einem kleinen Eckrestaurant in einem provenzalischen Dorf. Claude brauchte das gehobene Publikum, die High Society, die bereit war, seine Kunst zu bezahlen.

Pascal empfand es, je länger er über die Idee nachdachte, als einen Fehler, er musste es ihnen ausreden. Nur, was steckte dahinter? War es nicht in Wahrheit eine Idee seiner Tochter? Sie war es doch, die ihren Vater aus dem Polizeidienst haben wollte. Sie war es auch, die ihm den Traum eines Restaurants erfüllen wollte. Pascal war selbst schuld, zu oft hatte er in ihrer Gegenwart darüber gesprochen. Doch es war auch Claudes Leben, und sein Weg konnte kein kleines Restaurant in Lucasson sein, das passte nicht zu ihm, und Lillie schien das zu ignorieren. Und doch war da etwas in Pascal, das ihn wieder träumen ließ. Ein eigenes Restaurant, klein, unspektakulär, mit ein paar Stammgästen und einer kleinen Speisekarte, kreiert von ihm. Sollte das ein Traum bleiben, oder musste er seinem Traum Beine machen? Oder musste seine Tochter sogar einschreiten?

Pascal roch Zigarettenrauch, kaum wahrnehmbar, aber daran erkannte er, dass sein Frühstück kam. Jean-Jacques wischte, bevor er das Tablett auf den Bistrotisch stellte, einmal mit der Hand über den Tisch. Krümel fielen zu Boden, die gebrauchte Serviette des Vorgängers steckte er in seine Hosentasche. Dann schenkte er Pascal immerhin ein kaum wahrnehmbares Lächeln. Jean-Jacques war bester Laune.

Im Korb lagen ein Stück eiskalte, abgepackte Butter, mit den abgewetzten Messern nicht zu teilen, und, in eine kleine Plastikbox gezwängt, Marmelade. Erdbeermarmelade. Immerhin hatte Jean-Jacques das Baguette bereits vorgeschnitten, das Messer, eingewickelt in eine Serviette, würde diesen Kraftakt ebenfalls nicht bewältigen.

Pascal nickte Robert zu, dem Jäger aus dem Dorf. Er hatte sein Gewehr mit der Mündung nach oben an den Bistrotisch gelehnt.

»Gesichert?«, fragte Pascal nur und deutete darauf, es war seine Pflicht als Gendarm, obwohl er die Antwort kannte.

»Bien sûr«, sagte Robert.

»Du weißt, dass das nicht erlaubt ist? Eine Waffe in der Öffentlichkeit?«

»Natürlich, aber hier ist ja direkt der Wald.«

»In dem Schonzeit ist.«

Der Mann lächelte wissend und schaute Pascal direkt in die Augen, fehlte nur die Frage, ob ihm der Fasan gemundet hatte. Gut möglich, dass Robert ein Freund von Betrix war und mehr wusste, als Pascal lieb war.

»Ich habe es nicht gesehen«, sagte Pascal schließlich und kramte in seinem neuen Rucksack nach den Zeitungen des Tages. Die Morgenstunde im »Café Tabac« mit einer Zeitung zu verbringen, ungestört sein, das gehörte zu Pascals schönsten Ritualen in der Provence. Nur heute riss er sich nicht gerade darum, denn er ahnte den Inhalt, und er hatte zur Sicherheit sämtliche verfügbaren Zeitungen gekauft.

Jezebel hatte es tatsächlich in allen regionalen Zeitungen auf das Titelbild geschafft. Die Nachrichten im Radio berichteten bereits seit gestern Abend über ihren Tod, und die großen Internetportale zeigten alles, was sie an Modenschauen lizensiert bekamen. Die Modewelt trauerte und Pascal mit ihr.

Bis zuletzt hatte er gehofft, sie wäre nur untergetaucht oder würde irgendwo festgehalten. Dass am Ende tatsächlich der Tod stand, empfand er als eine Niederlage. Es wäre wichtig, zu wissen, wie lange sie bereits tot war. Erst morgen würde Leblanc ihm sein Untersuchungsergebnis mitteilen. Er konnte es nicht erwarten.

Pascal vertiefte sich in die Zeitungen, in allen stand mehr oder weniger dasselbe. Doch als er zum Le Figaro griff, entdeckte er ein Interview mit Danielle Deontré. Naheliegend, dachte Pascal, er war der Letzte, der sie engagiert hatte. Als Aufmacherbild sah man sein Gesicht in Schwarz-Weiß. Pascal vertiefte sich in den Artikel. Nach dem Bekunden seiner tiefen Bestürzung stellte der Journalist ihm eine Menge Fragen über Jezebels Leben, die er nur ungenau beantworten konnte. Dass Jezebel aus armen Verhältnissen aus Ghana stammte, hatten bislang alle Zeitungen berichtet, aber schon bei der Zahl der Brüder und Schwestern waren die Angaben unterschiedlich und gingen weit auseinander. Da war von neun Geschwistern die Rede, andere Zeitungen schrieben, sie sei ein Einzelkind gewesen und als Flüchtling nach Frankreich gekommen. Pascal ging davon aus, gestern die Wahrheit erfahren zu haben.

Interessant wurde der Artikel, als es um die Beziehung zwischen Pierre Cardin und Jezebel ging. Danielle Deontré galt als einer der Designer, die Pierre Cardins Werk fortführen sollten, und das schon zu Lebzeiten. Er blieb vage und kam zurück zu Jezebel. Er kenne keine andere Frau in der Modelbranche, die derart professionell gewesen sei.

In einem Kasten innerhalb des Artikels gab es einen lückenhaften Lebenslauf von Jezebel. Sauber aufbereitet der bekannte Teil aus ihrem Leben, nämlich eine Aufzählung der großen Shows, die sie gelaufen war. Kein großer Modedesigner, der in der Liste nicht genannt wurde. Jezebel bekam eine Doppelseite, auf der anderen Seite waren Fotos, Jezebel und Gaultier, Lagerfeld, Dior, Chanel, die Liste war unendlich, dazu die Fotos in schrillen Outfits.

Pascal zog seine Uhr ein Stück nach unten, Richtung Handgelenk, er mochte es nicht, wenn sich Schweiß darunter sammelte, dabei schaute er auf die Zeit. In einer Stunde musste er in der Mairie sein. Audrey hatte sich angekündigt, sie mussten sich austauschen. Während Pascal gestern bei Colette gewesen war, war Audrey mit der Spurensicherung ein zweites Mal in Jezebels Unterkunft gegangen, sicherlich würde sie auch noch weitere Details zum Zustand des Leichnams haben.

Pascal legte fünf Euro auf den Tisch, dazu einen Euro Trinkgeld für den Service von Jean-Jacques. Wenigstens darauf konnte man sich verlassen. Die Preise im »Café Tabac« waren stabil.

»Komm, Bordeaux, wir gehen arbeiten.« Der Hund schüttelte sich und war bereit, und so standen sie kurze Zeit später vor der Mairie.

Audrey hatte sich auf die Stufen vor der großen Holztür gesetzt und wartete bereits auf ihn, doch sie war nicht allein. Neben ihr saß eine junge blonde Frau in einem kurzen weißen Rock und lila Sneakern. Sie saßen dicht zusammen, tuschelten.

»Bonjour«, sagte Audrey, als Pascal sich näherte. Bordeaux war außer sich vor Freude, Audrey wiederzusehen, fragte sich sicher, wo sie nur so lange geblieben war.

»Darf ich dir Louanne vorstellen?«, fragte Audrey.

Er gab ihr die Hand. »C'est mon plaisir«, sagte Pascal, während er die Stufen hochging, die schwere Holztür aufschloss und die beiden Frauen hereinbat.

Das war also Louanne Bouvier, die Audrey und Pascal auf der Party des Federmanns nicht angetroffen hatten und die sie seitdem suchten. Audrey hatte sie gefunden. Bravo, Audrey.

»Louanne hat sich gestern bei uns gemeldet, weil sie in den letzten Wochen vor dem Verschwinden viel Kontakt zu Jezebel hatte.«

Pascal nickte wissend.

»Kommt doch bitte beide rein«, bat er und ging durch den Flur zu seinem Büro. Die Tür war offen, er ließ die beiden Frauen in sein Büro gehen und setzte sich hinter den Schreibtisch.

»Setzen Sie sich, Madame Bouvier«, forderte Pascal sie auf. »Darf ich Ihnen einen Kaffee oder ein Wasser anbieten?«

»Gern«, sagte sie.

Audrey begann, sie saßen noch nicht einmal ganz, sie sprach mit Dringlichkeit. »Ich war gestern erneut mit der Spurensicherung in Jezebels Appartement, in der Wohnung, die ihr für die Dauer der Veranstaltung gestellt worden war. Außer ihrem Koffer, den wir schon bei der ersten Durchsuchung gesehen hatten, und einer ziemlich großen Kulturtasche haben wir uns auf die wenigen persönlichen Sachen konzentriert, nur gab es von denen nicht viele. Es gab auch keine Handtasche.«

»Natürlich. Jezebel hatte immer eine Handtasche bei sich, immer dieselbe, da war sie eigen, es war ein Geschenk von Pierre Cardin, sie hat sie geliebt«, sagte Louanne.

»Daraus schließen wir«, fuhr Audrey fort, jetzt ruhiger als zuvor, »dass sich die Tasche noch am Tatort befinden muss.«

»Nur kennen wir den Tatort nicht, falls es nicht das halb renovierte Haus am Steinbruch ist«, ergänzte Pascal. »Wir können nur sagen, dass sie, nach allem, was wir wissen, nicht in ihrer Unterkunft umgebracht wurde.« Er sah seine Gäste an. »Also bin ich gespannt, was Sie mit alledem zu tun haben, Madame Bouvier.«

»Geduld«, entgegnete Audrey, »der Reihe nach. Als wir die Schubladen in Jezebels Appartement durchsuchten, haben wir zwei Visitenkarten gefunden. Die eine von Louanne, die ich sofort angerufen habe. Noch gestern haben wir uns getroffen. Aber erzählen Sie selbst.«

»Ich kannte Jezebel von vielen Shows, die wir zusammen gelaufen sind. Wir mochten uns und haben uns jedes Mal gefreut, wenn wir uns trafen. Das war diesmal nicht anders. Wir haben uns einen Abend unterhalten, und sie fragte mich, ob ich mir eine Stunde Zeit nehmen würde, sie hätte mir etwas Wichtiges zu sagen.«

Louanne sprach ruhig und konzentriert, es war ihr anzumerken, dass sie nichts Falsches sagen wollte. »Für den nächsten Tag hatten wir uns verabredet, doch ihre Garderobentür war verschlossen, als ich zum vereinbarten Zeitpunkt zu ihr kam. Ich dachte mir, sie würde sicher gleich kommen, und so blieb ich auf dem Flur stehen. Minuten verstrichen, und dann ging plötzlich die Tür auf, und ein Mann in einem Anzug kam heraus. Es war Danielle Deontré. Er lächelte und sagte, Jezebel sei jetzt so weit. Ich war mir erst nicht sicher, ob es der Star-Designer war, er war so nüchtern gekleidet in seinem schwarzen Anzug, so untypisch für sein sonst so offensives Auftreten. Er tat so geschäftlich. Und dann ging ich rein und fand Jezebel verstört vor ihrem Spiegel sitzend, erst nahm sie mich kaum wahr, ihre Augen waren rot, beansprucht, verweint. Jezebel war nicht gerade bekannt für besondere Gefühlsregungen, das wissen Sie sicher schon.« Louanne suchte nach Bestätigung in der Runde.

Audrey und Pascal nickten.

»Ich fühlte mich ihr irgendwie verbunden, ich wollte helfen, doch das ließ sie nicht zu. Nicht Jezebel. Irgendetwas musste passiert sein. Dieser Mann, dieser Danielle Deontré, musste ihr eine schlechte Nachricht überbracht oder die stolze Frau beleidigt haben. Ich konnte mir keinen Reim darauf machen, ich wusste aber, es stimmte etwas nicht, und so war es auch. Anstatt mit mir zu sprechen, bat sie mich darum, unseren Termin zu verschieben, sie könne jetzt nicht, sie war fahrig, nicht mehr so souverän, wie ich sie kannte.«

Louanne machte eine kurze Pause, ihre Stimme brüchiger als zuvor, als sie wieder ansetzte. »Natürlich, ich hatte nichts dagegen. Ich wusste ja auch gar nicht, worum es ihr ging, was sie wollte, was sie von mir wollte, und das war es eigentlich schon. Zu dem Treffen ist es nie gekommen. Und jetzt«, sie blickte in die Runde, unsicher, »ist es zu spät.«

Sie schluchzte, und es war ein aufrichtiges Schluchzen. »Und wenn ich die Zeitungen lese, dann haben Sie noch keine Spur, und ich dachte, vielleicht hilft das. Immerhin ist Danielle Deontré einer der Mächtigsten im Cardin-Nachlass, und man tuschelte in der Szene schon, sie hätten irgendetwas vor.«

»Das werden wir herausfinden«, beruhigte Audrey sie.

»Bleibt nur die Frage: Was hat sich zwischen ihnen in der Garderobe abgespielt? Jezebel war zu Lebzeiten eine von Pierre Cardins Musen, als loyaler Mitarbeiter hätte Deontré sich doch zurückgehalten, egal, was war oder sein wird. Er muss irgendetwas gewusst haben und hat sie damit unter Druck gesetzt.«

»Erpressung vielleicht?«, rätselte inzwischen auch Louanne mit.

»Wir müssen herausfinden, was die beiden verband, im Moment habe ich dazu keine Idee«, sagte Pascal nach einer Weile. Er war aufgestanden, manchmal tat er das, um besser denken zu können. »Wir müssen mit ihm sprechen, ich habe Fragen.«

Er sah Audrey an, diese kramte in ihrer Tasche.

»Guck dir das mal an«, sagte sie schließlich. In der Hand hielt sie eine Visitenkarte. Pascal nahm sie entgegen. Sie war von Danielle Deontré, Pascal zuckte mit den Schultern. »Das ist nichts Neues.«

»Doch, das ist es«, entgegnete Audrey. »Sieh sie dir genau an, Pascal, lies das Kleingedruckte.«

Unter dem Namen des Modedesigners stand: »Fondation pour une mode durable«. Pascal ließ die Karte sinken. »Eine Stiftung für nachhaltige Mode?«

»Genau«, sagte Audrey, »dort steht aber nicht Jezebel, sondern ›powered by Pierre Cardin‹, und jetzt dreh die Karte um«, forderte sie Pascal auf.

»›Création de la Fondation, eine Stiftung in Gründung‹.« Pascal ließ die Karte sinken, was es genau war, wusste er noch nicht, aber dass diese Karte dem Fall eine zusätzliche Wendung geben könnte, ahnte er.

»Das bedeutet«, sagte er nach einer Weile, »mit Hilfe des Brands Pierre Cardin sollte eine neue nachhaltige Modelinie ins Leben gerufen werden, und das angeblich im Namen des Mannes, dessen Muse Jezebel war. Möglich, dass Pierre Cardin von diesen Plänen niemals erfahren hat. Sehr gut möglich sogar.«

»Wahrscheinlich wurde Jezebel von Deontré erst an jenem Tag davon unterrichtet. Auch möglich, dass Deontré ihr vermittelte, die Verträge, die sie mit Cardin unterschrieben hatte, wären jetzt auf ihn übertragen worden«, sagte Audrey.

Pascal saß einen Moment still da. »Das hätte sich doch sicher überprüfen lassen«, sagte er schließlich.

»Wann war das Treffen zwischen Ihnen und Jezebel?«, wandte er sich an Louanne.

»Vorletzte Woche«, antwortete sie.

»Sie hatte also keine Zeit mehr gehabt«, sagte Audrey. »Wer weiß, mit wem er noch alles dieses Spiel trieb?«

Pascal fiel der Federmann ein, der ebenfalls einen Vertrag mit Deontré hatte, der ihn hier festhielt, nur wegen ein paar lausiger Jobs, weil die Federkunst derzeit nicht gefragt war. Die Modebranche ist brutal, konstatierte Pascal für sich.

»Angenommen, Jezebel hatte diese ähnliche Vereinbarung getroffen, treffen müssen, eben weil Deontré sich als eine Art Nachlassverwalter aufspielte, dann hätte das bedeutet, sie hätte das Gesicht der Stiftung werden müssen, ob sie es wollte oder nicht.«

»Kommt auf den Vertrag an«, mischte Louanne sich wieder ein. »Exklusivverträge sind möglich, werden bei uns aber ungern gemacht, da wir von der Vielfalt leben und niemand von uns absagen möchte, wenn die Vogue anfragt.«

»Wie gut kannte Jezebel sich mit Verträgen aus?«, fragte Pascal Louanne.

»Das weiß ich nicht. Ich weiß nur, sie machte alle Verträge selbst. Sie hatte kein Management, hat alles selbst gemacht. Sie wird also Ahnung gehabt haben, aber vielleicht war dieser Plan zu perfide, das überstieg ihr juristisches Wissen.«

»Von derartigen Praktiken habe ich noch nie gehört.« Pascal lehnte sich zurück, als müsse er Kraft tanken.

»Worüber wundert ihr euch denn eigentlich so?«, fragte Louanne, während sie Audrey und Pascal geradezu mitleidig ansah. »Das ist das Modebusiness, da läuft es so. Der Schnellste gewinnt, der Zweite ist nur noch die Modekette mit den Dumpingpreisen. Die Billigvariante.« Dabei zuckte sie mit den Schultern, als sei es nichts, was sie da sagte.

»Um es zusammenzubringen und eine weitere Möglichkeit durchzuspielen«, sagte Audrey, »angenommen, Jezebel hat von Danielle Deontré nur erfahren, dass sie Konkurrenz bekommen würde, und das aus ihrem engsten Umfeld. Ausgerechnet von Danielle Deontré, dem angeblichen Ziehsohn ihres Entdeckers. Und vielleicht dachte Jezebel, sie hätte selbst als Supermodel gegen einen funktionierenden Konzern keine Chance. Vielleicht stand die Frage, sie zu verpflichten, nie im Raum.«

»In beiden Fällen«, so Pascal, »waren es stürmische Vorzeichen. Ob mit Konkurrenz oder einer Doppelfunktion im Deontré-Konstrukt. Egal, wie wir es drehen, ihr eigenes Label, House of JEZEBEL, war in Gefahr.«

»Ja?«, fragte Louanne. »Glaubt ihr das wirklich? Wir sprechen über Jezebel, eine Kämpferin.«

Dieser Begriff kam Pascal bekannt vor, und er dachte, Jezebel starb, weil sie eine Kämpferin war und von einer Kämpferin oder einem Kämpfer getötet wurde.

22

Später am Nachmittag stand Pascal am Fenster und sah auf die Place de la Fontaine. So viel Zeit hatte er schon hier an diesem Fenster verbracht, hier konnte er ungestört denken und reflektieren, während er das Treiben auf dem Markt beobachtete, all seinen Gedanken nachhängend. Drei Rennradfahrer in engen Anzügen und mit Werbung auf den Trikots hatten sich auf die Steine am Rand des Brunnens gesetzt und tranken Wasser aus mitgebrachten Trinkflaschen. Wer die Serpentinenstrecke zwischen Bonnieux und Lucasson geschafft hatte, hatte sich jede Pause verdient. Sie hatten ihre Trainingseinheit noch vor Ausbruch der Sommerhitze erledigt, und doch glühten ihre Gesichter, vor Anstrengung oder von zu viel Sonne. Einer von ihnen tauchte seine Hand in den Brunnen, nahm mit der hohlen Hand Wasser in die Innenfläche und rieb sich das Gesicht. Er sah enttäuscht aus, und Pascal wusste, warum. Das Wasser erneuerte sich nicht, es lief den ganzen Sommer über durch einen Filter. Zu dieser Jahreszeit war es längst warm wie Badewasser.

Pascal freute sich darauf, nach dem Fall wieder mehr Zeit zu haben, er wollte sich endlich wieder mit seinen Freunden zum Boulespiel unter den Platanen bei den Steinbänken treffen und bei einem Rosé Dorfklatsch austauschen.

Aber jetzt wartete er auf Leblanc. Verabredet hatte Pascal sich mit seinem Freund ursprünglich im »Café Tabac« von Jean-Jacques, doch eine halbe Stunde vor dem Treffen hatte Leblanc ihn angerufen. Er habe Dinge entdeckt, die sie nicht in einem öffentlichen Café besprechen könnten. Es seien bahnbrechende Informationen, wie auch er sie noch nie erlebt habe, und er habe schon einiges erlebt. Er würde es vorziehen, sich in der Gendarmerie von Lucasson, also in der Mairie, zu treffen, und dann hatte Leblanc eine für ihn so typische Pause gemacht. »Ich werde dir außerdem etwas mitbringen, das auf Gäste in einem Café verstörend wirken könnte.«

Das war eine charakteristische Ankündigung seines Freundes. Leblanc wollte den roten Teppich ausgerollt bekommen, und Pascal war bereit, das zu tun. Auch in Paris oder von Kollegen hatte er niemals zuvor von einem derartig scharfsinnigen Gerichtsmediziner gehört. Leblanc, der Ur-Provenzale, der Trüffelsucher, der Konservative mit dem Hang zu guten Getränken und zur noch besseren Küche. In jeder französischen Metropole hätte er Karriere machen können. Er hätte Forensiker in spektakulären Mordprozessen sein können, er hätte den großen Zeitungen Interviews geben können, er säße in Talkshows, wenn er es denn gewollt hätte. Doch so war Leblanc nicht. Zwar liebte er die Show bei seinen Entdeckungen, den großen Auftritt, aber immer nur zu seinen Bedingungen.

Pascal freute sich auf ihn und bereitete bereits den Kaffee zu, erleichtert, dass Jean-Paul Betrix heute offenbar nicht im Büro war. Er hatte ihn schon ein paar Tage nicht gesehen. Nichts Besonderes, ein Bürgermeister habe draußen bei den Bürgern zu sein, sagte er gern, und vielleicht war er auf irgendeiner Veranstaltung oder bei einem Ausschuss.

Gerade hatte Pascal die Kaffeekanne und die Tassen hingestellt, die zwei Stücke Zucker für Leblanc bereitgelegt, als der Gerichtsmediziner das Rathaus betrat. Wie immer seine Lederaktentasche unter dem Arm und ein süffisantes Lächeln um seine Lippen.

»Es riecht nach Kaffee«, stellte er beruhigt fest.

»Komm rein, wir sind heute unter uns.«

»Das ist auch besser so«, entgegnete Leblanc und nahm am Schreibtisch Platz. Pascal schenkte Kaffee ein und wartete gespannt. Leblanc trank einen Schluck, lehnte sich zurück und fixierte Pascal einen Moment, als wolle er sichergehen, dass er seine volle Aufmerksamkeit hatte. Als auch er die Stille nicht mehr ertrug, begann er.

»Hast du Jezebels Leichnam eigentlich schon gesehen? Hast du sie begutachtet?«

»Nein, bislang nicht«, gab Pascal zu, »aber Audrey hat sie mir bereits zu beschreiben versucht.« Er berichtete seinem

Freund von dem, was er schon wusste, und benutzte auch den Begriff »mumienhaft, aber dabei feucht wie eine Wasserleiche«. Leblanc nickte. »So könnte man es beschreiben, für Menschen, die sonst nichts mit Leichen zu tun haben, trifft es das. Nur ist der Anblick sogar für uns Gerichtsmediziner verstörend.«

Pascal rückte unruhig auf seinem Stuhl hin und her. »Was ist verstörend für dich?«

Er war immer der Meinung gewesen, der Mann vor ihm habe in seinem Leben bereits alles gesehen, sei an alle Grausamkeiten gewöhnt, so jedenfalls interpretierte er die Geschichten, die Leblanc Pascal über die Jahre hinweg erzählt hatte.

»Zuerst hatte ich auch keine Erklärung dafür, und ich musste eine Menge rechnen, um überhaupt den Todeszeitpunkt zu ermitteln. Eigentlich ist das eher Routine, aber in diesem Fall ist es alles andere als das.« Leblanc sah auf den Schreibtisch, als stünden dort die Fakten, dann begann er aufzurechnen. »Die Modenschau war vor sechs Tagen. Drei Tage vorher war Jezebel verschwunden, das bedeutet, sollte sie an dem Abend, in der Nacht ihres Verschwindens umgekommen sein, dann wäre sie heute zehn Tage tot. Als wir sie gestern gefunden haben, war sie also neun Tage tot, maximal, es gab doch Augenzeugen an dem Abend ihres Verschwindens, richtig?«

»Ja, die gab es, Danielle Deontré hat sie gesehen sowie eine Kollegin, die sie ebenfalls an dem Abend gesehen hat. Außerdem waren Fotografen und Reporter anwesend, die vorab akkreditiert waren, um in ihren Blättern zu informieren.«

Leblanc nickte und trank einen weiteren Schluck von seinem Kaffee. »Das, Pascal, ist nach dem Fund ihrer Leiche, beziehungsweise der Überreste, vollkommen ausgeschlossen. Alles an ihr deutet darauf hin, dass sie seit Wochen tot sein muss, mindestens seit drei Wochen.«

Pascal sah seinen Freund schockiert an, unfähig, so schnell einen Schluss zu ziehen. »Bedeutet das, Jezebel war nie dort? Eine Doppelgängerin vielleicht?«

Leblanc lachte auf seine typische Leblanc-Art, den Mund leicht verzerrt, ein Atmen, das nur entfernt an ein Lachen erinnerte. »Genau das habe ich auch gedacht, und so habe ich mir Fotos aus den Tageszeitungen und von den Reportern besorgt und sie mit alten Fotos aus dem Internet verglichen. Wir haben unsere Möglichkeiten. Es besteht kein Zweifel. Jezebel war drei Tage vor der Modenschau noch da.«

Er gönnte Pascal ein paar Sekunden, um die Information zu verarbeiten.

»Und doch«, fuhr er fort, »gibt es klare Anzeichen für ein länger zurückliegendes Ableben des Mannequins.«

Er verwendete auch das Wort Mannequin, Pascal mochte es. »Woran machst du das fest?«

Leblanc legte die Fotos, eines nach dem anderen, in quälender Langsamkeit auf den Schreibtisch. Einen Moment starrte Pascal ungläubig auf die Bilder, wendete sie im Licht, betrachtete sie genau, eingehend. Von Jezebel war nichts mehr zu erkennen. Ihre dunkle Haut war an einigen Stellen pechschwarz, unregelmäßige Schattierungen. Auf einem anderen Foto sah Pascal, wie sich die Haut eng um die Knochen gelegt hatte, sie umklammerte. Fast wie ein Gerippe, auf dem eine Art Gummischicht lag. An anderen Stellen, vor allem in ihrem Gesicht, sah sie tatsächlich aus wie eine Mumie, nur fehlte das Getrocknete, das Ausgemergelte, das hatte Audrey treffend beschrieben, und auf einem weiteren Foto sah es aus, als sei sie geschrumpft.

»Was um Gottes willen ist das?« Pascal entwich nur ein heiseres Flüstern, seine Augen aufgerissen.

»So sieht ein Mensch aus, wenn er schon sehr, sehr lange tot ist. Zwischen dem, sagen wir mal, vierzehnten Tag und vier Wochen verändert sich der Anblick einer Leiche enorm. Nur ist Jezebels Gewebe an vielen Stellen bereits komplett abgebaut, siehst du das hier?« Leblanc tippte auf das Foto, das am weitesten von Pascal entfernt lag, nahm es hoch und hielt es ihm dicht vor das Gesicht. »Du musst genau hinschauen.« Er deutete mit dem Finger auf unscharfe Stellen auf der Haut.

»Hier ist die Haut aufgerissen, und das hier sind Zersetzungen.« Er sah Pascal fragend an. »Bist du bereit für die Fotos ihrer Organe?«, fragte er schließlich.

Pascal nickte nur noch, Derartiges hatte er noch nie zuvor gesehen.

»So viel vorweg«, sagte er. »Ich war dort. Ich kenne den Geruch einer Leiche«, ergänzte er. »Besser, als mir lieb ist. Wer diesen Geruch einmal erlebt hat, vergisst ihn nie. Wir Forensiker aber öffnen da unsere Nasenflügel, wo andere ihre Nasenflügel zusammenpressen. Der Geruch einer Leiche verrät uns nämlich etwas, und das müssen wir ertragen.« Leblanc griff erneut in seine Tasche und holte einen zweiten Stapel Fotos heraus, verdeckte sie aber mit der Hand, sodass Pascal sie noch nicht sehen konnte, dann fuhr er fort. »Ich habe in den Jahren die unterschiedlichsten Leichengerüche zuzuordnen gelernt. Eine Leiche mit einem derartig starken Geruch muss viele Wochen tot sein. Viele Wochen, Pascal. Dieser Geruch geht von zersetzten Organen aus, wenn sie gammeln, um es allgemeinverständlich zu halten. Das wirst du jetzt auf diesen Fotos sehen.« Er drehte sie in der Hand, nun lagen sie umgedreht vor Pascal. »Schaffst du das?«

»Ich denke schon«, sagte er, und Leblanc drehte sie um, breitete sechs Fotos vor ihm aus. Und als könnte Pascal sie nicht richtig sehen, rückte er sie weiter zurecht, richtete sie aus, bis sie gerade vor ihm lagen.

Die nächste Fotokollektion war für einen Arzt oder Forensiker wahrscheinlich schwerer zu ertragen als für einen Gendarmen wie ihn, dachte Pascal, denn sie waren in gewisser Weise abstrakt. Herz, Leber, Lunge. Auf den Fotos waren Kreise eingezeichnet, die allesamt größer waren als die Organe.

»Siehst du das, Pascal?«, fragte Leblanc, Gespanntheit in den Worten. »Sie sind geschrumpft, stark geschrumpft, einige zersetzt, hier die Lunge.«

»Wie ist das möglich?«, fragte Pascal.

»Diese Frage beschäftigt mich seit gestern. Jede Minute, jede Sekunde: Wie kann das sein?« Er wartete keine Vermutung ab, Pascal wusste, sein Freund hatte eine Antwort. »Durch Hitze. Durch starke Hitze über einen langen Zeitraum. Jezebels Körper ist dauerhaft bei mindestens hundert Grad geradezu gegrillt worden, oder, um näher an meinen Verdacht zu kommen, sie ist gebügelt worden.«

Diese Bemerkung ließ Leblanc einen Moment im Raum stehen.

»Gebügelt worden?«

»Genau, wie ein Stück Stoff.«

»Du meinst …?« Pascal sprach nicht weiter.

»Ja, das meine ich. Sie muss, bevor sie in dem verlassenen Haus am Steinbruch gefunden werden sollte, unter der Einwirkung großer Hitze und möglicherweise auch mit viel Feuchtigkeit gelagert worden sein. Anders ist der beschleunigte Verwesungsvorgang nicht zu erklären.«

Mein Gott, schoss es Pascal durch den Kopf. Der Federmann, und das sagte er laut.

»Der Federmann?«, wiederholte Leblanc fragend.

»Ja«, sagte Pascal, die Erkenntnis ließ ihn aufspringen, durch den Raum laufen. »Er bügelt, macht Falten in Kleidung und setzt Textilien großer Hitze aus«, sagte er und ließ sich wieder auf den Stuhl fallen. »Und ich weiß sogar, wo das passiert ist.« Pascal spürte, wie das Blut durch seine Schläfen rauschte, wie alles in ihm pulsierte. Plötzlich verstand er, sah klar.

»Und ich habe das Mordinstrument gesehen.«

Er erinnerte sich an das rote Licht in jener Nacht mit Audrey, die technischen Geräte an den Wänden, das Blubbern, das Zischen.

»Es war der Dampfschrank.«

Er hatte geleuchtet, direkt neben ihm, es durchzuckte ihn wie ein Blitz. Was dort neben dem Schrank zwischen Audrey und ihm geschehen war, wollte er nicht einmal seinem Freund Leblanc erzählen, war jetzt auch nicht relevant, dachte er. Er wusste nicht, was in dem Getränk gewesen war, das man ihm gereicht hatte, er hätte unter normalen Umständen nachgeforscht, doch dafür war keine Zeit. So blieb dieses Erlebnis schemenhaft. Und dann waren da noch diese Puppen und die Bemerkung vom Federmann. In Erinnerung war ihm aber vor allem der Geruch geblieben, der Zedernduft. Binnen Sekunden fügte sich in seinem Kopf alles zusammen. Details passten in die Lücken und vervollständigten das Bild, zumindest dachte Pascal das. Er wusste jetzt, warum es so viele Geruchsquellen gegeben hatte. Um den Leichengeruch zu überdecken.

»Und?«, fragte Leblanc. »Wem gehört der Dampfschrank?«

»Dem Federmann«, sagte Pascal, »dem Plumassier.«

»Ein Dampfschrank also«, sagte Leblanc leise, »ein Dampfschrank.« Und nach einer weiteren Pause: »Ich weiß gar nicht, was das ist, ein Dampfschrank, was macht der?«

»Er reinigt und plättet Kleidung mit Dampf, und er nimmt der Kleidung unangenehme Gerüche. Es passt alles zusammen Leblanc, alles. Ich habe darüber gelesen, als ich mich mit der Fertigung von Haute Couture beschäftigt habe, ich dachte, vielleicht hat es irgendetwas damit zu tun, und bin so auf Dampfschränke gekommen. Außerdem wollte meine eitle Ex-Frau so was mal für ihre Kleider anschaffen. Sie mochte den frischen Geruch ihrer Abendkleider, wenn sie aus der Wäscherei kamen.«

Leblanc nickte vor sich hin. »Verstehe«, sagte er, »verstehe. Dann sollten wir uns auf Weg nach Lacoste machen und den Schrank untersuchen. Es wird Spuren darin geben.«

Pascal nickte. »Der Federmann? Dieses fragile Wesen soll das Supermannequin in einen Dampfschrank gezwungen haben, und dort soll Jezebel umgekommen sein? Und wie hat der Federmann eine groß gewachsene Frau wie Jezebel in einen Dampfschrank bekommen? Ich gehe nicht davon aus, dass sie freiwillig hineingestiegen ist, bei dem, was sie noch vorhatte. Wie perfide dieser Plan doch war.«

»Wir müssen diese Theorie erst überprüfen«, sagte Leblanc. »Lass uns hinfahren, wir müssen uns ein Bild machen.«

Seinen Blick würde Pascal nicht vergessen, das wusste er, diese Neugierde in dem Gesicht seines Freundes, als könnte er es nicht erwarten, mehr noch, als hätte er auf einen solchen Fall sein Leben lang gewartet. Je komplizierter, desto besser, so war Leblanc. Pascal nahm seine Polizeijacke vom Haken. Der Gerichtsmediziner hielt ihn am Arm fest.

»Wir haben Gewebeproben genommen und die geschrumpften Organe auf Giftstoffe untersucht.« Er sah Pascal abenteuerlustig an. »Wir konnten Anästhetika in den Gewebeproben feststellen.«

»Sie muss also bewusstlos gewesen sein, als sie in den Dampfschrank gelegt wurde. Der war das perfekte Versteck«, sagte Pascal, dann folgte er Leblanc durch die große Rathaustür, und kurz vor dem Auto sagte der Gerichtsmediziner: »Mit der Aufdeckung dieses Falls werden wir Geschichte schreiben. True-Crime-Magazine werden über uns berichten.«

Leblancs Augen leuchteten, als er auf dem Beifahrersitz Platz nahm, während Pascal ungerührt Frédéric Dubprée informierte und sich eine Genehmigung für die Hausdurchsuchung beim Federmann holte. Möglich, dass er Verstärkung brauchte, möglich, dass er vom Federmann nicht gerade mit offenen Armen an der Tür empfangen werden würde. Bei einem Seitenblick sah Pascal auf Leblancs Handy. Er hatte eine Seite mit True-Crime-Podcasts geöffnet, um seinen Mund ein Lächeln, und als Pascal aufgelegt hatte, begann eine Stimme zu sprechen.

»Was Sie jetzt hören werden, hat uns Forensiker bis zum heutigen Tag beschäftigt. Seit zwanzig Jahren.«

Dann setzte Musik ein, die Pascal aus einem alten Edgar-Wallace-Film kannte, die aber schnell unterbrochen wurde, weil Leblanc telefonieren wollte. Kollegen, Professoren, Forensiker, sein Netzwerk war groß, und als sie Bonnieux schon lange passiert hatten, eröffnete Leblanc ihm: »Im theoretischen Fall, dass jemand in einem Dampfschrank umkommt oder gelagert wird, beschleunigt sich der Verfall der Leiche um ein Vielfaches, sagt Professor Giles von der George Washington University in Washington DC. Ihm ist ein derartiger Fall übrigens nicht bekannt, aber in seinen Studiengängen beschäftigt er sich genau mit solchen Vorfällen.« Leblanc lächelte bitter. »Viele der Studenten haben nach seinen Kursen Schlafstörungen.«

»Daher also Jezebels Zustand?«, fragte Pascal.

Leblanc nickte. »Das muss es sein«, sagte er nach einer Weile. »Der Dampfschrank hat Jezebel aussehen lassen, als sei sie seit vielen Wochen tot.«

»Und damit ist der schönen Frau am Ende ihre Würde genommen worden«, sagte Pascal und bog Richtung Lacoste ab. »Es ist nur die Frage, ob das absichtlich passiert ist oder ob es ein Zufall war, weil niemand wusste, was mit einer Leiche passiert, die in einem Dampfschrank gelagert wird und sogar darin umgekommen sein könnte.«

23

Lacoste war für Pascal der wohl rätselhafteste Ort im Luberon. Ein Dorf, in dem auf den ersten Blick die Zeit stehen geblieben zu sein schien. Die steilen Wege, vorbei an den verlassenen Häusern, den Denkmälern und den willkürlich im Ort verteilten Kunstwerken, und dann plötzlich das moderne Leben, die Boutiquen, die Galerien, Kunstaustellungen mit Monitoren, auf denen Videokunst gezeigt wurde. Lacoste war nur auf den ersten Blick verschlafen, auf den zweiten Blick ein Ort der Kunst.

Pascal parkte seinen Kangoo diesmal unten im Dorf, am »Café de Sade«. Der Polizeiwagen der Police nationale hatte bereits direkt neben der Rue Basse geparkt. Frédéric Dubprée musste sofort Kollegen zur Wohnung des Federmanns geschickt haben. Er vertraute Pascals Gespür, hatte in den Jahren seine Erfahrungen mit ihm gesammelt.

Das Restaurant unten im Ort war gut gefüllt, wahrscheinlich Touristen, sie stärkten sich mit Eis und Kaltgetränken, ihre Gesichter verschwitzt. Leblanc beachtete das »Café de Sade« kaum, er guckte auf sein Handy, dort hatte er offensichtlich die Adresse eingegeben. Mit dem Display vor seinen Augen drehte er sich einmal um seine eigene Achse und schien zufrieden, als er ein paar Schritte die steile Bergstraße hinaufging.

Pascal folgte ihm und war überrascht, wie viele Menschen heute auf der Straße waren. Wanderer, Paare, Familien, eine Frau mit einem Kinderwagen vor sich, die bemüht war, ihr Kind nicht mit überhöhter Geschwindigkeit die Kopfsteinpflasterstraße hinunterrasen zu lassen. Die Anstrengung war ihr anzusehen, ihr Gesicht war dunkelrot und nass.

»Eine merkwürdige Art, Urlaub zu machen«, entfuhr es Pascal, doch Leblanc schien ihn nicht zu hören. In seinem Eifer erinnerte Leblanc Pascal an einen Hund, der eine Spur aufgenommen hatte. Rechts und links nahm er nichts mehr wahr. Doch Pascal beobachtete beim Aufstieg eine Gruppe junger Studentinnen mit Zeichenblöcken in den Händen. Das Logo der Kunsthochschule SCAD zierte den Umschlag, die Klemmbretter und sogar die Stifte der Studentinnen. Der Ort wirkte durch das rege Treiben der jungen Menschen viel freundlicher als bei Pascals letzten Besuchen.

Nach etwa fünfzig Metern erreichten Leblanc und Pascal schwer atmend das Haus von Vincent, dem Federmann. Den Eingangsbereich hatten die Kollegen bereits mit rotem Flatterband mit dem Wort »Police« abgesichert. Ein Kollege der Police municipale aus Lacoste stand am Eingang, eine weiße Gesichtsmaske über Mund und Nase. Pascal zeigte ihm seinen Ausweis, stellte ihm Leblanc vor und trat mit ihm zusammen in den Flur.

Anders als bei der Party wirkte das gesamte Gebäude und auch das Innere viel dunkler, aber vor allem roch es anders. Süßlich, nach Verwesung, nach einer Leiche. Pascal konnte den Kollegen am Eingang mit der Maske verstehen. Er hätte jeden verstanden, der diesen Ort sofort verlassen würde. Unwillkürlich drückte er Mund und Nase in die Armbeuge.

»Wo ist Vincent?«, fragte er einen Kollegen der Police nationale, der gerade aus dem hinteren Raum kam, in dem der Dampfschrank stand. »Und haben Sie auch eine Gesichtsmaske für mich?«

»Keine Spur vom Mieter«, sagte der Polizist, dabei reichte er Pascal eine noch verschweißte Maske, wie er sie in den Coronajahren massenhaft in seinem Handschuhfach gehabt hatte.

»Merci«, sagte Pascal und riss sofort die Verpackung auf. Erst dann setzte er seinen Weg Richtung Dampfschrank fort, in der Gewissheit, die Fakten richtig zusammengebracht zu haben. Aus einer entsetzlichen Vermutung wurde in diesen Sekunden eine grauenhafte Realität.

Genau an dem Tisch, den Pascal in bester Erinnerung hatte, stand Audrey, ihre Augen auf Pascal gerichtet. Ihre Gesichtszüge waren durch die FFP2-Maske ebenfalls unkenntlich.

Neben ihr der geöffnete Dampfschrank, heute war das Licht erloschen. Ein Scheinwerfer der Police nationale leuchtete den unförmigen, riesigen Schrank aus. Neben einem Kollegen der Spurensicherung, der in seinem Plastikanzug aussah, als arbeite er in einem bakteriellen Krisengebiet, kniete bereits Leblanc. Auch er trug inzwischen Plastikhandschuhe, vor ihm in einem kleinen Koffer eine große Anzahl forensischer Instrumente. Eine Maske trug er nicht. Mit einem Wattestäbchen wischte er über die Innenseite des Schrankes, als bedürfe es noch eines weiteren Beweises.

»Ich habe keine Zweifel«, sagte er zu Pascal und Audrey, die jetzt hinter ihm standen.

»Seht hier, das sind Kondensationsflecken, die definitiv nicht von Haute-Couture-Mode, sondern von Jezebel stammen.« Er drehte sich zu ihnen um.

Pascal betrachtete den Dampfschrank in seiner enormen Größe. Es schien, als hätte Vincent, der Federmann, ihn extra in Übergröße anfertigen lassen. Leblanc beobachtete Pascal dabei.

»Es ist offensichtlich, auch ohne besonders großes technisches Verständnis kann ich sehen, dass es sich bei diesem Dampfschrank um eine Sonderanfertigung handelt. Unser Federmann hat drei Schränke zusammengebaut und die Böden herausmontieren lassen, sodass sie am Ende einen ergeben. Seht euch die Höhe an.« Er deutete zur Decke, die an dieser Stelle des Raumes offen war, sodass man bis in die Innenseite des Dachs schauen konnte. Durch die Galerie im ersten Stock, die direkt bis zum Dampfschrank führte, konnte Vincent das riesige Gerät von oben und unten befüllen.

»Er ist groß genug für einen Menschen«, merkte Audrey an.

»Kein Zweifel«, sagte Pascal. »Nur warum?«

Leblanc, durch seine Erfahrung mit dem Bösen angeregt mit der Phantasie eines Horrorroman-Schriftstellers, sagte: »Um Menschen verschwinden zu lassen.«

»Der Plumassier als Mörder«, flüsterte Audrey halblaut zu sich selbst.

»Nicht zu fassen«, ergänzte Pascal, »und ich dachte immer, ich hätte Menschenkenntnis.«

»Du schaust bei niemandem in das Innere«, sagte Leblanc, der gerade eine kleine durchsichtige Tüte verschloss. »Wir können in der Forensik die Temperatur und Feuchtigkeit der letzten Tage nachweisen, und es wird niemanden überraschen, aber hier wird es Temperaturen von über hundert Grad gegeben haben. Der Federmann hat Jezebel eingesperrt und dann den Ofen auf etwa hundertzwanzig Grad erhitzt. Wie lange ein Mensch das aushält, weiß ich nicht, ich weiß aber, wie grauenhaft der Tod gewesen sein muss«, fuhr Leblanc fort, dabei schüttelte er ungläubig den Kopf.

»Wir haben ihn bereits zur Fahndung ausgeschrieben«, sagte Audrey und schaute auf ihr Handy.

»Kommen Sie, Madame et Monsieur, das dürfte Sie interessieren«, sagte ein Mann von der Spurensicherung, der aus dem zweiten Raum in der Wohnung gekommen war, wo die Party stattgefunden hatte.

Audrey und Pascal folgten dem Mann im Plastikanzug in das Nachbarzimmer.

»Schauen Sie sich das an.« Er deutete auf eine Plastikbox, die er zuvor auf den großen Tisch in dem Raum gestellt haben musste. Darin waren mehrere Flaschen mit Putzmitteln und vor allem sogenannte Geruchsneutralisierer. Auch Essigflaschen und mehrere Zwölferpacks von Duftkerzen mit Zederngeruch. Pascal erkannte sie wieder, sie waren an dem Abend überall aufgestellt gewesen und hatten der Location einen Waldgeruch verliehen.

»Hier hat jemand versucht, den Geruch zu manipulieren.« Er lächelte, schien sich über seine Formulierung zu freuen. »Und sehen Sie hier …« Neben der Plastikbox lag abgerissenes Packpapier, Gaffa Tape. »Damit hat der Federmann die Schlitze zugeklebt, sodass kein Geruch nach draußen dringen konnte.«

»Und?«, fragte Pascal nur. »Hat es funktioniert?«

»Schwer zu sagen, möglicherweise ja, denn der Dampfschrank entfernt gewöhnlich Gerüche aus Kleidung, aber bei einer neun Tage alten Leiche habe ich meine Zweifel, ob das funktioniert. Wenn es nicht funktioniert hat, dann müssen die letzten Tage hier die Hölle gewesen sein, spätestens ab dem Moment, als er den Dampfschrank abgeschaltet hat, und wie Sie selbst riechen, ist er noch immer nichts für empfindliche Nasen. Wer hier gewohnt hat, war leidensfähig.«

Gemeinsam bedankten sie sich bei dem Mann der Spurensicherung und gingen zurück zu Leblanc, der sich inzwischen dem Fußboden widmete.

»Hier werden wir eine Menge DNA-Spuren finden. Reine Formsache«, fügte er hinzu. »So viele Beweise, sieht so aus, als könnten wir endlich wieder Boule spielen, statt stinkende Wohnungen in toten Dörfern zu untersuchen«, versuchte Leblanc Pascal aufzumuntern.

»Und als nach Tagen in dieser Wohnung der Geruch unerträglich wurde, als alle Geruchsneutralisierer aufgebraucht, alle Kerzen abgebrannt waren, hat unser Federmann sich eines Nachts entschieden, die Leiche hier raus und den ganzen Berg hochzutragen, um sie in das verlassene Haus am Steinbruch zu bringen.« Pascal hatte sich neben Leblanc gekniet.

»In dem Wissen, dass die Leiche irgendwann gefunden wird, früher oder später«, bemerkte Leblanc.

»Dass wir ihn suchen, dürfte ihm längst klar sein«, sagte Pascal. »Was also ist hier passiert?«, fragte Pascal schließlich. »Warum Jezebel? Was hatten die beiden miteinander zu tun?«

Der Federmann ein Kämpfer?, dachte Pascal noch, ohne es auszusprechen.

»Wir sind hier fertig«, verkündete der Leiter der Spurensicherung. Schnell, dezent und geübt räumten die Männer in den Plastikanzügen ihre Instrumente, Boxen und Tüten ein.

»Es wird schnell gehen«, sagte Leblanc beim Aufstehen und wandte sich ebenfalls zum Gehen. Sein Job war getan. »Jetzt müsst ihr ihn nur finden.« Und während er das sagte, klopfte er Pascal aufmunternd auf die Schulter. Pascal zeigte keine Reaktion.

»Wir bleiben noch einen Moment«, sagte Audrey.

Wenige Minuten später waren Audrey und Pascal allein am Tatort. Niemand von ihnen sprach, still schauten sie sich in dem Raum um. Pascal zog für einen Moment die Maske hoch. Sofort schoss ihm der süßliche Geruch in die Nase, und als er sie schnell wieder aufsetzte, konnte Pascal Audrey mit den Augen lächeln sehen. Dann war sie wieder ernst.

»Vincent ist eine tragische Figur«, sagte sie nach einer Weile. »Ein Dorfopfer«, fügte sie hinzu, und Pascal wusste, was sie damit meinte.

Er erinnerte sich an das Gespräch, an seine Bemerkungen, dass er hier festsaß, wie sehr ihm die Stadt fehlte. Glanz, Glamour, die Partys. Ein Mann, der etwas Bedeutendes in der Modewelt sein wollte und jetzt auf dem Abstellgleis vertrocknete.

»War es ein Hilferuf?«, fragte Audrey

»Dann war er zu laut«, antwortete Pascal. »Warum sollte er einen Mord begehen?«

»Vielleicht hat er Jezebel gehasst. Man fragt sich nur, warum.«

»Wenn ja, dann könnte es etwas mit ihrem Einsatz für Nachhaltigkeit zu tun haben.«

»Sind Federn etwa nicht nachhaltig?«, fragte Audrey.

»Zumindest dürfte er dann keine Federn mehr für die Haute Couture fertigen. Nein, das ist zu wenig. Es muss einen größeren Zusammenhang geben, etwas Essenzielles. Das reicht nicht für einen Mord. Wenn ich es richtig verstanden habe, dann war er hier ausgebootet, er sah zu, wie sich das Leben in der Modewelt weiterentwickelte, aber ohne ihn.«

»Wir müssen etwas übersehen haben«, sagte Audrey, und sie begann durch den Raum zu gehen, verließ ihn schließlich, an der Treppe zur Galerie blieb sie stehen. Pascal neben ihr, wieder holte er die Plastikhandschuhe aus seiner Uniformtasche.

»Schauen wir uns mal auf der Galerie um«, sagte er und ging die Treppe hinauf, mit den Augen den Raum absuchend.

Audrey war zuerst oben und ging bis zum Geländer der Galerie.

»Wo sind eigentlich die Federn?«, fragte sie. »Wenn er die Federn für die Haute Couture macht, warum sind hier nirgendwo welche? Warum ist hier nur der Dampfschrank?«

»Das ist eine gute Frage.«

»Natürlich, er arbeitet nicht mehr«, setzte Audrey fort, »aber es gibt außer diesem gigantischen Dampfschrank nichts, was auf seinen Beruf hinweist. In jener Nacht«, sie schaute ihn bedeutungsschwanger an, lächelte leicht, »waren hier noch Federn und Stoffe, die sind alle verschwunden.«

»Ich gebe dir recht, das ist komisch.«

»Vielleicht hat er irgendwo eine Werkstatt, ein Atelier?«

»Das wäre möglich«, antwortete Pascal.

»Genug leere Wohnungen gibt es hier. Nur, wie soll er sich das leisten? Er hat offensichtlich kein Einkommen, weil er keine Aufträge hat.«

»Vielleicht braucht er auch nichts zu bezahlen. Hier hängen doch alle miteinander zusammen. Die Wohnungen gehörten alle Pierre Cardin.«

»Die Wohnungen haben wir inzwischen alle auf den Kopf gestellt«, sagte Audrey, »als wir Jezebel gesucht haben. Sie standen leer. Es war ein weiter Weg bis zur Durchsuchungserlaubnis.«

»Möglich, dass er sich in einer der Wohnungen aufhält, ich denke, wir müssen sie noch einmal durchsuchen, und dass der Federmann hier nicht in Ruhe auf uns wartet, dürfte niemanden überraschen«, sagte Pascal.

»Natürlich«, sagte Audrey, »natürlich ist er untergetaucht. Er wusste, was passiert. Er wusste, wir würden hierherkommen. Er wusste, wir durchsuchen seinen Dampfschrank. Wir würden herausfinden, dass Jezebel lange dort versteckt worden war.«

»Nur wenn er ohnehin wusste, dass wir kommen, warum dann die Mühe?«

Audrey und Pascal funkelten sich an, die Augen aufeinandergerichtet.

»Für mich wirft die Statur des Federmanns Fragen auf. Er muss, wahrscheinlich nachts, die Leiche ganz allein den ganzen Weg nach oben geschafft haben. Ich habe Zweifel«, sagte Pascal.

Für einen Moment schwiegen sie, bis Audrey sich über das Geländer auf der Galerie hinüberbeugte und zum Dampfschrank griff. Als würde sie einen Kühlschrank öffnen, stand der Schrank wenige Sekunden offen.

»Hatte Jezebel eigentlich Verletzungen?«, fragte Audrey.

»Wissen wir das?«

Pascal griff in seine Innentasche, dort hatte er eine Kopie des Berichts von Leblanc. Er ging ihn schnell durch, dann blieb sein Finger an einer der Zeilen hängen, er schaute sie an.

»Ja, sie soll Prellungen gehabt haben.«

»Wo?«, fragte Audrey.

»Die Forensik konnte nur Hämatome an den Beinen und am Arm feststellen. Der Rest des Körpers ... Du weißt schon.«

»Es wäre also möglich, dass sie von hier oben in den Dampfschrank geworfen wurde und dann innerhalb des Schranks nach unten gefallen ist. Wir wissen, sie war betäubt, sie wird es nicht bemerkt haben. Das sollten wir mit der Gerichtsmedizin klären. Hämatome würden die Theorie, dass man sie von oben in den Schrank geworfen hat, unterstützen.«

»Vincent hat sie also in die erste Etage geschleppt, vielleicht hat sie sich noch gewehrt, vielleicht hat er mit ihr gekämpft, und dann soll der zarte Federmann sie hier oben in seinen Dampfschrank geworfen haben? Und selbst die Tür unten ist nicht direkt am Boden, er musste sie über eine Schwelle heben. Nicht dass man das nicht schaffen würde, aber es muss für unseren zarten Täter ein enormer Kraftakt gewesen sein.«

»Es bleibt also die Möglichkeit, dass sie durch die untere Tür in den Schrank gebracht wurde«, gab Audrey Pascal recht.

»Vor allem aber suchen wir das Motiv«, ergänzte Pascal. »Bislang gibt es keinen stichhaltigen Grund für einen Mord.«

Pascals Handyklingelton durchbrach die Stille, beide fuhren zusammen, so sehr waren sie abgetaucht in ihre Gedankenwelt.

»Pascal«, sagte eine ihm wohl vertraute Stimme. »Innendienst«, polterte Jean-Paul Betrix. »Hier liegt ein Umschlag für Sie. Vielleicht können Sie sich den Inhalt bei einem Ihrer nächsten seltenen Besuche an Ihrem Arbeitsplatz mal anschauen.«

Pascal ignorierte die Spitze. »Natürlich, mon Maire. Ich komme heute noch rein und schaue es mir an.«

Das süffisante Lachen des Bürgermeisters war durch das Telefon zu hören. »Nur keine Eile, Monsieur le Gendarme, nur keine Eile.«

24

»Ich war so frei, Monsieur le Gendarme«, brummte Jean-Paul Betrix. Er stand mit seiner Schulter angelehnt im Türrahmen von Pascals Büro der Gendarmerie. »Sieht ja spektakulär aus.« Er deutete auf Pascals Schreibtisch, auf dem fünf Zeichnungen ausgebreitet waren. »Ich meine, ich kann mit so was ja nichts anfangen, scheint aber bedeutend zu sein«, fügte er hinzu, während Pascal still eine Skizze nach der anderen in die Hand nahm und studierte.

»Das ist sie doch, oder?«

Pascal nickte schnell, seine Konzentration ganz bei den Bildern.

»Ich meine, das heißt ja nichts, aber ich kann die Schwarzen oft nicht auseinanderhalten.« Betrix grinste schief.

»Würden Sie bitte mein Büro verlassen?« Die Frage durchschnitt das Grinsen wie ein Peitschenhieb.

»Ich sag doch nur.« Betrix machte keine Anstalten zu gehen, blieb wie ein Fels stehen, wie festgeklebt. »Ich bin kein Rassist, Pascal. Nur dass wir uns verstehen. Ihr Liberalen mit eurem grenzenlosen Verständnis, ihr Baum-Umarmer mit den Regenbogenflaggen, ich wünschte, ihr würdet mal aufwachen. Was glaubst du denn, warum ich immer wieder gewählt werde?«

Pascal schaute auf. Seit drei Jahren ließ er sich die ständigen Demütigungen, die Spitzen gegen ihn, seinen Job, seine Vergangenheit in Paris, sein Wesen gefallen. Er war immer still dabei, ließ es abprallen, doch diesmal war Betrix zu weit gegangen. Es gab nichts, was Pascal mehr ablehnte als Rassismus und Ausgrenzung. Als Pascal seine Ansichten einmal gegenüber dem Bürgermeister zu formulieren versucht hatte, war es in einem Streit geendet. Einem lauten Streit, nachdem Pascal begriffen hatte, dass eine sachliche Auseinandersetzung mit diesem Mann nicht möglich war.

»Ich habe keine Ahnung, warum Sie gewählt werden, Monsieur Betrix. Absolut keine Ahnung.« Pascal sah seinem Chef in die Augen. »Ich habe Sie nicht gewählt.«

Er sprach es aus und war sich sofort über die möglichen Folgen im Klaren. Er war zu weit gegangen, dieser Mann in seinem Türrahmen konnte ihm das Leben zur Hölle machen oder ihn sogar entlassen. Nur, dachte Pascal, eine Entlassung – käme sie ihm nicht entgegen? Hatte er diese Arbeit nicht ohnehin längst satt? Ihm fehlte nur der Mut, den nächsten Schritt zu gehen, ihm fiel wieder das kleine Restaurant an der Ecke ein, und so setzte er noch einmal »Ich habe Sie nicht gewählt« hinzu.

Das laute, schallende Lachen würde sich einbrennen, wusste Pascal. Der Hohn, der Spott, die ganze Verachtung, die im Lachen des Bürgermeisters lag, kühlte die Atmosphäre in den Gefrierbereich hinunter.

»Sehen Sie sich bloß vor«, zischte Betrix. »Passen Sie gut darauf auf, keine Fehler zu machen.«

»Jeder Mensch macht Fehler, Monsieur Betrix, bis auf Sie natürlich.«

Wieder ein Lachen. »Ein Fehler ist mir schmerzlich bewusst geworden: als ich Sie zum Gendarmen ernannt habe. Das war einer dieser Fehler. Unverzeihlich war das.«

Für eine halbe Sekunde trafen sich ihre Blicke, funkelnde Wut zwischen ihnen.

»Sie leben jetzt seit drei Jahren hier«, fuhr Betrix fort, »und Sie haben uns bis heute nicht verstanden. Sie wissen nichts über uns, Sie bemühen sich nicht einmal. Sie wissen nichts über unsere Werte, über das, was uns im Inneren zusammenhält. Wir wollen das, was wir haben, erhalten. Wir hassen Veränderungen, wir lieben Verbesserungen. Keine Gänsestopfleber mehr essen zu dürfen betrachte ich als eine Verschlechterung und nicht als Verbesserung, und der Islam kann mir gestohlen bleiben. Wir haben hier die schönsten Kirchen des Landes. Ich werde den Bau von Minaretten nicht genehmigen, und ich möchte auch nicht mit dem Gesang des Morgenlandes geweckt werden. Ich ziehe die Zikaden vor, und bei einem Gewehrschuss bekomme ich Appetit und zucke nicht zusammen, weil mir ein Hase leidtut.« Er atmete schwer ein. »Was also Sie als Großstädter hier zu uns bringen, sind Verschlechterungen. Ich möchte auf Lavendelfelder schauen und nicht auf Windkrafträder. Was wollen Sie uns also erzählen? Wir sind keine Städter, wie sind Provenzalen. Wir lieben unsere Freiheit so sehr wie die Ordnung. Eine Ordnung, die wir im Rahmen der Gesetze abgesteckt haben. Herrgott noch mal, Pascal, ist es so schwer, dafür zu sorgen, dass wir weiter in unserer Ordnung leben?«

Pascal kamen die Sätze des Bürgermeisters vor, als würden sie aus einer Wahlkampfrede stammen. Hier in Südfrankreich stand Betrix mit seiner Meinung nicht allein. Weit über die Hälfte vor allem der dörflichen Bewohner wählten rechts, nicht wenige unter ihnen sogar ganz weit rechts. Ginge es nach ihnen, wäre Marine Le Pen längst Präsidentin. Und so war es einfach für Betrix, die ländliche Bevölkerung zu begeistern. Vielen sprach er aus der Seele. Und je konservativer er wurde, bis hin zu radikalen Äußerungen, desto mehr hing ein Teil der Menschen in Lucasson an seinen Lippen. Läge es in seiner Macht, die Demokratie hier und heute zu beenden, er würde es tun, und einige im Ort wären bereit, ihm zu folgen.

Pascal seufzte, es war wie in fast ganz Europa, die Radikalisierung nahm zu, offenbar wurden diejenigen immer mehr, die ihre Verantwortung an irgendjemanden abgeben wollten, der noch lauter war als sie selbst.

Jean-Paul Betrix war nicht mit Argumenten zu überzeugen, er reagierte nur auf Drohungen, und für die hatte er eine Antenne. Pascal wusste das, und so wählte er die folgende Frage mit Bedacht.

»Waren Sie heute erfolgreich?« Pascal musterte seinen Chef von oben bis unten, seine Jägerhose, seine grüne Jacke, sein Jagdmesser in der Seitentasche. Ein Bürgermeister, der mit seinen Parteifreunden offen wilderte. Der Satz hatte gesessen, doch Pascal war noch nicht fertig. »Möchten Sie ein Fasanenrezept von mir?«

Es war kein weiteres Gespräch mehr notwendig. Selbst wenn Jean-Paul Betrix am längeren Hebel saß, so hatte Pascal doch zumindest ein bisschen etwas in der Hand, wenn es hart auf hart kommen würde. Ob Pascal sein Wissen jemals gebrauchen würde, er konnte es nicht einschätzen und wollte es auch nicht. Nicht jetzt, da Jean-Paul Betrix endlich den Türrahmen freigab und Stille herrschte, von Pascal dringend benötigte Stille, und er wieder die Zeichnungen betrachten konnte.

Die Frau darauf, und es war immer dieselbe, war ohne jeden Zweifel Jezebel. Ihr gesamter Körper war in Federn gehüllt. Um den Kopf trug sie auf zwei der Zeichnungen einen Federschmuck wie eine Krone. Auf einem anderen sah sie aus wie ein Pfau, den Kopf nach oben gereckt, Stolz im Blick. Auf der letzten Zeichnung, die er hochnahm, war Jezebel nicht fertig gezeichnet. Der Federschmuck nur angedeutet, nur skizziert, mit Bleistift, unterschiedlich deutlich in seinen grauen Schattierungen.

Pascal ließ die Zeichnungen sinken und griff zum Kuvert. Darauf stand weder Absender noch Adresse, nicht einmal Pascals Name. Kein Begleitschreiben, keine Briefmarke. Jemand hatte die Zeichnungen persönlich in den Briefkasten der Gendarmerie geworfen. Pascal sollte sie sehen. Das ermordete Supermodel in Federn gekleidet, als Beweis. Vincent war der Mörder, da sollte es keinen Zweifel mehr geben. Als hätte es noch dieses letzte Indiz gebraucht, als wollte jemand sichergehen. Nur warum?

Pascal fuhr zusammen, als sein Mobiltelefon einen piependen Ton ausstieß, der seinen Besitzer auf einen eingehenden Anruf aufmerksam machen sollte. »Audrey«, stand auf dem Display, dazu ein Foto, viele Jahre alt, mit einem Glas in der Abendsonne von Aix-en-Provence.

»Audrey«, sagte Pascal.

»In Marseille gibt es eine Demo gegen Fast Fashion«,

sagte Audrey, in ihrer Stimme lag eine gewisse Aufregung, aber da war auch Neugier, ein Staunen. »Es sind vor allem junge Frauen, offensichtlich ist sie angemeldet, also alles in Ordnung. Wir hätten es hier in Apt gar nicht mitbekommen, doch Frédéric Dubprée war es bei seiner Meldungskontrolle aufgefallen. Aber es gibt da noch etwas anderes, Wichtiges«, fuhr Audrey fort. »In der Nacht sind Schaufenster mit Parolen beschmiert worden. Türschlösser wurden verkittet, mehrere große Modeketten in der Einkaufsstraße konnten heute Morgen nicht öffnen, und als es gelang, die Türen wieder freizumachen, standen die Demonstranten davor und haben die Kunden beleidigt. Bei anderen Ketten wurden Fenster eingeschlagen und Schaufenster verwüstet. Nur«, sie unterbrach sich, Pascal hörte ein Blättern, »es wurde nichts geklaut, obwohl es ein Leichtes gewesen wäre. Stell dir das vor, Pascal, in Marseille, in einer Stadt, die zu den kriminellsten Europas gehört, wurde nichts geklaut.«

»Darum geht es ihnen auch nicht«, sagte Pascal. »Was sind das für Parolen?«

»Fahr hin, das weiß ich nicht«, antwortete Audrey. »Aber über einige Schaufenster wurden Plakate mit dem Bild von Jezebel geklebt. Schau dir das an, Pascal. Frédéric Dubprée bittet ebenfalls darum. Man sollte das sehen, bat er.«

Pascal war in seinem Büro bereits aufgestanden und nahm seine Jacke vom Haken. »Von wem ist die Demo angemeldet worden?«

»Moment«, sagte Audrey, »von deiner Bekannten, von Colette Leroy.«

»Das überrascht mich nicht«, entgegnete Pascal, »ich melde mich, wenn ich dort bin.«

»Und noch eine Kleinigkeit, hast du heute schon die Zeitung gelesen?«

»Ich hatte heute Morgen keine Zeit«, antwortete Pascal.

»Eigentlich muss man sie auch nicht lesen, man muss nur genau hinschauen. Seite zwölf.« Pascal hörte, wie es raschelte. »Du wirst die ›La Provence‹ in der Tasche haben. Ich kenne dich doch.« Pascal meinte, ein Lächeln in ihrer Stimme zu erkennen.

Natürlich hatte Audrey recht, ungelesen und eingerollt hatte er sie heute Morgen bei Jean-Jacques in die Uniformtasche gesteckt. Für die digitale Zeitung war Pascal nicht bereit, vielleicht brauchte er das Rascheln, das Hin-und-her-Blättern, genau sagen konnte er das nicht. Eine Zeitung gab ihm ein Gefühl der Wärme, die ihm ein elektronisches Gerät nicht geben konnte. In Lillies Augen war er ein alter Mann, aber was sollte das schon bedeuten, sie nannte ihn schließlich inzwischen auch Opa. Und ein Opa hatte das Recht, eine gedruckte Zeitung zu lesen, fand er.

»Ich warte«, sagte Audrey, »ich will deine Reaktion live miterleben.«

»Moment«, beruhigte Pascal sie, »ich stelle dich auf meinen Lautsprecher.« Er legte das Handy vor sich auf den Schreibtisch, daneben schlug er die Zeitung auf, Seite zwölf. Zu sehen war ein Bild von Jezebel. Sie trug ein enges schwarzes Kleid, tief ausgeschnitten, nackte Arme, barfuß. Ihr Blick in die Kamera gerichtet. Darunter auf Englisch: »Jezebel: Lacoste – Home of sustainable Fashion, in Memorandum of Pierre Cardin«. Unten am Bildrand, ganz klein: »Stiftung in Gründung«.

Pascal atmete pfeifend aus. »Ich dachte, sie wollte ein eigenes Label. House of JEZEBEL.« Er stockte, seine Gedanken rasten.

»Das dachte ich auch, Pascal, aber hier stimmt etwas nicht. Entweder sie hat ein doppeltes Spiel gespielt, oder eine der beiden Seiten sagt die Unwahrheit.«

»Die Unwahrheit?« Pascal lachte bitter auf. »Ich würde eher von Betrug sprechen.«

»Oder es ist nicht exklusiv. Warum soll sie sich nicht gegen Fast Fashion ganz allgemein aussprechen und mehrere Anbieter unterstützen?«

»Möglich«, sagte Pascal. »Möglich, aber wir reden über ein Label unter ihrem Namen.«

»Aber sie war Pierre Cardins Muse. Für mich wäre es konsequent, wenn sie ihn unterstützen würde, zumindest sein Unternehmen. Etwas in der Richtung muss Danielle Deontré in Jezebels Garderobe klargestellt haben. Das war es, was Louanne mitbekommen hat.«

»Und was bedeutet ›Lacoste – Home of sustainable Fashion‹? Produzieren die in Lacoste jetzt Mode? Im Schloss? Bauen die da Nähmaschinen auf, oder was?«, fragte Pascal.

»Immerhin gibt es schon eine Website. Ich habe sie mir eben angeschaut, aber mehr als das Logo, wieder mit einem Foto von Jezebel, gibt es nicht. ›Coming soon‹, steht da. Es gibt auch kein Impressum. Nur den Hinweis auf eine gerade gegründete Stiftung, bei der interessanterweise Pierre Cardin gar nicht genannt wird. Wusstest du das, Pascal?«

»Nein, bisher nicht. Bislang gab es keine Stiftung.«

»Unter der Stiftung wird jetzt offensichtlich nachhaltige Mode hergestellt.«

Pascal dachte kurz nach. »Ich habe keine Ahnung von Marketing, aber eine ganze Seite in der ›La Provence‹ kostet viel Geld, und wenn weder die Stiftung noch das Label aktiv sind, dann ist das Geldverschwendung und mit gesundem Menschenverstand nicht nachzuvollziehen. Es geht doch um ökologisches Handeln, hoffe ich jedenfalls.«

»Ach, Pascal«, entgegnete Audrey. »Die Dinge in der Werbung laufen längst anders. Vielleicht soll die Anzeige nur neugierig machen.«

Pascal zuckte mit den Schultern, sagte nichts, ein weiteres ihm vollkommen unbekanntes Gebiet lag vor ihm. Die Vermarktung von Dingen wie Mode hatte ihn noch nie interessiert. Sich in diese Materie einzuarbeiten würde ihn Monate kosten, vielleicht würde er es auch dann nicht verstehen. Werbung war pure Unwahrheit, für Pascal das Gegenteil von allem, wonach er im Leben strebte. Aber die Stiftung interessierte ihn. Wer hatte sie gegründet? Und warum war Jezebel in der Werbung zu sehen?

»Fahr zur Demo, Pascal«, unterbrach Audrey seinen Gedankengang. »Vielleicht stößt du dort auf Antworten. Ich schaue inzwischen, wer hinter dem Logo steckt und wer der Gründer der Stiftung ist.«

Pascal schob die Zeitung zurück in seine Uniformtasche, entschied sich dann aber, Colettes Rucksack mitzunehmen, legte die Zeitung und auch die Zeichnungen hinein und verließ das Rathaus von Lucasson.

25

Pascal bot sich ein vertrautes Bild, als er eine Menge von etwa
fünfhundert Demonstranten die Einkaufsstraße von Marseille
Richtung Hafen gehen sah. Auf Kundgebungen und Demons-
trationen für Ordnung zu sorgen gehörte zum Alltag eines
Pariser Polizisten. Von den Dimensionen her gab es zwischen
Marseille und Paris keine großen Unterschiede. Kolleginnen
und Kollegen der Police municipale begleiteten den Zug der
Demonstranten, bereit, bei jeder Ausschreitung einzugreifen.
Gewaltbereit schienen sie nicht zu sein, dafür laut.
»Fast-Fashion-Hersteller sind Mörder!« – »Kleider machen
Leute, aber unsere Entscheidungen machen den Unterschied!«

Hinter ihnen hupten Autos, Einheimische und Touristen
wollten vorbei, die Abendsonne am Hafen von Marseille
genießen, doch mit jedem hupenden Auto schien der Zug
langsamer zu werden, bis er schließlich zwischen zwei Schaufenstern von Mode-Kaufhäusern ganz zum Stehen kam. Ein
riesiges Foto wurde von drei Studentinnen in die Luft gehalten, darauf ein Foto von Kleiderbergen in der Atacama-Wüste
von Chile.

»Bringt euren Schrott doch direkt in die Wüste!«, rief eine
Frau mit einem Megafon in der ersten Reihe, die Pascal nur
von hinten sehen konnte.

»Deine Billigkleidung ist teuer erkauft: Menschenleben und
Umwelt!«, rief eine zweite junge Frau.

Dann riefen die Demonstranten im Chor weitere Parolen:
»Say no to fast fashion!«

Pascal stand hinter den Demonstranten und konnte nicht
alle Plakate lesen. Für ein paar Sekunden konnte er aber in
eines der vielen Schaufenster sehen. »Green Washing«, war
in großen Lettern auf die Scheibe eines Geschäfts gesprüht.
Eine Gruppe junger Mädchen kam aus dem Geschäft und
schien die Lage schnell zu überblicken. Sie drückten sich mit

ihren Plastiktüten an den Fenstern entlang, wie Angeklagte bei einem Mordprozess. Doch sie entgingen der Menge nicht. »Pfui«, rief die Frau mit dem Megafon, »Schluss mit der Wegwerfkultur.«

Die jungen Mädchen wurden von der Menge beschimpft. »Fast Fashion ist nicht trendy, sondern zerstörerisch!«

Mit roten Gesichtern schlichen sie sich davon. Pascal hatte viele Seminare in Paris besucht, mit dem Ziel, die Gewaltbereitschaft von Demonstrierenden einschätzen zu können. Dazu gab es eine Menge Parameter, auf die er achtete. Waren die Demonstranten vermummt? In diesem Falle zeigten sie sich offen. Was hatten sie bei sich? Und natürlich: Worum ging es? Demonstrierten sie für oder gegen etwas? Ein »für etwas« war meist friedlicher als ein »gegen etwas«. Und gab es Gegendemonstranten?

All das analysierte Pascal und konnte eine Menge Gewaltpotenzial dadurch ausschließen. Mit Demonstranten zum Thema Fast Fashion hatte er noch keine Erfahrungen gesammelt, die Bewegung schien neu zu sein. Außerdem fielen ihm die vielen positiv formulierten Plakate auf: »Deine Entscheidung, unsere Zukunft: gegen Fast Fashion«, »Nachhaltigkeit ist das beste Accessoire«, »Trag deine Werte, nicht die Last der Fast Fashion«. Es waren Aufforderungen zum Umdenken, die Pascal nachvollziehen konnte.

Ein Großteil der Demonstrierenden war jung, viele weiblich. Ihre Gesichter rot von der unerträglichen Hitze des Tages und von ihrer Wut. Es war ihnen ernst, einige wirkten geradezu verzweifelt.

Pascal war nicht überrascht, als er Colette in der Menge sah, sie lief ganz vorn, schien diese Demonstration zu leiten, neben ihr Maria Eduarda, andere Gesichter erkannte er aus Aix wieder. Es waren die Modestudentinnen der École de Design, die er schon auf dem Campus getroffen hatte. Der Zug setzte sich in Richtung Vieux Port in Bewegung, genau an den Ort, wo Marseille am schönsten war, wo die Segel- und Motoryachten im Wind schaukelten, wo die Marktstände sich in den Abendstunden aneinanderreihten und südprovenzalisches Kunsthandwerk verkauft wurde.

Die Demonstrierenden stoppten an der Stirnseite des Hafenbeckens unter einem riesigen Dach, das im Zuge der Verschönerung der Stadt errichtet worden war und dem Hafenbild jetzt ein futuristisches Flair verlieh. Das Dach bot ihnen Schutz vor der brutal vom Himmel brennenden Sonne.

Zwei Studentinnen bauten eine kleine Holzbühne auf, sodass Colette, die sie sofort betrat, sich ein bisschen aus der Menge hervorhob. Jemand reichte ihr ein Mikro, eine Dritte schloss eine Box an.

Wenige Sekunden später eröffnete Colette die Kundgebung und zählte packend immer wieder mit lauter, bestimmter und wütender Stimme die Fakten auf, die die Demonstrantinnen auch schon auf der Demo gerufen hatten.

Pascal hatte die Zeit genutzt und sich durch die Menge bis in die erste Reihe zu Colette geschoben. Statt an der Seite bei den anderen Polizisten stehen zu bleiben, hatte er sich inzwischen unter die Demonstranten gemischt, in Zivil wäre er jetzt zu einem Teil von ihnen geworden. Je mehr er über das Thema erfuhr, umso mehr Verständnis brachte er den Demonstranten entgegen. Für einen Moment stockte Colette, als sie Pascal in der ersten Reihe erkannte, machte dann aber mit anscheinend noch größerer Energie weiter. Schweiß auf ihrem Gesicht. Sie trug ein einfaches schwarzes Top und einen kurzen, sehr bunten Rock. Möglich, dass es sich dabei um ein Kleidungsstück handelte, das aus Bettwäsche oder einem Küchenvorhang gemacht worden war. Eigenwillig, aber ein Beispiel für die Sache, für die Idee dieser Menschen am Hafen von Marseille.

Im letzten Teil der Kundgebung ging es um Jezebel. Es gab eine bewegende Trauerrede, in der es um ihr der Öffentlichkeit vollkommen unbekanntes Engagement gegen Fast Fashion ging.

»Jetzt erst recht!«, riefen die Demonstranten. Einige riefen: »Tod den Konzernen!« Aufgebrachte junge Designer sagten jetzt nicht mehr nur der Fast Fashion und den Modeketten den Kampf an, sondern versprachen, sich einzusetzen.

Offensichtlich gab es sogar schon die ersten Entwürfe, die Colette auch Pascal noch nicht gezeigt hatte. Demonstrantinnen hielten Bilder von Jezebel in die Luft. Das Supermodel in unterschiedlichen Kleidern, einige erinnerten an die Haute Couture, untragbar, aber beeindruckend. Ein Statement der jungen Studentinnen, die in der Lage waren, aus Secondhandstoffen alle Modearten zu produzieren.

Colette, die noch immer auf dem Podest stand, bat die Menge um eine Schweigeminute. Es war gespenstisch. Mehrere hundert Demonstranten standen am Hafenbecken von Marseille und schwiegen. Nur die Bilder von Jezebel hielten sie in die Luft. Ausschließlich Jezebel in schwarzen Kleidern. Niemand sprach, niemand bewegte sich. Stille.

Nach genau einer Minute erklärte Colette die Kundgebung mit den Worten »Denkt daran, zweitausendsiebenhundert Liter für ein T-Shirt. Davon kann ein Mensch neunhundert Tage leben. Fast drei Jahre Leben für ein Billigshirt. Schluss damit!« für beendet. Sie wusste, sie musste mit diesem Satz einen Nerv treffen. In den letzten Wochen war das Wasser in diesem Sommer das dritte Mal rationiert worden. Für die Provence bedeutete das: nicht lange duschen, keine Pflanzen gießen, keine Felder, keine Weinreben. Für den Tourismus bedeutete das: Häuser mit nur noch halb gefüllten Pools.

Und jetzt T-Shirts produzieren? Echt jetzt?

Pascal sah Passanten die Köpfe schütteln, still gingen sie weiter. Einige diskutierten. Kein Zweifel, die jungen Modestudentinnen hatten etwas angestoßen. Dazu kam ihr Auftreten. Hier ging eine Schar von jungen Frauen – die meisten von ihnen gut und vor allem originell gekleidet, und damit setzten sie sich schon rein äußerlich vom Bild einer gewöhnlichen Demo in Marseille ab – in die Offensive, wurde laut – für die Sache.

Pascal stand inzwischen direkt bei Colette. Sie musterte ihn, abwartend, was er wohl von ihr wollte, der Polizist, auf einer von ihr veranstalteten Demo. Doch Pascal begrüßte sie freundlich, auch Maria Eduarda, die neben ihr stand.

»Wir haben gleich Zeit für dich, Pascal«, sagte Colette, »wir müssen nur noch zusammenräumen.«

In den nächsten Minuten betrachtete Pascal die Demonstrantinnen, wie sie den Platz penibel nach Schnipseln, Fotos oder Abfall untersuchten und alles in einen grauen Müllsack packten. Sie gingen mit gutem Beispiel voran, es gab nichts, was man ihnen hätte vorwerfen können und schon gar nicht ihrer Botschaft. Schnell löste die Gruppe sich auf.

Nur eine junge Frau in einem knallroten Kleid und mit in derselben Farbe geschminkten Augen blieb neben Pascal stehen. Die Wimpern beeindruckend in Länge und Dichte.

»Das ist Pascal Chevrier von der Police nationale, er versucht den Mord an Jezebel aufzuklären«, rief Colette der jungen Frau zu. »Falls er Fragen hat«, merkte sie noch schnell an, dann widmete sie sich wieder einem Müllsack.

»Police?«, sagte die junge Frau und musterte Pascals Uniform.

»Oui, Pascal Chevrier!«

»Jacqueline«, stellte sie sich vor. »Und echt von der Polizei?«

»Oui«, entgegnete Pascal. »Von der Polizei.«

»Ermittler, ne? Sheesh.«

»Oui.« Pascal fragte sich, was das mit Käse zu tun hatte, und lächelte unsicher.

»Schicke Uniform.« Anerkennend klopfte sie ihm auf den Oberarm, als wären sie seit Jahren befreundet.

»Das sehen nicht alle so, aber dass Sie das sagen, freut mich. Ich nehme an, Sie sind aus der Modebranche?«, entgegnete Pascal.

»Oui, ich studiere mit Colette und Maria Eduarda, und das ist so wild.« Sie deutete auf Maria Eduarda, die mit Colette zusammen den Müll einsammelte.

»Und Sie sind ebenfalls ein Teil der Bewegung? Sie setzen sich ebenfalls für nachhaltige Mode ein?«

»Nee«, entgegnete sie, »warum?« Dabei sah sie ihn an wie

ein kleines Mädchen, einzelne Strähnen ihres schulterlangen Haares verdeckten ihr linkes Auge. »Ich habe mir das nur mal angeguckt, ich bin ein Fan von Jezebel, sie ist so iconic, Sie wissen schon, und Colette steht über allem.«

»Und warum sind Sie hier?«

»Na, wegen Colette und Maria Eduarda.« Sie sah ihn verständnislos an. »Guck dir das hier mal an. Ich dachte, ich kann hier ein bisschen cornern und dann gucken, was geht, YOLO.«

Cornern?, überlegte Pascal. YOLO? War YOLO nicht ein Gesellschaftsspiel?

»YOLO«, sagte er selbstbewusst, »habe ich auch oft gespielt.«

»Ja«, entgegnete Jacqueline, »man kann das als Spiel sehen, aber als ich begriffen habe, man lebt nur einmal, hat sich alles geändert. Musst du verinnerlichen, ›You only live once‹, YOLO eben.« Sie zwinkerte ihm zu, geradezu verschwörerisch. »Oder sind Sie anderer Meinung?« Sie sah ihn an. »Immer locker bleiben.«

»Ich bemühe mich, Madame.«

»Oh, wie nett Sie sind, Madame und so, eher Mademoiselle, wenn Sie sich schon so fein ausdrücken. Das wird übrigens so bleiben, ich bin doch nicht blöd und heirate.«

Pascal sah sie an. »Verstehe!«

»Sie verstehen? Glaube ich nicht. Lol, lol, lol.« Sie schüttete sich vor Lachen aus, schlug mit ihrer Hand mehrmals auf ihre Brust, beugte sich sogar vor, bog sich geradezu vor Lachen und sorgte dafür, dass alle auf dem Platz das mitbekamen, sie alle sollten sehen, sie hatte Spaß mit dem Gendarmen, keinen Ärger.

Pascal verstand dagegen gar nicht, was so lustig war, aber lächelte aus Freundlichkeit mit. »Lol«, das war doch diese Fernsehserie, »Qui rit, sort!«, in der niemand lachen durfte. Die hatte er mal gesehen und fand sie lustig, jetzt konnte er wieder mitreden, fragte sich aber, warum sie dann das Gegenteil tat. Doch Jacqueline fuhr fort mit ihrer Lebensgeschichte, und dabei klimperte sie mit ihren langen Wimpern.

»Da war mal einer, den hätte ich geheiratet. Das war so ein Model, voll fame war der. Ich glaube, er hieß Michelle, den hätte ich geheiratet.«

»Wie lange waren Sie denn zusammen? Michelle und Sie?«, fragte Pascal.

»Zusammen? So mit gemeinsam aufstehen, mit Kaffee ans Bett und dann im Park spazieren gehen und so?«

»Na ja, wie auch immer Sie es sagen würden.«

»Das war leider nie so, er war nur so süß und so fame.«

»D'accord«, entgegnete Pascal, doch wenn er ehrlich war, verstand er sie nicht und musste sich eingestehen, dass er sich für das Liebesleben der jungen Frau nicht besonders interessierte, aber sie drängte sich auf eine Weise auf, die keine andere Reaktion zuließ. Er musste geradezu diese Fragen stellen.

»Du siehst so lost aus«, sagte sie, und dann wieder dieses Lachen und Zu-den-Leuten-Gucken.

Warum tut sie das nur?, fragte Pascal sich.

»Nee, ich war nie mit Michelle zusammen. Er war ja Model und so.«

»Aber Sie hätten ihn geheiratet, haben Sie gesagt.«

»Klar, ich war nur noch nicht einmal tinderjährig, aber I don't mind, jeder hätte ihn geheiratet. Haben Sie mal gesehen, wie der aussieht?«

»Ach so«, sagte Pascal.

»Er war ein Traummann. Alles stimmte an ihm. Body und mind, alles perfekt. Ich hatte so ein Flattern im Bauch, Schmetterlinge, wenn sie so machen.« Sie breitete ihre Arme aus und machte Flugbewegungen, drehte sich um die eigene Achse und kam sich schließlich blöd dabei vor. »Okay, das ist hier echt cringe, was ich mache, aber er war mein Smash.«

Pascal begriff, ohne das Wort zu kennen, versuchte die Jugendsprache zu verstehen. »Meine Tochter hatte auch mal einen Smash. Inzwischen hat sie diesen Smash geheiratet.«

Jacqueline schien sich genauso wenig für Pascals Familienleben zu interessieren wie er sich für ihr Liebesleben, doch das half ihm nicht, sie fuhr fort.

»Einmal hat Michelle mir die Hand gegeben, das war so Sü, SIU.«

Das verstand Pascal ebenfalls, das war der Ausdruck, den Ronaldo immer benutzte, kurz bevor er einen seiner legendären Freistöße verwandelte. Aber darum ging es hier nicht, und so stellte er ihr eine wichtige Frage: »Sie kannten Jezebel?«

»Fast, habe sie nur einmal getroffen, nur war ich irgendwie so goofy.«

»Wie die Comicfigur?«, wollte Pascal sich versichern.

»Yo, man, wie die Comicfigur. Stabil, akkurat.«

»Was wussten Sie über Jezebels Idee für nachhaltige Mode?«

»Nur das, was Colette mir erzählte, so eine wie Jezebel hat ja nicht mit Leuten wie mir geredet.« Sie sah Pascal an, der sie verwundert anschaute.

»Sie war arrogant?«

»Einfach fame, verstehst du?«

Pascal spürte geradezu eine Erlösung in sich, als Colette und Maria Eduarda fertig mit der Reinigung des Platzes waren, die Müllbeutel in den Container geschmissen hatten und auf ihn zukamen.

»Bam«, sagte Jacqueline. »Die Gammelfleischparty ist vorbei.« Pascal ahnte, dass das nicht gerade ein Kompliment gewesen war, und beschloss, sie zu ignorieren, stattdessen wandte er sich an Colette und Maria Eduarda, die sich jetzt auf wenige Meter genähert hatten.

»Darf ich euch auf einen Kaffee einladen?«, bot Pascal den beiden an. »Ich habe ein paar Fragen.«

»Ist eh cringe mit dem Typen hier«, sagte Jacqueline, »das war hier Niveau-Limbo. Ich geh cornern, have fun, Sister.« Und schon war sie weg, ihr Schritt wippend, ihr Blick schweifte über die Passanten, besorgt, jemand würde sie nicht wahrnehmen.

»Da drüben ist ein Café.« Pascal würdigte Jacqueline keines Blickes mehr, die beiden Aktivistinnen nickten fast synchron und folgten Pascal.

Sie bekamen einen letzten Tisch im Schatten, bestellten

Wasser und Kaffee, Colette schaute unbeteiligt auf den Hafen, auf die Masten der Yachten auf dem blauen Mittelmeer. Maria Eduarda dagegen schien neugierig zu sein, was Pascal wohl noch von ihnen wollte. Er sagte zunächst nichts und zog schließlich die Zeitung aus der Tasche, blätterte darin, bis er die Seite zwölf fand, strich die Zeitung glatt und präsentierte sie den beiden Frauen auf der Mitte des Tisches. Für einen Moment guckten sie nur ungläubig, dann fassungslos.

»Was ist das?«, fragte Colette schroff.

»Eine Werbeanzeige aus der Zeitung von heute«, entgegnete Pascal.

»Das sehe ich, Herrgott noch mal.« Colette hatte ihren Ton angehoben. »Was soll das?«

»Ich weiß es nicht«, gestand Pascal. »Jezebel präsentiert für die Deontré Stiftung nachhaltige Mode, so sieht es jedenfalls für mich aus«, fügte er hinzu.

»Powered by Cardin? Pierre Cardin hatte keine Stiftung und hat sich nie für nachhaltige Mode engagiert. Das ist also unmöglich. Das machen wir. Das ist unser Geschäft. Jezebel ist gerade gestorben, wie kann das sein? Ein schlechter Witz ist das.« Sie griff zur Zeitung. »Und was hat sie da überhaupt an? Was hat das mit Nachhaltigkeit zu tun? Das ist ein Kleid von Pierre Cardin, späte neunziger Jahre, würde ich sagen.«

»Für uns ist das auch neu. Es gibt keinen Vorsprung, auch wir haben das heute erst in der Zeitung gesehen. Auch wir kennen niemanden aus einer Stiftung für nachhaltige Mode. Es gibt noch keine Internetseite, kein Impressum, und selbst unter dem Begriff Deontré Stiftung ist nichts zu finden. Noch nicht. So weit der Stand.« Er nahm die Zeitung hoch. »Vielleicht ist das hier aber der erste Schritt.«

Colette stöhnte auf. »Daher also das Geld, das sie investiert hat. Es war nicht ihr Privatvermögen, Jezebel wird es sich über Pierre Cardin besorgt haben, nur wusste der sicher nichts davon, das lief alles über Deontré.«

»Du meinst also, sie hatte einen Vertrag mit Deontrés Stiftung?«, fragte Pascal.

»Sie war zu akkurat«, sagte sie. »Bei ihr musste alles geregelt sein.«

»Vielleicht wollte sie uns auch ausbooten, denn von uns steht nichts in der Anzeige«, sagte Maria Eduarda.

»Nein, Maria, das hätte sie nicht getan. Sie hätte uns das Geld sonst nicht gegeben. Wozu?«

»Aber wir sind uns zumindest in dem Punkt einig, dass sie eine Geschäftsfrau war und am längeren Hebel saß«, sagte Maria Eduarda. Ihr Blick wanderte am Tisch von einem zum anderen. Sie war verunsichert, und diese Verunsicherung übertrug sich auf Colette. Deren Stimme klang plötzlich wieder so wie am Abend in der Boutique. Gebrochen. Und so war ihr nächster Satz eher ein Zischen.

»Es geht doch um die Sache.«

Pascal sah sie an. »Ihr wusstet also nichts von der Stiftung und von der Kampagne?«

»Nein, Jezebel hat es uns nie gestanden, auch nie, woher das Geld stammte. Wir haben sie auch nie gefragt. Verstehen Sie, sie war niemand, den man so was fragte. Sie hat nur immer gesagt, sie sei eine Geschäftsfrau«, sagte Maria Eduarda.

Colette dachte einen Moment nach, dann versuchte sie sich an einer Erklärung. »Es war eigentlich typisch für sie. Sie arbeitete ihre ganze Karriere lang nur mit den großen Marken. Ihr Thema war in den letzten Monaten Nachhaltigkeit. Sie wird zweigleisig gefahren sein. Auch ihr ging es um die Sache. Warum also nicht das Gesicht der Deontré Stiftung sein und nebenbei eine eigene Kette betreiben?« Colette deutete auf eine Gruppe von Touristen, die am Hafen entlangschlenderten. »Guck dir diese Leute mit den Einkaufstüten an, mit diesen Plastiktüten, hier am Hafen am Meer. Ich war nie zynisch, aber ich bin es geworden. Es ist meine Art der Verarbeitung. Guck hin, Pascal, hier sind die Probleme unseres Planeten sichtbar. Da gehen sie hin mit ihrer Billigmode und meinen, sie seien schön, sie seien modisch, up to date. Einen Scheiß sind sie. Ich könnte ihnen mit ihren Polyester-Shirts ihre Mäuler stopfen.«

Pascal sah zum Hafen, entsetzt von den plötzlichen harten

Worten, fand das Bild aber jetzt ebenfalls skurril, wenn man es mit Colettes Augen betrachtete, wie die Tüten der Modeketten in den Händen der Passanten, der Touristen, der Kids am Meer vorbeigetragen wurden.

Maria Eduarda mischte sich ein. »Ich meine, wir waren ja nicht immer so. Wir sind mal angetreten, um ein Teil der Modeindustrie zu werden. Wir wollten Menschen Kleidung designen und schneidern lassen. Ein Kleid, eine Hose, ein Shirt, das alles kann zu einem Wohlgefühl beitragen, daran glauben wir alle. Einige von uns wollten nur eine Anstellung in einem coolen Modekonzern, bei einem individuellen Designer oder am besten noch mit dem eigenen Stil selbstständig sein und auch noch Erfolg damit haben.«

Der Kellner stellte eine Karaffe Wasser, halb gefüllt mit Eiswürfeln, in die Mitte des Tisches, daneben Gläser, dann verschwand er wieder.

»Ich bin ein Kind aus São Paulo, nicht gerade eine Stadt, die für Reichtum und Überfluss steht. Meine Eltern hatten nie viel Geld, es hat zum Essen gereicht, und manchmal unternahmen wir einen Ausflug in den Zoo oder in den Park und machten ein Picknick. Urlaub machten wir nie, das konnten wir uns nicht leisten, danach hat auch nie jemand gefragt, keiner meiner beiden Brüder und auch meine ältere Schwester nicht. Wir haben uns arrangiert mit unserem Leben, mit unseren Zuständen. Und dann habe ich selbst angefangen Geld zu verdienen, als Schülerin. Das war nicht schwer. In São Paulo kann jeder mit Klamotten Geld verdienen. Du musst nur abends schnell genug sein, wenn die Säcke der Stoffmacher auf die Straße gestellt werden. Ich begann also daraus Mode zu kreieren und habe sie verkauft.« Sie nahm einen Schluck Wasser, der Kaffee wurde gebracht.

»Und genau das werde ich jetzt wieder tun und sie dann in unsere Shops bringen. Ob mit oder ohne Jezebel und ihrem doppelten Spiel.« Sie lachte bitter auf. »Danielle Deontré hat mal wieder zugeschlagen. Er wird die Stiftung leiten, aber nicht aus Überzeugung, dafür steht er nicht. Er macht das nicht für die Nachhaltigkeit, er glaubt an den Trend. Diese Leute glauben immer nur an Trends, sie lassen sich davon durch das gesamte Leben prügeln. Es sind die ärmsten unter den ärmsten Schweinen, richtige Opfer ohne jede innere Haltung.«

»Das wissen wir noch nicht«, versuchte Pascal Ruhe in die Diskussion zu bringen. »Die Frage ist doch nur, warum kommt er jetzt damit raus?«

»Sie wollen das Gesicht«, sagte Colette. »Damit fängt es schon an, daran kann man alles ablesen, ihre gesamte Haltung. Sie wollen die Geschichte ausschlachten. Jezebel ist tot, wie wir wissen. Sie wird kein Gesicht mehr werden. Sie hat mit uns zusammen etwas aufgebaut, und jetzt ernten die Konzerne.«

»Habt ihr eigentlich Verträge? Unterlagen? Gründungs-unterlagen oder so etwas?«, fragte Pascal.

»Na sicher«, sagte sie, »wir haben studiert und können nicht nur Stoffe zusammennähen.«

»Ich würde sie gern sehen. Kannst du sie mir einscannen und schicken?«

»Natürlich«, entgegnete Colette.

»So schnell wie möglich bitte«, drängte Pascal.

Colette nickte.

»Und wann wolltet ihr rauskommen?«

Maria Eduarda wirkte inzwischen kraftlos. Das Feuer war aus ihr gewichen. »Jezebel wollte den Startschuss bei der Haute-Couture-Veranstaltung abgeben. Die Presse, das Fernsehen, sie alle hätten ihre Geschichte aus Ghana live erlebt. Die Bilder aus der Atacama-Wüste, vom Strand in Ghana, vom Flohmarkt. Das sollte der Startschuss werden, damit wollten wir uns als Marke ein Gesicht geben. Mit der letzten Haute-Couture-Veranstaltung den Wandel einleiten, das war der Plan. Und jetzt steckt wieder Deontré dahinter. Die wollen Geld verdienen, wir wollen einen Wandel. Nur, ohne Jezebel wird das schwer. Aber immerhin, wir haben die Maschinen, wir sind schnell, wir können eröffnen.«

Colette gab ein ähnliches Bild ab, ihr Gesicht war blass geworden. Die Demonstration, die Kundgebung und jetzt das.

»Ich habe es so satt«, flüsterte sie laut. »In so vielen Bereichen findet ein Umdenken statt. Statt Wasserflaschen tragen sogar die Urlauber inzwischen Thermoskannen mit sich herum. Ketten wie Starbucks bieten nachhaltige Becher an, Plastiktüten verschwinden langsam aus den Supermärkten, wir produzieren Bio-Weine, wir beruhigen Hauptverkehrsstraßen wie hier am Hafen und nehmen Fahrräder oder E-Roller.«

Pascal betrachtete die lange Schlange von E-Rollern, die dicht nebeneinander am Hafen von Marseille an einer Ampel standen. Colette fuhr ungerührt fort. »Nur die Modeketten werden immer mehr. Als hätten wir mit den Fast-Fashion-Stores nicht schon genug Schrottläden. Nein, dann kommt auch noch der Onlinehandel dazu. Immer billiger, immer schlimmer. Warum guckt da keiner hin? Der ungebremste Turbokapitalismus hat uns im Griff. Wir produzieren im Jahr hundert Millionen Kleidungsstücke, davon wandern zwanzig Millionen in den Müll, gehen nach Chile, Ghana oder São Paulo. Und der Rest folgt, nachdem es maximal sieben Mal getragen wurde. Es ist eine Ignoranz, eine Kultur des Wegguckens. Wie machen sie das? Wie können sie das? Niemand von ihnen guckt bei den Lieferketten genau hin, niemand schaut auf die Fertigung. Natürlich wissen sie es, aber sie blenden es aus. Wo waren sie denn, die Inhaber der großen Ketten, 2013, als die Nähfabrik gebrannt hat? Als Mütter und Kinder in Bangladesch starben? Sie haben ein betroffenes Gesicht gemacht, wenn das rote Licht der TV-Kameras anging, und gelobten Besserung. Warum haben sie die Zustände vor Ort eigentlich nie gesehen? Ich sage es dir, weil es sie nicht interessiert. Vielleicht würden die Zustände sie bewegen. Vielleicht würden die Ärmsten der Armen sie erreichen? Vielleicht kämen ihnen beim Golfen mit den Geschäftspartnern zwischen Loch acht und neun schlechte Bilder in den Kopf? Oder wenn sie ihre Kinder mit ihren SUVs aus den Elite-Gymnasien abholen. Vielleicht sollte man ihnen einen Kanister Chlor, mit denen sie ihre Jeanshosen färben, über den Kopf gießen. Vielleicht sollten wir sie so hassen wie sie uns.«

Colette war laut geworden, Wut im Gesicht, nein im ganzen

Körper, am Ende schlug sie mit der Faust auf den Bistrotisch. Wasser wurde verschüttet, lief über die Fläche auf den Boden. Maria Eduarda hatte ihre Hand auf den Oberschenkel von Colette gelegt, schaute sie an, als wollte sie sagen: Pass auf, dieser Mann am Tisch ist ein Polizist, er muss nicht alle unsere Gedankengänge kennen.

Colette nahm die Zeitung wieder in die Hand und schüttelte den Kopf. »Und dann gehen die raus mit dem Thema Nachhaltigkeit und zeigen dieses Kleid. Die haben nichts verstanden.«

»Wie könnt ihr euch da so sicher sein? Vielleicht hat der Konzern nach dem Tod von Pierre Cardin ebenfalls nachhaltige Mode produziert, und Jezebel hat sich darin noch zu Lebzeiten ablichten lassen.«

Colette schaute ihn erstaunt an. »Natürlich, Jezebel hat den Topdesignern eine Menge zu verdanken, das wissen wir. Durch Menschen wie sie ist sie berühmt geworden. Es gibt unzählige Fotos von Mode aus den letzten zehn Jahren, die sie trägt, die jetzt irgendwo in den Archiven schlummern.«

»Auch Zeichnungen?«, fragte Pascal.

Colette lachte auf. »Hast du eine Ahnung davon, wie kreativ Designer wie Pierre Cardin in ihrem Leben waren? Die Menge der Fotos ist ein Witz gegen die Zeichnungen.«

»Und würdet ihr zum Beispiel eine Zeichnung von Pierre Cardin erkennen, wenn ich euch eine zeigen würde?«

Maria Eduarda, die die ganze Zeit geschwiegen hatte, brachte sich plötzlich wieder ein, immer dann, wenn man es nicht erwartete, dachte Pascal.

»Wir haben eine Menge während unseres Studiums gesehen, viele Beispiele. Wir fertigen auch welche an. Das ist Handwerk, unser tägliches Handwerk.« Sie schaute ihn mitleidig an, dass er das nicht wusste.

Pascal ließ sich nicht beirren und holte die Zeichnungen aus der Tasche, legte sie stumm auf den Tisch. Einen Moment ließ er sie liegen, kommentarlos, er beobachtete die beiden, wie sie die Bilder betrachteten, sie in die Hand nahmen, umdrehten, eines nach dem anderen.

»Genau kann ich das nicht sagen«, begann Maria Eduarda, »aber typisch sind sie nicht für Pierre Cardin.«

»Würde ich auch sagen«, bestätigte Colette, »sie sind zu genau, zu detailliert. Die Zeichnungen von Pierre Cardin sind eher wie Skizzen. Sie sind frei, sie lassen mehr Raum.«

Colette wog das Blatt in der Hand. »Woher hast du die? Pierre Cardins Zeichnungen haben ihren Wert, auch wenn er jedes Jahr Hunderte angefertigt hat, aber diese hier ist so alt, dass sie einen Wert haben könnte.«

»Alt?«, fragte Pascal. »Ich dachte, sie sind neu.«

»Oh nein«, übernahm Maria Eduarda wieder. »Diese Bilder sind nicht neu. Ich tippe auf die 2010er Jahre.«

»Aber woher haben Sie die Skizzen?«, fragte Colette.

»Das weiß ich nicht«, erwiderte Pascal. »Sie sind mir zugespielt worden. Von einer Fremden oder einem Fremden.«

»Sie sind sehr kunstvoll, sehr ausgearbeitet, sehr definiert«, sagte Maria Eduarda, die wieder eines der Bilder in die Hand genommen hatte.

»Ist daraus ein Absender zu erkennen? Wer könnte sie gezeichnet haben?«

Beide schwiegen einen Moment, dann setzte Colette an: »Es war ein Künstler, da bin ich mir sicher. Das sind keine Skizzen.«

»Wenn sie nicht von Pierre Cardin sind, könnten sie von einem Plumassier stammen?«

Beide sahen ihn an. »Sie meinen, von Vincent?«

Pascal sah sie wiederum erstaunt an. »Sie kennen ihn?«

»Natürlich«, sagten sie wie aus einem Mund, dabei nickten sie energisch. »Jeder kennt ihn in der Modewelt. Er ist eine tragische Figur.«

»Warum?«, fragte Pascal, auch wenn ihm große Teile bereits bekannt waren, aber er wollte die Geschichte von den beiden Studentinnen hören.

»Vincent ist Frankreichs bester Plumassier. Er hat die Federn für die aufsehenerregendste Haute Couture der Welt gemacht, bis er Exklusivverträge gemacht hat und so vom Markt verschwunden ist.«

»Ihr meint Danielle Deontré?«, fragte Pascal.

Maria Eduarda nickte. »Ich weiß gar nicht, wie das möglich ist, dass er sich als Nachfolger aufspielt, das scheint auch niemand zu hinterfragen. Er ist clever. Ich meine, Cardin besaß über achthundert Firmen in hundertachtzig Ländern mit rund zweihunderttausend Mitarbeiterinnen und Mitarbeitern. Dazu kamen die Lizenzen, es sollen achthundertfünfzig gewesen sein. Der Mann war unersättlich. Er besaß außerdem achtzehn Restaurants und vier Theaterhäuser, Hotels, Schlösser und Schiffe.«

»Und alles gehörte ihm persönlich. ›Ich habe nie Schulden gemacht‹, hat er mal gesagt, und er hat nie Anteile verkauft. Alles gehörte ihm, und wenn man es genau nimmt, dann auch die Menschen, die für ihn arbeiteten«, ergänzte Colette.

»Und Vincent war einer von ihnen?«

»So muss man sich das nicht vorstellen. Die Verträge soll Deontré gemacht haben, und er hat diese Leute ja beschäftigt. Der Federmann, wie wir ihn immer nennen, hat die letzten Jahre ausschließlich für die Deontré-Mode gearbeitet. Genau genommen hatte er gar keine Zeit, noch für andere zu arbeiten. Und jetzt braucht Deontré ihn nicht mehr.«

»Kann es sein, dass diese Zeichnungen von Vincent stammen?«, fragte Pascal, weil die Neugier ihn zerfraß.

»Das ist gut möglich«, sagte Colette. »Soweit ich weiß, hat er Jezebel nie ankleiden dürfen. Er hat mal gesagt, es sei sein Traum, doch diesen konnte er sich nie erfüllen.«

»Ich finde, er ist irgendwie ein bisschen wahnsinnig. Sieht man schon an diesen Bildern. Und dann diese Fixierung auf Jezebel, das fand ich schon schräg. Cringe irgendwie«, fügte Maria Eduarda hinzu.

»Nur, warum hat man dir diese Skizzen gegeben?« Colette sah Pascal an. »Hat er …?« Sie brach ab. Die Blicke der beiden Frauen waren mit geweiteten Augen auf Pascal gerichtet.

»Ich kann es nicht ausschließen«, sagte Pascal, sich für die Wahrheit entscheidend. »Zumindest spricht vieles dafür. Der Dampfschrank, die Beziehung –«

»So was kann Vincent nicht«, platzte es aus Colette heraus.
»Nein, niemals.«

»Wie gut kennt ihr ihn?«, wollte Pascal wissen.

»Er war mehrmals bei uns an der Modeschule in Aix, er hat Vorträge gehalten, uns Grundlegendes über die fast ausgestorbene Federkunst berichtet. Wir haben oft nach den Seminaren mit ihm gesprochen, und er war so sanft, irgendwie so sanft«, sagte Colette.

»Mir hat er mal seine Geschichte erzählt und gesagt, er sei hier nur vorübergehend gestrandet und wolle eigentlich zurück nach Paris. Er ist ja eher der urbane Typ, und hier war er nicht glücklich, aber er hatte wohl so eine Art Deal.« Sie machte eine kurze Pause. »Er hätte auch bei uns seinen Platz, und das habe ich ihm auch gesagt.«

»Er sollte Federschmuck für die Haute Couture herstellen? Für eure Haute Couture?«, wollte Pascal wissen.

»Ja«, sagte Colette, »mit unserer ersten Haute Couture mit recycelten Stoffen wollen wir Aufsehen erregen, und der Einsatz von Federn würde für Aufsehen sorgen, weil man das lange nicht gesehen hat. Aber das wäre der nächste Schritt gewesen, wenn wir unser Label etabliert haben.«

»Also wieder Stillstand, und Vincent hat für die Tonne produziert?«, merkte Pascal an.

»So kann man es sehen«, bestätigte Colette. »Zeichnungen, Fertigungen von Kopfschmuck, gefiederte Kleider, er soll immer gearbeitet haben, nur fand er keinen Abnehmer. Wenn die großen Designer und zuletzt Danielle Deontré Nein sagten, dann war es aus. Und andere Aufträge gab es auch nicht mehr. Nur von uns, irgendwann mal.«

»In der Modebranche ist man schnell vergessen. Bist du weder im Frühjahr noch im Herbst dabei, bist du raus«, sagte Maria Eduarda.

»Und für die ganzen Zwischenkollektionen ist er zu teuer, dafür ist die Geschwindigkeit zu hoch. Die Topdesigner schieben weitere Kollektionen ein, und die haben so schon ihren Preis. Die Kunden der überteuerten Kollektionen sortieren schnell aus. Wohin damit also? Gute Idee, da gibt es doch diese Wüste in Südamerika, da kommt es ja nicht mehr drauf an, oder den Flohmarkt in Accra. Lass die armen, gebeutelten Einwohner doch noch ein paar Cent mit dem Armani-Logo im Innenfutter verdienen.« Wieder keimte die Wut auf, Colette wurde laut, ihr beißender Zynismus ließ Pascal zusammenzucken.

»Du musst wissen, Pascal«, ergänzte Maria Eduarda, »die Modebranche ist verlogen, ein Wettrennen der Monster. Niemand gönnt dem anderen etwas, und warum nicht ein Opfer über die Klinge springen lassen, wenn es stört, wenn es sich neu ausrichtet? Jezebel hat das probiert, doch wenn ein so berühmtes Model das tut und sich auf die andere Seite schlägt, dann ist das ein Verlust. Jezebel als Sprachrohr gegen Fast Fashion und Designer, das kann sich niemand leisten.« Tiefe Verbitterung lag in Maria Eduardas Stimme.

»Bleibt die Frage: Warum soll der Federmann eingegriffen haben? Welches Problem soll er damit gehabt haben, dass Jezebel fortan auf Nachhaltigkeit setzt?« Pascal dachte laut, fand es sinnvoll, die beiden Designerinnen miteinzubeziehen. »Vielleicht gibt es nur auf den ersten Blick kein Motiv«, vervollständigte er seinen Gedanken.

»Oder man hat ihm eine Falle gestellt«, mischte sich Colette ein, »warum diese Skizzen?«

»Das beschäftigt mich auch«, gab Pascal zu. »Von ihm selbst werden sie nicht zu mir gebracht worden sein. Jemand wollte, dass ich sie sehe und meine Schlüsse ziehe.«

»Oder er selbst wollte das«, sagte Colette.

Inzwischen war die Abenddämmerung angebrochen, und Maria Eduarda schaute auf ihr Handy. »Ich werde dann mal«, sagte sie. »Du zahlst sicher?«

»Natürlich, ihr seid eingeladen«, sagte Pascal, und sie verabschiedete sich.

Pascal und Colette schauten ihr nach, wie sie am Hafenbecken entlang Richtung U-Bahn-Station ging.

Nach ein paar Minuten des Schweigens verabschiedete sich

auch Pascal, legte ein paar Euromünzen und einen Schein auf den Tisch und befestigte ihn mit dem Reservierungsschild.

»Was machst du jetzt?«, wollte Colette wissen.

»Ich muss mit Vincent sprechen, und da gibt es noch ein paar mehr.«

»Wir haben es nicht gewusst«, sagte Colette wie aus dem Nichts. »Wir haben von ihrem doppelten Deal nichts gewusst. Wir hatten keinen Groll, verstehst du mich?«

Pascal nickte. Ein Racheakt von den beiden vielleicht? Kurz war ihm dieser Gedanke durch den Kopf geschossen. Aber Mord? Die letzten Tage hatten Pascal an seiner Menschenkenntnis zweifeln lassen, und hier war es nicht anders, also nickte er länger als nötig und fragte schließlich: »Wie wird es bei euch weitergehen?«

»Wir werden weitermachen, kämpfen, für unsere Idee.«

Pascal dachte nach, dann sah er ihr direkt in die Augen. »Ich werde es später natürlich selbst in den Verträgen sehen, aber wer wird denn jetzt an Jezebels Stelle treten?« Pascal ließ ihr einen Moment Zeit.

»Verstehe«, sagte Colette. »Das werde dann wohl ich sein.«

Pascal nickte langsam. Sie war also die Einzige, die von dem Tod des Models profitierte, das sprach er nicht aus, aber es brannte sich ein, würde ihn beschäftigen.

Colette sah inzwischen wieder zum Hafenbecken, und Pascal wandte sich ab, bekam aber in derselben Sekunde eine Nachricht auf sein Handy.

»Wir haben ihn«, hatte Audrey geschrieben. »Morgen Mittag um 14 Uhr verhören wir ihn, solange bleibt er bei uns.«

26

Vincent gab ein erschreckendes Bild ab. In sich eingefallen, wie ein verletztes Tier saß er an einem Tisch gegenüber von Audrey und Frédéric Dubprée. Seine Augen schienen in ihre Höhlen eingesunken zu sein, auch schien er keine Augenbrauen zu haben. Ein einfacher dunkler Strich hatte bei ihren letzten Begegnungen den Anschein von Brauen erweckt, jetzt war er verschwunden, und mit ihm hatte sich die ganze Erscheinung geändert. Das erste Mal sah Pascal den Federmann ohne Schminke. Vor ihnen auf dem Tisch lagen Fotos, die Pascal gehofft hatte, nie wieder zu sehen. Jezebel in Federn gehüllt, einige in Purpur, andere in strahlendem Weiß, damit sie sich von der schwarzen Haut abhoben. Doch die Federn täuschten nicht über den Zustand des Supermodels hinweg. Die eingefallene Haut, eng um die Knochen gelegt, als hätte man sie angeklebt, die Furchen in der Haut, die Demütigung im Tod, dachte Pascal, dieses Bild von sich selbst hätte Jezebel verachtet, da war er sich sicher.

Pascal setzte sich auf den noch freien Stuhl gegenüber dem Federmann. Seine zerbrechliche, dünne, große Erscheinung wirkte plötzlich beängstigend. Er war leicht in sich zusammengesunken, die Augen rot geweint, in der einen Hand hatte er ein Taschentuch, mit dem er sich fortwährend über die Nase wischte. Frédéric Dubprée schien das nicht zu beeindrucken, als er seine Stimme erhob.

»In der Geschichte des französischen Verbrechens ist ein solcher Fall nicht bekannt«, begann er. »Jemanden in einem Dampfschrank verenden zu lassen widerspricht jeder Art von Menschlichkeit, es ist ein Vergehen an allen mir bekannten Werten. Ich habe von wissenschaftlichen Forschungen gehört, in denen Versuche an Zellkulturen oder Mikroorganismen in Dampfschränken durchgeführt wurden, um ihre Reaktionen auf bestimmte Bedingungen zu studieren. Es sind Zellversuche. Kennen Sie diese Bedingungen, Monsieur Palé?«

Dubprée machte eine kurze Pause, holte aus. »Nun, ich werde Ihnen auf die Sprünge helfen. Sie sollten wissen, wie Ihr Opfer zu Tode gekommen ist. Ich denke, das wird auch die Öffentlichkeit interessieren, die Hinterbliebenen, Ihre Auftraggeber und natürlich Monsieur Chevrier, der Ihnen ja bereits bekannt ist.«

Jetzt wandte er sich an Pascal. »Eine junge Studentin aus Lacoste hat uns angerufen und mitgeteilt, dass Monsieur Palé bei ihr Unterschlupf gesucht hatte, doch er war so von der Rolle, war kaum in der Lage zu kommunizieren, dass sie schließlich Angst bekommen und uns informiert hat. Und er hatte eine Menge Kartons dabei und Stoffe. Ständig hat er mit diesen Federn herumhantiert, sie sortiert, zusammengebunden oder gefärbt. Seine Unterkunft in der Wohnung wurde zur Schneiderei.«

»Daher war das Atelier leer«, fügte Audrey hinzu.

Frédéric Dubprée war in Fahrt. »Monsieur Palé soll außerdem den Drogen nicht abgeneigt gewesen sein.« Er holte ein Fläschchen hervor und reichte es Audrey. »Er hatte immer seine K.-o.-Tropfen dabei, aber die dürften Sie ja kennen.« Frédéric Dubprées Blick war auf Audrey geheftet, dann auf Pascal. »Sie haben ja auch schon Erfahrungen damit gesammelt. Die Fotos werde ich Ihnen ersparen.«

Er wusste es also, dachte Pascal. Er wusste von der Nacht mit Audrey auf der Party, und es gab sogar Fotos. Jemand musste sie fotografiert oder sogar gefilmt haben. Vielleicht geisterten pornöse Fotos von Audrey und ihm durchs Netz, dachte er und spürte die Hitze in seinem Gesicht, wie sie aufstieg, die Haut rot werden ließ. Es musste also jemand da gewesen sein, daher waren die Puppen verschoben. Benommen von den Drogen, die im Champagner gewesen sein mussten, hatten sie jeden Blick für die Realität verloren, ihre Vorsicht abgelegt, sich hingegeben.

Doch Frédéric Dubprée ging nicht weiter darauf ein und

wandte sich wieder an den Federmann, der aber still dasaß und auf die Tischplatte starrte, den Federschmuck in Purpur, die Bilder von Jezebel, die Entstellungen, die sichtbar gewordene Grausamkeit auf Fotos, ausgebreitet vor ihm.

»Fangen wir einmal mit dem Dampfschrank an, über den Sie im Gegensatz zu uns eine Menge wissen sollten, immerhin haben Sie drei Stück miteinander verbunden. Was haben Sie damit noch getan?« Frédéric Dubprée schaute den Federmann erwartungsvoll an.

Pascal brachte den Zynismus und die ungewöhnliche Härte nicht mit seinem Chef zusammen, wie er ihn sonst kannte. Seine Vernehmungstaktik war ihm bislang nicht bewusst gewesen. So jedenfalls kannte er den faktenorientierten Chef der Police nationale nicht. Für Pascal ein Zeichen dafür, dass die Dramatik der Todesumstände ihn offensichtlich mehr berührte, als man es ihm bisher angemerkt hatte. Er wollte ein Geständnis und diesen fragilen Mann brechen. Daran bestand kein Zweifel. Ging es so weiter, würde es ihm gelingen.

»Jahrelang haben Sie den Dampfschrank für die Sterilisation von Materialien verwendet. Sie wussten also, wie ungünstig sich die extrem hohen Temperaturen auf den Organismus eines Menschen auswirken würden. Nur hatten Sie ganz sicher keine Ahnung, wie lange ein Mensch in diesen extremen Verhältnissen überleben würde. Wie lange also sollte Jezebel diese Hitze und dazu die Feuchtigkeit aushalten? Wann würde sie anfangen zu dehydrieren? Wann würden die ersten Verbrennungen eintreten? Bekommt sie vielleicht einen Hitzschlag? Wann also genau würde der gesamte Organismus zusammenbrechen? Haben Sie Jezebel hören können? Wie sie gegen die Tür klopfte? Wie sie im Todeskampf um sich schlug? Geschrien hat? Oder hat sie geweint? Sagen Sie es mir, Federmann. Nur zu.«

»Aufhören!«, schrie der plötzlich, mit schriller Stimme, die schließlich brach. Dann sank er wieder zusammen, saß wie ein Bogen am Tisch, der lange Rücken rund, nach vorn gebeugt, die Hände stützten seinen Kopf, und dann begann er zu schluchzen, er hielt sich die Hände vor das Gesicht, sein Körper bebte. Er versuchte noch etwas zu sagen, nur kam nichts aus ihm heraus, nur eine Art Wimmern, wie bei einem Tier.

»Oder hatten Sie ein tiefes Gefühl der Befriedigung? Endlich hatten Sie es geschafft, die große Jezebel trug endlich Ihren Federschmuck. Darauf hatten Sie doch Ihr gesamtes Berufsleben gewartet. Sie hatten Ihr Ziel erreicht. Davon hatten Sie doch immer geträumt. Monsieur Chevrier, würden Sie ihm einmal die Zeichnungen zeigen? Ich denke, die dürften unseren Federmann interessieren.«

Gespannt blickte er zu Pascal, der sich, immer noch mit angelaufenem Gesicht und aufsteigender Hitze, die kein Ende nahm, zu seinem blauen Rucksack hinunterbeugte und die Zeichnungen hervorholte. Pascal legte sie vor den Federmann auf den Tisch, einige von ihnen verdeckten die Fotos von Jezebels Leiche.

»Die dürften Sie kennen, Monsieur Palé.« Da der Federmann seine Stellung nicht veränderte, nicht einmal hinsah, rückte er die Bilder noch ein Stück näher zu ihm hinüber. Für einen Moment schaute der Federmann auf den Tisch.

»Woher?«, hauchte er. »Woher?«

»Das ist doch nicht wichtig«, mischte Audrey sich ein, die die ganze Zeit über geschwiegen hatte. Pascal nahm an, dass auch sie ihren Chef noch nie so erlebt hatte. »Sie sind von Ihnen, wir haben keinen Zweifel, oder wollen Sie es abstreiten?«

Langsam und mit einem Zittern schüttelte er den Kopf, sagte aber nichts, kein Laut entwich ihm.

»Jetzt aber wird es so naiv wie interessant, Monsieur Palé, denn was haben Sie denn eigentlich gedacht? Haben Sie erwartet, dass Jezebel sich in dem Dampfofen auflösen würde? Dass sie sich zersetzen würde? Und dazu noch vollkommen geruchlos? So blöd können Sie doch nicht sein, Federmann!« Am Ende erhob Frédéric Dubprée seine Stimme. »Wie war noch der Geruch am Abend der Party, Audrey? Wie hatten Sie ihn beschrieben?« Er blickte Audrey an, die wiederum zu Pascal sah.

Sie hatte ihrem Chef also alles bestätigt, die Nacht, die Party, die Details. Pascal war der Einzige in der Runde, der nicht gewusst hatte, dass alle es wussten.

»Zedern«, sagte Audrey. »Es war ein extremer Zederngeruch. Als wäre man im Zedernwald von Lacoste.«

»Weil unser Federmann vorher alles ausprobiert hat, mussten die Duftkerzen herhalten. Den Geruch des verwesenden Supermodels mit Zedernduft zu übertünchen, da gehört schon etwas zu. Oder hatten Sie sie gar nicht gerochen?« Der erwartungsvolle Blick zu Vincent blieb unerwidert.

»Aber bleiben wir logisch, Madame et Messieurs. Dampfschränke werden normalerweise zur Sterilisation verwendet, was bedeutet, dass sie hohe Temperaturen und Feuchtigkeit erzeugen, um Bakterien, Viren und andere Mikroorganismen abzutöten. Außerdem nehmen sie unangenehme Gerüche aus der Kleidung. Nur beschleunigt Wärme die Zersetzungsprozesse, daher dieser Anblick. Den Geruch komplett zu verbergen ist unmöglich, besonders dann, wenn die Leiche sich in diesem Zustand befindet, in dem wir Jezebel vorgefunden haben. Nicht einmal mit Desodorierungsmethoden war das möglich. Daher haben wir also in Ihrem Haus Geruchsneutralisierer und Absorber gefunden, die Gerüche binden können und sie unwirksam machen sollten. Wollen Sie sie sehen?« Frédéric Dubprée machte eine kurze Pause. »Ach, was sage ich, Sie kennen sie ja, Sie haben sie sich ja besorgt.«

»Oder besorgen lassen«, sagte Pascal plötzlich.

Das war der Moment, in dem der Federmann die Hände von seinem Gesicht nahm. In seinen tief liegenden roten Augen lag etwas Undefinierbares, ein Flackern, ein Zucken, das seinen gesamten Körper zu durchfahren schien.

Dann nickte er. »Ja, Monsieur, so war es«, sagte er schließlich, und seine Stimme gewann an Festigkeit.

»Was war so?«, wollte Frédéric Dubprée wissen, als Vincent Palé nicht weitersprach.

Der Federmann starrte nur vor sich hin. »Was immer Sie sagen, so war es.« Resignation in der Stimme. »Man wird mich töten.«

Ein ängstlicher Blick in die Runde.

»Ich kann Sie beruhigen«, sagte Frédéric Dubprée, »hier bei uns im Kommissariat ist noch nie jemand getötet worden.«

»Ich will aber nicht sterben«, wimmerte der Federmann, Frédéric Dubprées Einwurf ignorierend.

»Das können wir Ihnen nicht ersparen«, entgegnete Frédéric Dubprée. »Das werden wir alle irgendwann, und ich würde sagen, bei Ihrem Lebenswandel sind Sie vor uns dran.«

»Aber nicht jetzt«, sagte er, »und das werde ich. Ich will aber nach Hause. Ich will nach Paris.«

»Ich schlage vor, wir sprechen zuerst einmal ganz offen über diese Nacht. Was ist drei Tage vor der Modenschau genau passiert?«

»Und dann versprechen Sie mir –«, begann der Federmann.

»Gar nichts versprechen wir Ihnen«, unterbrach Frédéric Dubprée. »Glauben Sie mir, wir alle hier in diesem Raum machen unsere Arbeit schon sehr lange, und selten hat es einen so klaren Fall gegeben. Soll ich noch einmal für Sie zusammenfassen?« Er wartete keine Antwort ab. »Wir haben die Leiche in Ihrem Haus gefunden, in Ihrem Dampfofen, mit den Federn, die Sie vorher gefertigt haben. Sie haben Jezebel vergöttert, Sie wollten sie einmal im Leben einkleiden, mit Ihren Federn versehen. Es gibt Zeichnungen dazu. Und dann hat sich die Gelegenheit geboten, hier im verlassenen Lacoste konnten Sie handeln, und weil niemand hier ist, schon gar nicht nachts, gab es keine Zeugen. Gut, wir wissen noch nicht, wie Sie Ihr Opfer in Ihr Haus bekommen haben, doch das werden wir herausfinden, das ist ein Detail. Es hat aber einen Kampf gegeben. Jezebel war verletzt, sie hatte Hämatome, das wissen wir aus dem Obduktionsbericht.«

»Ich habe noch nie mit jemandem gekämpft, ich habe noch nie in meinem Leben Gewalt angewandt!« Und wie er so dort saß und das sagte, konnte Pascal sich nicht vorstellen, wie der Federmann sich in einer körperlichen Auseinandersetzung verhalten würde.

»Gucken Sie mich an«, wimmerte Vincent in Frédéric

Dubprées Richtung und sah Pascal an, als wäre er der Einzige im Raum, der verstehen würde. »Wie soll ich mit meinem schmächtigen Körper und in meinem Zustand jemanden in einen Dampfofen befördern?«

»Nun«, erhob Pascal das Wort, »freiwillig wird sie nicht gegangen sein.«

Wieder entstand eine Pause, niemand sagte etwas, und dann aus dem Nichts sprach der Federmann mit einer erstaunlich hohen Stimme. Es war die Stimme eines gebrochenen Menschen, undeutlich, leise, wimmernd.

»Nehmen Sie mich fest«, bat er. »Ich will nicht mehr hier raus. Ja, ich war es, sperren Sie mich ein.«

»Wie bitte?«, entfuhr es Audrey.

»Da draußen wartet der Tod. Bestrafen Sie mich, verurteilen Sie mich. Ich habe Jezebel ermordet.«

»Soll das ein Geständnis sein?«, fragte Frédéric Dubprée überrascht, Pascal hatte ihn nie so verunsichert erlebt.

»Tun Sie Ihre Pflicht«, bat er. »Ich bin eine Bestie, durch Drogenkonsum nicht Herr meiner Sinne. Ich bin ein Monster. Besessen von Jezebel. Dämonen suchen mich heim. Das Böse ist in mir.« Er klang wie in einer Theateraufführung.

»Gut«, sagte Audrey, »aber zurück zu unserer Frage. Wie genau haben Sie Jezebel in den Dampfschrank bekommen? Wie lief diese Nacht ab?«

Der Federmann setzte sich aufrecht hin, dann sprach er. »Es war drei Tage vor der Haute-Couture-Veranstaltung. Nach einer Probe ging Jezebel zu ihrer Unterkunft. Ich wusste genau, wo sie untergekommen war, seit Tagen hatte ich sie beobachtet. Ich war auch bei den ersten Proben, immerhin gehöre ich zum Stab. Ich habe zwar nichts mehr beigetragen, aber gucken durfte ich schließlich. Mein Gott, war Jezebel schön. Aber ich fand, bei der Probe zur Haute-Couture-Aufführung fehlte etwas. Mein Federschmuck. Ich wollte ihn ihr zeigen, sie auf meine Kunst aufmerksam machen. Natürlich wusste ich, dass sie nicht entscheiden durfte, was sie trug, aber ich dachte, vielleicht setzt sie ihn einmal auf, nur weil es sie interessiert. Doch sie ignorierte mich. Wer sie kannte, wusste um ihre Arroganz. Meistens war sie allein, sie tat sich schwer in der Konversation, sie mied Menschen. Und dann hatte sie diese Trauer in sich. Das konnte man auf vielen ihrer Fotos sehen. Sie trug ein Geheimnis in sich, und niemand schien es zu kennen. Sie war ein Superstar, und doch wusste fast niemand etwas über sie. Ich liebte sie, auf eine mir unbekannte Weise. Um es klar zu sagen, ich bin bisexuell, fühle mich aber mehr zu Männern hingezogen. Ich hatte Beziehungen zu nicht binären Personen, ich liebe die Vielfalt, ich experimentiere, ich überspringe Barrieren. Konventionen gibt es für die anderen, nicht für mich.«

Er sah in die Runde und blieb mit seinem Blick für einen Moment bei Audrey hängen, als sehe er eine Verbündete in ihr. Erkannte er in ihr eine Gleichgesinnte? Nach einer Weile sprach er weiter.

»Da oben im Schloss, mit Leuten wie Danielle Deontré und all den anderen, gab es für mich keine Möglichkeit, mit ihr ins Gespräch zu kommen. Aber es gab diese eine Chance, ich wusste, wo sie lebte, und dann habe ich eines Nachts auf sie gewartet. Wie sie da über die Steine stolperte, wie sie sich festhielt, sie war so«, er stockte, »so hilflos, so unsicher, so ganz anders als auf dem Laufsteg. Das zog mich an, und dann trat ich auf die enge Gasse hinaus, genau dort, wo die gelbe Laterne steht, und habe sie angesprochen. Das Erstaunliche war, sie wusste, wer ich bin, sie nannte mich den Federmann, wie alle hier. Ich bin also nur noch der Federmann. Sie begrüßte mich, mich! Für ihre Verhältnisse fast freundlich. Aber sie wollte weitergehen, doch das wollte ich nicht, dies war meine Gelegenheit. Ein Foto von Jezebel mit meinem Schmuck, das war das, was mir vorschwebte, wovon ich immer geträumt hatte. Ich denke, nur Künstler können das verstehen. Also bat ich sie hereinzukommen. Sie sagte, sie müsse weiter, sie müsse schlafen, sie habe zu tun. Doch ich wollte das nicht akzeptieren und bat sie, nur ein einziges Mal meinen Schmuck aufzusetzen. Ich hatte eine Krone erschaffen, eine Krone aus purpurnen

Federn, von einer Künstlerin aus diesem Ort. Ich muss etwas an mir gehabt haben, das sie interessierte, das sie weich werden ließ, und so kam sie tatsächlich rein. ›Nur zehn Minuten‹, sagte sie, und schon war sie drin, in meinem Arbeitszimmer, und schaute sich um. Sie schien neugierig, und ich zeigte ihr meine Arbeiten, und sie sagte, es sei eine Schande, dass Federn in den letzten Jahren in der Haute Couture keine Rolle mehr gespielt hatten. Und dann überreichte ich ihr meine purpurne Krone, und sie setzte sie auf. Ich war entzückt, mein Herz schlug bis zum Hals. Dieser Moment voller Anmut, diese Frau, diese unfassbar schöne Frau stand dort und wartete darauf, dass ich ein Foto von ihr machte. Ich dürfe es nicht veröffentlichen, mahnte sie mich, in keinem Fall, unter keinen Umständen. Sie hatte etwas Drohendes, wieder diese Arroganz, aber ich durfte mein Foto machen, und das tat ich.«

»Dürften wir es bitte sehen?«, fragte Audrey.

Der Federmann griff in seine Tasche und zog sein Handy heraus, scrollte durch seine Foto-Mediathek, bis er schließlich stoppte. Er hatte Tränen in den Augen, und dann drehte er das Handy in Audreys Richtung.

»Das letzte Foto von Jezebel«, stellte sie fest, während der Federmann laut schluchzte.

»Oui«, sagte er, »oui, la dernière photo«, und Audrey übertrug das Foto per Airdrop an ihr Handy. Der Federmann fing sich nur langsam, und seine Stimme klang erstickt.

»Jezebel mit meinem Federschmuck, das war eine unbezahlbare Referenz, mein Gott, wie schön sie war. Dazu die Federn in Purpur, die Modewelt würde es mir aus den Händen reißen, dachte ich, und ich war einer der wenigen, der wusste, wo ich Purpur herbekommen konnte. Von Florence Flasner. Sie ist eine Künstlerin aus dem Dorf und stellt Purpurpigment her. Den wahren Purpur, ich erfuhr, dass sie auf der ganzen Welt die Einzige ist, die weiß, wie es geht. Ich habe sie besucht.«

Pascal erinnerte sich an die Geschichten von Madame Flasner, der Federmann erzählte die Wahrheit.

»Ich habe sie oft besucht«, fuhr er fort, »und sie gab mir das

Pigment. Als ich verstanden habe, welchen Schatz diese Frau dort herstellt, welche Werte sie besitzt und welches Wissen, dachte ich, das sei eine Möglichkeit für mich. Ich schaffte es, immer mehr Pigment von ihr zu bekommen. Auch wenn es eine nach Meer stinkende Substanz war, die Farbe war erhebend. Eine Offenbarung. Wenn es mir also gelänge, meine Federn mit dem wahren Purpur zu färben, nicht mit einem lila Farbstoff, dann wäre ich zurück im Rennen. Ich wollte, dass Jezebel sie trug. Als ein Model in ihrer Liga hätte das sicher für Aufsehen gesorgt, und vielleicht hätte sie die Federn Danielle Deontré und ein paar anderen Designern gezeigt. Dazu kam es aber nicht, meine Fotos hätten geholfen. Was bringen sie mir denn, wenn Jezebel mir verbietet, sie zu zeigen? Das war meine letzte Chance. Aber dann bin ich doch noch zu Danielle Deontré gegangen und habe sie ihm gezeigt. Und wissen Sie, was Danielle Deontré gesagt hat?«

Audrey war die einzige Person, die der Federmann anschaute, und er schüttelte den Kopf.

»Ich halte es mit Pierre Cardin, das hier in Lacoste sind ›petites gens‹, Kleingeister, lass sie doch ihre Farben zusammenmischen. Niemand begriff die Idee, bis auf die Designerin Mylène, sie verstand, welche Marketingidee für die Reichsten der Reichen darin lag. Wenn es uns gelänge, sagte sie, den Verrückten die Farbe als die einzig wahre und dann noch nur in diesem Gemisch zu verkaufen, dann würden wir sehr reich werden. Sie traf sich dann ebenfalls mit Florence Flasner in Lacoste und wollte einen Deal, doch sie hat abgelehnt. Alle haben mich immer nur noch abgelehnt. Meine Federn, meine Kunst, meine Person. Ich erzählte Jezebel, Purpur sei unbezahlbar, und so ist es schließlich auch, schon weil Florence gar kein Geschäft damit machen wollte. Ich wusste, es würde ein schwerer Weg werden, aber ich würde es hinbekommen, sie kannte mich, und sie war großzügig, auch wenn es nie zu einem wirklichen Deal kommen würde. So würde der Markt eng sein, und ich hätte ein Alleinstellungsmerkmal. Und dann machte Jezebel einen Fehler.«

Der Federmann fixierte irgendein Detail in der Gendarmerie und brach ab.

»Welchen Fehler?«, fragte Audrey schließlich.

Der Federmann atmete ein, sammelte sich, dann funkelten seine Augen.

»Sie störte sich an dem Meeresgeruch der Federn und riss sie sich vom Kopf und warf sie auf den Boden, als sei es ein billiger Hut, und dann bin ich ausgeflippt. Was bildete sie sich ein, meinen Schmuck, meine Arbeit so mit Füßen zu treten? Sie wollte gehen, und ich stellte ihr ein Bein.«

Während der Federmann das sagte, blinzelte er unsicher, raste sein Blick von einem zum anderen. Nichts, woran er sich halten konnte, nur noch ein Flackern, dann fuhr er fort, seine Stimme noch leiser, sich aber überschlagend. Er sprach schnell.

»Und dann fiel sie und schlug gegen die Tischkante, sie war sofort ohnmächtig und blieb liegen. Sie blutete.«

Der Federmann holte Luft, und Pascal sah in die Runde, ob jemand reagierte, schwieg aber, und schon fuhr Vincent fort.

»Und dort, genau dort, wo sie hingefallen war, lagen meine purpurnen Federn, die ich noch nicht benutzt hatte, mit denen ich noch arbeiten wollte. Und sie lag da, diese arrogante Person, und blutete sie voll. Ich musste sie schnell aus dem Weg schaffen, und dann zog ich sie zu meinem Dampfofen. Ich weiß nicht, was in mich gefahren ist, aber ich öffnete die Tür und stieß sie in das Innere. Ich war selbst überrascht, wie ich das hinbekam. Aber es hatte mich eine Wut gepackt, wie ich sie von mir nicht kannte. Und so schaltete ich den Ofen ein, drehte ihn auf hundertzwanzig Grad und schloss die Tür. Sie hätte rausgekonnt, aber sie war anscheinend noch immer bewusstlos. Und ich stand da, Minute für Minute verstrich, und ich war geradezu bewegungslos. Und dann begann ich das Blut vom Boden zu wischen und meine Federn zu säubern, die sie eingesaut hatte. Die teuren purpurnen Federn. Und als ich schließlich fertig war, da hatte ich sie fast vergessen. Wir Künstler können uns vergessen, wir können eintauchen in andere Welten und vergessen dabei die schäbige Welt, aus der wir kommen. Das ist eine Tugend. Normalerweise, nur nicht in dieser Nacht.«

Er suchte Zuspruch, aber alle schauten nur ernst, und dann war es, als wolle er jetzt den Faden nicht verlieren und sich auf das Wesentliche besinnen. »Ich war außerdem dicht. Ja, ich habe ein Drogenproblem. Ich kokse, ich rauche, ich nehme Tabletten, und ich stand neben mir. Ich hatte mir am Mittag schon eine E in meinen Tee getan. Mittags eine E, stellen Sie sich das mal vor.«

»Sie kennen sich also mit Betäubungsmitteln aus?«, fragte Pascal, in dem Wissen, dass Leblanc Chloroform in der Leiche von Jezebel gefunden hatte. Aber er schwieg, wollte dieses Wissen jetzt nicht mit Vincent teilen, vielleicht konnte er es noch gebrauchen.

»Notgedrungen«, antwortete der Federmann.

»Was haben Sie dann getan?«, fragte Audrey.

»Nichts habe ich getan. Nichts.« Jetzt schrie er. »Verdammte Scheiße, nichts! Ich ließ sie einfach in dem Dampfofen und ging zu Bett. Ich weiß noch, er zeigte hunderteinundzwanzig Grad, als ich mein Atelier verließ. Aber ich kümmerte mich nicht darum. Ich hatte mich bereits strafbar gemacht, weil ich sie gefangen genommen hatte, sie auch noch verletzt hatte und sie dann in meinen Dampfofen gesteckt hatte. Sie würden mich drankriegen. Ich hatte einen Star entführt. Ich nahm eine Xanax und legte mich schlafen. Das Zeug nehme ich gern. Zum Runterkommen.«

»Und dann haben Sie die Frau einfach in dem Dampfofen gelassen?«, fragte Audrey ungläubig.

»Ja, Madame, einfach dringelassen und gewartet. Sie hätte ihn ja öffnen können, er war nicht abschließbar, wozu auch? Wozu soll ich Kleider und Federn einschließen? Aber sie öffnete die Tür nicht, sie blieb einfach im Dampf und tat gar nichts. Und ich dachte immer, irgendwann fällt mir etwas ein, doch so war es nicht. Mich packte die Angst. Dann lungerten Sie und Ihr Kollege immer herum und stellten Fragen, und dann begann es zu riechen, nur ganz leicht zunächst. Ich wunderte mich, denn ich war der Meinung, der viele Dampf und das Wasser entfernen Gerüche, aber so war das nicht, und dann habe ich verstanden. Ich habe sie getötet«, er stockte, »getötet. Ich, ein Plumassier, habe eine Frau umgebracht. Und nicht irgendeine, sondern Jezebel.« Er atmete tief aus.

»Und dann«, fuhr er fort, »kam diese Party, die ich jedes Jahr gebe, immer am letzten Tag, an dem sie alle wieder zurückfahren. Natürlich habe ich Sie beide eingeladen«, er nickte in Audreys und Pascals Richtung, »alles andere wäre aufgefallen, dachte ich mir, und das wollte ich nicht, nur nicht auffallen, sagte ich mir immer. Angriff ist die beste Verteidigung.« Er grinste vor sich hin. »Schließlich hatte ich alles im Griff. Dann riecht es eben, werden Sie schon mögen, wer mag Zedern nicht? Und außerdem bekommen Sie etwas zur Auflockerung, und Mann, mal ehrlich, was hatten Sie beide für einen Spaß!«

Frédéric Dubprée schaute in die Runde, kommentierte aber nichts, jetzt wieder ganz der Mann, den Pascal schätzte.

»Ich konnte die Party ja schlecht absagen«, kreischte der Federmann. »Ich glaube, am Ende hat niemand etwas bemerkt, zumindest bildete ich mir das ein. Was sollte ich auch machen? Ich hatte sie ja alle eingeladen, die Models, die Designer, die Garderobiere, die Veranstalter. Sie waren meine Chance mit meinen purpurnen Federn, ich wollte einen zweiten Anlauf. Ich bin lange im Geschäft, und ich weiß, worauf die jungen, hungrigen Designer stehen. Nicht nur auf Mode, sondern auch auf schöne Menschen und auf Drogen und teure Getränke. Daran sollte es bei mir nicht mangeln, ich hatte einen großen Deal mit Danielle Deontré, alle waren sich einig, er würde an Cardins Stelle treten, und außerdem hatte ich das Geld, also kaufte ich Champagner und verfeinerte ihn für meine Gäste mit einem Federmann-Gemisch aus K.-o.-Tropfen, Potenzmitteln und Aufputschmitteln.«

»Und das hat funktioniert«, stellte Frédéric Dubprée fest.

»Ja, das hat es. Wollen Sie Fotos von Ihnen nahestehenden Menschen sehen?«

Frédéric Dubprée schüttelte den Kopf. Der Federmann nickte Audrey und Pascal aufmunternd zu.

»Sie vielleicht?«

»Es reicht«, entfuhr es Pascal.

»Das würde ich auch sagen«, setzte Frédéric Dubprée nach.

»Und diese Party haben Sie jedes Jahr veranstaltet? Und daher sollte sie stattfinden, auch unter diesen Umständen? Mit einer Leiche im Haus?« Audrey schaute ihn ungläubig an.

»Ja, diese Party fand immer statt, wenn nicht, hätte man mich hinterfragt, und das sollte niemand. Nur weil ich einmal nicht aufgepasst hatte, war ich hier gefangen, weil ich nicht den Tod von Pierre Cardin einkalkuliert hatte. Und als er starb, dachte ich, ich wäre frei, doch dann kam Deontré und versicherte mir, er würde mich wieder einsetzen, nur dazu sollte ich hierbleiben, auch die Federn für das jährlich stattfindende Kulturfestival fertigen. Ich bin vielleicht der einzig Kreative mit einem solchen Status, der eine Festanstellung hat. Auch die Wohnung wurde mir gestellt, sie war und ist mein Arbeitsplatz. Es war nicht so, dass ich nichts zu tun hatte. Ich bekam Aufträge. Ich habe aus Federn Kleider, Röcke, manchmal Schuhe und Stiefel für Schauspieler gemacht, aber vor allem Hüte und Federschmuck gefertigt. Ich war noch nie zuvor so produktiv in meinem Leben. Ich meine, was sollte ich auch machen? Wenn ich den Begriff Provence schon höre, und dieser ständige Lavendelduft in der Nase, das alles hat mich mürbegemacht, und ich habe angefangen Drogen zu nehmen, um es zu ertragen.«

In seinem Blick lag Traurigkeit, eine plötzlich alles einnehmende Traurigkeit.

Der Federmann sackte wieder in sich zusammen, so wie Pascal ihn mittags vorgefunden hatte. Er verstummte, regte sich nicht mehr.

»Es war ein langer Tag«, schloss Frédéric Dubprée schließlich das Verhör. Er stand auf und rief einen der Kollegen. »Monsieur Palé bleibt noch eine Nacht bei uns. Meine Kollegin Audrey wird sich morgen um die Details des Geständnisses kümmern, sie wird alles schriftlich festhalten, damit der Herr in Untersuchungshaft kommt. Es scheint mir, wir haben den Fall gelöst.«

Mühsam erhob der Federmann sich von seinem Stuhl, wieder fiel Pascal die enorme Körpergröße auf. Dann wurden ihm Handschellen angelegt und festgezogen, zu groß wirkten sie für die dünnen Arme, so wurde er aus dem Raum geführt.

»Machen Sie sich eine gute Zeit in Paris«, sagte Audrey zu Frédéric Dubprée.

Er stöhnte auf. »Ich könnte darauf verzichten.«

Audrey sah Pascal an. »Die jährliche Tagung aller Leiter der Police nationale aus allen Arrondissements und Distrikten in Frankreich.«

»Dauert eine Woche«, fügte Frédéric Dubprée hinzu. »Ausgerechnet jetzt.«

»Wir haben ihn. Sie können in Ruhe fahren, und vor allem haben Sie etwas zu erzählen. Lassen Sie sich feiern«, sagte Audrey, und sie verabschiedeten sich von ihrem Chef.

»Er wird eine Weile weg sein«, sagte Audrey.

Und das war der Moment, in dem Pascal einen Plan schmiedete. Aber er setzte sich wieder an den Tisch und nahm zunächst die Fotos der Leiche in die Hand. Auch Audrey schien nachzudenken und setzte sich ihm gegenüber.

»Ein Mord aus Besessenheit. Eine Verzweiflungstat«, sagte Audrey, als Frédéric Dubprée sich längst verabschiedet hatte.

»Nein«, sagte Pascal. Audrey sah ihn überrascht an. »Das Blut im Atelier war nicht von Jezebel, es war vom Federmann. Und warum hat er uns nicht erzählt, dass er sie betäubt hat?«

27

Es war spät geworden, als Pascal die Rückfahrt von Apt nach Lucasson antrat.

Er mochte die Strecke und wählte wie üblich die unbefahrene Straße über die Berge bei Bonnieux. Auf diese Weise mied er die Landstraße D 900, die einmal durch den Luberon führte. In Bonnieux, beim Restaurant La Terrasse, parkte er sein Auto, stieg aus, sog die Abendluft ein und schaute über das Tal auf die gegenüberliegenden Berge. Die Sonne senkte sich bereits in dramatischem Rot und würde bald spektakulär vor den unzähligen Kameras der Touristen über Roussillon untergehen. So lange konnte Pascal nicht warten, Bordeaux wartete auf ihn und vor allem auf seinen Spaziergang am Abend. Und so stieg er nach ein paar Minuten des Innehaltens wieder in seinen Kangoo und steuerte den Renault über den Bergpass Richtung Lourmarin und Lucasson.

Zwanzig Minuten später bog er von der engen Straße ab und nahm den Sandweg durch den kleinen Wald in Richtung seines Mas. Erst als er die letzten Kiefern passiert hatte, sein Haus schon sehen konnte, beschlich ihn das Gefühl, dass etwas nicht stimmte. Er konnte nicht genau sagen, was es war, aber etwas auf seinem Grundstück war anders. Er öffnete das Fenster seines Autos, um zu hören, ob da ein Geräusch war. Er vernahm das Bellen seines Hundes. Bordeaux bellte für gewöhnlich nicht, wenn er nach Hause kam. Er erkannte das Motorengeräusch, spürte sein Herrchen in der Nähe. Eine letzte kleine Kurve auf seinen Parkplatz, dann musste er scharf abbremsen. In der Einfahrt stand ein Sportwagen. Pascal hatte zu wenig Ahnung von Autos, möglich, dass es ein Maserati war oder irgendetwas anderes für Neureiche, aber er erkannte sofort das Pariser Kennzeichen. Pascal stoppte sein Auto, zog den Schlüssel ab und horchte in die l'heure bleue, die die Landschaft in ein diffuses Licht tauchte.

Da war nur Bordeaux, der sich zwischen Bellen und Knurren nicht entscheiden konnte. Es waren Warnlaute an den Fremden in oder an seinem Haus und an Pascal. Sein Hund wollte ihm zeigen, ich passe auf. Jemand war an seinem Haus, nur konnte Pascal niemanden entdecken. Er stieg aus, schlug die Autotür extra laut zu und rief: »Bonsoir.« Ihm war mulmig zumute, er konnte sich dagegen nicht wehren und befühlte seine Pistole am Halfter, ohne sie in die Hand zu nehmen, das kam ihm übertrieben vor, und doch wusste er, der Eindringling könnte hinter der nächsten Ecke lauern, ihn anfallen. Dagegen sprach nur das geparkte Auto, Mühe, ihn zu überraschen, gab er sich nicht.

Feinde hatte er sich in den letzten Jahren durch seine Arbeit bei der Police nationale genug gemacht, seine Gedanken rasten. Vorsichtig schlich er um sein Haus, griff zu der Taschenlampe, die wie immer auf dem Fenstersims der Nordseite des Hauses lag. Für den Fall, dass er nachts mit dem Hund rausmusste, hatte er immer eine Lampe parat, in der fortgeschrittenen Dämmerung würde sie helfen.

So ging er mit der Taschenlampe zur Hintertür seines Mas, nahm den Schlüssel, den er wie immer in einem Loch in der Mauer aufbewahrte, und öffnete die Tür. Bordeaux, sein Schwanz und die Nackenhaare aufgerichtet, nahm sich kaum Zeit für Pascal, preschte an ihm vorbei, um die Ecke zur Südseite. Sein Bellen war jetzt aggressiv, und kurze Zeit später hörte er einen Mann aufschreien.

»Rufen Sie dieses Vieh zurück«, schrie er. Wenige Sekunden später war auch Pascal an seinem Bistrotisch. Im Schein der Taschenlampe sah er einen Mann an seinem Tisch sitzen, die Beine zur Abwehr des Hundes nach vorne gestreckt, die Pailletten auf seiner Hose spiegelten sich im Taschenlampenlicht. »Ich habe keine Angst vor Hunden, aber dieser hier ist eine Bestie«, sagte er.

»Bordeaux! Es ist okay«, sagte Pascal und wunderte sich selbst darüber, dass sein Hund sofort aufhörte zu bellen und sich neben ihn stellte, endlich bereit für die Begrüßung.

Erst jetzt sah Pascal, dass sein Gast es sich bei ihm gemütlich gemacht hatte. Auf dem Tisch brannte eine Kerze, es roch nach Zitronenduft gegen Mücken. Pascal leuchtete ihm ins Gesicht, der Mann hielt seine Hand über die Augen, um sich vor dem Lichtschein zu schützen.

»Ja, ich bin's, Danielle Deontré«, sagte er mit lauter Stimme. »Jean-Paul Betrix hat mir Ihre Adresse gegeben, er sagte, es sei kein Problem, Sie seien ohnehin nie im Rathaus, und wenn es wichtig sei, dann würden Sie Ihre Gäste auch zu Hause empfangen.«

Pascal schnaufte verächtlich aus, wie konnte Betrix nur, dachte er. »Und es ist wichtig?«, fragte er, seinen Ärger kaum im Zaum haltend.

»Das können am Ende nur Sie entscheiden.« Deontré musterte ihn. »Mein Gott, Sie tragen ja schon wieder diese hässliche Uniform.« Er grinste vor sich hin und schüttelte den Kopf.

»Um mir das zu sagen, brauchten Sie nicht die Reise auf sich zu nehmen. Also, warum sind Sie hier?« Pascal setzte sich auf den zweiten freien Stuhl am Bistrotisch. Sein Stammplatz war durch die Diva besetzt.

»Haben Sie vielleicht ein Wasser für mich?«

»Bien sûr«, entgegnete Pascal, gab seinem Hund ein Zeichen, er solle mitkommen, und ging durch die Hintertür zurück ins Haus. Die Küchentür, die in den Garten führte, war noch verschlossen. Pascal schaltete das Licht im Haus ein, ging zum Kühlschrank, nahm eine Flasche Rosé heraus, befüllte eine Karaffe mit Wasser, nahm vier Gläser, zwei Wassergläser und zwei Weingläser, öffnete die Küchentür, schaltete das Außenlicht ein, balancierte das Tablett hinaus und setzte sich zu seinem Gast an den Tisch.

»Oh, gibt es etwas zum Anstoßen?«, fragte Danielle Deontré und klimperte mit den Augen. »Dann müssen Sie sich aber etwas anderes anziehen.« Er lachte mit seiner hohen, dramatischen Stimme.

Pascal ignorierte die Bemerkung und schwieg.

»Oh«, er schlug sich wieder die Hand auf den Mund, es

ploppte, »ich wollte Sie nicht in Verlegenheit bringen.« Er stupste mit einem Finger in die Luft und verlieh seiner Bemerkung damit etwas Theatralisches. »Aber kommen wir zum Thema, Monsieur Chevrier, was machen denn die Ermittlungen?«

Pascal war sich nicht sicher, was er dem Designer erzählen sollte und was er lieber für sich behalten sollte, entschied sich dann aber für die Wahrheit.

»Nun«, begann er, »ich denke, wir sind einen entscheidenden Schritt weitergekommen. Der Täter sitzt in Untersuchungshaft.«

Danielle Deontré applaudierte, er applaudierte tatsächlich und sah Pascal triumphierend an. »Dann brauchen Sie mich also offensichtlich nicht«, sagte er, Herausforderung in seinem Blick. »Ich bin erleichtert, dass er endlich hinter Schloss und Riegel kommt.«

»Na ja, endgültig ist die Schuld nicht bewiesen, auch wenn vieles darauf hindeutet, es bleiben Zweifel«, entgegnete Pascal.

»Zweifel?« Deontré schaute ihn fragend an.

»Es bleibt die Frage, wie eine so fragile Person wie der Federmann es schafft, eine Frau in einen Dampfofen zu stoßen«, sagte Pascal und beobachtete dabei die Reaktion seines Gegenübers. »Und kurze Zeit später auf einen Berg zu schleppen.«

Danielle Deontré beugte sich nach vorn und begann zu lachen. »Ist nicht Ihr Ernst, Monsieur Chevrier. Sie machen nicht wirklich Vincent Palé für einen Mord verantwortlich?«, fragte er nach einer kurzen Pause. »Ich hätte Ihnen mehr zugetraut.«

»Wir haben jede Menge Beweise, Jezebel ist nach allem, was wir wissen, in seinem Haus umgekommen und wurde vor zwei Tagen in einer Ruine am Steinbruch gefunden.«

»Dann ist der Fall ja erledigt«, sagte Danielle Deontré zufrieden, »dann kann ich ja wieder gehen. Na gut, nachdem ich diesen trinkenswerten Rosé genossen habe. Das beherrschen die Winzer hier im Süden«, setzte er noch hinzu. »Wein machen, das haben sie drauf.«

»Es würde mich aber trotzdem interessieren, warum Sie hier sind«, sagte Pascal.

»Ich dachte, Sie sind ein kluger Mann, Monsieur, auch wenn Sie in Ihrer Uniform wie ein Verkehrsmännchen aussehen, aber für klug habe ich Sie gehalten.«

Pascal entschied sich, die Beleidigung zu ignorieren.

»Warum soll der Federmann Jezebel denn umgebracht haben?«, fragte Deontré.

Pascal erzählte ihm von der Besessenheit, vom Federschmuck, von dem Traum, sie einmal in seinem Leben einzukleiden, und auch von der Abfuhr, die Danielle Deontré ihm gegeben hatte.

»Was soll ich denn sagen? Mein Gott, seine Federn, die sind so 2010er, das geht nicht, und auch nicht in diesem Lila.«

»Sie hätten dem Plumassier also keine Aufträge mehr erteilt?«

»Non, natürlich nicht. Meine Mode ist nüchtern, reduziert. Weg mit diesem ganzen Firlefanz. Aber glauben Sie wirklich, der Mord an Jezebel sei die Tat eines Besessenen? Sie müssen doch wissen, wie verzahnt die Modebranche ist, welche Kräfte da zusammenwirken.«

»Sie müssten es zumindest wissen, Sie gelten als Nachfolger von Pierre Cardin, haben die letzte Kollektion vorführen lassen, große Pläne für die Zukunft, wie ich hörte. Sie arbeiten mit seinem Erbe weiter. Aber bevor wir uns darüber unterhalten, würde ich gern wissen: Warum haben Sie Vincent Palé nicht entlassen, wenn Sie ihn nicht mehr brauchen?«

Der Designer lachte. »Was, wenn Federn plötzlich wieder angesagt sind? Dann habe ich den einzig fähigen Mann nicht mehr in meinen Reihen, das kann ich doch nicht zulassen. Manchmal verpflichtet man auch Leute, um sie vom Markt zu nehmen, das kennen Sie sicher vom Fußball.«

Aus dem theatralischen Designer, der sich ständig mit der Hand auf den Mund geklopft hatte, hysterisch lachte und weinte und den Wechsel innerhalb von Sekunden schaffte, war plötzlich ein Geschäftsmann geworden. Das war also die andere Seite des Mannes, der vor ihm saß. Was war jetzt Show und was Authentizität, wenn es das in der Modewelt überhaupt gab?

»Aber der Mann scheint hier gefangen zu sein. Er ist unglücklich, er nimmt nicht mehr am Leben teil. Bedeutet Ihnen das nichts?«

Danielle Deontré zuckte mit den Schultern. »Ich habe im Moment viel zu tun«, sagte er unbeteiligt.

»Ein Stiftung zu gründen zum Beispiel?«, hakte Pascal nach. »Eine Stiftung für nachhaltige Mode?«

»Zum Beispiel.«

»Das bedeutet, Sie haben die Anzeige geschaltet?«

Danielle Deontré nahm einen Schluck des Weins und stellte das Glas mit großer Ruhe zurück auf den Tisch.

»Natürlich habe ich das.«

»Mit einem Foto von Jezebel. Der verstorbenen Jezebel.«

»Es ist eine Stiftung!«, sagte er. »Was denken Sie denn? Wer würde sich besser als das Gesicht eignen? Sie war die Muse vieler bedeutender Designer. Sie war mit der Haute Couture verwachsen. Es ist auch in diesen Tagen eine erste Aufmerksamkeitskampagne. Schließlich gibt es in ganz Frankreich nur dieses eine Thema. Jezebel. Es wäre in ihrem Sinne gewesen, es war ihr Plan.«

»Hat sie Ihnen für alles die Zustimmung gegeben?«

»Das brauchte sie nicht. Es gab ja bestehende Verträge.«

»Aber doch nicht mit Ihnen.« Pascal hatte ungewollt seine Stimme erhoben.

»Wen interessiert das denn? Im Moment sind sie doch alle glücklich, dass jemand wie ich sich dieses Imperiums annimmt und der Modeindustrie hier in der Provence eine Zukunft gibt. Wer viel fragt, bekommt viele sinnlose Antworten.« Deontré lächelte in sich hinein.

»Sie sind ein Hochstapler«, sagte Pascal.

»Gut, dass Sie sich um andere Dinge kümmern, zum Beispiel um einen Mord.«

»Ich gebe zu, Ihr Plan war gut, und er ist aufgegangen.«

Als Sie gemerkt haben, es gibt keine Nachfahren von Cardin, zumindest wurde zunächst niemand gefunden, sind Sie eingesprungen und spielten sich als der neue Cardin auf, und alle glaubten Ihnen, ohne sich Verträge zeigen zu lassen, ohne Sie als Person, als Geschäftsmann zu hinterfragen.«

Danielle Deontré tat das, was er immer tat, wenn er überraschte oder überrascht wurde. Er öffnete den Mund und schlug sich mit der Hand darauf, es machte plopp.

»Ich habe viel Gutes getan, für die Mode und für dieses Kaff«, bemerkte er trocken. Und nach einer kurzen Pause: »Und für Jezebel. Sie lebt durch meine Stiftung weiter. Sie kennen sicherlich die Geschichte von Jezebel?«, fragte er schließlich.

Pascal nickte. »Ich weiß, wie sie aufgewachsen ist, ihr Vater ein Fischer, die Billigklamotten am Strand, das Meer in Ocker und Rot, die Atacama-Wüste in Chile und dann ihr Umdenken mit den Studentinnen.«

Danielle Deontré lachte. »Ja, diese Studentinnen. Als ich das herausgefunden habe, was sie da plante, musste ich einschreiten. Schließlich hat Jezebel Verträge, und dann traf ich sie.«

»In ihrer Garderobe«, merkte Pascal an, »kurz vor ihrem Auftritt bei der Probe.«

»Egal, wo, wir haben uns ausgesprochen und sind uns schnell einig geworden. Manchmal war Jezebel so vergesslich. Sie hatte kein Management, keine Agentur, sie hat alles selbst gemacht, da geraten Dinge schnell in Vergessenheit.«

»Aber die Idee mit der nachhaltigen Mode und den Studentinnen hat Sie interessiert? Sie haben mit ihr zusammenarbeiten wollen?«

»Sie hat mit ihrer Idee bei mir etwas losgetreten. Ich wollte Jezebel als Designer nicht verlieren und machte ihr ein Angebot. Ich verfüge über ein gewisses Vermögen, und so bot ich an, mit den Studentinnen zusammen ein Label unter ihrem Namen zu gründen. Sie versicherte mir im Gegenzug, sie würde das Geld für mehrere Läden aufbringen. Nachhaltigkeit sei im Trend, und dann habe ich angefangen zu recherchieren. Nachhaltigkeit in der Mode könnte tatsächlich ein ernst zu nehmender Wirtschaftsfaktor werden, aber sicherlich nicht nur mit Klamotten, zusammengenäht aus alten Tischdecken und Bettlaken. Für so etwas wollte ich nicht zur Verfügung stehen. Es gab Streit zwischen uns, denn egal, was ich ihr in den letzten Wochen vorgeschlagen habe, ob Mode aus Plastik aus dem Meer, Bio-Baumwolle geerntet zu fairen Preisen, sie wollte das alles nicht, sie wollte partout nichts Neues produzieren. Sie wollte Upcycling. Das sagt mir ein Model, das ihr ganzes Leben lang neue Klamotten über den Laufsteg getragen hat. Dass ich nicht lache. Sie machte sich lächerlich.«

Danielle Deontré war sauer, all die Erinnerungen kamen zurück.

»Und dann habe ich ihr einen neuen Deal vorgeschlagen, weil wir nicht weiterkamen. Ich schlug vor, sie mit ihren Ideen über unsere Stiftung zu unterstützen. Unter unserem Dach konnte sie sich austoben, ihre Linie verwirklichen. Wir reden hier über sehr viel Geld, Monsieur Chevrier, und das konnte sie nicht ablehnen.«

»Verstehe, Monsieur, dafür geht man Kompromisse ein, meinen Sie?«

»Was soll denn das für ein Hingucker sein, wenn wir Jezebel in Tischdeckenmode zeigen? Es musste etwas Cooles sein, aber es sollte auch Erinnerungen hervorrufen. Pierre Cardins Mode sollte zu erkennen sein, und das ist uns gelungen.«

»Aber die Kleidung, die Jezebel auf dem Foto trägt, ist aus einer älteren Pierre-Cardin-Linie. Ich würde sagen, Neunziger«, setzte er hinzu, stolz, das neu erworbene Wissen direkt anwenden zu können.

»Ah, der Gendarm analysiert neuerdings Mode, bravo.« Wieder klatschte der Designer in die Hände.

»Geben Sie es zu, es gibt noch gar keine nachhaltige Mode Ihrer Stiftung, sonst hätten Sie sie in der Anzeige gezeigt. Alles, was es gibt, stammt ausschließlich von den Studentinnen aus Aix.«

»Ach, vergessen Sie doch diese Studentinnen. Das ist eine kleine militante Gruppe von Linksradikalen. Über kurz oder lang werden wir die aussortieren. Wir haben genug Stardesigner in unseren Reihen, die ich leite. Wenn wir die Zulieferungswege leicht verändern, mehr auf Nachhaltigkeit, faire Preise und Löhne geben, dann sind wir innerhalb kürzester Zeit Marktführer.«

»Nur«, unterbrach Pascal, »ohne die Ideengeberin Jezebel.«

»So ist es, Monsieur. Sie ist ein Verlust, keine Frage, aber niemand ist unersetzbar, heißt es doch. Und jetzt ist sie tot, und glauben Sie mir, das erschüttert mich jeden Tag aufs Neue.«

Pascal glaubte ihm nicht. »Und dabei war alles so schön geplant. Der große Auftritt bei der Modenschau.«

»Ich hatte alles vorbereitet. Die Presse eingeladen, TV-Sender, die wichtigsten Influencerinnen. Während Jezebel über ihre Pläne sprechen sollte, hätten wir auf der Videowall Bilder aus der Atacama-Wüste gezeigt, ihre Heimat Ghana, den Strand, das verfärbte Meer, den Flohmarkt in Accra. Die Modewelt wäre nach diesem Auftritt eine andere gewesen. Jetzt fangen wir von vorne an.« Er atmete schwer aus.

»Und wo wollten Sie produzieren?«

»Im Schloss natürlich, im ehemaligen Pierre-Cardin-Schloss. Natürlich bräuchten wir Lager in guten Lagen an den Autobahnen, aber die Designer, die Geschäftsführung der Stiftung, wir werden im Schloss sein. Einen besseren Prestige-Ort gibt es nicht. Und wir werden es auch sein, die das Kulturfestival am Leben erhalten. Endlich werden wir die Wohnungen zu Ende renovieren und attraktive Wohnorte für unsere Mitarbeiter schaffen. Lacoste wird zu dem, von dem Pierre Cardin immer geträumt hatte. Und solange es keinen Erben gibt, können wir schalten und walten.«

»Zu dumm nur«, sagte Pascal in das zufrieden lächelnde Gesicht seines Gegenübers, »dass Sie die Dorfbewohner gegen sich haben.«

»Ein Detail.« Deontré verzog süffisant den Mund.

»Meinen Sie? Die Demonstration hat für Schlagzeilen gesorgt. Der Tod eines Supermodels hier in Lacoste, der Ruf des Dorfs wird über Jahre leiden, vielleicht für immer mit diesem Drama in Verbindung gebracht werden.«

»Ach, die Dorfbewohner. Sie hatten schon etwas gegen Pierre Cardin, als er hier nur lebte und sein Kulturfestival veranstaltete.«

»Und jetzt wollen Sie hier einen Produktionsstandort errichten? Glauben Sie wirklich, die Menschen im Ort nehmen das hin?«, fragte Pascal.

»Wir schaffen Arbeitsplätze«, sagte Deontré ohne jede Überzeugung, in dem Wissen zu lügen, schließlich war Haute Couture, sei sie auch aus alten Materialien gefertigt, nichts für Quereinsteiger. Blieben also nur die Logistik oder die Buchhaltung, und die Abneigung gegen ihren früheren Mäzen war groß. Die Menschen in Lacoste hatten ihren Stolz, das hatte Pascal in den letzten Tagen gelernt. Am Ende würden sie die Lösung, dass auch die Stiftung aus dem Dorf verschwände, bevorzugen.

»Sie sind hier nicht gewollt«, sagte Pascal schließlich.

»Das mag sein.« Beide lehnten sich am Tisch zurück und starrten in die inzwischen eingetretene Dunkelheit.

»Warum sind Sie eigentlich hier?«, fragte Pascal, ohne sich an Danielle Deontré zu wenden.

Er antwortete zunächst nicht. Schlug schließlich die Beine übereinander, so langsam, so still, dass die Pailletten auf seiner Hose nicht zu hören waren.

»Ich denke, ich kann Ihnen helfen, Monsieur le Gendarme.«

Jetzt sah Pascal ihn an. Von Deontré hatte er keine Hilfe erwartet.

»Bitte schön«, forderte er seinen Gast auf.

Mit ruhigen, bedachten Worten begann Deontré.

»Was, Monsieur Chevrier, wissen Sie eigentlich über das Verhältnis zwischen Hector Richaud und dem Federmann?«

»Hector Richaud?«, fragte Pascal. »Der Leiter der Marquis-de-Sade-Gesellschaft?«

»Oui, und der Makler und Notar im Ort. Hector Richaud

hat hier im Auftrag jedes einzelne Haus verkauft, er ist reich und mächtig. Mehrmals hat er sich sogar bei der Bürgermeisterwahl aufstellen lassen, ist aber nie gewählt worden. Für ein Künstlerdorf wie Lacoste ist er zu konservativ, zu rechts. Lacoste wurde viele Jahre von einem Kommunisten verwaltet. Für diese Gegend grenzt das an eine Sensation, denn hier in Südfrankreich wählen viele die Rechten. Also wäre Hector Richaud in jedem anderen Dorf längst an der Macht. Nicht aber hier, in diesem Ort der Künstler.«

Pascal wusste, wovon Deontré sprach, er kämpfte täglich mit seinem Bürgermeister Jean Paul Betrix, der ganz ähnliche Ansichten hatte.

»Nun, Monsieur Deontré, aber was hat das mit einem Mord an einem Supermodel zu tun?«

»Das kann ich Ihnen noch nicht sagen, aber was wissen Sie über ihn und den Federmann?«

Pascal erinnerte sich an die Szene bei der Party der Marquis-de-Sade-Gesellschaft, wie Hector Richaud den Federmann vom Veranstaltungssaal in den hinteren Bereich der Bühne geführt hatte. Er konnte der Aufregung des Plumassiers nachspüren.

»Eigentlich nicht viel«, gab Pascal zu.

»Hector Richaud hatte hier, sagen wir es so, Sklaven im Ort. Menschen, die für ihn eine Menge taten. Der Federmann war einer von ihnen. Er hatte Angst vor ihm, und das hat er noch.«

»Warum?«

»Das weiß ich nicht genau, wir aus der Modebranche reisen alle ab, wenn das Kulturfestival oder die Modenschau vorbei ist, aber unser Federmann bleibt hier. Allein sozusagen. Seine ganze Erscheinung, sein Wesen, diese Urbanität, seine Liberalität, all das stört Hector, es missfällt dem selbst ernannten Dorfsheriff. Und es sind in der Vergangenheit Dinge passiert.« Er stockte.

»Dinge?«

»Ich will ehrlich sein, Monsieur. Er war vor zwei Jahren bei mir und hat mir eine Menge Geld gegeben, wenn ich …«

Deontré brach ab und schlug sich mit der Hand auf den Mund, es ploppte.

»Ich höre«, sagte Pascal.

»Wenn ich seine Federn nicht mehr einsetze.«

Pascal sah ihn entsetzt an, ohne dass Danielle Deontré ihn in der Dunkelheit sehen konnte. Doch er schien es zu spüren.

»Ich habe das Angebot angenommen.« Er sprach leise.

»Wie bitte?«, entfuhr es Pascal. »Aber warum?«

»Weil ich es ohnehin vorhatte. Ich will keine Federn mehr, keinen Klimbim auf den Köpfen. Ich stehe für Nüchternheit, das hatte ich Ihnen schon einmal gesagt, und wenn man für etwas Geld bekommt, das man ohnehin vorhat, dann ist das sozusagen eine Dividende. Kommen Sie, Monsieur, wer würde da nicht Ja sagen?«

Pascal schüttelte den Kopf, war fassungslos.

»Und das erzählen Sie mir einfach so? Warum?«

»Weil ich mir sicher bin, dass Hector etwas mit dem Mord an Jezebel zu tun hat.«

Pascal brauchte einen Moment, um diese Aussage wirken zu lassen, sie zu begreifen.

»Seien Sie vorsichtig mit Unterstellungen«, sagte Pascal schließlich scharf.

»Wenn Sie das sagen«, bemerkte Deontré trocken.

»Wie kommen Sie zu so einer Annahme?«, wollte Pascal wissen.

»Hector hat nur ein einziges Ziel, er will den Ursprung des Ortes wiederherstellen, mit den Werten und den kranken Phantasien eines Marquis de Sade. Das ist sein Idol. Der Mann ist krank im Kopf. Er ist besessen von diesem Zeug. Wer, glauben Sie denn, steckt hinter der Demonstration?«

Beide griffen zu ihrem Glas Rosé und tranken einen Schluck, fast synchron.

»Und welche Rolle spielt in einem so kranken Kopf wie dem wohl die Tatsache, dass hier ein schwuler Federdesigner lebt und arbeitet? Er ist ihm ein Dorn im Auge. Er steht für alles, was Hector ablehnt. Aus seiner Sicht bringt der Federmann das Dorfgefüge durcheinander. Wenn er hier keine Arbeit mehr findet, dann wird er irgendwann gehen. So denkt jemand wie Hector. Mach es den Eindringlingen schwer, je schwerer, desto besser, so funktioniert jemand wie Hector.«

»Und Sie haben mitgespielt, Monsieur Deontré?« Pascal hatte plötzlich Mitleid mit dem Federmann, dem Mann, der heute Mittag den Mord gestanden hatte. Er hatte auch keine Erklärung dafür. Ihm gefiel seine Reaktion genauso wenig wie Deontré.

»Ich will Ihnen nur helfen, vergessen Sie das nicht«, sagte Deontré eine Spur lauter.

»Mit wirren Aussagen, mit gefährlichen Aussagen?«, sagte Pascal.

»Ich bin nicht wirr«, stellte Danielle Deontré nüchtern fest.

»Aber warum soll der Federmann keine Federn mehr herstellen?«

»Damit er hier keine Zukunft hat. Er ist der Letzte, der Jahr für Jahr bleibt, weil ich es so wollte. Hector wollte nachhelfen, er hat sich an dem schwulen Paradiesvogel gestört. Sein Auftreten, seine Party. Die jungen Studentinnen malten ihn, fotografierten ihn, Bilder von ihm wurden ausgestellt. Für jemanden wie Hector ist das ein Alptraum. Diese Bilder entsprechen nicht dem, was er von und mit diesem Ort möchte. Kurzum, er wollte ihn loswerden. Und dann kam die große Jezebel in den Ort, und dann geht sie auch noch nachts allein durch den Ort. Das war die Chance, und die hat er ergriffen. Fragen Sie mich nicht nach Details, aber die kennen Sie sicher.« Zufrieden lehnte Deontré sich zurück. »Wie gesagt, es ist nur so ein Gedanke. Aber Sie wissen ja, wie es ist. Ich möchte nicht sagen, hätte ich doch mein Wissen bloß mit diesem Gendarmen geteilt, als es noch nicht zu spät war.«

Er prostete Pascal zu.

»Und Sie wären endlich, rechtzeitig vor der Eröffnung Ihrer Stiftung und Ihres Produktionszentrums im Schloss, diesen Querulanten, wie Sie ihn nennen, los.« Pascals Stimme klang angriffslustig.

»Zu guter Letzt geht es um Gerechtigkeit, das muss ich Ihnen doch wohl nicht sagen.«

In Pascals Kopf raste es. Sosehr ihm dieser Gast zuwider war, sosehr er sich auch gegen derart verleumderische Thesen wehrte, ausgeschlossen war es nicht. Doch er wollte nicht zu Deontrés Spielball werden. Es war ihm klar, eine Verhaftung von Hector würde Deontré hier im Ort freie Bahn gewähren, und das war am Ende genau das, was er brauchte. Auf diese Weise könnte er mit Geschick und sicher auch ein bisschen Glück den Konzern weiterführen. Möglich, dass Vincent Hector meinte, als er von einer Bedrohung gesprochen hatte. Vor ihm hatte er also Angst. Und diese war so groß, dass er den Mord auf sich genommen hatte und diese abstruse Geschichte von der Besessenheit erzählt hatte? Und natürlich gab es den öffentlichen Druck, der in den letzten Tagen so sehr gewachsen war, weil Jezebels Mörder noch immer nicht gefunden war, sodass Frédéric Dubprée das Geständnis dankbar angenommen hatte. Mit dieser Erfolgsmeldung würde er bei der Tagung in Paris glänzen. Auch wenn Frédéric Dubprée kein Mann der großen Worte war, eine gewisse Eitelkeit besaß er. Schon sein Auftreten, die Maßanzüge, die Frisur, seine gesamte Erscheinung. Ein gut aussehender Mann wie er hätte nichts dagegen, auf der Titelseite der Zeitungen zu stehen, als der Commissaire, der den Mord an Frankreichs populärstem Model aufgeklärt hatte. Die Aussicht auf diesen Ruhm hatte ihn blind gemacht. Doch wenn Pascal ehrlich zu sich war, entsprach das nicht seinem Chef. Dafür war er schlichtweg zu klug. Er wurde genauso stutzig wie Pascal, als der Federmann von Jezebels Kopfverletzung gesprochen hatte. Pascal kannte den Chef der Police nationale inzwischen zu gut, und das alles passte in Wahrheit nicht zu ihm.

»Nur, Monsieur Deontré, was ist denn der Gewinn von Hector, jetzt, nach dem Tod von Jezebel?«

»Sie haben es schon selbst gesagt. Natürlich ist der Ruf des Dorfes zunächst einmal ein Problem, aber wir stehen nicht für einen Flagship-Store, wir designen. Fertigen werden wir hier nicht, es wird also kaum Publikumsverkehr geben. Aber, und das hat Hector in Rage gebracht, unser Schloss wird nicht mehr zum Marquis-de-Sade-Schloss und auch keine Begegnungsstätte für Perverse. Es wird der Sitz unserer Stiftung sein. Die Zwischenfälle werden vergessen sein. Morgen wird eine andere Sau durchs Dorf getrieben. Kein Mensch wird sich mehr an Jezebel erinnern. Vielleicht an den Mord, aus, wie Sie sagen, Besessenheit, glauben Sie das ruhig weiter, aber es wird auf unseren Konzern keine Auswirkungen haben. Wir werden das Label für nachhaltige Mode, und das wollte ich der Rumpftruppe aus Aix mit meiner Anzeige mitteilen. Wir werden weitermachen. Nur gemäßigter, aber das denken Sie sich sicher.«

Er lächelte zufrieden und strich sich mit seinen Fingern über die Hose. Dann schaute er auf die Uhr. Inzwischen war es stockdunkel geworden. Ein Kauz durchschnitt die Ruhe mit seinem Ton. Bordeaux hatte die Hoffnung auf einen Abendspaziergang aufgegeben, er lag zu Pascals Füßen.

»Ich werde dann mal. Ich dachte, es könnte Sie interessieren, wie die Planung war. Immerhin könnte es hilfreich sein, sich in der Modebranche zu bewegen. Für einen Gendarmen wie Sie ist das ja nicht ganz einfach.« Dann öffnete er wieder den Mund und schlug seine flache Hand darauf. Wie er es zelebrierte, wie es Pascal provozierte, er musste schlucken, seine Wut in den Bauch atmen. Pascal gab Deontré die Hand.

»Merci für den Rosé«, sagte Deontré, und dann stöckelte er mit seiner Handylampe in Richtung seines Autos.

Pascal schaute ihm nach, horchte weiter in den späten Abend hinein, bis er den Motor starten hörte. Das Röhren störte die Stille, dann gab Deontré Gas und verschwand hinter dem kleinen Wald.

Pascal wartete noch einen Moment, dann griff er zum Handy und rief den Journalisten Constantin Taron an. Er ging sofort ran.

»Wenn Sie anrufen, steckt immer eine gute Geschichte dahinter«, begrüßte er Pascal.

Sollte er das, was er vorhatte, wirklich durchziehen?

»Ja, Monsieur Taron, ich habe eine Geschichte für Sie.« Pascal sah den schmierigsten aller Journalisten vor sich, wie er mit dem Stift in der einen und dem Telefon in der anderen Hand dasaß und wartete, die Augen aus den Höhlen hervorgetreten.

»Wir haben eine heiße Spur im Mordfall Jezebel«, begann er.

»Puh«, sagte Taron, »schießen Sie los, es ist bei mir in guten Händen.«

»Natürlich, das weiß ich doch«, sagte Pascal. »Das weiß ich doch, daher erzähle ich es Ihnen. Wir haben uns heute mit dem Plumassier aus Lacoste unterhalten, wir hatten ihn im Verdacht wegen des Mordes an Jezebel, doch er war es nicht. Wir haben ihn laufen lassen. Er ist wieder auf freiem Fuß. Bei sich zu Hause. Ich sage Ihnen das nur, damit Sie morgen keinen Unschuldigen in der Zeitung zum Mörder machen.«

»Unschuldig?«, fragte er. »Die schwule Diva aus Lacoste ist unschuldig?«

Pascal überhörte die Unverschämtheit.

»Ja, aber er ist jetzt Zeuge, und in den nächsten Tagen werde ich Ihnen die ganze Geschichte präsentieren. Er wird uns zum Mörder führen, da bin ich mir sicher, das hat er uns zugesichert. Er wird reden.«

Pascal hörte den Mann am anderen Ende der Leitung schwer atmen, Aufregung lag darin, doch Pascal fuhr in sonorem Ton fort. »Aber das müssen Sie ja noch nicht schreiben. Sie können noch ein bisschen warten, damit wir mehr Fakten haben. Dann veröffentlichen wir es auch als Pressemitteilung, und Sie bekommen ein Interview.«

Pascal wusste, dass Constantin Taron kein Journalist war, der warten würde. Er war einer, der sofort veröffentlichte, ihm ging es um Geschwindigkeit. Er wollte immer der Erste sein, perfekt für Pascals Zwecke. Er war schnell, aber ungenau. Selten recherchierte er zu Ende. Er behalf sich mit dem einfachsten Zeitungstrick der Welt. Er setzte ein Fragezeichen hinter die Schlagzeile, wenn er nur etwas aufgeschnappt hatte, und morgen würde die Schlagzeile genauso wie geplant in der Zeitung stehen. Auf Constantin Tarons Unseriosität konnte man sich verlassen.

»Ich würde gern ein Interview mit dem Federmann machen«, sagte der Journalist schließlich, etwas Flehentliches in seiner Stimme, etwas, das Pascal anekelte.

»Sie haben meine Handynummer, rufen Sie mich an, ich werde etwas arrangieren.«

»Danke, Monsieur Chevrier.«

»Aber denken Sie dran, morgen noch nichts veröffentlichen, wir sind noch nicht sicher.«

Sichergehen wollte Pascal, und das tat er mit diesem letzten Satz. Sie legten auf, und Pascal schrieb Audrey eine Nachricht.

»Komm bitte morgen früh um acht Uhr nach Apt zur Police nationale.«

28

Zumindest Punkt eins von Pascals Plan war aufgegangen, das konnte er schon an der Titelseite der »La Provence« erkennen, als er die Zeitung auf den Tisch legte.

Jean-Jacques hatte ihm bereits das Petit-déjeuner hingestellt. Heute gab es statt Erdbeer-Aprikosen-Marmelade eine Innovation für Jean-Jacques, mit einem Lächeln hatte er Pascal seine Frühstücksvariation serviert. Auch die Handwerker und Bauern wunderten sich über die neuen, kleinen, abgepackten Marmeladen-Plastikboxen, die der Besitzer ihnen mit demselben Stolz wie dem Dorfgendarmen präsentierte. Um diese Uhrzeit war das Bild nicht anders als üblich. Die gleichen Leute an den gleichen Tischen mit denselben Themen.

Es war trotz der Hitze der vergangenen Tage um diese Uhrzeit ungewöhnlich kühl. Pascal saß an dem wackeligsten aller Tische auf dem Bordstein und versuchte ihn in eine einigermaßen stabile Lage zu bekommen, bevor der Kaffee serviert wurde. Es gelang ihm nicht, und als die große, bauchige Tasse vor ihn gestellt wurde, übernahm sie die Schräglage des Tisches. Reichte der Kaffee auf einer Seite der Tasse bis zum Rand, so fehlte auf der gegenüberliegenden Seite so viel Kaffee, dass man verleitet war, den Kellner zum Nachschenken aufzufordern.

Zunächst einmal trank Pascal einen Schluck, wie er es immer tat, rückte seine Uhr wieder ein Stück Richtung Handgelenk und griff nach der Zeitung auf dem Tisch. Auf Constantin Taron war Verlass. Auf dem Titelbild war ein Foto des Federmanns zu sehen. »Unschuldig«, stand darüber. »Der sogenannte Federmann, der viele Jahre für unzählige Starmodeschöpfer den Federschmuck für die Haute Couture gefertigt hatte, wurde vor zwei Tagen zu Unrecht von der Police nationale in Apt wegen des Mordes an dem Supermodel Jezebel festgenommen und jetzt aufgrund mangelnder Beweise wieder freigelassen. Derzeit soll er sich in seinem Haus in Lacoste befinden. Die ganze Geschichte auf Seite 3.«

Pascal hatte heute ein Croissant bestellt, nahm es aus dem Korb und versuchte wie immer vergeblich, die halb gefrorene Butter daraufzuschmieren. Mit einer eingeübten Handbewegung wischte er die Krümel des Croissants vom Tisch und stippte eine Spitze in den Kaffee ein. Dann beugte er sich nach vorn, biss ab und schlug die Seite drei der »La Provence« auf.

Zwischen einer Bilderstrecke von Jezebel, dem Plumassier und Pierre Cardin wurde die Karriere des unschuldigen Federmanns zusammengetragen. Über seine glorreichen Jahre bei Dolce und Gabbana, Chanel oder Jean Paul Gaultier und schließlich die letzten Jahre bis zu dessen Tod bei Pierre Cardin. Danach wurde es phantasievoll, zu lesen war über das Verhältnis von Vincent Palé und Jezebel, um so auf den schrecklichen Mord an dem Starmodel zu sprechen zu kommen. Und dann eine abstruse Geschichte, wie der Federmann unter Verdacht geriet. Da Constantin Taron nicht allzu viele Informationen bekommen hatte, war der Text kunstvoll mit Halbwissen aufgebauscht.

Schließlich ging es um den Kern. Mutmaßungen, bis hin zu einer Liebesbeziehung zu Jezebel, die beschrieben wurde, ohne darauf einzugehen, dass der Federmann homosexuell, zumindest bisexuell war. Am Ende der alles entscheidende Absatz: »Der ermittelnde Gendarm Pascal Chevrier hält den als Federmann bekannten, bis gestern mutmaßlichen Täter für unschuldig. In einem Verhör konnte jeder Verdacht entkräftet werden. Das bedeutet, dass der wahre Täter noch auf freiem Fuß ist, doch seine Festnahme ist nur noch eine Frage der Zeit, denn die Polizei geht einer sehr heißen Spur nach, bei der der Federmann als Zeuge auftreten wird.«

Pascal pfiff leise. Sein Plan funktionierte, aber er war riskant, stützte er sich doch nur auf Verdachtsmomente von Danielle Deontré. Wenn Pascal danebenlag, würde er den größten Fehler seines Berufslebens begehen. Natürlich hatte Constantin

Taron sich nicht an die Abmachung gehalten, natürlich hatte er geschrieben, was er wusste, und auch das, was er mutmaßte. Zufrieden aß Pascal den Rest seines Croissants, legte sechs Euro auf den Tisch, ging zu seinem Kangoo und fuhr Richtung Apt.

Audrey war bereits im Gebäude der Police nationale hinter ihrem Schreibtisch, eine Tasse Kaffee darauf, in der Hand einen Stapel Akten.

»Du hast nicht das vor, was ich befürchte, oder?«, empfing sie ihn. »Ich habe die Zeitung gelesen. Ich kenne dich.«

»Doch, Audrey, es ist unsere einzige Chance. Wir bekommen unseren Täter nur auf diese Weise, und das weißt du. Freiwillig wird der Federmann uns nicht die Wahrheit sagen, die Chance hat er bereits gestern vertan. Wir müssen es drauf ankommen lassen.«

»Mir gefällt das nicht, Frédéric Dubprée weiß von nichts. Wenn das schiefgeht, sind wir raus, schlimmer noch, uns wird der Prozess gemacht.«

»Ich bin überzeugt davon, dass unser Federmann Jezebel nicht ermordet hat. Das konnte er nicht, zumindest nicht allein. Das Blut am Boden stammte von ihm, es muss ihm also etwas zugestoßen sein, ein Schlag, entweder von Jezebel oder einer weiteren Person, die wahrscheinlich den Mord begangen hat.«

»Ach ja?«, fragte Audrey. »Und du weißt, wer es war?«

Pascal erzählte ihr von der abendlichen Begegnung mit Danielle Deontré und den Thesen zu Hector Richaud. Audrey hörte ihm genau zu.

»Deshalb hat Vincent eine so große Angst vor ihm? Eine solche Panik, dass er einen Mord gesteht und lieber ins Gefängnis geht, statt Hector zu begegnen?« Audrey klang skeptisch.

»Er will leben, und wenn Hector sich so verhält, wie es ihm viele Menschen im Ort zutrauen, zuletzt auch Danielle Deontré, dann wird Hector das tun, was er aus seiner Sicht tun muss. Der Federmann ist der einzige Zeuge, und er ist labil. Wir alle wissen, früher oder später wird er die Wahrheit sagen, und Hector weiß das auch«, bestärkte sich Pascal in seinem Plan.

»Wenn das schiefgeht –«

»Ich weiß, Audrey«, unterbrach Pascal sie und setzte sich dicht vor sie auf die Schreibtischplatte. »Aber wir können doch keinen Unschuldigen einsperren.«

Sie umarmte ihn, legte ihre Wange an seine, sie roch nach Sommer. Dann löste sie sich von ihm.

»Hoffentlich hat uns niemand fotografiert«, versuchte Pascal einen Witz.

»Nichts, was von uns nicht bereits fotografiert wurde«, sagte Audrey. »Du weißt, dass ich das für keinen anderen Kollegen machen würde?«

»Kollegen.« Pascal lachte auf.

»Ja, hier sind wir Kollegen«, sagte sie mit gespielter Strenge.

»Hast du das Aufnahmegerät?«, fragte Pascal.

Audrey griff in die Schublade und holte ein flaches Diktiergerät heraus, griff ein zweites Mal hinein und zog mit der anderen Hand ein Klebeband heraus.

»Voilà«, sagte sie, »dann kannst du es ihm erklären.«

Und schon ging sie den Gang hinunter, vorbei an leeren Büros. Die Kolleginnen und Kollegen waren auf Streife oder noch nicht am Platz. Das passte Pascal gut.

Als Audrey die Zellentür öffnete, saß der Federmann auf seinem Bett. Für zwei Nächte im Gefängnis ohne Komfort sah er sehr gepflegt aus. Seine Decke, sein schmales Kissen waren unberührt, das erklärte den Sitz seiner Frisur, er hatte nicht darin gelegen, war die ganze Nacht wach geblieben.

»Bonjour, Monsieur«, begann Pascal.

»Bonjour«, entgegnete der Federmann. Überraschung lag in seinen Augen, er musterte Pascal und dann Audrey, die noch an der Tür stand.

»Wir lassen Sie frei«, begann Pascal. »Sie waren es nicht, und wir wissen es.«

Der Federmann guckte sie überrascht an. »Nein, nein, ich habe doch gestern gestanden. Ich bleibe hier.«

»Das geht leider nicht, Monsieur Palé. Sie haben gestern die Unwahrheit gesagt.«

»Wie kommen Sie darauf?« Der Blick wechselte von Audrey zu Pascal und zurück. »Ich habe Ihnen doch gestern alles gesagt. Ich habe Ihnen genau erklärt, wie ich Jezebel umgebracht habe.«

»Sie haben uns eine Geschichte erzählt, die nur bedingt etwas mit der Wahrheit zu tun hat.« Pascal sprach ruhig und sah den Federmann, der jetzt wieder einem Häuflein Elend entsprach, gelassen an. »Bevor Sie fragen, wir haben in Ihrem Atelier keine Blutspuren von Jezebel gefunden, es waren Ihre. Sie ist nie gestürzt, und es waren auch nicht Sie, die sie in den Dampfofen befördert hat, sondern Hector Richaud.«

Der Federmann zuckte zusammen und formte mit seinem Mund ein Warum, ein Wie, ein Pourquoi.

»Der Spuk ist vorbei«, sagte Audrey, »aber wir müssen ihn überführen, und das geht ohne Sie nicht.« Während sie das sagte, hob sie das Diktiergerät, an dem weiße Kabel mit sehr kleinen Mikrofonen hingen, ein Stück nach oben.

»Non, non, non, das mache ich nicht«, rief Vincent panisch.

»Sie wollen doch nicht ernsthaft für diesen Mann ins Gefängnis gehen, oder?«, fragte Pascal.

»Doch, doch, doch, das will ich. Er wird mich töten.«

»So wie er Jezebel ermordet hat?«, hakte Pascal nach.

»Er ist ein Monster. Ein perverses Monster mit Neigungen, von denen Sie nichts ahnen.«

»Neigungen, die vom Marquis de Sade niedergeschrieben wurden?«, hakte Pascal nach.

»Wenn ich diesen Namen schon höre«, entgegnete der Federmann. »Sie wissen nicht, mit wem Sie es zu tun haben. Der ist zu allem bereit. Ich bin schwul, bei mir wird er keine Grenzen kennen. Ich habe Angst.«

»Das brauchen Sie nicht«, sagte Audrey und trat einen Schritt in Richtung des Federmanns.

»Was wollen Sie? Was haben Sie vor?« Vincent biss sich auf die Lippe, bis sie fast blutete, er zitterte.

Pascal war sich nicht mehr sicher, ob diese fragile Person, die jetzt wie eine Puppe aus Glas wirkte, das durchstehen würde. Wenn er Fehler machte, dann würde der Plan scheitern. Er musste sein Vertrauen gewinnen.

»Wir werden Sie beschützen«, sagte er ruhig. »Sie sind nicht allein in Ihrer Wohnung, wir werden beide da sein, und wir werden bewaffnet sein. Es gibt keinen Grund zur Sorge.«

»Non, non, das glaube ich nicht. Es gibt schon einen Grund zur Sorge, wenn man ihm die Hand gibt. Verstehen Sie nicht, er ist klüger als wir alle zusammen. Er wird schneller sein. Er wird mich töten, grausam ermorden. Der geht über Leichen, und wenn rauskommt, dass ich es nicht war, weiß er, dass ich mich gerettet und ihn verpfiffen habe. Das habe ich aber nicht, es ist doch Ihre Idee. Das ist Ihr Spiel.«

»Wir wissen, dass Sie unschuldig sind«, versuchte Audrey ihn zu beruhigen, hatte jedoch an dieser Aussage eigene Zweifel, tat das alles nur für Pascal, und das wusste dieser.

»Aber ohne Sie können wir ihn nicht überführen«, sagte Pascal.

»Non, non, da bin ich raus. Ich will einfach hierbleiben.« Er stammelte die letzten Worte, nach Luft ringend. »Machen Sie das ohne mich!«

»Aber Sie waren dabei, als Hector Jezebel in Ihren Dampfofen sperrte. Sie hängen also mit drin. Sie sind der Zeuge, den wir brauchen«, stellte Audrey klar.

»Ich werde der Nächste sein.«

Pascal setzte sich neben den Federmann auf das spartanische Bett.

»Wir wissen das, Monsieur Palé. Er wird kommen, er wird die Zeitung lesen, da steht die Geschichte heute drin, das ist die Falle, die wir ihm gestellt haben, und er wird versuchen, Sie aus dem Weg zu räumen, in der Hoffnung, Sie haben noch nichts gesagt. Und selbst wenn er verstanden hat oder glaubt, Sie haben sich gerettet, dann wird er Rache wollen. Das alles wissen wir. Daher habe ich dem Journalisten gesagt, Sie seien in Ihrer Wohnung. Dort wird er hinkommen, aber wir werden da sein. Darauf geben wir Ihnen unser Wort.« Pascal klopfte ihm auf die Schulter, als sei er ein alter Freund.

»Wie lief es eigentlich in Wahrheit ab?«, fragte Audrey nach einer Pause, die sie dem Federmann gönnte, damit er realisierte, was die Polizei mit ihm vorhatte.

Es war, als würde ein Mensch seine Seele aushauchen, so tief atmete der Federmann ein, so hörbar atmete er aus.

»Hector hatte ja recht. Jezebel, die schöne schwarze Frau, diese Erscheinung in meine Federn zu hüllen, das war mein Traum. Ich habe sie jahrelang gezeichnet, mich meinen Phantasien und Vorstellungen ergeben.«

»Ihre Zeichnungen waren gut«, sagte Pascal, um ihm Mut zu machen, weiterzusprechen, sich zu erleichtern.

»Ich konnte doch nicht ahnen, dass er sie mir eines Tages, nämlich in jener Nacht, präsentierte. Er hatte sie auf der Straße mit Chloroform betäubt, sie war nicht bei Bewusstsein, als er sie in mein Atelier brachte, erst bei mir erwachte sie. Dieses Schwein zog sie aus, riss ihr den Hoodie über die Schultern, und dann forderte er mich auf, meinen Federschmuck zu holen. Ich hatte so eine Angst vor diesem Monster, also tat ich es. Ich wollte nie wieder Federn im Haus haben, daher habe ich sie auch alle mitgenommen, als ich … nun ja, eine Zeit lang von der Bildfläche verschwinden musste. Meine Federn waren zu meiner Hassliebe geworden. Ich brauchte sie, aber ich hasste sie auch, sie hatten mich ins Verderben gestürzt.«

Er suchte nach Zustimmung in Pascals Blick, der immer noch neben ihm auf dem Bett saß, erst dann fuhr er fort.

»In dieser Nacht hatte ich aber noch welche, und ich holte die Federn aus Purpur und gab sie ihm. Jezebel wehrte sich, doch das brachte nichts, Hector ist ein starker Mann. Er umklammerte sie, und ich setzte ihr wie im Wahn meinen Federschmuck auf den Kopf. Sie blieb kurz stehen, doch dann schlug sie um sich und traf mich mit meinem Werkzeug, daher das Blut, daher die Platzwunde, ich konnte aber noch das Foto machen, und dann versetzte Hector ihr einen Schlag auf ihre nackte Brust, sie ging zu Boden, sie rang nach Luft, und Hector schien seinen Spaß daran zu haben. Er ist pervers, und ich werde seinen Blick niemals vergessen, wie er sie in die Höhe riss, die Tür meines Dampfofens öffnete und sie hineinstieß, halb ohnmächtig. Ich hatte tagsüber Federn in meinem Ofen getrocknet, er war noch heiß, und dieses Schwein sah mich triumphierend an, bevor er die Tür schloss. Wie er da stand, überall Schweiß, die Haare klebten in seinem Gesicht, sein Blick irre, flackernd, und dann hielt er die Tür fest. In meinem Kopf rauschte es, ich konnte sie nicht hören. Nächtelang habe ich versucht zu rekapitulieren, was passiert war, ob sie schrie, klopfte oder überhaupt noch irgendetwas tat. Mir fehlt die Erinnerung. Ich weiß nur noch, wie er fragte: ›Und, war das geil? Jezebel mit den Federn auf dem Kopf? Hat es dich angemacht, hat es dich zurück in die Spur gebracht?‹ Er wartete noch, legte sein Ohr an die Tür. ›Wie still es ist‹, sagte er. Ich bekam Panik, ich bekam kaum noch Luft, es pochte in meinen Schläfen, ich konnte nichts sagen, das übernahm er. ›Du hast sie umgebracht‹, sagte er nur. ›Du hast ein Topmodel auf dem Gewissen. In deinem Dampfofen, mit deinen Federn auf dem Kopf.‹ Ich röchelte nur, und er sagte: ›Entspann dich, du kommst nicht ins Gefängnis, sondern in die Geschlossene, bei deinem Wahnsinn, bei deiner Besessenheit‹, und dann ging er, und ich wollte sie befreien, die Tür öffnen, doch ich schaffte es nicht. Ich hatte so eine Panik und habe die Nerven verloren. Ich nahm meine Notfalltablette und schlief ein. Einfach weg, in meinem Atelier.« Der Federmann schniefte, dann fuhr er fort. »Wissen Sie, was er damit meinte? ›Und hat es dich wieder in die Spur gebracht?‹«

Beide wussten es, ihr Bild von Hector wurde klarer und klarer in diesen Minuten.

»Er meinte meine Homosexualität.«

Stille lag in der kleinen Zelle in der Police nationale in Apt. Niemand wollte nach dieser Geschichte etwas sagen.

»Nur Sie können dieses Monster aus dem Verkehr ziehen«, begann Audrey langsam. »Vergessen Sie nicht, wie er versucht hat, Sie auszuliefern. Er brachte Jezebel zum Steinbruch. Dort, wo man sie eher zufällig gefunden hat. Wir wollen jetzt alle dasselbe, wir wollen Gerechtigkeit.« Sie ging zum Federmann. »Darf ich?«, fragte sie.

Der Federmann nickte und öffnete die Knöpfe seines purpurnen Hemdes.

»Ein schönes Hemd«, bemerkte Audrey.

»Ja, es ist das einzige Hemd, das ich mit Hilfe von Purpurpigmenten gefärbt habe. Es würde ein Vermögen kosten. Es riecht nach Meer.«

Und tatsächlich, selbst Pascal, der gut zwei Meter entfernt stand, konnte es riechen. Den Duft nach Meer, nach Algen, nach Schnecken.

Audrey brachte die kleinen Mikrofone an, befestigte sie mit Klebeband auf der Brust des Federmanns und versteckte sie unter dem Hemd, das sie wieder zuknöpfte. Der Federmann ließ es geschehen, schien jetzt ruhiger zu sein.

»Ich werde es tun«, sagte er schließlich, als Audrey zufrieden einen Schritt zurückgetreten war. »Nur, wie wird es ablaufen?«

»Wir bringen Sie jetzt nach Hause, und das wird nicht unbemerkt bleiben. Wir werden mit drei Fahrzeugen der Police nationale bis nach oben in das Dorf zu Ihrem Haus fahren, dorthin, wo sonst nur Fußgänger unterwegs sind. Jeder soll wissen, Sie sind unschuldig und wieder zu Hause.«

»Und dann wird Hector mich besuchen kommen?«

»Ja, das hoffen wir.«

»Mein Gott«, er riss die Augen auf, »ich hoffe es nicht.«

»Sie sind nicht allein im Haus. Wir sind bei Ihnen«, versprach Pascal.

»Warum können Sie ihn nicht einfach festnehmen?«, fragte der Federmann. Er witterte eine letzte Chance.

»Wir haben bis auf Ihre Aussage und einen Verdacht nichts in der Hand. Es gibt zwar DNA-Spuren von ihm in Ihrem Arbeitszimmer, aber nicht nur von ihm. Eine Party hat dort stattgefunden, offensichtlich waren einige Partygäste im Arbeitszimmer.«

»Ihr auch«, merkte der Federmann an.

»Ja, wir auch«, sagte Audrey.

»Nach den Spuren könnten wir das ganze Dorf unter Mordverdacht stellen«, gab Pascal zu.

»Gut«, sagte der Federmann schließlich, »dann lassen Sie uns gehen«, und plötzlich war seine Stimme entschlossen.

29

Das Haus des Federmanns lag so ziemlich in der Mitte der Rue de la Frescado, einer engen Straße, durch die jeder Besucher gehen musste, um vom Château hinunter ins Dorf zu kommen. Es war ein endloser Zug von Touristen mit Handys in der Hand, die das Schloss des Marquis de Sade bei Google Maps eingegeben hatten und jetzt im Wechsel auf den Weg und auf das Handy schauten. Ein Blick nach oben, ein Blick auf das Schloss hätte genügt, um zu wissen, wo man langgehen musste.

Wann eigentlich hatte Google die Realität eingeholt?, dachte Pascal. Seit wann bestimmte ein amerikanisches IT-Unternehmen, welchen Weg die Touristen durch ein mittelalterliches Dorf im Luberon zu nehmen hatten? Das immense Treiben in Lacoste über den Tag verteilt verhinderte einen Besuch Hectors. Niemals würde er sich unter die Touristen mischen.

Pascal setzte sich in das obere Stockwerk des Hauses, um die nächsten Stunden hinter einem kleinen Fenster mit Blick auf die Straße zu verbringen. Vincent Palé hatte er angewiesen, unten im Haus zu bleiben, in seinem Atelier, bei seinem Dampfofen.

Was, wenn Hector den Plan durchschaut hatte, durchfuhr es Pascal plötzlich, wenn er wirklich so klug war, wie der Federmann behauptete, und nicht kommen würde, weil er wusste, dass Pascal auf ihn wartete? Pascal beschlich dieser Gedanke zunächst nur stündlich, doch je länger der Tag sich zog, desto stärker wurden seine Zweifel.

Stunde um Stunde beobachtete er die schwitzenden Touristen, wie sie sich schnaufend den Berg hinaufschoben, einige von ihnen hatten Wasserflaschen in der Hand, vor lauter Panik, auf den wenigen hundert Metern in der Hitze elendig zu verenden. Andere trugen Rucksäcke bei sich, vielleicht mit Wegzehrung, und dann gab es die Touristen, meist Amerikaner, die in dem Shop der SCAD oder in einer der Galerien Kunstwerke der Schüler gekauft hatten. Amerikanische »Kunst« für amerikanische Wohnzimmer, die zur Einrichtung passte, aber jenseits von Kunst war. Und dann die, die auf dem blanken Kopfsteinpflaster wegrutschten, sich im Spagat haltend um Hilfe riefen. Zu sehen gab es etwas aus dem klitzekleinen Fenster, aber leider war die Sicht auf einen Ausschnitt beschränkt, sodass er die Menschen nicht erkennen konnte, die dicht an der Mauer entlanggingen. Das könnte sich insbesondere in den späten Abendstunden als Manko erweisen, denn erst dann würde Hector dem Federmann einen Besuch abstatten, so jedenfalls Pascals Hoffnung.

Vincent hielt sich genau der Absprache entsprechend im Erdgeschoss des Hauses auf und hatte seit Stunden nicht gesprochen. Nur hier und da mal ein leises Rauschen, ein Knacken, die dicken Natursteinwände im Haus bereiteten der Funkverbindung Schwierigkeiten, das hatte Pascal nicht bedacht.

Eine zweite Funkverbindung ging zu Audrey, die sich im Auto aufhielt, doch auch diese Verbindung war unzuverlässig, der Kontakt brach immer wieder ab, die Entfernung war zu groß. Falls Hector eintreffen würde, und das würde Pascal mitbekommen, würde sie ohnehin ihre Position verändern und näher ans Haus herankommen. Beide waren bewaffnet, beide waren auf eine Auseinandersetzung vorbereitet, wenn sie eine Art Geständnis hatten.

Pascal hatte sich auf ein Kissen gesetzt, zwei Wasserflaschen neben sich, eine bereits ausgetrunken, als die Sonne sich langsam über dem Luberon herabsenkte. Die Schatten der wenigen Passanten wurden länger, die der Gebäude ebenfalls, die letzten Sonnenstrahlen brachen sich in den geöffneten Fenstern. Die l'heure bleue kündigte schließlich die Dunkelheit an, nichts passierte. Die Straßenlaternen schalteten sich ein, und Pascal schärfte seine Sinne. In den Nachmittagsstunden wäre er fast eingeschlafen, jetzt war er wach.

Langsam stand er auf, wollte sich nach Vincents Befinden

erkundigen und ging vorsichtig aus dem Raum Richtung Galerie, in der es wenig zu sehen gab, nur den Dampfofen, der sich über die zwei Stockwerke erstreckte.

»Monsieur Palé«, sagte Pascal leise, »geht es Ihnen gut?«

Es war nichts zu hören, auch nicht über die In-Ears, die ihn seit Stunden quälten. Pascal trat ein Stück näher an das Geländer der Galerie heran, konnte aber im unteren Bereich nichts sehen.

»Monsieur Palé, geht es Ihnen gut?«

Schweigen, keine Antwort. Möglich, dass der Federmann in seinem Atelier war, arbeitete. Um es zu überprüfen, musste Pascal allerdings seine Position verlassen und in das untere Stockwerk gehen. Wenn Hector also in den nächsten Minuten kommen würde, wäre sein Plan zerstört. Ein einfacher Besuch reichte nicht aus, um den Täter zu überführen.

Pascal ging so leise wie möglich über die Steinstufen, wurde aber mit jeder Stufe unsicherer.

»Monsieur Palé«, rief er erneut, jetzt lauter, deutlicher. Nichts.

Das untere Stockwerk war leer, die Tür zum Atelier stand offen. Nur ein leises Rauschen war zu vernehmen, der Dampfofen lief. Das hatte er aus dem oberen Geschoss nicht hören können. Hier unten schon, er sah auch das kleine rote Licht, das neben der Tür leuchtete, darunter die Temperaturanzeige, die durch die halb geöffnete Tür nicht zu erkennen war. Mit langsamen Schritten näherte er sich der Tür und drückte sie mit der linken Hand auf, die Rechte am Holster, wo seine Pistole steckte, bereit zum Ziehen. Dass hier etwas nicht stimmte, spürte er in jeder Faser seines Körpers. Pascal stand im Türrahmen, vor ihm der Tisch, darauf die Verkabelung. Das Fenster war angelehnt, diesen Weg hatte der Federmann genommen. Warum hatte er den sicheren Ort verlassen?

Pascal nahm die Kabel in die Hand, schüttelte ungläubig den Kopf und hörte ein Zischen. Der Dampfofen heizte sich hoch. Hunderteinundzwanzig Grad, konnte Pascal erkennen. So weit kannte er sich inzwischen aus: Um Federn zu trocknen, war das viel zu heiß. Sie würden Schaden nehmen. Jetzt zog Pascal seine Waffe und ging vorsichtig zum Dampfofen.

Was, wenn?, dachte er. Und wie? Dann zog er an dem Griff. Hitze und Dampf schlugen ihm entgegen, er konnte in den ersten Sekunden nichts erkennen. Und dann verzog sich der Dampf, und mit jeder weiteren Sekunde, in der sich der Nebel lichtete, die Sicht klarer wurde, kam Erleichterung. Niemand befand sich in dem Ofen. Er war leer. Nur einen Moment hielt die Erleichterung an, dann setzte wieder die tiefe Besorgnis ein.

Wo war der Federmann? Pascal scannte den Raum ab, es war klar, er war durchs Fenster gegangen, doch er hatte eine Kleinigkeit übersehen. Auf dem Tisch, ganz am Rand, lag sein Smartphone, das Pascal vorher nicht aufgefallen war. Pascal griff danach, das Display leuchtete kurz auf, nur der Anfang war zu lesen, ohne dass man das Handy entsperrte. »Église Saint-Trophime ohne Handy«, stand dort, der Text ging weiter, war aber ohne den Code nicht lesbar. Pascal steckte es in seine Tasche und rief Audrey an.

»Er ist weg«, flüsterte er, nachdem sie sich gemeldet hatte. Die Aufregung war ihm anzuhören, sein Versagen lag in der Stimme, in jedem Ton.

Audrey stöhnte auf. »Merde«, sagte sie. »Wo?«

Pascal erzählte von der Nachricht, vom offenen Fenster. »Warte auf mich«, rief er, »ich bin gleich bei dir.«

Er rannte los, rutschte ebenfalls über das blanke Kopfsteinpflaster, griff nach den Häuserwänden, um nicht zu stürzen, schaffte es irgendwie, das Gleichgewicht zu halten, und kam schwer atmend auf dem Parkplatz vor dem »Café de Sade« an. Audrey war bereits ausgestiegen, empfing ihn.

»Dort«, rief sie, »dort ist die Kirche.«

Nur ein Stück den Berg hinauf, schon standen sie davor, die Tür stand offen, die Kirche war leer, keine Besucher mehr und kein Vincent. Audrey und Pascal suchten die Kirchenbänke, den Altarraum, die Seitenwände ab, doch vom Federmann war nichts zu sehen.

»Wie konnte das passieren?« Die Selbstvorwürfe erdrückten Pascal. »Welche Orte gibt es hier noch, wo könnte er sein?«

»Im Schloss, nur ist das um diese Zeit geschlossen.«

»Dann müssen wir dort hinein«, rief Pascal ungewohnt laut.

»Das Schloss ist zu naheliegend«, sagte Audrey.

Sie hatte recht, wenn Hector gewarnt war, dann würde er sein Opfer nicht ins Schloss bringen.

»Es gibt hier zu viele leer stehende Häuser und Wohnungen.« Audrey klang niedergeschlagen.

»Aber warum ist er gegangen?«, fragte sich Pascal. »Warum hat er sich weggeschlichen?« Er spürte erneut die Schuld, doch er richtete sich auf. »Warum? Er wusste doch, dass Hector nichts Gutes im Sinn hat. Warum also hat er es getan? Warum hat er den sicheren Ort verlassen?«

»Weil er es musste«, sagte Audrey.

»Wie meinst du das? Er wurde gezwungen?«

»Nein, aber er steckt mit drin.«

»Aber er hatte Todesangst, so groß, dass er das Verbrechen auf sich allein genommen hat. Es ergibt keinen Sinn. Wir müssen sein Handy analysieren. Vielleicht ist die Nachricht gar nicht von Hector, das konnte ich nicht sehen.« Er zog es wieder heraus und aktivierte das Display. Wieder nur der Satz, der Name der Kirche. »Lass sie uns noch einmal durchforsten. Wo ist der Zugang zur Krypta?«

Sie liefen los, wieder durch die Bänke, um den Altar herum, Richtung Ausgang, dann sah Audrey es, hier war eine Treppe, beide stürmten hinunter, doch auch die Krypta war leer.

»Das Haus oben an dem Steinbruch, dort, wo Jezebel gefunden wurde. Da müssen wir hin«, sagte Pascal plötzlich, seine Stimme überschlug sich, er mochte sich nicht, wenn er außer sich war, aber dieser Fehler, dieses Versagen wog zu schwer auf seinen Schultern, und schon lief er zum Auto, das noch immer am »Café de Sade« stand.

Audrey übernahm, sie fuhr in hoher Geschwindigkeit den Berg hinauf, außen an der Altstadt, an den verwaisten Häusern vorbei. Vor dem für die Öffentlichkeit versperrten Weg hielt sie an. Pascal sprang aus dem Auto, hob den Zaun aus seiner Verankerung, trat zur Seite und gab Audrey ein Zeichen, seine Bewegungen hektisch.

Die letzten Meter zum Haus rannte er. Dunkel lag es da, dicht am Abgrund des Steinbruchs. Hier gab es keine Lichtquelle, Pascal wusste nur, hier ging es überall den Berg hinab, steil. Ein falscher Schritt, und er würde stürzen. Audrey schaltete ihr Handylicht ein.

Die Umrisse der Baracke schemenhaft. Der Eingang war kaum zu finden, doch schließlich standen sie in der Ruine, die Hand an der Waffe, den Blick nach vorn gerichtet. Es war still, Audrey beleuchtete den Raum, der Lichtschein ihres Handys tastete über die Wände, ein Nachtvogel begann zu demonstrieren. Plötzlich erschrak Audrey. Angelehnt an eine der neuen Wände, dort, wo möglicherweise einst die Küche geplant war, saß der Federmann, den Kopf zur Seite geneigt, die Ärmel seines purpurnen Hemdes nach oben geschoben, eine Spritze im Arm.

»Vincent«, schrie Audrey und rannte zu ihm. »Drogen. Heroin!«

Der Federmann saß regungslos dort, Audrey bewegte ihn, rüttelte ihn leicht, rief seinen Namen. Doch er antwortete nicht, die Augen waren geschlossen, dann sackte er ganz zusammen. Audrey legte ihre Finger an den Hals, drückte auf seinen Arm, suchte den Puls.

»Nein! Nein!«

Pascal rief einen Notarzt, gab seinen Standort durch, bemerkte nicht, wie Audrey neben ihn trat.

»Es gibt nichts mehr«, sagte sie. Einfach nur »Es gibt nichts mehr«, und nach einer Weile: »Kein Leben.«

»Ein Junkie«, sagte der Notarzt. »Sieht nach einer Überdosis aus.«

Der Federmann lag auf einer Trage, eine Infusion neben ihm.

»Er lebt?«, fragte Audrey.

»Wenn man es so nennen will.«

Audrey atmete erleichtert auf. »Das ist unsere Chance, ich fahre mit.«

»Wäre möglich, dass er es nicht schafft«, sagte der Notarzt, während er den Abtransport vorbereitete. »Bleiben Sie lieber hier, ist nicht jedermanns Sache, jemanden sterben zu sehen.« Und dann, als er die Tür öffnete, um die Trage reinzuschieben: »Wie gut kennen Sie ihn denn?«

»Gut genug, um mitzufahren«, sagte Audrey selbstbewusst, und dann stieg sie ein.

Der Notarzt klopfte zweimal auf die Tür, wie in einem amerikanischen Actionfilm, dann fuhr er davon, das Blaulicht eingeschaltet, die Sirene durchschnitt den späten Abend, und Pascal blieb zurück. Allein mit seinem Gefühl der Niederlage. Er hatte alles falsch gemacht, dachte er, wie konnte er das nur riskieren? Was bildete er sich ein? Ein einfacher Dorfgendarm spielte plötzlich den Supercop?

Pascal ging ziellos durch den Ort, wie ferngesteuert, ohne Ziel, die Rue Basse hinauf, vorbei an den um diese Uhrzeit trostlos wirkenden Häusern, ohne Licht, ohne Leben. Nur die wenigen gelben Laternen beschienen die enge Gasse. Niemand außer ihm war um die Uhrzeit noch unterwegs. Die Touristen längst in ihren Ferienhäusern oder Hotels. Die beiden Restaurants unten im Ort waren gut gefüllt, aber hier oben, hier oben war niemand mehr.

Nach einiger Zeit kam Pascal zurück zu Vincents Haus. Das Fenster offen, noch immer. Pascal überlegte. Was hatte er übersehen? Gab es da etwas? Was war ihm entgangen, als er zusammen mit der Spurensicherung hier gewesen war? Es musste etwas geben, und dann war es wie ein Automatismus. Er stemmte sich die Wand empor, ein Klimmzug, und schon war er auf dem Fenstersims. Dann ein Sprung, und Pascal stand im Atelier.

»Haben Sie einen Hausdurchsuchungsbeschluss, Monsieur Chevrier?«

Vor dem Dampfofen, auf einem Stuhl, saß Hector Richaud.

In der Hand eine Waffe, die auf Pascal gerichtet war. Er hatte keine Chance, zu seiner eigenen zu greifen, in den Augen des Maklers war nur Kälte zu sehen, er ließ keinen Zweifel daran, dass er abdrücken würde, und hier oben würde es wahrscheinlich niemand hören, und unten im Ort Lacoste würde man vielleicht bei einem Knall lediglich mit den Schultern zucken. Jäger waren in dieser Gegend immer unterwegs.

»Ich nehme an, Sie suchen mich? Richtig, Monsieur le Gendarme?«

Pascal sah ihn nur an, warum hatte er nicht damit gerechnet?

»Wir haben gerade Ihren Freund Vincent Palé mit einer Überdosis ins Krankenhaus bringen lassen«, sagte Pascal.

»Er kann es eben nicht lassen«, sagte Hector trocken. »Er hat es so gewollt. Lieber den goldenen Schuss als ins Gefängnis oder in einen tödlichen Unfall verwickelt zu werden.«

»Er hatte vor allem Angst«, entgegnete Pascal. »Angst vor Ihnen, Monsieur Richaud. Können Sie sich das erklären?«

»Non«, antwortete er. Und dann schüttelte er noch einmal den Kopf, als Pascal sich ebenfalls an den Tisch setzen wollte.

»Das kann ich Ihnen leider nicht erlauben, Monsieur. Aber später haben Sie genug Zeit, sich auszuruhen. Wie heißt es doch so schön? Ruhe gibt's genug nach dem Tod.« Er lachte, die Waffe auf Pascals Kopf gerichtet. Wie er es genoss, sich an dem Sadismus labte.

»Sie wollen mich also töten?«, fragte Pascal, so ruhig es ihm möglich war. Trotz der aufsteigenden Angst versuchte er Contenance zu bewahren.

»Zuerst greifen Sie mal mit der linken Hand in Ihre linke Tasche und geben mir Ihr Mobiltelefon. Wie ich von Vincent erfahren habe, sind Sie ein Diktiergerät-Junkie, da weiß man ja nicht, was Sie mit Ihrem Telefon so alles anstellen.«

Pascal gehorchte, machte keine Anstalten, sich zu wehren. Hector Richaud wäre schneller gewesen, da gab es keinen Zweifel, und so ließ er es über den Tisch in die Hände von Hector gleiten. Der Makler schaltete es aus, und als das Licht auf dem Display erlosch, begann er.

»Sie wissen einfach zu viel. Sie sind zu neugierig, das müssen Sie doch verstehen.« Er wirkte fast beleidigt, wie konnte man seine Pläne nur in Frage stellen? »Was haben Sie sich denn eigentlich vorgestellt, Monsieur Chevrier? Dass Sie hier reinkommen und Ihren Spruch aufsagen, ›Im Namen des Volkes‹ und so, und mich dann verhaften? Marquis de Sade sagte einst: ›Verbrecher werden von Verbrechern eingesperrt.‹ Ich werde der Welt also einen Gefallen tun.«

»Der Mörder von uns beiden sind Sie. Wir wissen, dass Sie Jezebel ermordet haben«, sagte Pascal ungerührt.

»Unter Beihilfe von Vincent Palé«, ergänzte Hector, als würde er einen Schüler im Unterricht korrigieren.

»Und daran wollten Sie ihn heute noch einmal erinnern?«, fragte Pascal.

Hector lachte auf, wieder trocken und kalt. »Er wollte mich unbedingt treffen, hat mir eine Nachricht geschrieben. Wie ich verstanden habe, wollte er mich milde stimmen, als sei ich ein Massenmörder, lächerlich. Und dann habe ich die Église Saint-Trophime als Treffpunkt vorgeschlagen, ein Ort, an dem man büßen kann, dachte ich, da gab es bestimmt Bedarf bei ihm. Doch als er kam, war er schon benebelt von seinen Tropfen, Medikamenten und Drogen. Ganz aufgeregt war er, und dann sind wir zusammen zum alten Gemeindehaus, da wollte er unbedingt hin. Da gab es diese Ausstellung. Auf dem Weg erzählte er mir, dass das alles Quatsch sei, was in der Zeitung stand, dass er keine Aussage machen würde, dass Sie, Monsieur Chevrier, sich das alles ausgedacht hätten, um mich unter Druck zu setzen, damit ich gestehen würde. Gratuliere, Monsieur, ich gestehe den Mord an Jezebel, obwohl Sie ja schon ein Geständnis von Vincent haben.«

»Vincent hat den Mord nicht begangen«, sagte Pascal ungerührt.

»Ach ja?«, sagte Hector. »Warum hatte er denn die Platzwunde am Kopf? Sie hat ihm die Holzstange über den Kopf geschlagen, von Sinnen war sie, ich konnte das kaum mit anschauen, und dann habe ich sie ihr nur abgenommen.«

»Und dann waren Sie es, der Jezebel mit Gewalt in den Dampfofen eingesperrt hat.«

Er lachte. »Der war aber schon gut vorgeheizt. Ich ahnte ja nicht, dass der Federmann sie darin verrecken lässt.« Pause. »Warten Sie, den Dampfofen brauchen wir ja heute noch.«

Er drehte sich um, überprüfte die Temperatur und schien zufrieden. Diese eine Sekunde nutzte Pascal aus und löste den Druckknopf über seiner Waffe. Um das Geräusch zu übertönen, hustete er kurz.

Hector war sofort gewarnt, durchschaute Pascals Absicht, nahm die Waffe und richtete sie in Richtung seines Arms, dann schoss er. Der Schuss streifte Pascals Schulter um Millimeter. Die Uniform wurde zerfetzt, ein brennender Schmerz hüllte alles ein, den Raum, Hector, und tauchte den Dampfofen in ein flirrendes Licht. Pascal schrie auf.

»Was machen Sie denn da auch mit Ihrer Hand?«, sagte Hector. Er erhob nicht die Stimme, sprach genauso ruhig wie vor dem Schuss. »Und ich wollte Ihnen doch noch weitererzählen, von der schönen Ausstellung im Gemeindesaal, von den Gemälden von Florence Flasner. Ganz viele Bilder in Purpur, die Farbe aus Meeresschnecken erzeugt. Die wollte er mir unbedingt zeigen. Er wollte diese albernen Hemden fertigen, die hätten bei der Farbgewinnung Tausende von Euros gekostet. Die wollte er nach Paris bringen und dann ein Riesengeschäft machen, und ich sollte mitverdienen. Millionen versprach er mir. Ich sollte Florence Flasner überreden, immerhin ist sie die Einzige, die weiß, wie man diesen Purpur herstellt, den Rest wollte Vincent dann übernehmen.«

Er wedelte mit der Pistole vor sich hin und her, als würde er damit seine Rede unterstützen.

»Und ich habe eben die Kontakte. Schließlich wollen einige ihre Häuser wiederhaben, wenn der Cardin-Clan hier abgezogen ist und wir wieder Ruhe im Dorf haben.«

»Daher auch die Demonstration?«, fragte Pascal.

»Sie sind ein kluger Mann, eigentlich schade um Sie. Genau, alle sollten wissen, was Pierre Cardin aus diesem Dorf gemacht hat. Also werde ich einen Teufel tun und in die Modebranche einsteigen. Ich will die hier schließlich alle weghaben. Die Stiftung und diesen ganzen Mist. Das ist das Dorf des Marquis de Sade und nicht das des Pierre Cardin. Er ist nur eine Blaupause in unserer Geschichte. Eine Blaupause, die beendet werden muss. Das habe ich Vincent auch erklärt, doch er schien es nicht zu verstehen, er faselte immer von einer gemeinsamen Chance, und als ich ihn auf die jetzige Situation aufmerksam machte, dass ein gewisser Monsieur Chevrier unsere Pläne durchkreuzen wollte, versicherte er mir, dass es keine Zeugenaussagen von ihm geben würde.«

Der kluge Monsieur Richaud hatte es also geschluckt, dachte Pascal, immerhin ein Teilerfolg, auch wenn die Gesamtsituation nicht gerade zu seinem Wohlbefinden beitrug. Seine Fehler wogen schwerer und dazu der Schmerz. Er spürte warmes Blut, und die Schulter brannte, als würde jemand ein brennendes Feuerzeug dagegenhalten. Es war kaum zu ertragen.

»Aber wenn ich es richtig verstehe, Monsieur Richaud, dann haben Sie doch für die Cardin-Leute gute Geschäfte gemacht? Haben Sie nicht die Hausverkäufe in die Wege geleitet?«

»Man muss sehen, wie man über die Runden kommt, und dann habe ich die Verträge für sie alle hier gemacht. Irgendwann würden die Häuser schließlich wieder zurück an die Dorfbewohner gehen, das war mir immer klar, nur hätte das seinen Preis, aber wer möchte schon eine Immobilie halten, die nur zwei Wochen im Jahr bewohnt ist? Monsieur Cardin war ein Unternehmer, ein kluger Mann, seine Berater mussten bei der Vielzahl von Firmen nur daran erinnert werden, dass nicht alles auf lange Sicht Sinn ergibt. Es war nicht schwer, die Verträge zu bekommen, sämtliche Häuser, also fast das ganze Dorf, wieder vermitteln zu dürfen. Es interessiert dort oben niemanden, nicht die Nachfahren und nicht den möglichen Erben. Die wollen Geld verdienen, und das können sie nur mit dem Verkauf der Häuser. Da müssen sie nur meine bescheidene Provision abziehen. Und ehrlich gesagt ist es mir gleich, ob ich die Häuser an die ehemaligen Bewohner zurückverkaufe oder an reiche Pariser, die hier eine Auszeit in der Idylle nehmen wollen. Großstädter sind auch leichter von Ausschweifungen à la Marquis de Sade zu überzeugen. Sie würden hier Schwung in die Betten und Kammern bringen.«

»So verdienen Sie also zweimal an den gleichen Häusern und Wohnungen.« Pascals Stimme war undeutlicher geworden, rau vor Schmerz.

»Ein Makler kauft und verkauft Häuser, und je besser Sie Ihre Immobilien kennen, umso besser schaffen Sie es, sie an den Mann zu bringen.«

»Sie hätten ein Vermögen verdient.«

»Falsch, Monsieur, ich werde ein Vermögen verdienen, schade, dass Sie es nicht mehr miterleben werden.«

Er wedelte wieder mit seiner Waffe hin und her, war ganz berauscht von sich selbst, doch seine Augen blieben an Pascal hängen, keine Chance, die Pistole zu ziehen.

»Sie müssen es so sehen. Ich ernte jetzt. Dafür musste ich mich mit einer Menge Problemen herumschlagen.«

»Ach, was Sie nicht sagen.«

»Das Festival muss hier weg und auch die Stiftung, die von diesem Jungdesigner Danielle Deontré und Jezebel geleitet werden sollte. Solange die im Schloss sitzen, brauchen sie die Häuser für ihre Mitarbeiter und was weiß ich noch alles. Ähnlich wie SCAD, die hier alle ihre Häuser haben. Die müssen alle abziehen, und wenn sie es nicht tun, dann muss man nachhelfen. Es ist mein Dorf.«

Die letzten Worte waren die eines Wahnsinnigen, eines Irren, stellte Pascal fest. Mit dieser Einschätzung hatte der Federmann richtiggelegen.

»Mit einem Skandal wie einem Mord an einem Supermodel? Das kann doch nicht Ihr Ernst sein. Aus derart niederen Motiven können Sie doch niemanden ermorden.«

»Unser Plumassier hätte sie ja befreien können, als ich gegangen war. Ich hatte gar nicht auf dem Zettel, dass sie sterben könnte. Mir wäre nichts passiert, sie hat mich nicht gesehen. Sie hätte sich nur an den irren Federmann erinnert, ihn vielleicht sogar verklagt, und so wären wir ihn hier endlich losgeworden, diesen Paradiesvogel. Ihm hatte sie ins Gesicht geguckt, als er mit seinen ganzen purpurnen Federn ankam und sie damit belästigte. Er hat sie aber schmoren lassen, im wahrsten Sinne des Wortes. Er ist der Mörder. Nicht ich, und wie sagte der Marquis de Sade schon: Der Lebenskünstler und der Feinschmecker wissen, dass man ein Schwein sein muss, um Trüffel zu finden, und ich bin seinen Thesen nicht abgeneigt.«

»Das durfte ich erleben«, sagte Pascal, während er sich an den Abend der Marquis-de-Sade-Gesellschaft erinnerte.

»Ach ja, Sie waren ja Zeuge. Das nächste Mal wird die Veranstaltung im Schloss stattfinden, dort, wo sie hingehört. Dann hat das kleine Zwischenspiel mit dem Modezaren ein Ende, und das Schloss wird wieder zum Marquis-de-Sade-Schloss.«

»Die Stiftung muss nur raus, richtig?«

»Sehr gut kombiniert, das bemerkte ich ja schon. Das wird sie auch, denn ihnen fehlt jetzt ihr Gesicht. Ihr schönes Gesicht. Und nach diesem Skandal würde hier niemand unbeschwert im nächsten Jahr anreisen. Ich sehe positiv in die Zukunft. Keine Modenschau mehr, kein Festival, und was aus der Stiftung für nachhaltige Mode wird, nicht mein Problem, aber hier nicht. Das wäre nicht nur unökonomisch, sondern auch gegen den Willen der Bewohner, und die sind nicht zu unterschätzen.«

»Nur«, begann Pascal, unterbrach aber, da ein Schmerz ihn bei jedem Wort durchzog, »nur, warum Jezebel?«

»Weil dieser verblödete Federmann sie unbedingt einkleiden wollte, das erzählte er ständig, und dass er schon durch seinen Drogenmissbrauch nicht alle Latten am Zaun hatte, weiß hier jeder. Also habe ich das Model sozusagen bei ihm abgeliefert, aber er hat es allein nicht auf die Reihe bekommen, er wollte nur dieses eine Foto, und da habe ich die Chance ergriffen und gewissermaßen nachgeholfen.« Er lehnte sich zufrieden zurück. Die Waffe hielt er jetzt schräg, wie in einem Gangsterfilm.

»Und das Gute, ich habe Ihnen den Mörder auf dem silbernen Tablett serviert, warum ziehen Sie seine Aussage auch in Zweifel?«

»Wollen wir doch mal schauen, was passiert, wenn der einzige Zeuge überlebt. Wir haben ein gutes Gesundheitssystem«, sagte Pascal, jetzt wieder selbstsicherer.

»Wird er nicht«, sagte Hector ungerührt.

Pascal sah ihn fragend an.

Hector zuckte entschuldigend mit den Schultern, als er sagte: »Er hat das Zeug von mir. Da brennt nichts an. Er wollte den Heroin-Tod.«

»Sie sind also auch noch Drogendealer?«

»Wie gesagt, man muss sehen, wie man über die Runden kommt, und das Geschäft mit den Drogen läuft in den Stoßzeiten bei den Modenschauen und Festivals sehr gut. Und der Federmann war ein guter Händler. Für mich war das ein B2B-Business.« Wieder das zufriedene Grinsen. »Und jetzt bitte ich Sie, zu mir herüberzukommen, hier ist alles vorbereitet, und wenn wir den Dampfofen länger ohne Inhalt in der Temperatur laufen lassen, dann entspricht das nicht dem nachhaltigen Umgang mit dem Klima, und wie Sie wissen, legen wir hier darauf sehr viel Wert. Nicht nur in der Modeindustrie.«

»Sie wollen mich wirklich in den Dampfofen sperren?«, fragte Pascal, ohne der Anweisung zu folgen.

»Es hat sich bewährt«, sagte er. »Und Vincent hat sich heute hier aufgehalten und ist dann aus dem Fenster geflüchtet. Perfekt, da haben wir ja schon den Täter, der sich zu einem richtigen Massenmörder entwickelt«, setzte er hinzu. »Und«, er grinste, »den Todeszeitpunkt kann niemand mehr ermitteln, wenn ich Sie also bitten dürfte.«

Hector drehte sich zum Ofen und öffnete die Tür. Er war vorbereitet, trug Handschuhe. Dampfschwaden stiegen auf, mehr als erwartet, Pascal spürte die Hitze, die plötzlich in den Raum trat, es zischte, als die Tür geöffnet wurde, und das war der Moment, in dem Pascal zur Waffe griff, sie entsicherte und auf die Silhouette im Nebel schoss. Ein Schrei und dann ein

Blitz. Pascal hatte Hector nicht richtig getroffen, hatte auf die Beine gezielt, aus Sorge, ihn zu erschießen, doch Hector achtete nicht darauf. Als die Kugel wenige Zentimeter unterhalb von Pascals Schulter einschlug, riss es ihn zur Seite, er drehte sich fast komplett einmal um sich selbst und schlug auf dem Boden auf. Der Schmerz war allumfassend. Als würde er von innen verbrennen, er konnte sogar die zersplitterten Knochen spüren, wie sie pochten. Und wenige Sekunden später schon wurde er am Kragen seiner Uniform durch den Raum gezogen, Richtung Hitze, Richtung Wasserdampf. Er spürte, wie Hector stöhnend unter ihn griff und er gestoßen wurde. Die Wände des Dampfofens brennend heiß, er versuchte seine Hände zurückzuziehen, aber er schaffte es nicht, er musste sich abstützen, und sie verbrannten, ein Gefühl, als würden sie auf eine Herdplatte gedrückt. Er verlagerte das Gewicht, doch in diesem Moment schloss sich die Tür. Der Dampf wurde augenblicklich intensiver.

Pascal versuchte zu atmen, seine Lunge brannte, als würde sie zerreißen. Dann hörte er einen Knall, einen zweiten und schloss die Augen in der Dunkelheit.

30

»Sie erinnern sich an unser Seminar mit der Schweinehaut, hoffe ich?«

Ein Mann mit einer viel zu kleinen Brille auf der Nase und zurückgekämmtem Haar blinzelte zu einer jungen dunkelhaarigen Frau hinüber.

»Ich wollte, dass Sie das hier sehen«, sagte er.

Sie nickte.

»Ich hatte Ihnen von unseren Kollegen aus der Schweiz berichtet, der Eidgenössischen Materialprüfungs- und Forschungsanstalt Empa. Die Forscher konnten nachweisen, dass die oberste Hautschicht, die Epidermis, ihre Schutzfunktion bei Wasserdampf nicht richtig wahrnehmen kann. Der Dampf dringt durch die Hautporen bis zur unteren Hautschicht, Dermis oder Lederhaut genannt. Erst dort kondensiert der Dampf, gibt dadurch seine Wärmeenergie direkt auf die empfindliche Lederhaut ab – und löst Verbrennungen zweiten Grades aus. Erinnern Sie sich daran?«, wollte der Arzt wissen. »Was genau ist also passiert, Madame?«

»Die kleinen Wassermoleküle dringen bei Schweinen wie bei Menschen ungehindert durch die großen Hautporen. Schon nach einigen Sekunden steigt der Wassergehalt in allen Hautschichten, und dann quillt die Epidermis auf, und die Poren schließen sich wieder.«

»Genau, da haben Sie gut aufgepasst, und jetzt ist die Lederhaut unseres Patienten bereits geschädigt. Darum kühlen wir ihn, da die einmal aufgenommene Wärme nur sehr langsam von der Epidermis abgegeben wird. Wir nennen das den Nachbrenneffekt, und der verursacht starke Schäden in der Tiefe. Bitte schön«, sagte der Arzt zu der Krankenschwester und reichte ihr eine Nadel. »Stechen Sie hier, oberhalb der Hand, in das Gelenk, dort, wo sich die Blase befindet. Handelt es sich um eine Verbrennung dritten Grades, wird er keinen Schmerz empfinden, im Falle einer Verbrennung zweiten Grades, nun ja, dann wird er wohl aufwachen.«

»Nicht nötig, Madame et Monsieur, ich bin wach.« Pascal sah seine verbundene Hand, ein Druckverband, oberhalb der Schulter ein Gips. Sein Gesicht brannte, seine Beine wurden offensichtlich gekühlt. Nichts an seinem Körper fühlte sich normal an.

»Sie haben es geschafft«, sagte der Arzt. »Wir brauchten keine Hauttransplantation vorzunehmen, und Sie werden in circa zwei Wochen wieder fast der Alte sein.«

»Fast?«, fragte Pascal.

»Nun ja, Monsieur, uns bereitet die Schussverletzung größere Sorgen. Die Kugel hat einen Teil des Knochens zersplittert. Wir müssen die Splitter entfernen, sonst werden Sie Ihnen ein Leben lang Probleme bereiten. Wir werden um eine OP nicht herumkommen, aber das werden Ihnen die Spezialisten erklären. Wir sind hier in Aix sehr gut ausgestattet. Sie sind in guten Händen, und das betrifft auch den Besuch.«

Er schaute Pascal freundlich an.

»Ich werde die Dame hereinlassen«, sagte er und öffnete die Tür.

»Warum zieht es dich immer in extreme Kälte oder Hitzeregionen?« Audrey versuchte ein Lächeln, es misslang. Ihr Blick war trüb, ein Schatten über den Augen. Sie waren rot. Pascal verstand, worauf sie hinauswollte. Vor Jahren hatte sie ihn aus einem Kühlhaus gerettet. Ihre erste Begegnung, damals in Montpellier, und wie es aussah, hatte sie ihn jetzt aus dem Dampfofen befreit.

»Du bist also rechtzeitig zurückgekommen?«

Audrey setzte sich auf die Bettkante und starrte ihn an, Tränen liefen ihr aus den Augen. »Es war mein erstes Mal. Ich habe noch nie, du weißt schon.«

»Jemanden erschossen?«

Sie nickte. »Noch nie.«

Pascal reichte ihr seine unverbundene linke Hand.

»Ganz heiß«, sagte sie.

»Ich komme auch aus der Hitze«, sagte Pascal.

»Ja, du warst kaum zu erkennen. Alles war voll mit Dampf, diese Hitze, die mir ins Gesicht schlug.« Beide schwiegen einen Moment, hielten sich an der Hand, wie ein Ehepaar.

»Und der Federmann?«

»Es war knapp. Überdosis.«

»Er kann sich im Staatsgefängnis regenerieren«, sagte Pascal.

Sie schaute Pascal an, musterte ihn, seine Schulter, seine verbundene Hand, die Beine.

»Er hat mich ganz entsetzt angeguckt«, sagte Audrey nach einer Weile. »Ich glaube, er wusste, dass er stirbt, schon bevor ich abgedrückt habe.« Sie ließ das Weinen zu, saß einfach da und ließ es geschehen.

»Und da war noch etwas«, sagte sie mit erstickter Stimme. Pascal fragte nicht nach. »Hector hat danebengeschossen, und es war, als wollte er das.«

»Der nicht«, sagte Pascal, »der ganz sicher nicht.«

Beide schwiegen, ließen die Sekunden verstreichen, jeder in seiner Gedankenwelt.

»Und jetzt?«, fragte Pascal schließlich.

»Jetzt musst du gesund werden«, sagte sie nur, und dann beugte sie sich zu ihm und küsste ihn auf den Mund. »Deine Lippen sind ganz heiß«, sagte sie.

»Du weißt doch, ich komme aus der Hitze«, erwiderte Pascal, dann klopfte es an der Tür. Ein »Herein« war überflüssig. Lillie stand in der Tür, auf dem Arm Olivienne, dahinter Claude.

»Wir sind sofort losgefahren«, sagte er. »Lillie hat mir nicht einmal erlaubt, eine Zahnbürste einzupacken.« Ihm wurde das Kind übergeben.

Lillie ignorierte Audrey, die einen Schritt zurücktrat, um sie durchzulassen. Sie beugte sich zu ihm herunter, küsste ihn auf die Wange und streichelte ihm über das Haar. »Du bist ganz heiß«, sagte sie.

»Ich komme auch aus der Hitze«, sagte Pascal wieder.

»Was ist mit deiner Hand?«, fragte sie, ohne darauf einzugehen.

»Das geht wieder weg. Hab mich ein bisschen verbrannt.«

»Und die Schulter?«

Pascal brauchte nicht zu antworten.

»Ich hatte vor diesem Moment mein Leben lang Angst«, sagte seine Tochter, »ich bin mit der Scheiße aufgewachsen.« Dann setzte sie sich auf der Matratze ein Stück weiter von Pascal weg, als sei er ein böses Tier, mit dem man den Kontakt meiden möchte.

»Wie lange willst du uns das noch antun?«, fragte sie. »Wie lange willst du mir das antun? Hatten wir dieses Gespräch nicht im Zedernwald geführt?«

»Ich glaube, du wirst eine gute Mutter«, versuchte Pascal einen Witz zu machen.

»Dann versuch du auch, ein guter Opa zu sein.«

Pascal sah Audrey an. »Ich bin kein Opa.«

»Kann ich bestätigen«, sagte Audrey, die sich gefangen zu haben schien. Sie lächelte sogar. »Audrey«, sagte sie und streckte Lillie die Hand hin.

»Ich weiß«, sagte Lillie, »wir sind uns schon einmal begegnet, vor ein paar Jahren, da trugen Sie ein T-Shirt meines Vaters, da wusste ich schon, dass wir uns wiedersehen.«

Audrey sah sie unsicher an.

»Sie haben ihm das Leben gerettet?«, fragte Lillie.

»Unter anderem habe ich sein Leben gerettet«, sagte sie, mit der Betonung auf »sein«.

»Es ist nicht leicht für sie«, sagte Pascal.

»Verstehe«, mischte sich Claude jetzt ein. Dann umfasste er die schlafende Olivienne mit einem Arm, die andere Hand führte er in seine hintere Tasche, zog einen Zettel heraus und reichte ihn Pascal.

Zu sehen war das lange leer stehende Bistro aus Lucasson. Offensichtlich mit Photoshop bearbeitet, hellblaue Fensterläden, wilder Wein am Haus, Lavendel. In großen Lettern »Le Plat du Jour«.

»Wir haben das Restaurant gekauft«, sagte Lillie nach einer Weile, in der Pascal auf den Zettel starrte und ihn studierte, versuchte zu verstehen.

»Im März eröffnen wir. Dann hast du einen neuen Job«, setzte Lillie hinzu.

»Ich würde gern einen Tisch reservieren«, sagte Audrey.

Merci

Vor allem möchte ich der Purpur-Künstlerin Inge Bösken Kanold aus Lacoste danken. Ohne sie würde es dieses Buch nicht geben. Danke für deine Gastfreundschaft und die Antworten auf meine unzähligen Fragen zum Dorf Lacoste. Ich weiß, ich war anstrengend. Du bist nie müde geworden, mir ausführlich zu antworten. Im persönlichen Gespräch, per Mail oder am Telefon, es gab immer noch Fragen.

Ich habe viel von dir gelernt, über den Ort, über Pierre Cardin und über deine beeindruckende Kunst.

Natürlich danke ich meiner Familie, vor allem Marga und Lucie, die mich in den letzten zwei Jahren wieder viel mit meinem Computer teilen mussten und sich nie beschwert haben.

Und wie immer geht ein Dank an meinen besten Freund und scharfsinnigen Erstleser Christian Löwendorf. Danke für deine Freundschaft!

Vor allem aber danke an all meine Leserinnen und Leser und die, die zu meinen Provence-Lesungen gekommen sind. Die Abende mit euch motivieren mich, weiterzumachen.

Danke auch an Christine Rothwinkler, die meine Abende unermüdlich Bibliotheken, Weinhändlern, Restaurants und so vielen anderen Locations anbietet. Unsere Zusammenarbeit ist mir ein Fest.

Und natürlich an meinen Verlag, vor allem an den im vorletzten Jahr verstorbenen Hejo Emons, der so sehr an mich geglaubt hat.

Aber auch an alle Mitarbeiter des Verlags. Es ist eine Freude, mit euch zu arbeiten.

Und an meinen Freund Andreas Pavelic, der mich immer berät, vor allem in der Covergestaltung!

Und nicht zuletzt an meine Agentin Lianne Kolf, die mich immer ermutigt hat.

Andreas Heineke
TOD À LA PROVENCE
Broschur, 240 Seiten
ISBN 978-3-7408-0059-8

»Eine kleine Komödie, ein wenig Liebesgeschichte und kulinarischer Reiseführer. Man spürt während der Erzählung, wie sehr es den Autor drängt, die Liebe zu der Gegend zu teilen.«
Bücher Magazin

Andreas Heineke
VERSUCHUNG À LA PROVENCE
Broschur, 288 Seiten
ISBN 978-3-7408-0514-2

»Andreas Heineke kennt die Provence bereits seit vielen Jahren sehr gut. Offensichtlich beherrscht er auch alle Rezepte, um dort die spannende Handlung seiner Krimis spielen zu lassen. Ein neues Buch, das sich genussvoll verkosten lässt.« Frankreich erleben

www.emons-verlag.de

Andreas Heineke
FÄLSCHUNG À LA PROVENCE
Broschur, 240 Seiten
ISBN 978-3-7408-1125-9

Eigentlich lebt Dorfgendarm Pascal Chevrier in der Provence, weil er die regionale Küche und das ruhige, pittoreske Leben schätzt. Doch die Idylle findet ein jähes Ende, als im Picasso-Schloss eine junge Kunsthistorikerin ermordet aufgefunden wird. In exklusiven Kreisen sucht Chevrier nach Hinweisen und trifft auf exzentrische Kunstsammler und Galeristen, die alle mehr oder weniger verdächtig wirken. Aber nicht nur der verzwickte Fall in der spätsommerlichen Hitze des Luberon treibt ihm den Schweiß auf die Stirn. Audrey von der Police nationale, für die er mehr als kollegiale Gefühle hegt, macht alles noch viel komplizierter ...

www.emons-verlag.de

Andreas Heineke
AUSLESE À LA PROVENCE
Broschur, 304 Seiten
ISBN 978-3-7408-1687-2

Bei einer Flasche Rosé und einem Boulespiel in der Abendsonne
genießt Dorfgendarm Pascal Chevrier die Erntezeit in der Provence. Doch als inmitten dieses Idylls ein Weinberg angezündet
wird und dabei eine junge Frau ums Leben kommt, ist es vorbei
mit der Ruhe. Gemeinsam mit Audrey von der Police nationale
beginnt Pascal, in einem Familiendrama zu ermitteln, und taucht
tief in die Geschichte des französischen Weinanbaus ein. Ge-
fährliches Terrain, wie Pascal feststellen muss, denn schon bald
kommen gut gehütete Geheimnisse ans Licht …

www.emons-verlag.de

Andreas Heineke/Sven Heineke
111 ORTE IN DITHMARSCHEN,
DIE MAN GESEHEN HABEN MUSS
Broschur, 240 Seiten
ISBN 978-3-7408-2040-4

Wie urlaubt man in einer Schafsherde? Wie lebt es sich, wenn einem immer der Wind um die Nase weht? Wie übernachtet man legal im Strandkorb? Und wo bekommen die Kinder nur all diese Kekse her? In Dithmarschen ist alles ein bisschen anders. Entdecken Sie 111 ungewöhnliche Orte dieser bemerkenswerten Gegend.

www.emons-verlag.de